절대 말하지 않을 것

I'll Never Tell

절대
말하지 않을 것

캐서린 맥켄지 지음 | 공민희 옮김

I'll Never Tell

도서출판 미래지향

호수를 사랑하는 이들에게
애정을 담아 바칩니다.

I'll Never Tell

○

차 례

프롤로그 ··· 11

1부 금요일 ··· 19

2부 토요일 ··· 175

3부 일요일 ··· 325

에필로그 ··· 461

옮긴이의 말 ··· 465

아만다

1998년 7월 22일 오후 9시

내가 졸업하기 2년 전부터 캠프 마코에서는 새롭게 풍등 날리기 행사를 시작했다. 그래서 여름날의 기억 하면 매주 하던 캠프파이어와 숲 속에서 한 게임, 풍등 날리기가 떠오른다. 매주 캠프파이어를 할 때 모닥불에서 피어나던 연기 냄새, 숲을 돌아다니며 서로 부르고 깃발을 찾던 기억, 게임을 하면서 폭풍우라도 맞닥뜨린 것처럼 소리를 질러 대던 모습들이 아직도 생생하다. 소나무와 진흙, 모래와 자외선 차단제도 함께.

풍등 날리기는 단순하지만 괜찮은 아이디어였다. 박엽지, 초, 철사로 풍등을 만들고 그 얇은 종이 위에 소원을 적는다. 몇 시간 뒤 풍등에 불을 밝혀 하늘로 띄우면 등이 날아올라 먼 해변으로 가서 떨어질 테니 마음에 담아 둔 진짜 소망을 적어도 괜찮았다.

7월 캠프가 끝나기 며칠 전 해질녘에 풍등 날리기 행사가 시작되었다. 그 마지막 날 밤, 난 미리 만들어 둔 풍등이 다른 캠프 참가자의 것과 부딪혀 망가질까 봐 일부러 멀찌감치 떨어져서 해수욕장으로 조심조심 걸었다. 샌들 안에 돌이 들어와 내가 발을 들어 올려 흔들자 절친 마고가 킥킥거리며 웃었다.

"바위 조심." 그녀가 말했다.

"바위처럼 곤히 자는 아기."

"바위, 가위, 보."

"바위처럼 24시간 노래 듣기."

"너희 둘, 좀 조용히 해줄래?" 라이언이 어깨너머로 우리를 쳐다보며 살짝 짜증이 묻어나는 목소리로 말했다. 그는 마고의 오빠로 열일곱인 우리보다 세 살 더 많은 스무 살 어른이자 내 풍등에 적을 소원의 대상이다.

마고는 라이언에게 혀를 삐죽 내보이고는 진지한 척 표정을 바꿨다. 주니어 카운슬러인 우리는 아이들에게 모범을 보여야 한다. 우린 늘 그런 사명감을 가지고 진지하게 행동했다. 사실 해수욕장으로 가는 길에 너무 시끄럽게 떠들면 소원이 이루어지지 않을까 봐 걱정돼서 그런 것도 있지만. 어디든 규칙이란 것이 있으니 말이다. 소원을 들어주는 수호성인이 십 대 소녀들의 들뜬 생각을 신경이나 쓸지 의심스러웠지만 위험을 감수하고 싶지는 않았다.

캠프 참가자들과 직원을 포함해 150명이 다채로운 풍등을 들고 있는 모습은 희망과 꿈이 가득 담긴 만화경 속 신기한 풍경 같았다. 평소라면 영어와 프랑스어가 뒤섞여 시끌벅적했겠지만 그때만큼은 정말 중요하고 영원히 기억할 만한 일이 될지도 모른다는 어떤 느낌이 들었다. 그래서 우리는 침묵을 유지한 채 해수욕장으로 향했다.

호수는 동이 틀 무렵과 마찬가지로 잔잔했고 특유의 짠내도 이제는 익숙해져서 더 이상 거슬리지 않았다. 라이언이 물 위에서 흔들리는 부양식 독으로 우리를 데리고 갔다. 바람이 살짝 불었고 보름달이 호수 위를 비추었다. 61미터 정도 떨어진 계류장에는 작은 범선 한 척을 묶어 둔 밧줄이 가볍게 휙휙 거리며 음정이 맞지 않는 멜로디를 연주하고 있었다.

내 앞에 있던 누군가가 독의 끝 부분에 걸려 넘어졌다. 그 애가 들고 있던 풍등이 호수 아래로 떨어졌다.

"내 풍등!"

그러자 스무 명의 카운슬러가 쉬이잇!!! 하며 주의를 시켰다. 열 살짜리 소녀는 양손에 얼굴을 묻고 어깨를 떨었다. 저 애는 오늘 밤 소원을 이루지 못하겠네, 난 내 풍등을 더 꽉 잡으면서 생각했다. 물론 내 소원도 이루어지지 않을 가능성이 높은 희망 사항이긴 하지만 가슴이 콩닥거리는 건 어쩔 수 없었다.

그래도 혹시 모르니까……

부양식 독은 U자 형태로 배치되어 있다. 그대로 따라 걸으면 결국 해수욕장으로 돌아오게 되는 구조였다. 중간 지점에 있는 더 큰 인명 구조용 독에 다다른 라이언이 주머니에서 플라스틱 라이터를 꺼냈다. 딸깍, 딸깍거리는 소리와 함께 라이터 불빛이 그의 잘생긴 얼굴을 밝혔다. 캠프에는 매년 라이언처럼 소년들의 우두머리이자 소녀들의 인기 1순위인 남자가 있다. 캠프 마코가 시작되었던 1950년대의 라이언이라면 지포 라이터를 들고 입에 담배를 물고 있었을 것이다. 그러나 우리는 1998년에 살고 있다. 다들 테바 샌들에 보드용 반바지를 입고 남자들의 머리도 덥수룩했다.

이제 풍등에 불을 밝힐 시간이다.

라이언은 재빨리 움직였다. 우리는 극적인 효과를 위해 최대한 가까이 모여 풍등을 들고 함께 날려야 했다. 난 그에게 다가가면서도 소원이 적힌 부분이 스웨트 셔츠로 가려지게 풍등을 돌렸다. 그렇지 않으면 라이언이 작년처럼 내 손에서 풍등을 들어 올려 뭐라고 썼는지 보려고 할 테니까. 내가 그에게 반해 있던 지난여름에는 그의 이름을 쓸 배짱이 없었다. 윈드서핑을 하는 애와 같이 있게 해 달라는 뭐 그런 바보 같은 내용을 적었다. 라이언은 의도치 않았겠지만 나에게 교훈을 주었다. 난 그를 좋아했던 수많은 추종자들 중 한 사람일 뿐이었다.

하지만 올해 여름은 다르다. 이번에는 대담하게 내가 정말 바라는 것(사람)을 적었다. 그런데 라이언은 내 풍등의 소원을 읽는 대신 내 쪽으로 몸을 숙인 뒤 이렇게 말했다. "나중에 호수 섬에서 볼래?"

순간 심장이 뜨거운 아스팔트 위의 개구리처럼 폴짝 튀어나올 것만 같아서 난 대답 대신 고개만 가만히 끄덕였다. 그가 딸깍하고 라이터를 켜고 불을 붙였다. 난 한동안 풍등을 몸쪽으로 가까이 들고 얇은 종이 전체로 열기가 스며드는 것을 느꼈다. 그리고 둑으로 걸어가 서서히 떠오르는 풍등을 더 이상 잡고 있지 못할 때까지 기다렸다가 손을 놓았다. 그리고 내 풍등이 다른 풍등과 함께 날아오르는 것을 쳐다보며 독을 돌아서 다시 땅으로 내려왔다.

모든 풍등이 하늘로 올랐을 때 마고가 달콤한 알토 목소리로 〈파이어스 버닝〉을 부르기 시작했다. 우리는 영어와 프랑스어로 돌아가면서 부르고 또 불렀고 물 위에 떠 있는 보트처럼 우리의 목소리도 높아졌다 낮아졌다.

풍등이 하늘 멀리 사라지자 마고와 나는 보트 해변으로 돌아왔다. 우리는 카누 하나를 같이 들고 물가로 가서 헤드램프를 켜고 올라탔다.

그리고 섬을 향해 노를 저었다.

	아만다	마고	라이언
오후 9시	풍등 날리기	풍등 날리기	풍등 날리기

20년 뒤…

1부 금요일

1장

하루 일과
선

선 부스의 매일 아침은 그가 기억하는 한 늘 똑같이 시작되었다. 오두막 처마 쪽으로 바짝 붙은 좁은 방에서 싸구려 담요를 발목까지 걷어찬 채 열린 창문 너머로 나무를 흔드는 바람 소리를 들으며 깨어나는 것이다.

오전 6시 45분. 항상 6시 45분이다. 시계를 볼 필요가 없다. 뼛속 깊이 그 시간임을 알고 있으니까. 선은 곧바로 몸을 일으켰다. 그는 게으름을 피우지 않는다. 늘 정해진 일과를 그대로 따랐다. 침대 발치에 걸어 둔 수건을 집어 맨 허리에 두르는 데 1분. 복도 끝에 있는 욕실로 가서 처음 찬물이 나오고 그러다 피부가 벗겨질 정도로 뜨거운 물이 나오기까지 또 1분. 그리고 그는 딱 3분간만 샤워를 해야 한다고 믿는다. 그 이상은 낭비다. 선은 도브 비누를 집어 짧은 머리카락에 문지른 다음 가슴과 늘어진 살 사이를 문질렀다. 마흔다섯이 되니 전보다 이런 주름이 많아졌지만 다른 부분은 거의 예전과 같다. 그는 샤워기를 잠그고 이를 닦은 다음 6시 52분에 방으로 돌아왔다. 낡아빠진 그 수건으로 물기를 마저 훔친 뒤 색이 바랜 카고바지와 긴소매 티셔츠를 걸쳤다. 근로자의 날 휴가가 낀 주말인 오늘은 쌀쌀한 아침 공기가 한낮까지 이어진다는 예보가 있어서 그는 캠프 마코라고 적힌 스웨트 셔츠도 걸쳤다.

6시 58분, 트레통 운동화를 신고 오두막의 1층 큰방으로 이어지는 계단을 내려갔다. 맨 아래 계단을 디디기도 전에 스크램블 에그와 살짝 탄 토스트 냄새가 그를 반겨 주었다. 그는 주방에서 요리를 하는 에이미에게 손을 흔들었다. 야영객들이 모두 돌아간 터라 그녀 혼자 남아서 주방 일을 봤다. 그녀가 아직 이곳에 있는 건 곧 도착할 손님들 때문이다.

션은 삐걱거리는 현관 방충망을 열었다. 햇살이 좋지만 아직 잔디에는 서리가 남았다. 일과에 잔디 깎기가 있지만 햇볕에 물기가 다 마를 때까지 기다렸다가 작업할 것이다.

그는 현관에 서서 탁 트인 마당을 살폈다. 기둥에 매단 공을 쳐서 주고받는 테더볼장과 맞은편에 자리한 공방, 보트 해변과 해수욕장으로 가는 길이 눈에 들어왔다. 백 년 된 소나무 숲이 빼곡히 주위를 막아선 형태지만 그는 전혀 답답하지 않았다. 이곳은 그가 아는 유일한 집이자 원하는 유일한 장소다. 이곳이 없어지고 평범한 일상과 오두막 이 층에 있는 그의 방도 사라질지도 모른다고 생각하면 견딜 수가 없었다. 그건 너무도…….

안 돼. 아직 아무 일도 일어나지 않았는데 벌써 속상해하면 안 된다. 맥알리스터 씨가 잘 보살펴 주겠다고 약속하지 않았던가. 맥알리스터 씨는 지금까지 자신이 한 말을 어긴 적이 없다. 그러니 좀 더 기다려야 한다. 선은 자신이 얼마나 참을성 있는 사람인지 하느님만은 아실 것이라 생각했다.

선은 팔을 뻗어 해져서 올이 풀린 종 당김줄을 잡았다. 깨울 사람이 아무도 없지만 그래도 날렵하게 줄을 당겨 하루의 시작을 알렸다. 여덟 번 종을 쳤고 칠 때마다 그들을 생각했다. 마지막 종은 그녀를 위한 것이었다. 둥 하는 소리가 그의 머릿속으로 파고들었다. 수천 번도 넘게 종을 치면서 그는 오른쪽 귀가 거의 먹었다.

이제 됐다. 그에게는 다른 일과가 남았다.

고등어 떼 가족이라고 불리는 맥알리스터 식구들이 이곳으로 오고 있다.

2장

집으로 돌아갈 수 있을까
마고

마고 맥알리스터는 먹고 싶지도 않은 아침 샌드위치와 필요도 없는 커피를 사기 위해 시내 맥도날드에 들렀다. 그녀도 자신이 시간을 끌고 있다는 것은 알았다. 그렇게 고대하던 전통 아니냐고 스스로에게 말할 수 있지만 20년이 넘게 지키지 않았으니 더는 전통이라고도 할 수 없지 않을까?

아무튼 마고의 차는 거의 반사적으로 드라이브 스루 라인에 섰다. 다른 날보다 일찍 일어난 터라 위장이 요동쳤다. 그녀는 주차장에 차를 대놓고 기름 냄새를 맡으며 홀로 아침을 먹었다. 샌드위치를 입안으로 욱여넣으며 마고는 그녀가 추측했던 것들이 데자뷔처럼 벌어져 주말 내내를 사로잡을 거라는 생각이 들었다. 이것이 그녀가 마크에게 오지 말라고 한 이유 중 하나다. 그에게 자신의 과거를 일일이 설명하고 싶지도 않았고 여전히 극복하지 못하고 있는 것들을 들키고 싶지도 않았다. 마고는 마크가 낯선 상황에 빨리 적응하지 못하는 사람이라는 것을 진작 눈치채고 있었다. 일전에도 "그게 누구였다고?"와 "왜 나한테 소개해 주지 않았어?"라는 물음에 끝도 없이 설명을 해야 했다. 그때 생각만 하면 진이 빠져서 마크가 같이 가겠다고 했을 때 바로 거절했다. 그는 삐쳐서 아침에 그녀를 바라보며 잘 갔다 오라는 말도 하지 않았지만 그 문제는 돌아가서 해결하면 된다. 지금은 닥친 일만으로도 벅차다.

맥도날드 주차장에서 보는 풍경은 언제나 똑같다. 흙탕물이 되어 버린 강, 콘크리트 다리. 주도로를 따라 들어선 관광객용 상점들, 작은 싸구려 식당, 휴일에 젖은 옷을 빨면서 프렌치프라이와 아이스크림으로 배를 채우던 빨래방까지.

그녀는 항상 맥도날드를 캠프로 들어가는 관문이라고 생각해 왔다. 매년 여름 아만다의 부모님이 둘을 캠프에 내려 주기 전에 이곳에 들러 '작별 식사'를 사주었기 때문이다. 마고의 부모님은 마고가 열 살이 되었을 때부터 캠프에 가기 한두 주 전에 아만다네 집에서 지낼 수 있게 허락하셨다. 덕분에 마고는 캠프 소유주의 딸이라는 신분이 아닌 평범한 야영객처럼 캠프장으로 들어갈 수 있었다. 그때는 오늘처럼 이른 시간에 맥도날드에 간 적이 없어서 지금 그녀가 먹고 있는 에그 맥머핀 대신 햄버거와 프렌치프라이를 시켰다. 둥근 잔디밭에 있는 낡은 피크닉 테이블에서 먹었기 때문에 항상 초여름 햇살에 벌겋게 달아오른 채 캠프에 입성하곤 했다.

그때와 메뉴가 다르긴 하지만 주변 전경이 똑같고 냄새도 똑같고 샌드위치를 싼 종이를 손바닥에서 구기는 방법도 똑같다. 그렇기 때문일까 코앞에 단풍잎이 흩어져 있어도 마치 그 시절 여름에 와 있는 것 같았다. 모든 것이 의미가 있었고, 차라리 그녀가 다 잊어버렸으면 좋겠다고 생각했던 그때 그 열일곱으로 말이다.

마고는 샌드위치를 마저 먹은 다음 포장지를 구겨 정리하고 차를 돌렸다. 몬트리올부터 쭉 틀어 둔 라디오 채널의 수신 상태가 좋지 않아 습관적으로 지역 프랑스 FM 라디오인 CIMO로 돌렸다. 라디오에서는 윌 스미스의 〈겟팅 지기 위드 잇〉이 흘러나왔다. 맙소사. 둘의 마지막 여름 그녀와 아만다는 이 바보 같은 윌 스미스 곡의 안무를 얼마나 많이 따라 했었나? 너무 많이 춰서 셀 수도 없었다. 아만다는 본 걸 그대로 따라 하는 데 도사라 완전 똑같이 춤을 췄다. 둘은 그날 밤 섬으로 들어가는 보트의 노를 저으며 후렴구의 나나나나나나를 외쳤고 그 소리가 물을 타고 메아리가 되어 퍼졌다.

"추억의 명곡을 들려 드리는 시간을 가지고 있습니다." 노래가 끝나자 라디오 DJ가 말했다. "1998년 여름으로 떠나 보시죠."

◆　◆　◆

마고의 차가 캠프 마코의 긴 비포장 진입로로 들어서며 먼지 구름을 일으켰다. 20년이 흘렀지만 아무것도 변하지 않았다. 그녀는 라디오 채널처럼 1998년 여름에 갇혀 있었다.

청소년 시절이 슬라이드 쇼처럼 펼쳐졌다. 왼편에는 숲으로 들어가는 오솔길이 있는데 이곳에서 아만다와 둘이 처음으로 담배를 피우다 동생인 메리에게 들킬 뻔했다. 메리는 늘 엄마한테 고자

질하곤 해서 그 애한테는 아무것도 말할 수 없었다.

지금 그녀는 메리가 매일 동틀 녘에 와서 부지런히 청소하고 말을 운동시키던 헛간을 지나는 중이다. 메리는 그곳에서 많은 시간을 보냈기 때문에 항상 몸에서 약간의 말 냄새를 풍겼다. 메리는 마고에게 말 타는 법을 가르쳐주려고 했지만 마고는 너무 무서웠다. 말이 가만히 있는 동안에는 애써 괜찮은 척했지만 뛰기 시작하자 그런 허세도 끝이 났다. 마고는 그 순간 자신의 승마 인생은 이걸로 끝이라는 것을 깨달았다.

메리는 이곳에서 멀지 않은 곳에 마구간을 소유하고 있다. 아침 운동을 마친 뒤 나중에나 도착할 테지만, 그건 괜찮았다. 마고는 아직 그녀의 과도한 진지함을 받아 줄 준비가 되지 않았다.

마고는 부모님이 언제 버려뒀는지 기억도 나지 않는 붉게 녹슨 트럭이 서 있는 잡초투성이 주차장으로 들어갔다. 트럭 옆에 차를 세우고 휴대전화로 들어온 메시지가 없는지 확인했다. 젠장. 마곡 (Magog, 퀘백주 지명)에 있는 맥도날드에서 확인했어야 했는데. 마크에게서 문자 두 개가 와 있었지만 수신이 되지 않아 볼 수가 없다. 근처 농장들에는 기지국이 없어서 통신이 불가능했다. 첨단 기술 면에서도 1998년으로 돌아온 셈이었다. 마고의 부모님은 야영객들이 현대 문물에서 잠시라도 벗어나 있는 편이 낫다고 생각해서 캠프에 기지국을 세우는 것을 반대했다. 마고도 그 철학에 동의했지만, 지금은 안달이 났다. 48시간 동안 연락이 안 되면 마크는 분명 달가워하지 않을 거다. 그가 겁에 질려 경찰에 신고하기 전에 유선전화로 연락했어야 했는데 그만 깜박하고 말았다.

그때 누군가 차의 윈드실드를 두드렸다. 마고는 너무 놀라 비명을 지르다가 휴대전화를 바닥으로 떨어뜨렸다.

"선! 젠장, 간 떨어져 죽는 줄 알았잖아요."

그가 잘 안 들린다는 듯 오른쪽 귀에다 대고 손을 둥글게 말더니 창문을 열어 달라는 동작을 취했다. 마고가 버튼을 누르자 유리가 가지런하게 자동차 문 틈새로 들어갔다.

"안녕, 마고."

"그런 식으로 사람을 놀라게 하지 마세요."

"일부러 그런 게 아니야. 주차장을 가로질러 걸어왔는데. 못 봤니?"

"휴대전화를 좀 확인하느라 못 봤어요."

그녀는 손을 뻗어 전화기를 주운 뒤 화면에 묻은 먼지를 닦았다. 세차를 할 때가 되어서 그런지 먼지가 잔뜩 껴 있었다. 마고도 슬슬 세차를 해야겠다고 생각하고 있었는데 마크가 자꾸 잔소리를 해서 아주 짜증이 났다. 이것 봐, 마고는 속으로 중얼거렸다. 지금도 마크가 원수라도 되는 것처럼 말하고 있잖아. 분명 사랑하는 사람인데 자신이 왜 이러는지 마고도 알 수가 없었다.

"여기서는 휴대전화가 안 터져." 선이 말했다. 그는 카고바지 주머니에 손을 찔러 넣었다. 그의 머리는 여전히 잘 익은 오렌지처럼 선명한 붉은빛이었지만 지금은 아주 짧게 잘려 있었다. 더 젊었을 땐 긴 곱슬머리여서 그가 안 보일 때면 아이들끼리 광대라고 부르곤 했다.

"그러네요." 마고가 말했다.

선은 어깨를 으쓱이더니 그 자리에 가만히 서서 움직이지 않았다. 마고는 영락없이 갇힌 기분이 들었다. 차에서 내리고 싶은데 그렇다고 선과 오랫동안 이런저런 이야기를 나누고 싶지도 않다. 그러나 방법이 없었다. 그는 테니스장의 점토 바닥처럼 요지부동인 인물이다. 부모님이 그에게 지붕 보수와 독이 가라앉지 않도록 관리하라는 일을 맡겼을 때부터 마고는 오싹한 기분을 느꼈다. 그녀가 다른 곳을 보고 있을 때 선이 뚫어지게 쳐다보는 것을 느낄 수 있었기 때문이다. 열세 살 소녀 적의 기억이지만 아직도 생생했다.

"차 문을 좀 열게요." 그녀가 말했다. 그러자 그가 뒤로 물러났다. 마고는 차 안 공기를 순환하려고 창문을 올리지 않고 그대로 두었다. 날이 화창했지만 덥지 않았다. 그녀는 소나무 향과 먼지, 녹슨 금속의 싸한 냄새를 맡았다. 바로 이 집의 냄새였다.

"아주 밝은 색 신발을 신었네." 선이 말했다.

"네? 아, 이 신발요. 맞아요. 참 요란스럽죠." 그녀는 하루 전날 산 새 러닝화를 신고 있었다. 한창 마라톤 훈련을 하는 중이었는데 보통 출전 3주 전에 러닝화를 준비해야 한다. 마고는 그 순간을 고대하며 마침내 상점에 갔지만 남은 물건 중에 발 사이즈에 맞는 것은 주황색이 포인트로 들어간 밝은 분홍색 러닝화 뿐이었다. "색이 눈에 띄지 않게 얼른 진흙이 묻었으면 좋겠어요." 그녀가 말했다.

"올여름에는 진흙이 별로 없어."

"그런 것 같네요."

선이 뒷좌석으로 몸을 구부리고는 마고의 작은 여행 가방을 집었다. 수년 전 외할아버지한테서 물려받은 가죽 가방이다.

"제가 들게요."

"아니. 알잖니. 맥알리스터 씨는 내가 널 챙겨 주길 바라실 거야. 언제나 그랬듯이."

"피트라고 부르세요. 아빠가 그래도 괜찮다고 누누이 말했잖아요."

"감히 그래서는 안 되지."

마고는 입을 다물었다. 그녀는 부모님에게 과도하게 굽실거리는 션의 태도를 이해할 수 없었고 앞으로도 그럴 것이다. 그녀는 션이 가방을 들고 가게 놔두고 앞서서 주차장을 나섰다.

"너와 케이트, 리디가 프랑스어 선생님의 오두막에 묵었으면 하는데 괜찮겠니? 네가 부모님 집을 쓰고 싶다면 물론…"

"아뇨, 괜찮아요."

그들은 솔 내음이 물씬 풍기는 키 큰 소나무 길을 따라 테니스장으로 갔다. 비가 오지 않아서 점토 바닥은 빛이 바래고 색이 빠진 상태였다. 마고의 눈앞에 다시 옛 기억이 펼쳐졌다. 테니스장 뒤 숲 속 깊숙한 곳에는 직원 오두막이 있었다. 그곳에서 마고는 수많은 밤을 술을 마시고 담배를 피우고 시시껄렁한 이야기를 하면서 보냈다. 반대쪽에는 관리동이 있는데 캠프 일을 보는 십 대 소년들의 호르몬이 들끓는 장소다. 열여섯 살 여름, 마고는 그곳에서 사이먼 보클레어와 처음 관계를 가졌다. 그리고는 곧장 숨막히고 다소 놀라웠던 첫 경험에 대해 아만다에게 자세히 털어놓았다. 아만다는 전부 이해한다는 듯 고개를 끄덕였지만 사실 마고는 그녀가 라이언을 위해 아직 순결을 아껴 두고 있다는 사실을 알고 있었다. 하지만 그녀의 오빠가 절대 아만다를 그런 대상으로 보지 않는다는 것도 알고 있었기에 친구의 바람이 가망 없다고 생각했다.

라이언을 위해 아껴 두기. 무슨 싸구려 B급 영화 제목 같다. 그런데 사건이 벌어지고 난 뒤 마고가 처음으로 보러 간 영화가 하필 〈라이언 일병 구하기〉였다. 그녀는 극장에서 울고 또 울었다. 이유를 설명할 수 없었다. 어쩌면 아만다는 이해할지도 모르지만.

그러나 이제 와서 물어보긴 너무 늦었다.

"괜찮겠니?" 선이 물었다. "오두막에 있어도?"

"괜찮다고 했잖아요."

"한 번 더 확인한 거야. 쌩하게 굴지 마."

"쌩하게 굴지 말라고요? 저기요. 선, 대체 언제 철이 들려고 그래요?"

"무슨 말이야?"

그들은 길가에 섰다. 마고는 돌아보지 않았지만 부모님의 집이 뒤편에 있다는 것을 안다. 봄에 부모님이 돌아가시기 전 마지막으로 이 집에서 뵈었다.

"그러니까…… 캠프 말이에요." 마고가 말했다. "왜 아직도 여기 있어요?"

"난 네 짐을 들고 있잖니."

"아니, 내 말은 왜 이곳에 있냐고요. 캠프장에요. 왜 여기 사냐고요."

"그야 여기가 내 집이니까."

"하지만 여긴 당신 집이 아니잖아요."

선이 그녀의 가방을 바닥에 떨어뜨리자 작게 먼지 구름이 일었다. "왜 이러는 거니? 난 너한테 아무 짓도 안 했는데."

마고는 자신이 머저리처럼 굴며 잘못하고 있다는 것을 알았다. 이미 오늘 하루가 너무 힘에 부쳤다. 부모님의 빈집이 그녀를 잡아당기며 과거의 모습으로 되돌려 놓고 있었다. 여름 캠프에서 지냈던 그때의 그녀로. 그녀는 더 이상 그 소녀가 되고 싶지 않지만 가끔은 자기 의지대로 할 수 없는 상황도 있기 마련이다.

"미안해요, 션. 여기 오니 마음이 심란해서 그래요."

"네 행동을 장소 탓으로 돌리면 안 돼."

"당신은 안 그렇고요?"

그는 발바닥으로 돌을 이리저리 굴렸다. 평생 여름을 뙤약볕 아래서 보내 션은 확실히 자기 나이인 마흔다섯보다 더 들어 보였다.

"알다시피 네 부모님이 나한테 잘해 주셨어."

"저도 부모님이 그렇게 하셨던 게 참 존경스러워요."

"그것뿐이니?"

마고는 마침내 어깨너머로 돌아보았다. 1950년대 목장에서나 볼 법한 주택이다. 호숫가에 자리한 약 81만 제곱미터 부지에 듬성듬성 자리한 흰 참나무 관리동과 진녹색 오두막들과는 전혀 어울리지 않았다.

"저게 당신이 원하는 거예요?"

"뭐라고?"

"저 집 말이에요. 여기 머물면서 부모님 집에 살고 싶어요?"

"난 한 번도…"

선의 말을 잘라먹기에는 필요 이상으로 큰 자동차 스테레오 소리가 울려 퍼졌다. 두 사람은 서로를 슬쩍 쳐다보았다. 누군지 굳이 알아볼 필요가 없었다.

라이언이 도착한 것이다.

3장

내가 돌아왔다

라이언

"백 인 블랙." 이제 막 마흔 줄에 들어섰지만 어쩔 땐 서른다섯으로 보이는 라이언 맥알리스터가 아우디 A3 스테레오에 시끌벅적하게 틀어 재낀 노래다. 그는 불과 한두 달 전에 이 차를 리스했고 처음으로 사운드 시스템을 써 봤다. 새 차를 몰고 집에 왔을 때 아내 캐리는 남편이 중년의 위기나 뭐 그런 걸 겪고 있다고 생각했다. 라이언이 둘이서 합의했던 합리적인 가격의 CRV가 아닌 이 차를 고른 이유는 이상하리만치 텅 빈 고속도로로 시범 주행을 나갔다가 속도를 내보니 간만에 아주 기분이 좋았기 때문이었다. 그런 게 중년의 위기를 겪고 있다는 징조라면 뭐 그러라지.

그가 위기를 겪고 있다고 해도 놀랄 일은 아니다. 지난 한두 해는 정말 끔찍했다. 라이언의 사업 파트너가 범죄자가 되면서 그의 사업은 망하는 중이고 캐리와의 사이도 삐걱댔으며 부모님까지 돌아가셨다. 하지만 이번 주를 기점으로 상황은 달라질 거다. 유언장이 공개되고 결정이 내려지면 라이언은 모든 것을 수습할 수 있다. 사업을 구할 수 있다. 그러면 캐리를 다시 행복하게 해줄 수 있을 것이다. 그녀가 바라는 것처럼 집을 수리하고 가족 휴가를 가고 사무실에서 일하는 시간을 좀 줄일 수 있다. 그런 게 바로 결혼 생활이 아닐까? 상대의 바람과 필요를 맞춰 주는 것? 어쨌든 상담을 해준 의사도 그러는 편이 좋겠다고 말했다.

에잇, 알게 뭐람. 지금 그가 바라는 건 스피커 볼륨을 최대로 높이고 차를 몰고 아주 빠른 속도로 집을 벗어나는 것이다. 가족을 사랑하지 않는 건 아니다. 당연히 사랑하지만 어깨에 두른 무거운 짐이 목을 조여 오는 것처럼 느껴지기 시작했다.

캠프도 그의 가족과 여동생들도 마찬가지였다. 그는 이 모든 일들과 모두에게서 홀가분해지고 싶다. 그런 다음에야 앞으로 나갈 수 있을 것 같다. 과거로부터 자유로워진다면 다시 시작할 수 있을 것이다. 더 좋은 아빠이자 남편이자 남자로.

그건 그렇고 이 스피커를 타고 흐르는 AC/DC의 노래가 기가 막히지 않나? 브라이언 존슨은 진짜 미쳤다.

라이언은 노래를 다 듣고 난 뒤에 시동을 껐다. 그는 마고의 차로 보이는 고물이 다 된 혼다 어큐라 옆에 차를 세웠다. 폐차 직전인 그런 차를 동생이 몰고 다니는 걸 보니 짜증이 났다. 마고는 여동생 중에서 제일 예쁜데 최근 5년 사이에 자신을 놓아 버렸다. 외형적인 부분이라기보다(마고는 달리기를 너무 많이 해서 살이 찌진 않았다) 다른 방식으로 말이다. 친목 모임에 나가는 것도 그만두고 고등학교 부교장도 못해 볼 위인인 마크라는 남자랑 어울리기 시작한 것이다.

마고는 여기에 그보다 먼저 왔다. 라이언은 그럴 거라고 예상했다. 내기를 한다면 다음과 같은 순서로 여동생들이 도착할 거라는데 걸었을 것이다. 마고, 리디, 케이트, 메리 순으로. 그중 앞의 두 명만 제시간에 오겠지.

라이언은 시간개념이 철저한 사람이다. 그래서 자기 계획에 맞춰 제때 도착했고 모두가 모이기 전에 미리 마고와 이야기를 나누어 자기편으로 만든 다음 그녀를 통해 다른 이들도 포섭할 것이다. 아무튼 마고는 지금 어디 있지?

라이언은 눈을 감았다. 자신이 마고라면 지금쯤 어디에 있을까?

그는 차에서 내려 뒷좌석에 놔둔 가방을 집어 들었다. 그리고 왼쪽으로 방향을 틀어 부모님 집까지 숲을 가로질러 가는 길을 택했다. 현관에 도착한 다음 콘크리트로 된 작은 계단이 딸린 소박한 문으로 가서 열쇠로 열고 들어갔다. 가구는 굿윌 자선 상점에 기증하기도 힘든 구닥다리인데 아주 값이 나가는 물건들처럼 흰 천으로 덮여 있었다. 그는 자기 침실에 짐을 내려놓았다. 진청색으로 칠해진 방은 이 집에서 유일하게 여동생들이 들어오지 않는 공간이다.

주머니에 넣어 둔 휴대전화가 울렸다. 캠프장에는 휴대전화 기지국이 없지만 2년 전 캐리와 딸들을 두고 머리를 식히려고 집을 나섰을 때 그는 이곳에 묵으면서 인터넷을 설치했고 자기만 아는 암호를 달아 두었다.

그해 여름, 그는 사업 파트너 존 라이런스가 그들의 사업 자금을 빼돌린 사실을 알게 되었다. 가장 끔찍한 일은 늘 여름에 벌어진다. 그래서 라이언은 해가 길어지면 불안했고 해가 짧아져 퇴근할 때 밖이 컴컴해지는 시기가 되어서야 다시 안정을 찾았다.

그는 문자 메시지를 읽었다. 마고와 이야기해 봤어요? 캐리가 보낸 메시지다.

라이언은 거실에 있는 집 전화로 가서 아내에게 전화를 걸었다. 그의 아이들이라면 박물관에만 있을 거라 생각할 법한 회전식 다이얼이 달린 낡은 전화기다. 세 번의 시도 끝에 캐리의 번호를 실수하지 않고 돌릴 수 있었다.

"잘 도착했어요?" 캐리가 물었다. 라이언은 그녀가 환한 흰색 주방 아일랜드 조리대 위로 식재료들을 쭉 정렬해 둔 채로 서 있는 모습을 상상했다. 그녀는 항상 주말에 요리를 하지 않으려 다음 주에 먹을 음식을 금요일에 몰아서 해 둔다. 언제나 그랬다. 아내는 모든 것을 세밀한 부분까지 다 계획한다.

"잘 도착했어."

"어디에요?"

"집 안이야."

"집 전화기 아니에요?"

"걱정 마. 마고 밖에 없어."

"선도 있는 거 아니에요? 이건 중요한 일이에요. 나도 갈 걸 그랬어요."

"우린 합의했잖아. 내 가족 일이니 내가 알아서 하기로."

"좋아요. 망치지만 말아요."

라이언은 수화기를 내려서 테이블을 툭툭 쳤다. 그가 한 성질 하던 20년 전이었다면 유리창 너머로 전화기를 통째로 집어 던졌을 것이다. 그래서 존과 사달이 났을 때도 라이언은 이곳에 왔다. 캐리는 좋은 점이 많은 여자지만 그가 자기 문제를 스스로 해결하도록 놔두는 미덕은 부족했다.

"그럴 계획이야."

"이번 일에 내 인생도 걸렸어요, 라이언. 내 미래요. 우리 아이들의 미래도요."

"나도 제대로 알고 있어."

"좋아요. 그런데 술 마시고 마고랑 부둥켜안고 추태 부리지 말아요."

라이언은 아내가 마고의 이름을 말하던 순간 호수가 내려다보이는 오두막 쪽으로 걸어가는 중인 마고를 발견했다. 프랑스어 선생님의 오두막. 부모님의 친구가 거기 묵은 적이 있어서 항상 그렇게 불렀다. 그 사람이 미국인 캠프 참가자들에게 프랑스어를 가르쳐주기로 했는데 할 줄 아는 프랑스어가 고작 식당에서 주문하는 단어뿐이라 계획은 취소되었다. 부모님이 빠듯한 예산으로 꾸려 가는 캠프를 더 나은 곳으로 만들고자 데려온 많은 다른 지인들도 그랬다. 그 친구는 여름이 끝나자 캠프를 떠났지만 그때 부르던 별명이 그대로 남았다.

"마고랑 그러지 않을 거야." 하지만 술 마시는 건……

"장례식장에서도 그렇게 말했잖아요. 그래 놓고 여덟 시간 뒤에 둘이서 모닥불 앞에 앉아서 서로 어깨동무를 하고 웅얼거렸죠. '사랑해' 어쩌고 하면서."

마고가 몸을 돌리더니 나무에 가려 보이지 않는 누군가에게 뭐라고 했다. 그러다 두 사람이 시야에 들어왔다. 선이다. 라이언은 놀라지 않았다. 선은 어릴 적부터 항상 마고 주변을 배회했다. 아만다는 그걸로 늘 놀려댔는데 언젠가는 마고가 선과 결혼할 거라고 말했다. 그러자 마고는 선을 포함해 모두에게 다 들리도록 웃으면서 그런 일이 없을 거라는 점을 분명히 했다. 그게 마고의 형편없는 부분이자 위험한 부분이기도 했다.

어떤 남자도 다른 사람 앞에서 비웃음을 당하고 싶어 하지 않는다.

"당신이 잘못 기억하고 있어." 라이언이 화를 내며 말했다. "우린 '사랑해' 하는 단계까지 간 적이 한 번도 없어."

"뭐래."

"지금 우리 애들처럼 말하는 거 알아?"

"말투는 감염되거든요."

라이언은 AC/DC의 노래를 끄고 난 뒤로 처음으로 미소를 지었다. 그의 세 딸은 인생을 다 바쳐서 사랑하는 자식이었다. 그와 캐리가 지지고 볶으면서도 함께 사는 이유이기도 하다. 딸들을 위해서라면 그는 무엇이든 할 수 있었다. 그를 아는 사람들이 그 소리를 들으면 놀랄 거다. 술에 취해 '사랑해'라고 할 때가 간간이 있기는 하지만 아무도 그가 감성적인 사람이라고는 생각하지 않으니까.

"좋은 쪽으로 만요." 캐리가 말했다.

"동감이야."

"아이들을 위해 이러는 거니까요."

"그렇지."

"계속 연락해요."

"여긴 아직 휴대전화 기지국이 없어."

"집에서 문자 받을 수 있잖아요."

"당신이 어떻게……."

"장례식이 끝나고 신호가 잡힌다는 걸 알았어요. 당신이 걸어 둔 암호는 쉬웠고요."

"칭찬 참 고맙네."

"암호를 바꿔요."

캐리는 자신들의 계획을 마지막으로 한 번 더 확인한 뒤에야 비로소 전화를 끊었다. 그녀가 말하는 동안 라이언은 마고가 프랑스어 선생님의 오두막 안을 돌아다니는 것을 지켜보았다. 거실에 불이 켜졌다. 침실 한 곳에서 그녀가 짐을 풀었다. 그 오두막 옆으로 펼쳐진 풍경으로 시선이 가지 않게 하려면 그녀를 지켜보는 편이 더 수월했다.

그곳에는 호수가 있다. 그리고 호수 너머로 그 섬이 있다.

아만다

1998년 7월 22일 오후 10시

그 섬은 호수 한가운데 완전한 원형을 이룬 땅이다. 보트 해변에서 그리 멀어 보이진 않지만 실제로 노를 저어 가면 30분은 족히 걸린다. 그곳에서 밤을 보낼 준비를 시작했다. 캠프의 관리인인 션이 캠프 카운슬러 수련생인 메리를 포함해 캠프 참가자들을 한 번에 네 명씩 고속 구명보트에 태워 데려다 주었다. 메리는 마고의 자매로 열여섯 살이다.

난 지쳤지만 동시에 흥분되기도 했다. 어릴 때는 밤을 새우며 노는 것을 좋아했다. 모닥불을 지펴 마시멜로를 구워 먹고 헤엄쳐서 다시 캠프장으로 돌아가겠다고 카운슬러들의 골치를 썩였다. 그러다 마고와 내가 열네 살이던 여름, 새벽 3시에 갑자기 남자애들 한 팀이 우리 숙소로 찾아와서 같이 알몸 수영을 하자고 졸랐다. 큰 소리로 떠드는 통에 한 카운슬러가 알아차리고 그들을 쫓아 보냈다. 다음 날 아침 맥알리스터 씨가 부모님에게 전화를 해 다들 집으로 돌려보내겠다고 혼을 냈다. 남자애들이 한밤중에 맥알리스터 씨의 딸에게 접근하려고 한 거니까. 그건 용납할 수 없는 일이었다.

맥알리스터 씨는 대학 교양 수업 때 외워 둔 것 같은 그럴싸한 말들을 인용하며 설교를 늘어놓았다. 그는 '아이들의 감옥'에서 일하는 사람이 아니라 셰익스피어를 가르치는 사람이 되려고 했다는 말을 자주 했다. 그러나 스물여덟 살 때 아버지가 돌아가셔서 꿈을 접고 캠프를 물려받아야 했다고. 내가 듣기론 맥알리스터 씨는 캠프를 팔고 싶어 했지만 캠프가 신탁 같은 것으로 묶여 있어서 어쩔수 없이 그도 함께 이곳에 묶이게 된 거였다.

캠프에서 밤을 새우는 행사는 폐지될 뻔했지만 누군가, 아마도 마고의 엄마가 개입해서 계속하게 된 것 같다. 밤에 별을 보고 누워 모기한테 뜯기는 것이 우리가 인격을 함양하는 데 도움을 준다나? 그건 캠프 초기부터 이어온 전통이다. 마고의 엄마는 전통을 아주 중요하게 생각하는 사람이었다. 그래서 섬에서 밤을 새우는 행사는 계속되었고 카운슬러들에게 들키지 않고 몰래 어디를 가려면 한층 공들여 계획을 세워야 했다.

그러나 캠프 참가자가 아닌 카운슬러가 되면 이 밤샘 행사는 다른 문제다. 캠프 참가자들이야 밤에 잠을 안자도 괜찮지만, 보트를 뒤집고 싶어 안달이 난 열 살짜리들에게 다음 날 아침 9시부터 보트 타기 강습을 해주어야 한다면 상황은 달라진다. 카운슬러들 대부분이 밤을 새우는 행사를 끔찍이 싫어했다. 하지만 나는 평생의 마지막이 되어 버린 그날 밤 행사를 기다리고 있었다. 라이언 때문이었다.

우리는 방수포를 깔고 모닥불을 피운 다음 해변에 놔둔 짐을 챙겨 오는 아이들을 도왔다. 열 살과 열한 살 소녀들로 이루어진 캠프 참가자들은 들떠서 킥킥거렸고 마고가 별자리를 설명하는데도 듣는 둥 마는 둥 했다. 선에게 작별 인사를 하고 난 뒤 모두가 모닥불 주위로 둘러앉았고 우리는 아이들에게 따뜻한 코코아를 한 잔씩 타 준 다음 주머니칼로 마시멜로를 끼울 꼬치를 만들었다. 난 한 명씩 돌아가며 불에서 멀리 떨어지게 한 다음 노출된 피부에 골고루 모기 퇴치제를 뿌려 주었다.

난 기계적으로 할 일을 해 나갔다. 머릿속에는 온통 라이언, 라이언 맥알리스터, 라이언, 라이언, 라이언 생각뿐이었다. 그를 생각하는 데 너무 몰두한 나머지 그만 클로드라는 소녀를 라이언이라고 부르고 말았다. 클로드는 그런 실수를 큰 소리로 짚고 넘어가야 적성이 풀리는 아이인데 내가 퇴치제가 안 뿌려진 곳이 없냐고 물었을 때 그저 눈만 굴리는 걸로 봐서는 내 머릿속에서만 크게 그 이름을 외쳤나 보다. 난 반대편에서 유명한 프랑스 팝송을 기타로 연주하는 마고를 쳐다보면서 좀 더 조심하지 않으면 들킬 거라고 자신을 타일렀다.

마고는 라이언에 대한 내 감정이 단순한 짝사랑에서 현실적인 희망으로 바뀐 것을 알지 못했다. 내가 그의 이름을 입에 올릴 때마다 마고가 짓는 특유의 표정이 있다. 퍽이나 잘 되겠다, 아만다 빈. 마고는 내게 들리도록 그 말을 할 필요가 없었다. 나도 그렇게 생각했다. 올해 여름이 되기 전까지는 마고의 생각이 옳았다. 라이언은 결코 나에게 눈길을 주지 않았다. 난 여동생의 짜증나는 친구 중 한 명일 뿐이니까. 그런데 어딘지 모르게 상황이 달라졌다. 라이언이 내가 하는 말에 웃기 시작했고 웃기지도 않은 말에도 그렇게 반응했다. 어느 토요일 밤 관리동에서 같이 춤을 추었을 때 그가 내 등에 손을 올리고 피부를 쓸어내리는 통에 난 아찔함을 느꼈다.

그리고 지금 라이언이 날 만나러 오는 중이다.

뭘 하러 오는 건지 확실히 모르지만 그게 무엇이든 난 그를 원하고 있다는 것을 안다.

	아만다	마고	라이언	메리	션
오후 9시	풍등 날리기	풍등 날리기	풍등 날리기		
오후 10시	호수 섬	호수 섬		호수 섬	구명보트

4장

그들이 늘 잊어버리는 한 사람
리디

리디 맥알리스터는 라이언이 먼저 끊을 때까지 기다렸다가 수화기를 내려놓았다.

그녀는 부모님 집 지하실에서 아빠가 계단을 올라 엄마에게 가고 싶지 않을 때 자주 잠을 청하는 침대에 누웠다. 그리고 혼자만 족스런 미소를 지었다. 어젯밤 그녀는 아빠가 숨겨 둔 마리화나를 좀 찾아내 잠들기 전에 절반 정도 피웠고 그 기운이 가시지 않은 상태로 아침에 일어났다.

지금은 아무도 리디가 어디 있는지 모른다. 그녀는 이런 자유가 좋았다. 어릴 때는 활기가 넘치는 가족들 틈에서 가장 어린아이였기에 눈에 띄지 않는 자신이 너무 싫었다. 하지만 자라면서 그 장점을 이해하게 되었고 보이지 않게 움직이는 능력을 키웠다. 보이지 않을 때 가장 흥미로운 이야기를 많이 알게 되고 많이 보게 된다. 사람들은 눈에 띄지 않는 사람한테는 뭐든 말해도 괜찮을 거라고 확신한다. 그래서 가끔 이상한 이야기를 털어놓기도 한다.

언젠가 한 번은 구제옷 가게에서 산 낡은 양복을 입고 술집에 갔는데 그녀 옆에 앉은 남자가 자신을 살인 청부업자라고 소개했다. 그는 자신의 작업 방식을 설명했다. 하지만 "만일에 대비해서", "내가 당신을 잘못 판단했을 경우에 대비해서"라는 말을 계속하며 그가 죽인 사람의 이름을 말하진 않았다. 리디는 매료되어 이야기를 들으면서도 그가 거짓말을 하고 있다고 생각했다. 하지만 그가 그녀의 이름을 물어봤을 때 가짜 이름을 대고 그 남자가 술집을 나선 뒤 한 시간을 더 기다린 후에야 그곳에서 나왔다. 리디는 '밥'이 다음 날 아침 일어나 해서는 안 되는 이야기를 떠벌린 걸 후회하면서 술집으로 그녀를 찾으러 올까 봐 다시는 그곳에 가지 않았다. 리디는 이제까지 겪은 것 중에서 그날의 경험이 가장 특이했다.

리디는 똑바로 앉았다. 방은 어두웠다. 지면과 같은 높이에 있는 창문에는 암막 블라인드가 쳐져 있었다. 아빠는 숨고 싶을 때면 햇살마저 차단하려 했다.

그녀는 방금 엿들은 대화에 대해 생각했다. 캐리는 라이언한테 누가 들을지도 모른다는 가능성까지 언급해 놓고서 거실에 있는 일반 전화기로 자기들 계획을 떠들어댔다. 둘 다 멍청하다. 하지만 라이언은 항상 그랬다. 인생에서 벌어지는 예상 밖의 일이 자신한테는 영향을 미치지 못한다는 듯 언제나 천하무적인 양 행동했다. 존 라이런스가 공금을 챙겨 도망쳤을 때처럼 상황이 나빠졌을 때에도 그는 마치 남의 일인 것처럼 굴었다. 심지어 가끔은 3인칭을 써서 말하기도 했다. "라이언이 존에게 배신당했을 때." 참으로 이상했다.

가족들 모두 리디가 이상하다고 생각한다. 남자처럼 머리를 짧게 자르고 남자 옷을 입고 데이트한 상대를 절대 가족에게 소개하지 않으니까. 〈트랜스페어런트〉가 방영을 시작한 뒤로 다들 그녀를 트랜스젠더로 여겼다. 그전에는 그녀를 레즈비언이라고 생각했다. 리디는 어느 쪽도 아니지만 양쪽 다 시도해 보기는 했다. 하지만 아니다. 옷을 이렇게 입는 건 자신을 방어하기 위해서다. 게다가 남성복이 여성복보다 편하고 주머니가 더 많다. 리디는 더 많은 사람들이 주머니가 많은 옷이 편하다는 점을 이해한다면 자신의 삶의 방식도 한층 관대하게 봐줄 거라고 확신했다.

그녀는 옷을 입고 지하실 욕실에서 이를 닦으면서 라이언이 하려는 일에 대해 생각해보았다. 부모님은 기차 탈선 사고로 동시에 죽게 되실 거라는 사실은 몰랐겠지만, 아빠는 분명 모든 가능성을 염두에 두고 사후의 계획을 세워 두었다. 가족 변호사인 케빈 스위프트가 장례식이 끝난 뒤에 아빠의 유언을 명확하게 전달해주었다. 아빠가 돌아가신 뒤의 첫 여름까지는 정상적으로 캠프를 운영하고 마지막 남은 아이가 짐을 싸서 부모에게 잘 돌아가고 난 뒤 가족들이 모여 아빠의 유언장을 읽고 이곳을 어떻게 할지 결정하는 것이다.

계속 운영하든지 팔든지. 그들이 해야 하는 선택은 둘 중 하나다.

아빠가 현실적이지 못한 건 하루 이틀 일이 아니지만 수백만 달러에 달하는 캠프 부지를 두고 다섯 자녀가 의견 일지를 볼 수 있으리라 생각했다니 정말 충격적일 만큼 순진한 생각이었다. 라이언의 선택은 분명하다. 마고와 메리도 마찬가지다. 케이트는 심중을 파악하기 어렵지만 그 모든 사건에도 불구하고 결국 라이언의 편일 거다.

그렇다면 리디는? 글쎄, 그녀는 기다렸다가 바람이 어느 쪽으로 부는지 지켜본 다음, 그다음에 결정을 내릴 거다. 아니면 재미삼아 일을 망치려 들거나.

그런 적이 이번이 처음은 아니니까 어려울 것 없다.

◆　　◆　　◆

"세상에, 리디. 너 때문에 깜짝 놀랐잖아."

리디가 배를 잡고 웃었다. 라이언은 주방에서 커피를 만들고 있다가 리디가 살금살금 다가가서 조용히 "안녕" 하고 인사를 건네자 놀라 공중으로 뛰어올랐다.

"좀 편하게 있어. 오빠는 항상 긴장하고 있잖아."

라이언이 드레스 셔츠의 깃을 당겨 빼냈다. 캠프에 양복을 입고 오다니? 가족들에게 잘 보이려는 것일까, 아니면 단지 이번 모임을 사업적인 자리로 여긴다는 뜻일까?

"생각할 것이 많아서 그런다 왜?"

"그런 것 같네."

"잠시만…… 언제 왔어?"

"어젯밤에."

"여기서 잤니?"

"응. 왜?"

"얘기가 틀리잖아."

리디는 낡은 포마이카 조리대에 몸을 기댔다. 가장자리가 갈라져 울퉁불퉁한 표면이 그녀의 등을 아프게 찔렀다. "날 좀 내버려 둬. 여긴 내 집이야. 내가 좋을 때 왔다 갈 수 있다고."

"그건 두고 봐야지."

"지금 협박하는 거야?"

"아니."

"그렇게 말한다면야. 하지만 난 오빠의 계획이 뭔지 알고 있어."

그 소리에 라이언의 얼굴이 빨개졌다. 셔츠는 반 사이즈 정도 작아서 목 주변이 좀 끼는 듯했다. "어떻게 네가…… 이 소름 끼치는 인간. 지하실 내선으로 엿들은 거야?"

"아니, 이 패배자야. 난 그냥 오빠를 알거든. 이 땅을 팔아서 엄청나게 많은 콘도를 지으려고 안달이 나 있잖아."

"이 땅이 얼마나 가격이 나가는지 네가 알기나 해?"

"난 멍청이가 아니야. 게다가 한 10년 동안 오빠는 계속 그 이야기만 했어."

"넌 팔고 싶지 않니?"

"아직 결정하지 않았어."

"리디…….”

"왜?"

"우린 의견 일치를 봐야 해."

"두고 보자고. 유언장에 뭐라고 적혀 있는지 사실 우린 모르잖아, 안 그래?"

라이언은 불안한지 눈을 자꾸 깜박였다. "그게 무슨 말이야?"

"오빠가 생각하는 대로 일이 풀릴 거라고 그리 장담하지 말란 말이야."

리디도 유언장을 못 봤지만 라이언이 그 점을 알 필요는 없었다. 몹시 당혹해하는 그의 모습을 보는 것이 재미있었다.

"너 혹시 내가 모르는 걸 알고 있어?"

"늘 알지."

라이언은 두 걸음에 리디 옆으로 다가와서 그녀의 팔을 꽉 붙들었다. 그에게서 묵은 술과 땀 냄새가 풍겼다.

"아야! 이거 놔."

"네가 뭘 알고 있는지 말해."

조심해야 하는 상황이라는 걸 알지만 리디는 그저 짜증만 솟구쳤다. 라이언은 항상 그녀를 과소평가했고 자신의 실수를 발견하면 적반하장으로 화를 냈다. 지금도 자신이 리디의 행동을 이해하지 못하는 것이 마치 그녀의 탓인 양 굴고 있다.

"이거 놔, 오빠. 안 그러면 후회하게 해주겠어."

그러자 라이언이 비웃듯 말했다. "지금 누가 협박을 하고 있는 거야?"

"진심이야. 날 안 놔주면 가만두지 않겠어."

"가만두지 않으면 어쩔 건데?"

라이언이 더 세게 팔을 잡았다.

"정신이 어떻게 된 거야?"

리디는 재빨리 최대한 힘껏 무릎으로 그의 사타구니를 가격했다. 그녀의 신장은 158센티미터로 라이언의 183센티미터에 비할 바가 아니지만 호신술 수업을 들었고 미쉐린맨처럼 옷을 입은 덩치 큰 남자를 상대로 수차례 기술을 연습했다. 친오빠를 상대로 써먹을 거라고는 전혀 생각하지 못했지만.

라이언이 그녀의 팔을 놓고 바닥으로 넘어져 신음했다. 그는 태아처럼 몸을 웅크리고 다리 사이에 손을 올렸다. 얼굴이 창백해졌고 이마에 구슬땀이 송골송골 맺혔다.

힘을 너무 많이 줬나? 아니, 잊어버려야지. 그가 잡았던 팔에 멍이 들 거다. 그는 당해도 싸다, 멍청한 인간.

"말은 할 수 있겠어?"

"얼음." 라이언이 이를 갈면서 말했다. "얼음 좀 갖다 줘."

"아픔이라는 게 뭔지 잠시 느껴도 좋을 것 같은데."

"난 제대로 느끼고 있어. 젠장."

리디는 그의 앞에 섰다. 불쌍해 보였다. 이 기술을 실제로 써본 건 처음이다. "그래서 캐리가 오빠를 쫓아낸 거야? 자기한테 폭력을 써서?"

"한 번도 아내한테 손댄 적 없어. 그리고 캐리가 날 쫓아낸 게 아니야."

"그래, 그랬겠지."

"리디 부탁이야. 미안해. 널 그런 식으로 잡은 거 정말 미안해. 절대 용인할 수 없는 행동이고 내가 잠시 뭐에 씌었나 봐. 부탁인데 얼음 좀 가져다줄래?"

"알았어."

리디는 낡아 누르스름해진 냉장고를 향해 걸었다. 냉장고 문에
는 아직도 어린 시절 그들이 만든 공작품이 붙어 있다. 공방에서
만든 바보 같은 작품들. 직원 사진도 있다. 장을 보러 갈 때 써 놓
은 메모도 그대로다. '진짜 채소를 사와!' 무슨 뜻인지 모르겠지만
아빠의 글씨체다. 하나 빠진 게 있다면 그건 가족사진이다. 어딘
가에는 붙어 있어야 하는데 그걸 본 기억이 나지 않는다.

그녀는 냉동고를 열어 플라스틱 얼음 통을 꺼냈다. 얼음이 반밖
에 없지만 뭐 어쩔 수 없다. 그녀는 티 타월 위로 얼음을 부었다.
수년 전에 엄마가 이 칙칙한 주방에 전혀 어울리지 않은 무지개무
늬 티 타월을 만들었다. 그 안에 얼음을 싸고 있자니 옛날 생각이
났다. 엄마 생각이 나는 게 아니라 모두가 어릴 때, 그리고 아직 행
복한 한 가족으로 지냈던 그 시절이 떠올랐다.

"여기 있어." 리디는 이렇게 말하고 얼음 주머니가 된 타월을 라
이언의 사타구니 쪽으로 건넸다. "이거면 돼?"

5 장

끝에서 두 번째
마고

마고가 부모님 집 주방으로 들어가니 라이언이 젖은 티 타월을 가랑이에 댄 채 바닥에 누워 있고 리디는 마치 그를 혼내려고 기다리는 사람처럼 허리에 손을 올리고 서 있었다.

"온 지 한 시간도 안 됐는데 벌써 부상이라니 참 잘했네." 그녀가 말했다.

그 소리에 리디가 휙 돌아보았다. 리디는 남성용 청바지에 목까지 단추를 채운 격자무늬 셔츠를 입었다. 양 손등에 문신을 했고 머리는 〈위험한 청춘〉에 나오는 톰 크루즈처럼 짧게 잘랐다. 마고는 그런 행색을 결코 이해할 수 없었지만 리디도 카키색 바지에 엘엘빈L.L.Bean 크루넥 캐시미어 스웨터를 걸친 자신을 보며 같은 생각을 할 거라고 예상했다.

"안녕, 마고 언니."

"안녕, 리디. 무슨 일이야?"

"내가 오빠 급소를 걷어찼어."

"뭐라고? 왜 그랬는데?"

"오빠가 병신처럼 굴어서."

마고가 라이언을 향해 몸을 구부렸다. 그는 땀을 잔뜩 흘렸고 십대 때 그의 방에서 나던 불쾌하고 톡 쏘는 흙냄새 같은 것도 풍겼다. "남자 냄새야." 그때는 그렇게 불렀다. 하지만 마크에게서는 그런 냄새가 난 적이 없었다. "계속 바닥에 누워 있을 거야?"

"그래야 할지도 몰라."

"알아서 해. 하지만 스위프트 씨가 오기 전에 오빠가 이야기를 하고 싶어 하는 줄 알았는데."

라이언이 등으로 굴렀다. "빌어먹을."

"제대로 당했지?"

"내가 너무 셌나 봐." 리디가 말했다.

마고는 몸을 일으켰다. "그런 거 같네."

"오빠는 별 탈 없을 거야."

"무슨 일이 있었는지 말해줄 거야?"

리디가 어깨를 으쓱였다. "별로 상관없잖아."

"여기는 언제 왔어?"

"어젯밤에."

"네가 여기 있는 거 션도 알아?"

"아니."

"왜 말 안 했어?"

"내가 도착했을 때 그는 이미 자고 있었어."

"그걸 네가 어떻게 알아?"

"그는 항상 10시에 자러 가잖아."

마고는 리디 쪽으로 몸을 구부렸다. 아빠에게서 나던 커피와 마리화나가 뒤섞인 냄새가 풍겼다. "요새도 일어나자마자 마리화나를 피워?"

"뭐라고?"

"관두자. 넌 네가 여기 있다고 선한테 알렸어야 했어."

그 소리에 리디가 웃음을 터트렸다. "어머, 별꼴이야. 오빠도 들었어? 갑자기 마고 언니가 선이 어떻게 생각할지를 다 걱정하네."

"입 다물어."

"아니, 부탁인데 내가 선에게 뭘 어떻게 해야 했는지 더 말해줘."

라이언이 일어나 앉았다. "둘 다 그만해."

리디는 라이언과 마고를 번갈아 쳐다보았다. "알았어. 그렇지. 또 언니 편을 들어. 언제는 안 그랬어?"

그녀는 몸을 돌리고 주방에서 나갔다.

마고는 라이언이 일어날 수 있게 손을 뻗었다. 그는 마고의 손을 잡고 자기 발로 간신히 일어났다. 그 바람에 티 타월이 미끄러지면서 반쯤 녹은 얼음이 더러운 리놀륨 바닥 사방으로 흩어졌다.

"그래." 마고가 말했다. "일이 잘 돌아가고 있네."

◆　◆　◆

20분 뒤 마고가 가구를 덮은 흰 천을 전부 벗겨 내고 블라인드를 열 자 소나무, 덤불, 투명한 호수가 집안에서 세대로 보였다. 거실은 이 집에서 제일 높은 위치에 있어 호수 섬뿐만 아닌 그 너머까지 모조리 보였다. 마고는 언제 봐도 그 풍경이 질리지 않았다. 그렇지만 정작 자신이 살 집을 고를 땐 건물을 감싸도는 바람밖에 볼 게 없는 42층 도시의 아파트를 택했다. 마크는 웨스트 섬의 반 에이커 부지에 자리 잡은 단층집에 살고 싶어 했지만 마고가 반대했다. 쥐꼬리만 한 잔디가 깔린 마당이 있는 집에 살려고 하루에 두 시간씩 차로 출퇴근을 하고 싶지 않았다.

그녀는 창문에서 얼굴을 돌렸다. 라이언이 벽난로 옆의 빛바랜 꽃무늬 천 안락의자에 앉아 있다. 그는 다시 얼음 주머니를 사타구니에 댄 채 불편하게 이리저리 몸을 들썩였다. 라이언을 본 것은 장례식 이후로 처음이었다. 머리는 여전히 검고 용모도 단정하지만 예전에는 보지 못했던 단호함 같은 것이 얼굴에서 묻어났다. 마치 마흔이 되면 젖살과 어린 시절의 마지막 모습을 다 벗어 던지게 된다는 것처럼 말이다. 이상하게도 그 표정이 더욱 두드러지는 건 양복을 입고 있어서 그런 것 같다. 비록 넥타이는 느슨하게 풀리고 바지는 주름이 잔뜩 진데다 젖었지만 말이다.

"리디에게 무슨 짓을 한 거야?"

"내가 무슨 짓을 했다고 생각하는 이유가 뭐야?"

"그저 바보같이 굴었다고 급소를 걷어차진 않았겠지. 오빠가 바보인 걸 리디는 익히 잘 알고 있으니까."

라이언은 고개를 저었고 마고는 그에게서 대답을 들을 수 없다는 것을 감지했다. 그녀의 가족들은 비밀을 지키는 데 선수다.

"스위프트 씨가 곧 이리 올 거야." 마고가 말했다. "그분이 오기 전에 할 이야기가 있어?"

라이언은 몸을 앞으로 숙이다 통증에 움찔했다. "이 부지를 매각하자는 내 의견에 투표해줄래?"

"투표로 결정하게 될 거라고 왜 그렇게 자신하는 거야?"

"아버지는 항상 두 분이 돌아가신 뒤에 이곳을 물려받으라고 말했지만 이곳을 어떻게 할지 결정하는 건 우리에게 달렸어. 다섯 명이 무언가를 결정할 때 투표 말고 다른 방법이 뭐가 있어?"

"그 오랜 세월을 겪은 뒤에 아빠가 마음을 바꿨을지도 몰라."

"아버지는 생전에 우리를 똑같이 싫어했으니 죽어서도 공평하게 우리를 대할 거야."

"아빠는 우리를 싫어한 게 아니야. 단지……."

"우리를 원하지 않았다고? 실수라고 하기에는 자식을 너무 많이 낳았잖아."

마고는 엄마가 늘 앉던 소파 자리로 갔다. 꽃무늬는 거의 다 사라졌고 쿠션이 엄마의 등 모양으로 푹 꺼져 있었다. 마고는 자기 몸이 그 자리에 꼭 맞는다는 것을 알고 깜짝 놀랐다. 항상 엄마가 볼품없이 여위었다고 생각했기 때문이다. 이게 대체 무슨 의미일까? 그녀도 엄마처럼 늙어가는 중일까?

"확실히 오빠의 존재는 실수였지."

그 소리에 라이언이 움찔했다. 부모님은 특이하게도 첫 아들을 낳을 생각이 없었다는 사실을 결코 부인하지 않았다. 부모님은 라이언을 가졌을 때 할아버지가 돌아가시고 할머니는 테니스 코치와 함께 플로리다로 도망치는 바람에 어쩔 수 없이 캠프를 운영하러 와야 했다.

"난 우리 모두가 실수로 태어난 게 확실하다고 생각해."

라이언의 말이 맞을지도 모른다. "그걸 뭐라고 하지? 한 사람이 같은 행동을 하고 또 하면서 다른 결과를 기대하는 거?"

"그걸 정신이상이라고 하지."

"마크 트웨인처럼?"

"난 아인슈타인이라고 생각했는데."

마고는 자신의 부모님이 정신이상인지 단순히 상황에 갇혀 버린 것인지 궁금했다. 사람들은 어쩔 수 없는 일일지라도 거기서 벗어나지 못하면 상황 탓을 하는 경향이 있다.

"우리가 태어나기 전에 부모님이 어떤 모습일지 생각해 본 적 있어?"

"아니."

"난 생각해봤어. 두 분이 만나서 사랑에 빠졌겠지. 한때는 평범한 사람들이었다고."

"그래서 뭐? 우리가 부모님을 평범하지 않은 사람으로 만들었다는 거야?"

"어쩌면 그럴 수도 있어. 우리가…… 아주 많이." 마고는 다시 창밖을 쳐다보았다. 호수가 잔잔했다. 선이 카누에 올라 물가에서 노를 저어 나가는 중이다. 카누가 물살을 가로지를 때 그가 유연하게 팔을 움직였다. 마고는 마지막으로 카누에 올라 섬에서 미친 듯이 노를 저어 나오던 때가 기억나 몸을 떨었다.

"오빠는." 그녀가 말했다. "우리가 그 여름에 있었던 일을 잊어버릴 수 있다고 생각해?"

◆　◆　◆

라이언과 대화를 마친 뒤 마고는 지하실로 내려갔다. 리디는 낡은 컴퓨터 앞에 앉아서 자기 페이스북을 살피는 중이다. 그녀는 불을 거의 다 끄고 블라인드도 닫아두었다. 컴퓨터 모니터 불빛에 비친 리디의 피부가 반투명해 보였다.

"언제부터 여기에 인터넷이 있었어?" 마고가 물었다.

"라이언 오빠가 여기 머무는 여름 동안 설치한 거야. 언닌 몰랐어?"

"전혀. 뭐 재미있는 거 있어?"

"음식 동영상을 보고 있어."

리디가 재생버튼을 클릭했다. 더치 오븐으로 빵을 만드는 영상이 나왔다. 마고는 주방에서 일요일 아침마다 그녀와 마크가 주중에 도시락으로 싸갈 음식을 한가득 만드는 순간을 떠올렸다. 다음 주말엔 이렇게 빵을 만들어도 되겠다. 마크는 시골 빵을 아주 좋아하고 조리법도 아주 간단해 보이니까.

내가 왜 지금 마크 생각을 하고 있는 거지? 아, 젠장. 마고는 전화하는 걸 또 깜박했다.

"전화를 좀 써도 될까?"

리디는 대답 대신 침대 옆에 놓인 전화기 쪽으로 고갯짓을 했다. 마고는 마크의 휴대전화로 연락했지만 그가 받지 않아서 이곳은 휴대전화가 되지 않으며 자신이 다시 걸겠다고 메시지를 남겼다. "당신이 걸어도 아마 소용없을 거예요." 그녀가 말했다. "여기선 모두들 전화를 잘 안 받아요." 마고는 마크가 자기를 데려가지 않아서 화가 났다는 것을 알려주기 위해 일부러 전화를 받지 않는 것인지 궁금했다.

"어째서 마크를 데려오지 않았어?" 그녀가 수화기를 내려놓자 리디가 물었다.

"왜 데려와야 하는데?"

"둘은 늘 붙어 다니는 거 아니었어?"

"아니거든."

리디는 다른 동영상을 틀었고 이번에는 커다란 시나몬 롤이 나왔다. "같이 일하고, 같이 살고…… 나한테는 붙어 다니는 걸로 보이는데."

마고는 고등학교 음악 선생님이고 마크는 그 학교에서 수학을 가르친다. 두 사람은 5년 전 마고가 막 일을 시작하고 몇 주 뒤 직원 모임에서 만났다. 마크는 막 해고당한 교장 흉내를 냈다. 그녀는 한동안 그렇게 신나게 웃었던 적이 없어서 그가 연락처를 물어봤을 때 흔쾌히 알려주었다. 돌이켜보니 첫 만남과 같이 살게 된 날 사이에 어떤 공백도 없는 것처럼 느껴졌다. 그 이후로 둘은 아주 긴밀하게 얽혀 지냈기에 마고가 혼자 밤을 보내게 된 것은 이번이 처음이었다. 둘은 장례식 당일 저녁에도 같이 있었다. 마고가 어릴 적 자던 싱글 침대에 같이 누워서.

마고는 가끔 다른 학교로 전근을 갈까 고민했다. 하루에 몇 시간이라도 같은 건물에 있지 않으면 좋을 것 같았다. 그러나 그 말을 꺼냈을 때 마크가 그녀가 그렇게 하고 싶은 이유에 대해 진심으로 언짢아해서 그냥 포기했다. 사람들은 마크가 그녀를 숨 막히게 한다고 생각한다. 마고도 그걸 알고 있고 가끔은 스스로도 그렇게 느꼈다. 하지만 자신을 그토록 필요로 하고 자신이 없으면 비참해하는 누군가의 옆에 머무는 행위가 주는 안락함도 무시할 수가 없다. 마크를 만나기 전 그녀가 이십 대를 같이 보냈던 남자는 그녀에게 거의 무관심했다. 둘의 관계에서 상대를 숨 막히게 하고 더 필요로 하는 쪽은 항상 마고였다. 그와 헤어지면서 마고는 정신적으로 큰 상처를 받았고 다시는 그렇게 마음을 쓰는 연애를 하고 싶지 않았다.

"우리는 학교에서 거의 얼굴을 못 봐." 그녀가 말했다. "같이 출퇴근하는 건 편하고⋯⋯."

"뭐 언니가 그렇다면야."

"네가 무슨 상관이야?"

"와우, 이건 무슨 과잉반응이야?"

컴퓨터 모니터에 완성된 6파운드짜리 시나몬 롤이 나왔다. 스무 명은 거뜬히 먹을 수 있는 거대한 빵을 네 사람이 파먹기 시작했다.

"어휴, 구역질 나." 마고가 말했다.

"구역질 날 정도로 맛있는 거야. 에이미한테 만들어 달라고 하자."

"에이미의 레시피에는 없는 걸 텐데."

"그건 맞아." 리디가 팔 한쪽을 비비더니 움찔했다.

"너 다친 거야?"

"아무것도 아니야."

마고가 손을 뻗어 리디의 셔츠소매를 걷었다. 팔을 감싸는 문신 바로 아래 뚜렷한 손자국 두 개가 보였다.

"라이언 오빠가 그런 거야?"

리디가 소매를 내렸다. "괜찮아."

"그래서 네가 오빠를 걷어찼구나." 마고는 충격을 받았다. 라이언은 항상 욱하는 성질이 있는데 본인이 알아서 조절했어야 맞다. 그는 치료를 받고 명상도 했지만 맥길의 하키팀에서 잘렸을 때 화가 나서 배트로 판유리를 깬 일로 법정에도 불려 갔다. "오빠가 널 붙잡은 거야?"

"처음도 아니잖아." 리디가 컴퓨터에서 몸을 돌렸다. 그녀는 단호하고 이성적으로 보였다.

"하지만 우리 어릴 때 이후로는 안 그랬잖아? 그러니까⋯⋯."

리디가 자리에서 일어났다. "이 문제는 나중에 이야기하면 안 될까?"

"아예 말하지 말자는 거구나."

"언니 생각이 그렇다면 할 수 없고."

리디가 마고 옆을 지나 지하실 출구로 향했다.

"어딜 가는 거야?"

"케이트가 왔어."

6장

난 아무것도 몰라
케이트

제시간에 도착하는 건 케이트 맥알리스터의 장기가 아니었다. 그래서 그녀는 가족 변호사인 캐빈 스위프트에게 캠프까지 태워다 달라고 부탁했다.

하지만 그녀는 그렇게 결정한 것을 바로 후회하게 되었다. 서른두 살과 예순다섯 사이에 공통 관심사가 그리 많지 않기 때문이다. 스위프트는 할아버지 때부터 가족 변호사로 일해 왔지만 확실히 세대 차이가 났다. 그래서 챔플레인 다리를 지나자 케이트는 스웨터를 둘둘 말아 창문에 대고는 피곤하니 조금 눈을 붙여도 되겠냐고 물었다. 딱히 허락이 필요한 일은 아니었지만 그는 맥알리스터 가족이 요구한 모든 것을 처리해 주듯 그러라고 했고 그녀는 언제나처럼 편안해져 곧바로 잠이 들었다.

케이트는 움직이는 차 안에서 잠을 자면 이상한 꿈을 꾸는데 이번에도 예외는 아니었다. 어젯밤 〈홈랜드〉의 마지막 시즌을 봐서 인지 지금 그녀는 스파이가 되어 딸기처럼 빨간 머리와 창백한 피부를 가발과 진한 화장으로 감추었다. 그녀는 복면처럼 스카프를 둘렀고 들켰을 때 도망칠 대책을 마련해두었다. 시장 과일 가판대에서 접선책과 만나기로 했다. 암호는 레몬에 관한 거였는데 그녀는 자신이 건네야 할 말이 기억나지 않았다.

시장은 익숙하지 않은 향신료 냄새와 와자지껄 떠드는 상인들의 목소리로 소란스럽고 복잡했다. 그녀는 제일 좋은 레몬을 파는, 혹은 그렇다고 들었던 과일 가판대를 찾지 못하자 마음속으로 당혹감을 느꼈다. 그러다 가판대가 눈에 들어오자 아드레날린이 온몸을 타고 흘렀다. 한 여성이 밝은 노란색 레몬을 손에 들고 자기 기준에 부합하는지 알아보려고 냄새를 맡았다. 스카프로 얼굴을 감싸고 있어 케이트는 그녀가 접선책인지 확신이 들지 않았지만 그녀가 아니라면 대체 누구란 말인가?

케이트는 그녀의 어깨를 살짝 두드렸다. "여기 레몬이 괜찮나요?"

그러자 여성이 돌아보았다. 그 순간 케이트는 세상이 흔들리는 듯한 아찔함을 느꼈다. 여성은 이마에 깊이 벤 상처가 나 있고 얼굴은 귀신처럼 창백했다.

"아만다."

스위프트가 갑자기 브레이크를 밟는 바람에 케이트는 유리창에 머리를 부딪쳤다. 그녀는 정신을 차리려고 눈을 마구 깜박였다.

"뭐라고 하셨죠?" 그녀가 스위프트에게 물었다.

"아만다가 기억나는지 물었어."

케이트는 창밖을 내다보았다. 그들은 이제 캠프 도로로 접어들었다. 그녀는 이곳에 있는 모든 나무들, 가지 하나하나, 숲으로 들어가는 오솔길까지 다 꿰뚫고 있다. 그 전부를 좋아했다. 그래서 이곳을 떠나서 보냈던 시간들이 덧없고 불안하게 느껴졌다.

"그걸 갑자기 왜 물으세요?"

"그냥 궁금해서."

그녀는 스위프트를 오래 알아왔기에 그가 거짓말을 하고 있다고 확신할 수 있었다. 스위프트는 거짓말을 할 때 목소리가 반 옥타브 올라간다. 그는 그런 톤으로 "부모님이 널 도와주는 건 이번이 마지막이야"와 "그건 사고였어"라는 말을 전달했다. 그녀는 할아버지가 어디서 스위프트를 알게 되었고 어떤 거래를 했기에 그가 이렇게 충실하게 일하는지 궁금했다. 그러나 지금까지 한 번도 물어볼 생각을 하지 않았다. 케이트에게 스위프트는 이 캠프처럼, 이곳의 소나무 숲처럼 늘 주변에 있는 사람이다. 키가 크고 시골스럽고 옹이투성이인 것마저도 똑같다.

"그녀를 아세요?" 케이트가 물었다. "전 잊어버리고 있었어요."

"아니, 난 몰라." 스위프트가 반 옥타브 올라간 목소리로 대답했다.

◆　　◆　　◆

잠시 뒤 스위프트는 관리동 밖 자갈 위에 차를 세웠다. 백여 명이 넘는 사람들을 하루 세끼 이상 충분히 먹일 음식을 가져오는 배달 트럭이 늘 이 앞에 선다. 리디와 마고가 현관에 나와서 케이트가 늦었다고 훈계하려고 기다리는 것처럼 팔짱을 끼고 서 있었다. 그녀는 늦지 않았지만. 그녀는 두 사람에게 집중하면서 관리동 안에 무엇이 있는지 생각하지 않으려고 했다. 누가 있는지 말이다.

자매들을 쳐다보니 자신의 다른 모습을 보는 것 같았다. 선크림과 헤어 제품을 제대로 바르고 관리해주지 않았다면 그녀도 마고처럼 부스스하고 엉망인 모습일 거다. 머리를 짧게 자르고 남성복을 입었다면 일란성 쌍둥이인 리디와 똑같았을 테지. 그들을 연결하는 한 점인 메리가 빠졌지만 케이트는 길게 땋은 머리카락을 등까지 드리우고 승마바지를 입고 서 있는 그녀의 모습이 쉽게 상상이 갔다. 마고가 가장 금발에 가깝고 케이트와 리디는 머리카락에 붉은빛이 돌며 눈동자는 모두 녹갈색으로 똑같다. 라이언만 특이하게 검은 머리에 푸른 눈이었다. 그는 집안의 유일한 남자라는 사실만으로는 성에 차지 않는다는 듯이 그렇게 튀었다.

케이트는 차에서 내려 길게 심호흡을 했다. 고작 몇 킬로미터를 달려왔을 뿐인데도 공기가 사뭇 달랐다. 어째서일까?

마고는 가만히 서 있고 리디만 그녀를 향해 다가왔다.

"왔구나." 리디의 목소리는 마치 녹음해놓은 케이트의 목소리 같았다. 리디가 케이트를 껴안았을 때도 마치 스스로를 껴안는 것 같은 혼란스러운 기분이 밀려왔다. 문신한 리디의 피부를 통해 동일한 DNA가 느껴졌다.

"나 오는 거 알았잖아." 케이트가 말했다. "내가 출발할 때 너한테 문자 남겼잖아."

"그랬지. 안녕하세요, 스위프트 씨, 어쩐 일이세요?"

스위프트는 당황한 듯 자기 발아래를 내려다보았다. 리디는 무슨 일이든 그를 불편하게 만드는 걸 즐겼고 항상 성공했다.

"우리 모두 10시에 여기서 만나기로 했던 것 같은데." 그가 말했다.

"인정. 개인정."

"리디! 말조심해!"

마고였다. 어쩌면 모든 큰 언니들의 역할일지도 모르지만 마고는 항상 엄마보다 자매들에게 더 엄마 같았다. 잉그리드 맥알리스터는 쌍둥이를 포함해 네 자녀를 임신한 뒤로 늘어진 살 때문에 불편해했다. 그녀는 자식들을 사랑했지만 그들과 가깝지 않았다. 제대로 옷을 입히고 보살핌을 받도록 챙겼지만 흙을 묻히며 같이 놀아주는 일은 없었다. 가끔 케이트는 그들이 엄마에게서 젊음을 빼앗아 간 것에 대한 일종의 복수가 아닌지 궁금했다. 어쩌면 그녀는 아이를 가져서는 안 되는 사람일지도 모른다. 아니면 어리지만 마고가 동생들을 잘 챙겼기에 잉그리드가 자기 역할을 포기한 것일 수도 있다. 케이트는 마고에게 자식이 없다는 사실에 놀랐지만 가족 간에 일어나는 다른 많은 일들과 마찬가지로 굳이 이유를 묻지 않았다.

"진정해, 마고 언니." 리디가 말했다. "스위프트 씨는 더 이상한 말도 들어봤을 거야."

스위프트는 양발에 번갈아 체중을 옮겨가며 몸을 움직였다. 이런 날씨에 어울리지 않게 장화라니. 흰색 반팔 셔츠 위에 녹색 플

라이피싱 조끼를 걸친 것도 좀 그랬는데 말이다. 그도 그럴 것이 캠프의 호수는 너무 얕아서 낚시를 할 수 없는 곳이었다.

"모두 다 모였니?" 그가 물었다.

"아직 아무도 메리를 보지 못했어요." 마고가 말했다. "하지만 다른 사람들은 다 여기 와 있어요."

"선은?"

"선이요?" 리디는 할 말이 더 있을 때 그러는 것처럼 케이트를 쳐다보았다. 리디는 남의 이야기를 하는 것을 좋아했고 종종 케이트에게도 그렇게 했는데 그녀가 듣고 싶어 하든 말든 상관하지 않았다. "나도 너한테 할 말이 있어." 리디는 종종 이렇게 시작했다. "어쨌든 네가 내 마음을 읽을 수 있으니까 말이야."

사실 케이트는 리디의 마음을 읽을 줄 모른다. 단 한 번도 그런 적이 없었다. 하지만 리디에게 그 말을 할 필요는 없다, 안 그런가?

"선도 이 자리에 있어야 해." 스위프트가 말했다. "너희들이 다 아는 줄 알았는데."

"우린 아무것도 몰라요." 케이트가 말했다.

그 소리에 리디가 코웃음을 쳤다. "넌 분명 뭔가를 알고 있어야지. 스위프트 씨와 두 시간 동안이나 차에 같이 있었잖아."

"난 오는 내내 쭉 잤어. 게다가 스위프트 씨는 필요한 말만 해. 원래 과묵한 분이고."

리디가 그와 케이트를 10초간 뚫어져라 살피자 스위프트는 다시 불편해했다. 케이트는 자기만의 상상인 줄은 알면서도 리디의 속마음이 말도 안 되는 소리가 되어 튀어나올 것 같다는 확신이 들어

분위기를 깨려고 했다.

"아…… 저기, 여러분……."

"걱정하지 마." 리디가 말했다. "케이트, 넌 모든 걸 너무 진지하게 받아들여. 그래서, 선은 어디 있어?"

마고가 입을 한일자로 다물었다. "노를 저어 호수 섬으로 가는 것을 봤어."

◆　　◆　　◆

케이트와 리디는 낡은 카누를 덮은 녹색 방수포를 걷었다. 바닥에는 죽은 소나무 잎이 수북하게 쌓여 있었고 머리 위로는 빼곡한 스트로부스 소나무가 해를 완전히 가렸다. 케이트는 몸을 떨며 차에서 잘 때 쓰던 스웨터를 입고 오지 않은 것을 후회했다.

"선이 돌아올 때까지 기다려도 돼." 케이트가 말했다. "서둘 이유가 없잖아."

"라이언 오빠가 그때까지 기다릴 리가 없어. 후딱 갔다 오자."

둘은 익숙한 몸짓으로 카누를 선반에서 들어 올려 해변으로 가져갔다. 그리고 카누를 똑바로 놓은 뒤 물가로 살짝 밀었다. 자매는 어릴 적에 카누 강사를 좋아해서 열 살에서 열두 살 사이의 연령이 출전하는 주니어 보트 경주에도 나갔다. 하지만 케이트는 관두고 싶어 했고 그 일만은 리디가 포기했다.

"내가 가서 구명조끼와 노를 가져올게." 케이트가 말했다.

"너는 늘 조심성이 많지."

케이트는 항상 바위 아래 숨겨두는 보관 창고의 열쇠를 찾아 문을 열었다. 그리고 노 두 개와 흰 곰팡이 냄새가 풀풀 나는 주황색 구명조끼를 꺼냈다. 케이트는 노 보관 창고를 무서워했다. 그녀가 '이 주의 캠프상'을 받았을 때 그 일로 화가 난 리디가 그녀를 그곳에 가둔 적이 있어서다. 같은 날 청소년 두 명이 비밀 해변에서 섹스를 하다가 붙잡혔기 때문에 리디는 그 일로 벌을 받지 않았다. 리디의 죄는 캠프를 끝장낼만한 일과 비교하면 아무것도 아니었다. 다만 아빠가 '이건 캠프를 끝장낼 일'이라고 말했을 때 어조는 케이트처럼 겁에 질린 말투가 아니라 그럴지도 모른다는 희망에 신이 난 쪽에 더 가까웠다.

케이트가 다시 해변으로 돌아오니 리디가 청바지를 무릎까지 걷어 올리고 호수에 서 있었다. 검은 물에 대비되어 다리가 더욱 하얗게 보였다.

"많이 차가워?"

"근로자의 날 휴일치고는 나쁘지 않아."

케이트는 보트 슈즈를 벗은 다음 입고 있던 카키색 셔츠도 벗을까 생각하다가 속옷 차림으로 선을 마주하기 싫다는 생각이 들었다. 그녀는 구명조끼를 자기 자리에 놓은 다음 다른 하나를 리디 쪽으로 던졌다. 리디가 보트를 더 깊은 물 속으로 끌고 간 뒤 올라탔다.

"내가 오른쪽으로 저을게." 케이트가 말했다.

그들은 곧바로 예전의 호흡을 되찾았다. 노가 검은 물살을 조용히 가르자 뱃머리가 가볍게 퉁퉁하면서 앞으로 나갔다. 지금은 날씨가 좋지만 호수 날씨는 언제든 바뀔 수 있었다. 케이트는 미리 예보를 확인할 걸 잠깐 후회했다. 호수 섬까지 거리는 약 1.6킬로미터로 매년 몇몇 캠프참가자들은 헤엄을 쳐서 섬으로 가곤 했다. 케이트와 리디가 주니어 철인 3종 경기에 나가려고 준비할 때 이틀에 한 번꼴로 아침마다 수영을 해서 섬까지 갔는데 마고가 보트를 타고 인명 구조원 역할을 해주었다.

"우리가 섬까지 수영해서 갔던 거 기억나?" 리디가 물었다.

"기억나니까 굳이 그 이야기를 꺼내지 마."

"그래, 알았어. 앞으로 안 그럴게."

그들은 아무 말 없이 노를 저었다. 호수야 날 데려가, 케이트가 속으로 생각했지만 아무 일도 일어나지 않았다.

"아직 오웬이랑 만나?" 케이트가 물었다. 그 소리에 리디의 목 뒷부분이 새빨개졌다.

"만났다 헤어졌다 하고 있어."

"가족들한테 안 알릴 거야?"

"봐서."

"다른 사람들한테 네가 이성애자라는 사실을 알려. 어려운 거 아니잖아."

그 말에 리디가 발끈해서 뒤돌아보았다.

"다른 사람들한테 네가 동성애자라는 사실을 알려. 어려운 거 아니잖아."

"꼬리표가 붙는 게 싫어."

"네 옷에도 꼬리표는 붙어 있거든."

"가끔 넌 진짜 못돼먹었어." 케이트가 노로 물을 튀겨 리디의 오른쪽을 적셨다.

"뭐하는 짓이야?"

"조심해, 너 때문에 보트가 기울고 있으니까."

"넌 이제 죽었어, 그거 알아?"

"그런 협박을 하기에 여긴 좋은 장소가 아닌 것 같은데."

리디는 자기 노를 다시 물속에 넣었다. 침묵이 이어졌고 둘은 선
이 바위 앞에 보트를 세워놓고 그 옆에 앉아서 자신들을 지켜보고
있는 것을 발견했다.

"대체 선은 왜 여기 와 있는 거야?" 리디가 말했다.

"그러게……."

아만다

1998년 7월 22일 오후 11시

밤이 찾아왔다. 얼마나 자주 스와치 시계 화면에 불을 켜며 시간을 확인했는지 모르겠다. 마고는 계속 날 더러 무얼 기다리는지 물으면서 "혹시 찐한 데이트? 하하하." 묻기도 했으나 난 그냥 피곤해서 그러는 거라며 아이들을 그만 재워야 한다고 말했다.

"그래 봤자 우리는 잠을 잘 수 없을 거야." 마고가 말했다.

"적어도 누울 수는 있잖아."

"이런, 너 몸 괜찮아?"

"괜찮아. 말했듯이 그냥 좀 피곤해서 그래."

난 모닥불 주위에 놓인 통나무에 앉아 있다가 일어났다. 마고는 기타로 노래를 연주했는데 캠프에서 가장 인기가 많아서 여기저기서 신청곡을 받았다. 마고는 목소리가 예쁘고 노래를 한두 번만 들으면 따라 연주할 수 있는 재능이 있었다. 메리가 같이 노래를 불렀다. 둘의 목소리는 잘 어우러져 60년대 여성 합창단 같았다.

"자, 얘들아." 내가 말했다. "잘 시간이야."

"이런, 세상에! 벌써요?"

"대신 손전등 불이 다 닳을 때까지 이야기해도 좋아."

"신난다!"

난 헤드램프를 다시 켰고 우리는 여자아이들이 침낭에 들어가도록 지도했다. 모두가 침낭에 누웠을 때 난 모닥불을 끌 물을 길어오기 위해 해변에 갔다 오겠다고 말했다.

"내가 할게." 마고가 말했다. "넌 그만 쉬어."

"괜찮아. 내가 하고 싶어서 그래."

힘들기만 하고 보상도 못 받는 일을 두고 마고와 싸워야 하나 생각하고 있는데 아이 중 한 명이 손전등이 고장 났다고 부르는 바람에 마고가 알아보러 갔다. 난 안도의 한숨을 내쉬었다. 그러고 나니 갑자기 심장이 쿵쾅거렸다. 라이언이 그냥 날 가지고 놀려는 거면 어쩌지? 어쩌면 그가 오지 않을 수도 있지 않을까? 그러면 어떻게 다시 그의 얼굴을 봐야 할까?

난 물가로 걸었다. 우리가 도착한 해변이 아니라 섬의 반대편에 있는 곳으로 말이다. 그곳을 뒤 해변이라고 부른다. 난 어두운 숲 길을 따라 걸으며 불을 피울 나무 조각을 주울 때 표시해둔 이정표를 찾았다. 저기 부서진 나뭇가지가 있다. 어린 자작나무에 해둔 쐐기 표시도 보였다. 보름달이 떠서 머리 위 야간 조명의 역할을 충분히 해주었다. 파도가 조용히 바위에 부딪히는 소리가 났다. 멀리서 여자아이들의 웃음소리와 모닥불이 타는 소리, 나무가 삐걱거리는 소리가 들렸다. 호수에서는 썩은 해초 냄새가 났고 내 머리카락에는 모닥불 연기 냄새가 배었다. 그다지 매력적인 조합은 아니지만 내가 어찌할 수 없는 부분이다.

난 다시 시간을 확인했다. 우리가 만나기로 한 시간이 지났다. 라이언은 어디 있는 거지? 그가 실제로 노를 저어 왔다면 기다리지 않고 그냥 돌아가지는 않았을 텐데?

"어이!" 누군가 내 귀에 대고 소리쳤다.

난 놀라 심장이 떨어질 뻔했다.

	아만다	마고	라이언	메리	션
오후 9시	풍등 날리기	풍등 날리기	풍등 날리기		
오후 10시	호수 섬	호수 섬		호수 섬	구명보트
오후 11시	뒤 해변	호수 섬		호수 섬	

7 장

호수 섬: 첫 번째 이야기
선

선은 배를 타고 호수를 가로질러 오는 쌍둥이 자매를 지켜보았
다. 자신을 찾으러 온 것을 알지만 그냥 좀 내버려뒀으면 좋겠다고
생각했다. 그의 일상과 기억을 그냥 좀 놔뒀으면 좋겠다고 생각했
다. 이 장소와 그의 섬 말이다. 그의.

  그는 호수 섬을 좋아했다. 캠프에서 제일 좋아하는 곳이다. 20년
전 사건이 벌어지고 난 뒤 수년간 출입금지구역이 되었다. 그는 이
곳이 그리워서 맥알리스터 씨의 방침을 한두 번 어겼다. 출입금지
가 해제되고 난 뒤 다시 캠핑을 왔고 두 배로 많은 카운슬러들이
짝을 지어 교대로 근무했다. 누구도 혼자 있는 것이 허락되지 않았
다. 다행히 곤란한 일은 벌어지지 않았다. 누구든 한 명이라도 선
을 넘으면 모두가 영원히 끝이라고 맥알리스터 씨는 아침 소집에
서 훈련 교관처럼 직원들을 일렬로 세워놓고 말했다.

모두가 그의 말을 진지하게 받아들였다. 맥알리스터 씨는 늘 최고의 관리자였던 건 아니지만 직원들을 존중해주었다. 그는 크고 작은 캠프의 일을 잘 이겨냈고 사람 보는 눈이 있어 매년 그가 뽑은 직원 코디네이터들은 모두 캠프참가자들에게 인기를 끌고 사랑을 받았다. 적어도 선이 볼 때 누구도 캠프가 문을 닫기를 원하지 않는 것 같았다.

그렇다고 해도 무리 지어 다니게 강제하는 건 이 섬을 낭비하는 짓이었다. 섬은 혼자 있기에 완벽한 장소다. 호수 한가운데 조용히 떠 있는 완벽한 원형인 이 섬은 양쪽 해안에서 거리가 멀고 나무가 무성해 바위 해변 앞쪽으로 나와 있지 않은 한 누구의 눈에도 띄지 않는다.

거기 있는지 아무도 모른다는 말이다.

누구에게나 가끔은 이런 공간이 필요하다.

캠프참가자들은 이 호수 섬에 유령이 나온다고 수군거렸다. 그들은 모닥불 주위에 모여 앉아 유령 이야기를 하고 겁을 먹은 채 히스테리를 부렸다. 그러나 선에게 섬은 교회 경내와도 같은 신성한 곳으로 어린 시절의 추억이 서린 장소였다. 시간이 흘렀어도 오직 자신만이 떠나지 않고 이곳에 남은 것 같았다. 섬이 없는 그의 인생을 상상할 수 없고 그럴 필요도 없었다.

선은 차가운 물로 내려가 손바닥만 한 돌을 주웠다. 검고 매끄럽고 무게감이 딱 적당했다. 그는 손을 위아래로 들썩이며 가늠해보았다. 쌍둥이 자매가 거의 다 왔다. 그들이 뭐라고 하는 소리를 들었지만 정확히 무슨 말인지는 알 수 없었다. 그는 자리에서 일어나 그들에게 등을 돌리고 재빨리 뒤 해변으로 가는 숲길 쪽으로 걸었다. 그 초입에 돌무덤이 있다. 선은 돌을 맨 꼭대기 위에 올린 다음 작은 목소리로 기도를 하고는 몸을 돌려 쌍둥이의 보트가 올라온 해변으로 돌아갔다.

"안녕, 애들아." 선이 말했다. "무슨 일이야?"

"같이 집으로 가줘야겠어요." 리디가 말했다. "어서요."

8장

오늘 우리가 이곳에 모여
라이언

오늘 하루는 전혀 라이언이 계획한 대로 풀리지 않았다. 그는 본능에 충실했어야 했다. AC/DC를 틀고 도로를 달렸어야 했다. 하지만 그는 리디에게 차인 사타구니가 여전히 욱신거리고 얼음에 젖은 바지를 입은 채 앉아 있다. 그는 맞아도 싸다. 그 점은 인정한다. 동생을 그런 식으로 잡아 겁에 질리게 한 것이 부끄러웠다. 성질을 죽이려고 열심히 노력했고, 치료도 받고 분노 조절 수업도 들어서 평소에는 괜찮았다. 그런데 지금은 감정조절이 안 되며 화가 위장을 돌아 가슴까지 치고 올라왔다. 이렇게 뚜렷하게 분노를 느낀 건 꽤 오랜만이다. 경찰이 존의 횡령 증거를 찾으러 사무실에 온 이후부터는 한동안 잠잠했던 화가 이런 식으로 치밀어 오르기 시작했다.

빌어먹을 여름. 올해는 정말 최악의 여름이다.

그는 코트 주머니에 손을 넣어 가루약 병을 꺼냈다. 정신과 약인 클로노핀을 줄이려고 노력 중이지만 오늘은 먹어야 할 것 같다. 제대로 화를 냈다가는 큰일이 벌어질 것이다. 그는 뚜껑을 열고 가루를 헛바닥에 부은 다음 녹여 먹었다. 쓴맛에 벌써 플라세보 효과가 나타나는 것 같았다. 스위프트와 마고가 들어오자 그는 서둘러 약병을 주머니에 집어넣었다.

"오빠 몰골이 엉망이야." 마고가 말했다.

"칭찬해줘서 참 고맙네."

스위프트는 소파에 앉았다. 그의 체중에 눌려 소파가 아래로 처졌다. 그도 라이언만큼 지쳐 보였다. 스위프트는 주머니에서 손수건을 꺼내 이마에 맺힌 땀을 닦았다. 그는 장화를 신고 새로 산 것 같은 청바지와 낚시 조끼 차림이다. 라이언은 농담을 하고 싶었지만 괜찮은 말이 생각나지 않았다.

"괜찮으세요?" 마고가 스위프트에게 물었다.

"어, 괜찮아." 겨우 주차장에서 여기까지 걸어온 것뿐인데 그는 가쁘게 숨을 헐떡거렸다. "맨날 책상 앞에만 앉아 일하니 운동이 부족해서 그래."

라이언은 장례식 이후로 그를 만나려고 애를 써왔지만 오늘에서야 겨우 보게 되었다. 스위프트가 몇 달 동안 약속을 미루면서 라이언이 알고 싶은 모든 건 근로자의 날 휴일 캠프에 모였을 때 아버지의 유언을 공개하면서 알게 될 거라고 말했기 때문이다. 라이언은 좌절했지만 달리 방법이 있겠는가? 그는 아버지가 어딘가에 앉아서 그들 모두를 비웃고 있다고 생각하면서 아버지가 항상 읽고 있던 추리 소설 한 권을 떠올리게 하는 이 바보 같은 회동을 기다렸다. 아가사 크리스티인가 렉스 스타우트인가 그랬다. 가족들이 모이고 그다음에…….

라이언은 얼른 생각을 떨쳐버렸다. 그는 약이 효과를 내도록 놔두고 여동생들이 돌아오길 기다렸다. 그들이 오면 스위프트가 약속한 것처럼 알고 싶어 하는 모든 것을 알게 될 것이다.

"몸을 좀 챙기셔야겠어요." 마고가 말했다. "러닝머신 책상 같은 거라도 좀 구해보세요."

"그래, 그래야지."

"제가 마실 걸 좀 가져올까요?"

라이언은 마고가 술을 준비했을지도 모른다고 살짝 기대했지만 마고는 생전에 어머니가 좋아하던 설탕이 든 아이스티 여러 잔을 들고 들어왔다. 라이언은 아이스티를 마시며 술병을 가져오지 않은 것을 후회했다. 하지만 이런 상황에서 술을 마시는 건 좋은 생각이 아니다. 술을 마신다고 진정이 되는 것은 아니니까. 어쩌면 캐리의 생각이 맞았다. 그가 이 일을 해내려면 캐리, 그녀가 필요했다.

"이 우중충한 분위기는 뭐야?" 그 말과 함께 리디가 케이트, 선과 함께 호수 냄새를 풍기며 들어왔다. "무슨 장례식장에 모인 사람들처럼."

"리디!"

"왜, 마고 엄마? 장례식은 몇 달 전이었어. 이번에는 축하행사여야지."

그 말에 마고가 인상을 찌푸렸다. 마고가 그렇게 불리는 걸 싫어한다는 사실을 모두가 안다. 하지만 리디는 일부러 그렇게 했다.

케이트가 손사래를 쳤다. "저 애 말은 무시해. 관심받고 싶어서 그러는 거 알잖아. 언제나 그랬듯이."

"아, 퍽이나." 리디가 대꾸했다.

선이 주방으로 가서 아이스티 한잔을 들고 나왔다.

"우리한테 마시고 싶은지 물어볼 수도 있었잖아요." 리디가 볼멘소리를 했다. "우리도 목이 말라요."

"전 됐어요." 케이트가 말했다.

선이 주방으로 가서 아이스티를 두 잔 더 챙겨 나왔다.

"고마워요, 선." 마고가 말했다. "당신이 그럴 필요는 없는데."

선은 어깨를 으쓱인 다음 소파 끄트머리에 앉았다. 늘 그런 식이라고 라이언은 생각했다. 선은 절대로 다른 사람의 눈에 맥알리스터 가족처럼 보일 법한 행동을 하지 않았다. 물론 가족들 모두 그를 남처럼 대한다는 것은 라이언도 알고 있었다. 그가 이해되지 않는 건 왜 선이 그런 대우를 참고 견디느냐는 거다. 신발 밑창처럼 대접받지 못하는 존재가 되고 싶은 사람도 있나?

케이트와 리디가 쿠션으로 간격을 둔 채 반대편 소파에 앉았다.

"이제 시작하세요." 리디가 말했다.

"다 모이기 전까지는 시작할 수 없어." 스위프트가 말했다. "내 지침이 그렇거든."

"아, 젠장." 리디가 짜증을 냈다. "메리 언니는 어디 있는 거야? 누구 연락한 사람?"

"나한테 올 거라고 했어." 마고가 말했다. "하지만 알다시피 그 애는 늘 제시간에 온 적이 없잖아."

"메리한테 전화를 해보자." 라이언이 말했다.

"그 앤 휴대전화가 없어. 그리고 집 전화도 안 받고."

"그래서 어쩌자고? 무작정 기다려야 하는 거야?"

라이언의 물음에 아무도 대답하지 않았다. 대신 모두가 영혼을 불러내는 의식을 치르려고 모인 사람들처럼 정신을 집중하고 현관 쪽을 뚫어져라 쳐다보았다.

그렇게 하면 갑자기 메리가 짠하고 나타날 것처럼 말이다.

아만다

1998년 7월 23일 오전 6시

학교에서 처음 〈위대한 개츠비〉를 접하고 마지막에 조류를 거스르는 배에 관한 유명한 구절을 읽었을 때 난 전율을 느꼈다. 그리고 캠프에서 내가 얼마나 긴 시간을 이런저런 보트를 타면서 보냈는지 생각해보았다. 요트와 카누, 수상스키보트까지. 난 보트에 집착한 포레스트 검프 같았다. 나는 물에 나가는 걸 좋아했고 다리를 어느 정도 벌려야 균형을 잡고 서는지도 본능적으로 알았다. 그런 걸 '뱃사람용 다리'라고 하는데 난 선천적으로 가지고 태어난 셈이었다.

그래서 여름이 끝나고 물에서 보트를 끌어 올려 건조한 장소에 보관해 둘 때가 되면 항상 너무 슬펐다. 가을, 겨울 그리고 봄까지 그렇게 오래 캠프 밖에서 지내고 싶지 않았다. 가끔 미래에 대해 생각할 때면 늘 배를 타고 세상을 돌아다니거나 1년 내내 물에 있을 수 있는 곳에 사는 상상을 했다. 반쯤 자라다 만 여자애의 반쯤 하다 만 생각이지만 말이다.

난 내 삶이 물 위에서 시작될 거라고 생각했지 끝날 거라고 예상하지 않았다. 난 몰랐다. 어떻게 알 수 있을까? 나도 모르는 사이에 내 인생 마지막으로 보트에 오르게 될 줄을. 힘없이 팔다리를 늘어뜨리고 등을 대고 바닥에 누운 채로. 조류가 날 해변으로 데려가 그곳에 붙잡아 두었고 난 그 상태로 누군가가 발견해주기만을 기다렸다.

그렇게 되기까지 영원한 시간이 흐른 것 같았다.

	아만다	마고	라이언	메리	선
오후 9시	풍등 날리기	풍등 날리기	풍등 날리기		
오후 10시	호수 섬	호수 섬		호수 섬	구명보트
오후 11시	뒤 해변	호수 섬		호수 섬	
오전 6시	비밀 해변				

9장

장애물 넘기
메리

메리 맥알리스터는 학생들에게 말이 도약하게 하려면 신호를 주는 타이밍이 중요하다고 늘 강조했다. 거기서 조금이라도 벗어나면 곧장 장애물에 부딪히고 만다.

인생도 마찬가지라는 사실을 그녀는 깨닫게 되었다. 타이밍이 모든 걸 좌우한다. 하지만 메리는 말을 타지 않을 때는 타이밍을 잘 맞추지 못했다. 종종 늦었고 어떨 때는 행사 전체를 놓치기도 했다. 대개는 상관없었다. 아이들 수업에는 절대 늦지 않았으니까. 말에게 갈 때도 늦지 않았다. 날마다 새벽에 알람시계도 없이 일어나서 말에게 사료와 물을 주고 운동을 시켰다. 그러나 삶의 다른 부분에 있어서는 아무리 해도 남들만큼 할 수 없었다.

오늘도 시간에 맞춰 캠프에 가려고 했는데 말 한 마리가 편자를 던져 버렸고 다른 말은 앞다리에 열상이 생겼다. 하지만 좀 늦으면 어때? 가족 모두가 각자 탐욕스러운 계획을 품고 모였지만 그녀가 오기 전까지 행동으로 옮기지 못하고 기다리고만 있을 거라 생각하니 한편으로는 좀 쌤통이다 싶었다.

메리는 캠프가 묶여 있다는 신탁에 대해 완전히 이해하지 못했다. 세부적인 사항이 문제가 아니었다. 아빠가 살아 있는 한 캠프를 팔 수 없다는 것은 가족 모두가 알고 있었다(아빠는 〈오만과 편견〉에 나오는 베넷 씨 같은 말투로 '상속'을 운운했다). "너희에게 달렸어." 아빠는 입버릇처럼 말하곤 했다. "이곳을 어떻게 할지 결정하는 일 말이야."

그리고 부모님이 돌아가시고 그들은 한 가지 놀라운 사실을 알게 되었다. 아빠는 그들이 한 번 더 마지막 여름 캠프를 열길 바랐다. 스위프트 변호사는 그 이상은 말해주지 않았고 근로자의 날 휴일에 모이면 자세한 정보를 알려주겠다고 설명했지만 메리는 그 부분이 의심스러웠다. 아빠가 늘 캠프를 못마땅하게 여기며 불평했던 건 그저 말 뿐이었던 걸까? 잔잔하고 아름다운 호수와 웃고 떠드는 아이들에 둘러싸여 40년을 보내면서, 일종의 스톡홀름 증후군처럼 '자신의 감옥'이라고 부르던 캠프를 사랑하게 된 것일까?

곧 알게 되겠지.

마침내 나설 준비를 마치자 메리는 캠프까지 말을 타고 가기로 마음먹었다. 차가 막히는 것이 싫은데다 6.4킬로미터 떨어진 캠프까지 숲을 가로질러 가는 지름길이 있기 때문이다. 시나몬에게 안장을 올리고 마구간에서 끌어낼 때 벌써 10시가 지났다. 오솔길은 기억하던 모습 그대로 아름다워서 나무 사이로 호수가 반짝이며 간간이 모습을 드러냈다. 오솔길은 고요했고 그녀와 시나몬이 함께 호흡하는 소리와 이따금 호수에서 들리는 모터보트의 엔진 소리 말고는 아무것도 들리지 않았다.

메리는 가족 중 누군가는 캠프를 팔아 돈을 챙겨 떠나고 싶어 한다는 것을 알았다. 하지만 그건 범죄다. 그래서는 안 될 일이고 그녀 역시 반대하는 쪽이다. 캠프를 가만히 두도록 설득할 만한 묘책이 없을까? 그녀는 생각하고 또 생각했지만 가족들의 마음을 움직일 좋은 방법이 떠오르지 않았다.

숲길은 공방 근처로 이어졌다. 메리는 고삐를 현관 난간에 묶고 시나몬을 쓰다듬어 준 뒤 캠프의 모든 건물 밖에 마련해둔 커다란 물통을 가져왔다. 어린아이도 쉽게 불을 끌 수 있도록 배치한 소화용수인데 그녀는 식수로 사용했다. 이대로 시나몬 곁에 있거나 다시 올라타서 돌아가고 싶지만 그건 피할 수 없는 일을 단지 연기하는 것일 뿐이다. 그래서 숲길을 가로질러 부모님 집 데크로 이어지는 뒤 계단을 올랐다.

메리는 거실로 향하는 미닫이 유리문을 들여다보았다. 가족들, 션과 스위프트 변호사까지 모두 모여 부모님이 조부모님에게 물려받은 낡은 소파에 앉아 누군가 들어오길 기다리는 게임이라도 하듯 문을 바라보고 있었다.

나야, 그녀는 생각했다. 저들은 날 기다리고 있는 거야.

그 사실을 알고 나니 짜릿했다. 아무도 그녀를 기다리지 않았다. 어릴 때는 그녀가 항상 형제자매들의 뒤꽁무니를 쫓았다. 그녀가 자신의 존재를 느끼고 기대하는 유일한 시간은 마구간에서 보내는 시간뿐이었다.

메리는 가족들을 쳐다보았다. 정물화를 그릴 때 대상을 배치하듯 가족들을 여기저기 어색하게 앉혀 놓은 것 같았다. 이런 보기 드문 장면을 훼방 놓는 것 같아 아쉽긴 하지만 그래야 한다.

그녀는 유리문을 두드렸다.

◆　　◆　　◆

"이제 다들 모였군." 5분 뒤, 지각한 메리에 대한 원성이 어느 정도 잦아들자 스위프트가 입을 열었다. 메리는 손에 아이스티 잔을 들고 쌍둥이들 사이에 앉았다. "그럼 시작해볼까."

스위프트가 자리에서 일어나 낚시 조끼 주머니 한쪽에서 종이 하나를 꺼냈다. 삼등분으로 접힌 종이에는 공식적인 서류처럼 보이는 인장이 찍혀 있었다.

"여기 모인 다수가 이미 알겠지만 배경 정보를 좀 설명할게. 너희 조부모님이 살아생전 캠프가 있는 이 땅을 신탁해두셨어. 그리고 맥알리스터 씨가 이 자산의 관리권한을 받았고 내가 신탁관리자가 되었지. 신탁은 맥알리스터 씨가 돌아가실 때까지 유지되고 땅은 그 이전에는 어떤 이유로든 팔 수 없었어. 신탁을 처음 설립했을 때는 너희들이 태어나기 전이라 조부모님께서 맥알리스터 씨에게 누구에게 자산을 물려줄지 결정할 권한을 주신 거야."

"그러셨죠." 라이언이 말했다.

"그러셨지." 스위프트가 동의했다. "그날이 바로 오늘이야. 지금 내가 들고 있는 건 맥알리스터 씨의 유언장이야. 이 속에는 몇 가지 조항이 있는데 그것이 좀…… 특이해." 스위프트가 헛기침을 했다. "너희들에게 알려주고 싶은 건 내가…… 그러니까, 내가 맥알리스터 씨를 말려보려고 했지만 고인은 완고했다는 거야."

"그 이야기는 이미 했잖아요." 리디가 말했다. 리디는 항상 이런 식으로 이야기하고는 했지만 이번에는 메리도 동의했다. 왜 이렇게 구구절절 사연이 많은 거지? 아빠는 극적인 연출에 재능이 있었고 그게 아빠의 가장 끔찍한 부분이었다. 아빠는 아주 단순한 것조차 과장했다. 아니, 더 심하다. 연극처럼 각색했다.

스위프트가 목에서 쉰 소리를 내며 기침을 했다.

"맥알리스터 씨는 자산을 자녀들과 다른 한 사람의 공동 소유로 남겼어. 이는 이례적인 일로 너희 아버지에게 직접 설명을 듣는 편이 좋을 거라 생각해."

그는 재킷에서 봉투 하나를 더 꺼냈다. "전부 편지로 남겨두셨어." 그는 편지를 열다가 떨어뜨렸다. 편지를 주워드는 그의 얼굴이 상기되었고 이마에 땀이 맺혔다. "실례했군."

그는 편지를 펼쳤다. "에헴. 내용은 다음과 같아."

"내 아이들아, 누군가 혹은 모두에게 놀랄 일일지도 모르지만 너희가 지금 앉아 있는 이곳은 내게는 온 우주와 같은 곳이란다. 항상 그랬던 것은 아니야. 마지못해 물려받은 건 사실이지만 지금은 이곳을 진심으로 좋아하고 있단다. 이 편지를 쓰는 지금 네 어머니는 밖에서 정원에 핀 백합의 사진을 찍고 있구나. 해질녘이라 호수가 전혀 다른 빛으로 반짝이고 있어. 지금은 내가 이곳에 있지만 너희가 이 글을 읽을 때쯤이면 이 세상에 없다고 생각하니 좀 이상하네. 그렇지만 인간의 숙명이란 그런 거지. 덧없는 존재. 영원히 살 수 없는 존재니까 말이야."

"우리 아버지는 이곳이 영원하길 바라셨어. 아버지가 캠프를 신탁에 묶어두는 바람에 난 어쩔 수 없이 이곳에 있어야 했단다. 결국 그게 나한테는 최선의 선택이었지만 너희도 모두 같은 생각을 할지는 모르겠구나. 너희를 캠프에 매어두고 싶은 마음은 굴뚝같지만 난 아버지와는 다른 선택을 할 거고, 너희가 스스로 운명을 결정하게 해주려고 해."

"선택이란 건 중요해. 어떤 선택은 다른 것보다 훨씬 더 중요하고, 너희에게 어떤 지침도 주지 않는 건 잘못이겠지. 하지만 너희가 알다시피 그때 그 일에는 무언가 더 많은 것이 있단다."

"이십 년 전 캠프 마코는 끔찍한 비극을 겪었지. 경찰은 그 일을 미제로 남겼어. 그러나 세월이 흐르면서 난 너희 중 누군가가 저지른 일이라고 믿게 되었단다. 그 순진한 소녀에게 벌어진 일이 내 자식 중 한 명의 소행이라는 점을 받아들이기 쉽지 않았지만 난 인정해야 했어. 너희도 믿기 어렵겠지. 나도 어떻게 해야 할지 오랜 시간 동안 갈등했단다. 내가 확실히 마음을 정해야 하는데 지금까지도 잘 모르겠구나. 나도 입장이 어려웠고 완벽한 해결책이 없어서 이런 결정을 내리게 되었단다."

"라이언, 난 그 일이 네 책임이라고 생각한다. 100퍼센트 확신할 수 없지만 충분히 확신해. 경찰은 널 용의선상에서 배제했지만 그들이 모든 정황을 다 아는 것은 아니니까. 네가 왜 그랬는지 모르겠다만 이 편지를 들고 있다면 내가 너에게 물어볼 기회를 잃은 거겠지."

"딸들아, 내가 100퍼센트 장담할 수 없으니 너희들에게 이 일을 넘긴다. 내가 틀렸다고, 너희 오빠가 무죄라고 생각한다면 자산을 공평하게 나누는 데 동의하렴. 너무 오래 끌면 안 되니 스위프트 씨가 이 편지를 읽어 주고 48시간 후에 투표를 해야 할 거야. 우선 라이언이 몫을 받을 수 있는 것인지의 여부를 결정하고 그다음에는 캠프를 보유할지 매각할 것인지를 정해. 라이언의 처분에 관한 결정은 만장일치여야 하고 한 번 정한 결정은 번복할 수 없어."

"너희가 어떤 결정을 내리든 난 캠프가 계속 운영되기를 바라. 캠프는 정말 근사한 곳이니까. 우리는 이곳에서 진정한 가족으로 최고의 모습을 보였어. 나에게서 다시 너희에게로 캠프가 이어진다고 생각하니 마음이 아주 평화롭구나. 그러나 결정은 너희 손에 남기마. 내 소망을 마음에 새기고 그것이 너희의 소망이 되기를 그저 바랄 뿐이야."

"그리고 마지막으로, 라이언. 이 말을 듣기 힘들겠지만 너에 대한 애정과 아만다에 대한 애정을 모두 배제하고 내린 객관적인 결정이란다. 지금 네가 어떤 기분인지 모르겠지만 아빠가 네게 연민을 느끼고 있다는 걸 믿어주길 바란다. 내가 살아 있을 동안 너와 직접 대면했어야 했는데 확신이 안 서서 그러지 못했구나. 그 점은 정말로 미안하게 생각해. 내가 잘못 생각하고 있다면 너에게 용서를 구하며 네 여동생들이 제대로 판단해 주리라 믿는다.

모두에게 행운이 있기를.

사랑을 담아, 아빠가."

스위프트가 편지 낭독을 마치자 한동안 정적이 흘렀다. 그가 편지를 곱게 접어서 주머니에 다시 집어넣는 소리만 들렸다.

"대체. 이게. 무슨 일이야?" 케이트가 마침내 입을 열었다. "완전 엉망이잖아."

"그게 다인가요?" 라이언이 물었다. "이게 대체 무슨 의미죠?"

"이런 말 해서 유감이다만, 라이언, 네 여동생들이 동의하지 않으면 넌 상속을 받지 못해."

"어떻게 그렇게 되죠?" 메리가 물었다.

"너희 아버지가 자산을 너희 네 자매와 내 공동소유로 남겼어. 라이언이 상속을 받아야 한다고 너희가 결정하면 내 몫을 그에게 넘겨줄 거야."

"진심으로 하는 말은 아니죠?" 라이언이 물었다. "법적 구속력이 있는 건가요?"

"확실히 그렇단다."

리디, 라이언, 케이트가 동시에 입을 열었다. 목소리가 뒤섞이면서 누가 무슨 말을 하는지 구별하기 어려웠지만 예상하긴 어렵지 않다. 메리는 분노라는 말을 두 번 이상은 들었다. 그녀는 맞은편에 있던 마고와 눈이 마주쳤다. 그녀는 울고 있었다. 메리는 놀랐다. 마고는 자기감정을 공개적으로 드러낸 적이 거의 없었기 때문이다. 하지만 아만다와 친했으니 그럴 만도 했다. 아마도 이 터무니없는 상황이 그때의 기억을 다시 끄집어낸 것 같았다. 누군가는 20년이라면 힘든 일을 이겨내기에 혹은 적어도 흘려보내기에 충분한 시간이라고 생각할 것이다. 하지만 마고에게는 결코 충분한 시간이 아니었다.

메리가 말을 하려고 했지만 아무도 듣지 않았다. 잠시 좌절했다
가 그녀가 공중으로 손을 들어 올렸다. 이것은 캠프에서 모인 사람
들을 조용히 시킬 때 늘 쓰는 방법이다. 그들은 한 명씩 자기들이
성년이라는 점을 인식하며 지시에 따랐다. 선이 제일 먼저 인식했
고 라이언이 마지막이었다. 스위프트만 무슨 뜻인지 몰라서 혼란
스런 표정으로 양손을 옆에 붙이고 가만히 있었다.

"라이언 오빠에게 상속을 하지 않기로 결정하면 어떻게 되요?"
모두가 조용해지자 메리가 스위프트 변호사에게 물었다. "아니면
만장일치를 못 받으면요? 그러면 우리는 당신과 자산을 공동 소유
하게 되나요?"

스위프트의 눈이 왼쪽으로 쏠렸고 메리는 그가 입을 열기 전에
대답을 알았다.

"아니, 난 그저 중간 역할일 뿐이야. 라이언에게 주지 않기로 한
다면 내 몫은 선에게 갈 거야."

10 장

남겨진 사람들

마고

　라이언이 가족을 놔두고 머리를 식히러 떠났던 여름, 마고는 캐리와 조카들을 살피러 갔다. 메이지의 여섯 번째 생일이었다. 캐리는 반 아이들을 전부 초대했고 뒷마당에 튜브 성을 세웠다. 아빠인 라이언이 그 자리에 없다는 점을 감추려는 듯 매우 화려하고 시끌벅적한 파티였다. 그런데 라이언은 거기 있었다. 마치 초대받고 온 손님처럼 마고가 도착하고 몇 분 뒤에 커다란 분홍선물상자를 품에 안고 나타났다. 메이지와 클레어와 사샤는 아빠를 보고 너무 기뻐서 그의 등과 품으로 뛰어오르며 그를 마당으로 끌고 갔다. 행복한 한 가족의 모습을 보며 마고는 그만 자리를 떠야 할지 고민했다. 라이언을 대신해서 이 자리에 왔는데 라이언이 실제로 나타났으니 자신은 불필요한 존재처럼 느껴졌다.

　그러나 이대로 집에 돌아가면 마크에게 왜 그렇게 빨리 돌아왔는지 설명해야 한다. 여기 오기 전에 이미 마크와 같이 가는 문제를 두고 크게 다퉜다. 사실 주변에 아이가 있을 때면 그녀와 마크는 늘 말다툼을 하게 되었다. 그는 아이를 원했지만 마고는 그렇지 않았다. 그녀는 마크에게 아이를 갖고 싶지 않다고 아직까지 분명히 말하지 못했다. 보통의 남녀와 뒤바뀐 이런 상황을 어떻게 풀어나가야 할지 그녀는 몰랐다. 그렇다고 자신의 마음을 확실히 정한것도 아니었다. 서른다섯에도 그랬고 서른일곱이 된 지금도 마찬가지였다. 그녀는 아직 결정을 내리지 못했으니, 순리를 따르다 보면 어떻게든 자연스럽게 잘 될 거라고 생각했다.

아무튼 그녀는 파티에 더 머물기로 했다. 예상치 못했지만 부모님도 그 자리에 있었다. 고등어 때 가족(캠프 야영객들이 수년 전 그녀의 가족에게 붙여준 별명으로 그 이후로 쭉 그렇게 불렸다)은 아이를 돌보는 일에 익숙하지 않았다. 그들은 아이들을 위한 캠프를 운영했지만 파티와는 어울리지 않는 사람들 같았다. 특히나 겉모습이 그랬다. 아빠는 긴 머리를 말총으로 묶고 체 게바라가 그려진 티셔츠를 입었다. 엄마는 거의 백발이 다 된 금발을 염색도 하지 않고 그대로 두었고 수십 년 전 엄마의 친척인 스웨덴 낙농가 여성이 했을 법한 헤어스타일을 하고 있었다. 길고 두껍게 땋은 머리카락을 머리 주변으로 감싸는 것 말이다. 거기에 천연 섬유로 만든 옷을 입어서 마치 대지의 어머니 같은 분위기를 풍겼다.

그들이 잔디를 가로지르는 모습을 지켜보면서 마고는 부모님이 인류 종말을 숭배하는 집단의 지도자로 뉴스에 나온다고 해도 놀랍지 않을 거라고 생각했다. 세련된 무채색 계열 의상을 입은 사람들 틈에서 두 분은 확실히 튀었다. 두 분 다 아빠의 말처럼 '돈을 보고 시집온' 그리고 돈 쓰는 재미로 사는 캐리를 인정하지 않았다. 하지만 지금 라이언과 캐리는 돈 문제를 겪고 있다. 그런데 어떻게 이런 파티를 열 수 있었던 것일까? 어쩌면 캐리의 부모님이 도와주셨는지도 모른다. 두 분은 나란히 캘빈 클라인을 입고 펀치 음료가 담긴 통 옆에 서 계셨다.

마고는 마음을 단단히 먹고 튜브 성으로 들어가는 아이들을 지켜보는 부모님에게로 다가갔다. 한동안 부모님을 보지 못했다. 마크는 부모님과 함께 있는 자리를 불편해했다. 마고는 그 불편함이 캠프에서 여름을 보내던 어린 시절에는 알아차리지 못한 부모님의 어떤 결점을 지적하는 것 같아 속상했다. 그녀가 부모님에게 살갑게 굴려고 애쓰고 있는데 제일 어린 조카인 사샤가 다가와 작은 발로 마고를 툭 건드렸다.

"그림 그릴 거야?"

마고가 조카를 향해 몸을 구부렸다. "무슨 말이야?"

"할머니가 물감을 가져왔어. 고모가 도와줘."

"어떤 할머니가 가져오셨는데?"

사샤가 잉그리드를 가리켰다.

"할머니한테도 같이 그리자고 해볼까?"

"좋아."

사샤가 마고 엄마의 옷을 잡아당겼다.

"가요." 사샤는 작은 공예 테이블로 잉그리드의 손을 잡아끌었다. 테이블에는 새 수채물감과 도화지, 깨끗한 붓 세트가 놓였다.

"뭘 그려볼까?" 잉그리드가 물었다. 그녀는 차분히 유리잔에 물을 준비했다.

"파티?"

"좋지."

잉그리드가 그림을 그렸고 마고와 사샤가 지켜보았다. 잉그리드는 숙련된 손길로 재빨리 파티 모습을 그려냈다. 마고는 엄마가 물감으로 그림을 그렸던 어린 시절이 불현듯 떠올랐다. 어찌 된 영문인지 그녀는 그 기억을 잊고 있었다.

"사람도 그럴까?" 잉그리드가 잔디, 피크닉 테이블, 튜브 성을 그린 다음에 물었다.

"가족." 사샤가 말했다.

"그러자. 마고, 좀 도와주겠니?"

마고는 엄마에게 미소를 지어 보인 뒤 붓을 잡았다. 그녀는 여기온 것이 기뻤다. 어쩌면 이 그림을 가져다가 액자에 넣어도 좋을거다…….

라이언이 양쪽 옆구리에 딸들을 끼고 뒷마당으로 왔다.

"튜브 성에 들어갈 시간이야!" 그가 소리를 치며 아이들을 내려놓았고 아이들이 입구로 들어갔다.

사샤는 그림 그리는 것은 잊어버리고 벌떡 일어났다.

"나도 갈래요, 아빠! 나도 갈래요!"

라이언은 딸들을 한 명씩 튜브 성 안으로 던져주었고 아이들은 신이나 비명을 질렀다. 튜브 성안으로 떨어질 때 똑같이 맞춰 입은 파스텔 원피스가 허리 주변으로 작은 열기구처럼 부풀어 올랐다.

아이들은 항상 미친 듯이 날뛰는 망아지 같았지만 이번에는 더했다. 라이언에게 보여주기 위해 일부러 더 그런다는 걸 마고는 알았다. 아빠가 없는 동안 무엇을 놓쳤는지 알게 하려는 것 같았다. 그렇게 생각하니 마고는 마음이 아팠다.

"그러다 누가 다칠라." 잉그리드가 그렇게 말하는 순간 튜브 성에서 비명이 새어나왔다. 무슨 일이 벌어졌는지 볼 수 없었지만 1분이 채 지나지 않아서 다른 아이들이 도망치듯 빠져나왔다. 오로지 라이언의 딸들만 그 안에 남아 천진난만한 얼굴로 더 높이 뛰고 또 뛰었다. 몇 분 뒤 성의 바람을 빼고, 캐리가 자초지종을 물었지만 딸들은 하나같이 모른다고 했다.

◆　◆　◆

"엄마도 아세요?" 마고가 스위프트에게 물었다.

"뭘 말이니?"

"아빠가 편지를 쓴 거 말이에요. 전 알고 싶어요. 엄마도 이 편지에 대해 아세요? 엄마의 생각도 그런 거예요?"

스위프트 변호사가 턱을 비볐다. 그의 옷깃으로 땀이 흘러내렸다. "아니, 아마 모르실 거야. 네 아버지가 두 가지 지침을 남겼지. 그가 먼저 죽으면 너희 어머니가 캠프에 대한 종신 소유권을 가지고 그런 다음에 너희들에게 넘기도록 말이야. 만일 너희 어머니가 먼저 돌아가시거나 함께 목숨을 잃은 경우에는, 그게……."

"그 빌어먹을 상황은 우리가 알아요." 라이언이 이를 악물고 대답했다.

"그래."

"이건 완전 미친 짓이야."

라이언은 아이스티가 담긴 잔을 판 유리창으로 집어 던졌다. 총성과 같은 소리를 내며 스위프트의 머리 위에서 유리가 와장창 깨졌다. 션을 제외한 모두가 얼어붙었다. 션은 재빨리 거실을 가로질렀고 누가 반응할 새도 없이 라이언을 붙잡아 벽으로 밀쳤다.

"빌어먹을, 이거 놓으란 말이야!" 라이언이 길길이 날뛰었다.

"네가 진정하기 전까지는 안 돼."

"날 밀치고 있는데 어떻게 진정할 수가 있어?"

라이언이 벽에서 떨어지려고 애쓰자 션이 좀 더 세게 붙잡았다.

"라이언 오빠, 그만둬." 리디가 말했다. "션이 오빠보다 힘이 더 센 건 알잖아. 항상 그랬지."

메리가 그들에게로 걸어갔다. 그녀는 한 손을 션의 어깨에, 다른 손을 라이언의 어깨에 올리고 낮은 목소리로 말했다. "진정들 해요." 그녀는 말을 달래듯 그렇게 말했다. 효과가 있었다. 라이언이 몸부림을 멈췄고 션도 팔 힘을 풀었다. 메리가 다시 말리자 션이 라이언을 놔주고 한 걸음 물러났다. 라이언은 의자에 앉아 자기 발 아래 흩어진 얼음을 쳐다보았다. 케이트는 거실을 나서 타월과 빗자루를 가지고 돌아와 재빨리 주변을 치웠다. 리디도 도와주려고 갔다. 마고와 스위프트만 그 자리에 얼어붙은 채 서 있었다.

"이제 괜찮은 거죠?" 메리가 두 사람에게 손바닥을 들어 보이며 물었다.

두 남자가 고개를 끄덕였다.

"다들 앉아서 이 문제에 관해 이야기하는 것이 어떨까요?" 메리가 말했다. "괜찮나요, 스위프트 씨?"

스위프트는 멍하니 있다 정신을 차렸다. "좋아."

"마고 언니는?"

"응?"

"괜찮아?"

"난 괜찮아."

"언니, 같은 자리에 5분째 서 있는 거 알아?"

마고가 몸을 떨었다. 모두가 자리에 앉았지만 여전히 마고만 서 있었다. 그녀는 무슨 일이 벌어지고 있는지 제대로 알지 못했다. 단지 충격을 받은 걸까? 어릴 때 이런 일이 가끔 있었다. 한 번 생각에 빠지면 주변 세상이 어떻게 돌아가는지 잊어버렸다. 그러나 열일곱 살 때 그 몽상에서 깨어났고 그 이후로 이런 일은 없었다. 적어도 지금까지 말이다.

마고가 자리에 앉았다. "난 모두가 진정할 때까지 기다리고 있었어."

메리는 그녀를 처다보았지만 아무런 말도 하지 않았다. 다른 사람들은 그들에게 아무런 관심이 없는 듯했다. 모든 시선이 스위프트에게로 향했다.

"그러니까, 스위프트 씨." 리디가 입을 열었다. "방금 들은 이야기가 너무 충격적이라 믿기지가 않네요. 이 모든 일에 대해 좀 더 설명해주실래요?"

그가 헛기침을 했다. "설명할 건 별로 없어. 맥알리스터 씨의 유언은 분명하니까. 여동생들이 모두 동의한다면 라이언은 상속을 받을 거야. 그렇지 않으면 선이 다섯 번째로 상속을 받고 상속받은 캠프를 어떻게 할지는 너희들이 결정해야 해."

"그것 역시 만장일치여야 하나요?" 마고가 물었다.

"아니, 그 결정은 다수결로 하면 돼. 너희 아버지는 라이언에 관한 처분에 있어서만 특별히 만장일치를 요구하셨으니까."

"'그것 역시 만장일치여야 하나요'는 무슨 뜻이야?" 라이언이 마고에게 따지듯 물었다. "이미 내가 아니라 선이 상속받을 거라고 생각하고 있는 거야?"

"난 그냥 유언을 이해하려고 노력하고 있을 뿐이야."

"이런 일이 벌어지다니 믿을 수 없어." 라이언이 말했다. "내 변호사한테 말하면 확실히…"

"오빠 변호사한테 뭐라고 할 건데?" 케이트가 물었다. "아빠가 오빠를 아만다를 그렇게 만든 범인이라고 생각한다고?"

그 말에 라이언의 얼굴이 창백해졌다. "난 그 애한테 아무 짓도 안 했어."

"젠장, 정말 못 봐주겠어." 리디가 말했다. "아무리 그래도 라이언 오빠를 이런 식으로 대접하는 건 아니잖아."

"리디." 메리가 경고했다.

"내가 뭘? 내 말은, 대체 이게 무슨 일이야? 지금 다시 정의의 심판을 내리겠다는 거야?"

"그만둬, 리디." 마고가 말했다. "그만 좀 해."

케이트가 리디의 팔을 잡았고 둘 사이에 무언의 소통이 오갔다.

리디는 못마땅해서 투덜거렸지만 더 이상 뭐라고 하지 않았다.

"이건 게임인 거죠?" 마고가 스위프트에게 물었다. "아빠의 장난인 거죠? 우리가 주말 동안 결정을 내리면 곧 다른 편지가 나타나 '그냥 장난이었어'라고 말하고는 '아빠의 마지막 유머를 제대로 즐기지 못했다면 유감이야'라고 하는 거 아니에요?"

"그럴 수도 있지만 난 다른 편지를 가진 게 없단다."

"아만다에게 일어난 일은 장난이 아니야." 선이 말했다. "그 애는 아무 잘못이 없어."

"꼭 그렇지도 않아요." 메리가 끼어들었다.

"그게 무슨 뜻이야?" 마고와 메리의 눈이 마주쳤다. 마고는 전에도 아만다에 대해 이런 말을 들었고 그럴 때마다 화가 났다. 아만다가 몰래 빠져나가지 않았다면…… 아만다가 자기 역할에 충실했다면…… 아만다가 이랬다면, 아만다가 저랬다면. "아만다에게 벌어진 일은 그 애의 잘못이 아니야."

메리가 눈길을 피했다. 그녀는 무엇이든 자기주장을 끝까지 내세우지 않았는데 마고는 메리의 그런 점이 싫었다. 세상을 살아가려면 가끔 자기 입장을 분명히 밝힐 필요가 있다.

"지금 투표할까?" 마고가 물었다.

"48시간 안에 하면 돼. 편지에서 그렇게 말했으니까. 그러니까 일요일에 추모식이 끝난 뒤 하면 되겠어." 케이트가 말했다.

"그 말은 라이언 오빠가 자기가 무죄라는 것을 우리에게 입증할 48시간이 있다는 거네?"

"아니면 우리가 다른 방법을 찾아서 어찌 되었든 오빠가 상속을 받게 할 48시간이 있거나." 케이트가 말했다.

"정말 역겨워." 리디가 스위프트를 향해 몸을 돌렸다. "정말 아빠답네요. 아빠가 이 계획을 세운 지 얼마나 된 거예요?"

"10년 전이란다."

"10년? 10년이요? 그러니까 그 사고 직후에……."

"맞아."

"하지만 그건 사고였잖아요."

"아마도 너희 아버지는 그렇게 생각하지 않았던 것 같아."

"확실하네요. 참 잘됐어요. 메리 언니, 참 잘했어."

메리가 조용히 리디를 쳐다보았다. "그게 왜 내 탓인지 모르겠네."

"언닌 항상 모르니까. 세상에, 난 우리 가족이 다 너무 짜증 나."

리디가 몸을 돌리고 거실을 나섰다. 케이트가 쫓아가려고 자리에서 일어났다.

"가지 마, 케이트." 마고가 말렸다. "그 애가 열을 좀 식히게 놔둬."

"하지만 저대로 떠나버리면?"

"안 그럴 거야."

그러자 케이트가 다시 자리에 앉았다. 마고는 가족들을 살폈다. 라이언은 땀을 흘리며 선이 자기를 벽으로 밀칠 때 잡았던 팔을 비볐다. 케이트는 엄지손톱을 깨물었다. 메리는 말을 타고 장애물 경기를 준비하듯 몸을 꼿꼿하게 세웠다. 그리고 선은 다리를 위아래로 떨었다. 마고는 그가 신이 났을 때 그렇게 한다는 것을 안다.

또 다른 편지의 여부와 관계없이 이건 정말로 끔찍한 장난이다.

◆　◆　◆

가족회의를 마친 뒤 마고는 주차장으로 스위프트를 배웅했다.
"이렇게 돼서 유감이에요." 차 앞에 도착했을 때 마고가 말했다.
"라이언 오빠를 어떻게 할지 확신이 안 서요."

스위프트가 주머니에서 손수건을 꺼내 이마를 닦았다.

"가만히 계세요." 그녀는 손수건을 받아서 스위프트의 어깨에 남
은 미세한 유리 조각을 털어주었다.

"유리창 파편이 있어요." 마고가 설명했다.

그는 말없이 손수건을 받아서 툴툴 털었다. 마고는 그에게 의사
를 만나 사랑을 느낄 때 말고도 심장을 움직이는 실린더나 판막이
나 뭐 그런 것이 다 제대로 기능하는지 확인해보라고 말하려다가
그만두었다. 스위프트가 지금 문제가 아니었다.

"이렇게 되지 않게 말리려고 했어." 그가 말했다.

"그렇게 하셨을 거라고 믿어요."

"이런 메시지를 전하는 게 전혀 즐겁지 않구나."

"그 말도 믿어요."

"어떻게 될 것 같니?"

"솔직히요? 잘 모르겠어요."

스위프트가 다시 이마를 닦았다. "가족이란 참 복잡하지."

"그런 것 같아요. 아빠가 라이언 오빠가 그랬다고 확신하는 이유
를 말한 적이 있나요?"

"그 질문에는 대답할 수 없구나."

"경찰서에 가실 건가요?"

"내가 가서 뭐라고 하겠니?"

마고는 호수의 전망을 가리고 있는 나무들을 응시했다. 바람이 찾아왔다. 부양식 독이 바람에 서로 부딪히는 소리가 들렸다.

"웃긴 게 뭔 줄 아세요?" 그녀가 말했다. "전 항상 부모님이 그 일은 제 책임이라 여길 거라고 생각했어요."

"왜 그렇게 생각했니?"

"그날 밤 아만다를 마지막으로 본 사람이 저니까요. 그러니 제가 유력한 용의자가 아닌가요?"

아만다

1998년 7월 22일 오후 11시

그 무서운 목소리가 내 귀에 속삭였을 때 난 라이언이라고 확신했다. 하지만 뒤돌아 라이언이 아니라는 것을 알고서 나는 이내 스스로 얼마나 멍청했는지 깨달았다.

"마고!" 난 부끄럽고 동시에 화가 나서 소리쳤다. "넌 아이들과 같이 있어야 하는 거 아니야?"

그녀가 자기 허리에 양손을 짚으며 말했다. "지금 너한테 같은 말을 하려던 참이야."

마고는 올 블랙으로 차려입었다. 검은색 등산바지에 검은 스웨터를 걸쳤고 늘 빛을 반사하던 금발 머리도 뒤로 넘겨 묶었다. 마고가 저 옷으로 갈아입을 땐 별생각이 없었는데 지금 보니 우리가 한밤중에 남자 숙소를 급습할 때 입었던 차림새였다. 미식축구 선수처럼 눈 밑에 검게 칠한 마스카라가 빠진 것만 빼면.

"깜박 잊고 있었어." 내가 말했다.

"진짜?" 마고는 목에 건 손전등을 이리저리 흔들며 말했다. 둥근 불빛이 해변 바위를 비춘 다음 그녀 너머 나무를 밝혔다.

"그 비꼬는 말투는 뭐야?"

"아, 내가 그랬나? 몰랐어. 넌 밤새 이상하게 굴더니 물을 길어 온다고 하고서는 여기 해변에 서서 누군가를 기다리고 있잖아. 대체 무슨 일이야? 누굴 만나기로 한 거야?"

"아무도 안 만나."

"그러지 말고 말해줘. 사이먼이지? 그래서 그 애가 나한테 말을 안 거는 거잖아."

마고는 지금 사이먼 보클레어 이야기를 하는 건데 사이먼은 동료 카운슬러로 마고가 작년 여름 처음 순결을 내준 상대다. 둘이 관계를 가지고 일주일 뒤 사이먼이 마고를 차버렸고 그녀는 엄청난 충격을 받았다. 마고는 항상 사이먼에 관해서는 이성적이지 못했지만 뜬금없이 날 걸고넘어지는 건 너무했다. 나도 마고만큼 사이먼과 알고 지냈지만 우리는 한 번도 같이 어울린 적이 없었고 그건 그녀도 잘 알고 있다.

"넌 지금 내가 사이먼을 기다린다고 생각하는 거야? 바보 같은 소리."

"어째서? 지난주에 그 애랑 춤을 췄잖아."

"딱 한 번이었어. 사이먼이 화장실에 갔다 온 사이 다른 애들이 전부 짝을 찾았고 그는 트레이시랑 하고 싶지 않아서 나한테 해달라고 한 거야."

"내 눈엔 그렇게 보이지 않았어."

"대체 네가 신경을 쓰는 이유가 뭐야? 나한테 사이먼을 싫어한다고 했잖아."

그 말에 마고가 움찔했다. 그녀는 모두에게 그렇게 보이려고 노력했지만 마음 깊은 곳에서 여전히 그를 원하고 있었다. 난 안다. 사이먼도 안다. 하지만 사이먼은 마고를 무시했다. 내가 사이먼을 싫어하는 이유 중의 하나이다.

"그래서 네가 사이먼을 만나는구나." 마고가 말했다. "오늘 하루 종일 이상하게 행동하더니만."

"아니라고."

"맞잖아."

난 가슴이 답답했다. 우리는 서로 안 지 10년이 되었고 한 번도 싸운 적이 없었는데 지금 우리는 남자애 때문에 여섯 살짜리 꼬맹이마냥 유치하게 다투고 있다.

"이건 바보 같은 짓이야. 넌 내가 사이먼을 싫어하는 거 알잖아."

"네가 그렇게 말한다면 할 수 없지 뭐."

난 손전등 불빛이 흔들리는 것을 지켜보았고 불빛은 매번 점점 더 높이 올라갔다. 불빛이 내 눈을 비출 때 난 돌아섰다.

"네가 여기 있으면." 내가 말했다. "애들은 누가 봐?"

"괜찮아. 메리가 있으니까."

"맙소사, 마고. 우리는 아이들을 메리한테만 맡겨둘 수 없어. 누군가 다치기 전에 돌아가야 한다고."

"하지만 사이먼은 어쩌고?"

"난 그 애를 만나지 않아. 말했잖아."

"그럼 여기서 뭐 하고 있었어?"

난 마고에게 말하고 싶지 않았지만 다른 방법이 없었다. "라이언을 보기로 했어."

"라이언?"

"그래, 알잖아. 너희 오빠 라이언 말이야."

"라이언 오빠가 널 만난다고?"

"맞아."

손전등 불빛이 바닥으로 뚝 떨어졌다. 난 마고가 내 말을 믿지 않을 거라 생각했지만 그녀는 그럴지도 모를 가능성에 대해 곰곰이 생각하는 듯했다.

"흥."

"그건 무슨 뜻이야?"

"아무 뜻도 없어. 그냥 놀라서 그래. 와우. 알겠어. 참 흥미롭구나." 마고는 내 쪽으로 다가와 갑자기 날 껴안았다. 그녀에게서 모닥불과 마시멜로 냄새가 났다. "조심해야 해, 알지?"

"뭘?"

마고가 날 놔주었다. "라이언 오빠하고 있을 때 말이야. 오빠가네 마음을 아프게 하지 않도록."

"그는 아마 나타나지 않을 거야."

"아니야, 오빠는 올 거야."

"우린 그만 돌아가야 해."

"걱정 마. 넌 여기 있어. 이건 내가 가져갈게."

"애들은 어쩌고?"

"괜찮을 거야." 마고가 몸을 구부려 내가 바닥에 놔둔 물 양동이를 집어 들었다. "성인 감독관이 없다는 걸 여자애들이 알아차리기 전에 돌아가야겠어."

"괜찮겠어?"

"물론이야."

"고마워, 마고."

"당연하지. 그리고 난 모르는 일이야. 재밌게 놀아. 알겠지?"

난 숲으로 걸어가는 마고를 지켜보면서 방금 그녀가 한 말을 머릿속으로 생각했다. 재밌게 놀아? 어째서인지 난 그 생각을 하지 못했다. 항상 라이언 주위에 있으면 긴장했지 재미있다고 느껴본 적이 없었다. 그래, 흥분은 된다. 가슴이 마구 쿵쾅대는 것이 느껴지니까. 어쩌면 내가 놓치고 있었던 부분이 그건지도 모르겠다. 재미.

마고가 숲으로 사라지자 난 몸을 돌려 호수를 바라보았다. 아무것도 보이지 않았지만 소리가 들렸다.

노를 젓는 소리다.

라이언이 이곳으로 오고 있다.

	아만다	마고	라이언	메리	선
오후 9시	풍등 날리기	풍등 날리기	풍등 날리기		
오후 10시	호수 섬	호수 섬		호수 섬	구명보트
오후 11시	뒤 해변	뒤 해변		호수 섬	
오전 6시	비밀 해변				

11 장

잔디 깎기
선

선은 생각할 것이 있으면 하루 일과에 몰두했다. 지난 몇 년간 수도 없이 고쳐 손에 익은 잔디 깎는 기계에 올라타 잘린 잔디들이 기계에 부착된 봉투로 모이는 것을 지켜보았다. 선은 깔끔하게 잘린 잔디에서 풍기는 냄새를 좋아했다. 숲에 다다를 때까지 내내 잔디를 깎는 일은 매우 쉬웠다. 항상 조금만 더 깎았으면 좋겠다고 생각했다. 잔디를 깎는 건 그에게 교회에 가는 것과도 같았다. 교회에서 받는 엄숙하고 평화로운 느낌이 들었기 때문이다. 그에게 자연은 아주 분명하게 들리는 설교 같은 것이었다.

하지만 오늘은 전과는 달리 마음이 복잡했다. 한 번도 상속을 받을 거라 생각해본 적이 없었는데 그에게 기회가 찾아왔는지도 모른다. 캠프에서 그간 벌어진 일들과 앞으로의 향방에 대해 진짜 속내를 밝힐 때가 온 것인지도 모른다.

그러나 조건부라는 점이 마음에 걸렸다. 맥알리스터 씨가 그를 위해 해줬던 다른 모든 것처럼 말이다. 그는 캠프에서 일할 수 있지만 카운슬러가 될 수 없었다. 만능 수리공은 될 수 있어도 진짜 가족은 될 수 없었다. 모든 부분에 한계가 있었다. 그는 머릿속으로 제대로 된 말을 찾으려고 했지만 아, 젠장, 그는 늘 어휘력이 부족했다. 그가 아는 거라고는 맥알리스터 씨가 그에게 원하는 만큼 캠프에 머물러도 좋다고 했지만, 사실 그 말의 의미는 다른 가족들도 그가 머물기를 바랄 경우에만 그럴 수 있다는 뜻이라는 점 뿐이다.

그 생각을 하니 목이 조여 오는 것 같았다. 이곳을 떠나 어디로 가야 할지 막막했다. 무엇을 할 수 있을까? 선은 어른이 된 뒤로 평생 이곳에서 살았고 캠프에 머물며 캠프 일을 하는 것 말고는 할 줄 아는 것이 없었다.

다들 라이언을 싫어하지만 그럼에도 가족인 라이언을 선택할까? 그럴 가능성이 더 클까? 맥알리스터 식구들은 선 자신에 대해 어떻게 생각할까? 같이 살기 어려운 사람 혹은 그 이상으로 거슬리는 존재인지 한 번도 물어본 적이 없었다. 선이 이해하기로는 맥알리스터 자매들이 합의하지 못하면 라이언 대신 그가 상속을 받게 된다. 그건 맥알리스터 씨가 영리하게 만들어 놓은 조항이다. 그 애들은 평생 무언가에 의견 일치를 본 적이 없다. 그리고 맥알리스터 씨는 라이언에게도 공평하려고 했다.

그는 아버지가 없어서 전혀 알지 못했고 희미한 기억 속의 어머니도 그에게 한 번도 자신을 임신시킨 남자에 대한 이야기를 해준 적이 없었다. 뭐 괜찮다. 가족이란 항상 많은 문제가 있으니까. 같이 사는 사람들의 감정까지 모조리 고려해야 하니 피곤하다. 선은 반쪽짜리 가족만으로도 충분했다.

　그저 캠프 마코에 머물 수만 있다면.

12장

언덕을 달리다
리디

리디는 집을 나서 계단으로 내려간 다음 방향을 틀어 다른 입구를 통해 지하실로 들어갔다. 난로 쇠살대를 통해 거실에서 하는 이야기가 고스란히 전해졌다. 그녀는 여덟 살 여름에 이 사실을 알게 되었고 그때부터 쇠살대를 통해 온갖 이야기를 들었다. 주로 일요일 밤 직원회의를 엿들어 모든 유용한 정보를 습득했다. 숲에서 섹스를 하거나 마리화나를 피워 붙잡힌 아이가 누군지 등 궁금한 점들을 말이다. 대부분의 아이들은 순진하게도 맥알리스터 가족이 캠프에서 무슨 일이 벌어지는지 모를 거라고 생각했다. 하지만 리디는 그들이 잘못 생각하고 있다는 것을 알고 있다.

종종 자신이 막 떠난 자리의 대화를 엿듣는 건 아무래도 익숙해지지 않았다. 듣고 싶지 않은 무언가를 듣게 될 위험이 크기 때문이다. 리디는 마고의 말투가 마음에 들지 않았고 분명 캠프를 떠날 생각은 없었지만, 케이트가 자신을 따라나서려고 했다는 점은 마음에 들었다. 사실 리디가 가장 무서워하는 것이 바로 언젠가 자신이 큰일을 저지르려고 할 때(예를 들어, 자살이라든가) 케이트가 말리지 않을까 봐이다. 그럼 혼자 버림받았다는 생각에 모욕감을 느끼든지 아니면 결과를 받아들이든지 둘 중 하나다.

가족들의 대화는 지루했다. 주로 라이언의 고함 소리가 들렸다. 그러다 그가 침울해져 아만다에게 벌어진 일과 자신은 아무 상관이 없다고 반복해서 결백을 주장했다. 좀 슬픈 목소리였다. 그리고 스위프트가 마고와 함께 자리를 떴고 이후 그녀를 화나게 하는 대화를 들었다. 라이언이 케이트에게 자신에게 투표해달라고 설득한 것이다. 케이트는 별로 말이 없었다. 리디는 라이언의 말을 들으며 그 매력에 설득당하지 않으려고 애쓰는 케이트의 얼굴이 상상이 갔다. 리디는 상황이 어떻게 돌아가는지 알았다. 케이트는 특히 가족 일에 있어서 아주 깐깐하고 신중해 탈을 일으킬 일은 절대 하지 않는다. 만약 자매들이 다른 선택을 한다 하더라도, 케이트라면 가족을 위험에 빠뜨릴 결정은 적어도 하지 않을 거라는 믿음이 있다. 사실 라이언이 제일 먼저 케이트를 설득한 건 아주 영리한 행동이다. 리디라도 그렇게 했을 거다. 케이트가 괜찮다고 생각하면, 케이트마저 괜찮다고 생각하는 일이라면 분명 옳은 결정이기 때문이다.

케이트가 "난 그런 생각을 해본 적이 없어"라고 말하는 것을 들었을 때 리디는 더 이상 들을 필요가 없을 것 같아 운동복으로 갈아입고 휴대전화와 헤드폰을 챙긴 뒤 집을 나섰다. 주도로에 도착할 무렵 땀이 억수같이 쏟아졌지만 언덕 위에 올라가면 마음이 완전히 정리될 것 같아서 멈추지 않았다.

그녀는 익숙한 번호로 전화를 걸었다.

"여보세요. 자기, 뭐 하고 있어?"

리디는 안도감을 느꼈다. 오웬과 대화를 하면 항상 마음이 진정되었다. 그는 좀처럼 동요하지 않는 차분한 사람으로 그녀 안에 살고 있는 야수와 정반대다. 그의 직업과는 어울리지 않는 성격이다. 하지만 그건 그녀도 마찬가지다. 두 사람 모두 남들이 보는 겉모습과 달랐다.

"완전 엉망이야."

"달리고 있어?"

"응."

"그럼 정말 안 좋은 상황이구나."

언덕을 달리느라 힘들었지만 그녀는 오웬을 통해 기운을 얻었다. 캠프에 온 게 벌써 후회되었다. 어떻게 이 주말을 버틸 수 있을까. 그녀는 집에 가고 싶었다.

"자기가 원한다면 데리러 갈게."

오웬이 어젯밤 리디를 도로 끄트머리에 내려주었는데 그녀가 자신이 왔다는 것을 아무도 모르는 상태로 하루를 보내고 싶다고 했기 때문이다.

"내일 무슨 큰 축제에 가야 한다고 하지 않았어?"

오웬은 좋게 말하자면 록 스타다. 아직 최고로 잘 나가지는 않지만 그렇게 되려는 참이다.

"때려치우면 되지."

"자긴 소속사가 없으니 다음 앨범을 내려면 돈이 필요하잖아."

"다른 데서 충당하지 뭐. '고 펀드 미' 같은 후원 모금 사이트나 뭐 그런 걸 이용하든지."

리디는 좋아하는 아티스트가 무슨 작업을 하든 쉽게 돈을 보내는 팬들을 보고 놀랐다. 제 영화에 투자해 주세요! 제 책에 투자해 주세요! 그녀가 아는 한 제 휴가에 투자해 주세요!는 아직 없었지만 진취력이 있는 누군가가 곧 그렇게까지 할 거라고 확신했다. 합법적인 프로젝트인 한 오웬은 아무 거리낌이 없었다. 리디는 처음에 그런 그가 부끄러웠지만 오웬이 직접 스카이프로 전화를 걸거나 사인한 사진을 보내거나 넉넉한 후원금을 보내 준 팬과 '데이트'를 해주는 것과 같은 후원 특전에 열광하는 팬들을 보고나니 생각이 바뀌었고, 다만 '데이트'의 경우 규칙을 정해야 한다고 얘기했다. 사실 그보다 더 힘든 건 레스토랑, 극장, 거리에서 둘의 사적인 시간을 낯선 사람이 마음대로 침범한다고 느끼는 부분이다.

"알았어. 하지만 이번에는 데이트를 해주면 안 돼."

"자긴 질투할 때 사랑스러워."

리디는 팔을 더 열심히 움직이며 다음 언덕을 올랐다. 그녀는 잠시 멈춰서 호흡을 가다듬으며 얇은 철사 울타리 너머 들판에서 한가로이 풀을 뜯고 있는 소들을 바라보았다.

"듣고 있어?" 오웬이 물었다.

"듣고 있어."

"내가 데리러 갈까?"

"괜찮아."

"라이언은 어때?"

"오빠가 왜?"

라이언이 리디의 팔을 세게 붙잡고 위협했다. 그 말을 오웬한테 하면 그는 당장 여기로 달려올 거고 그녀는 자신과 오웬만의 세상이 캠프 마코의 세상에 섞이는 것을 받아들일 준비가 되지 않았다. 아직은.

"위험한 사람 아니야?"

"전혀 안 그래."

"하지만 라이언이 그녀를 그렇게 만든 사람이라면…… 그 여자애 이름이 뭐라고 했지?"

"아만다."

"그가 아만다에게 그런 짓을 한 사람이라면…… 너희는 경찰에 연락해야 해."

"그는 우리 오빠야."

"그게 무슨 상관이야?"

리디는 자신의 근처에 있는 소를 쳐다보았다. 동물의 삶은 참 단순하다. 들판에 서서 종일 풀을 뜯어 먹고 그렇게 살을 찌워 인간의 밥상에 오른다. 아니, 도축되어 잡아먹히는 건 암소들이었나? 그런 것 같기도…….

"난 위험하지 않고 아무도 경찰에 연락하지 않을 거야. 게다가 경찰은 이미 이 사건에 대해 전부 수사했어."

"하지만 그들은 누구도 체포하지 않았잖아."

"그렇게 할 충분한 증거가 없었어. 경찰이 그렇게 말했어. 내가 알기로는."

"자기가 알기로?"

"난 열두 살이었어. 무슨 일이 벌어졌는지 잘 몰랐어. 우리 전부다 그랬어."

리디는 형사들과 만났던 일을 떠올려보았다. 미성년자라 부모님이 동행했고 비밀을 알고 있는 그녀는 마치 게임에서 우승한 기분이 들었다. 그날 밤 넌 어디 있었지, 리디? 케이트와 쭉 같이 있었어? 아만다에 대해 어떻게 생각하니?

"누구를 체포하기에 증거가 충분하지 않았다는 거야?" 오웬이 물었다.

리디는 더 이상 그 일에 대해 말하고 싶지 않았다. 그저 아무 생각 없이 달리고 싶었다.

"리디? 듣고 있어?"

그녀는 전화기를 귀에서 멀리 떨어뜨리고는 큰 소리로 말했다. "오웬? 안 들려. 연결이 잘 안 되는 것 같아. 나중에 다시 걸게."

그리고는 그녀는 전화를 끊었다.

아만다

1998년 7월 23일 오전 6시

날 발견한 사람은 쌍둥이 자매였다.

비밀 해변에서 그들이 뭘 했는지 난 모른다. 나중에 부모님의 참관하에 경찰에 진술했을 때 공방에서 진행할 프로젝트에 쓸 꽃을 찾고 있었다고 말했다. 그렇지만 그 둘이 기상 종이 울리기도 전에 일어나 어른과 동행하지 않으면 안 되는 곳에서 배회했다는 것이 이상하다. 하지만 그들은 열두 살이고 캠프 소유주의 자녀라는 이유로 엄밀한 조사를 피해 갔다.

난 그들을 들을 수 있었다. 뭐라고 하는지는 정확히 몰랐지만 목소리는 들렸다. 겁에 질려 속삭이는 목소리. 해변 근처의 풀을 헤치며 그들의 다리가 움직였다. 그리고 '큰일이야'라고 하는 말을 들었다. 케이트인 것 같았는데, 케이트라고 생각하는 것이 가장 합당해서다. 난 어쩌지 못하는 상태였고 화가 났다. 우리는 자매와 같

다고 적어도 난 그렇게 생각하고 있었는데 날 구하는 것보다 큰일
에 휘말리는 걸 더 걱정하다니.

그리고 둘 중 한 명이 죽음에 관해서 무슨 말을 했다. 시체 혹은
죽은 소녀라고 했다. 그래서 난 살아 있어, 라고 소리를 질렀지만
내 머릿속에서만 울릴 뿐 그들은 듣지 못했다. 움직여, 난 생각했
다. 뭐라도 하라고. 하지만 온몸이 꽁꽁 얼어붙어 모든 것이 고통
스러웠다. 좀 움직여. 움직이라고. 난 온 힘을 다해 집중해서 손을
움직였다. 나는 미친 듯이 손을 흔드는 것 같았지만 그들이 하는
말을 또렷이 들었기 때문에 그렇지 않다는 것을 알았다.

"손이 움직이는 걸 봤어!"

"뭐라고? 아니야, 멍청아. 그건 네 착각이야."

"착각이 아니야. 진짜야, 리디. 아만다가 움직였어."

"숨을 쉬는지 내가 알아보고 올게."

"어떻게?"

"조용히 해!"

손 하나가 내 입 바로 위를 눌러서 전보다 더 숨을 쉬기가 힘들
었다.

"뭐하는 거야?"

"아무것도 안 느껴져."

아, 고통스럽다. 움직여, 움직여, 움직이라고. 난 다시 손을 움직
였다. 누군가가 비명을 질렀다. 그리고 내 얼굴 위에 있던 손이 사
라졌고 모든 것이 깜깜해졌다.

	아만다	마고	라이언	메리	케이트와 리디	션
오후 9시	풍등 날리기	풍등 날리기	풍등 날리기			
오후 10시	호수 섬	호수 섬		호수 섬		구명보트
오후 11시	뒤 해변	뒤 해변		호수 섬		
오전 6시	비밀 해변				비밀 해변	

13장

폭풍전야
라이언

라이언은 평생 그렇게 화가 나고 두렵긴 처음이었다. 마음속에 화와 두려움이 똑같이 자리했다. 신기한 감정의 시소다. 라이언은 보통 화가 나면 가만히 있지 못했다. 집을 뛰쳐나가 마당으로 갔고 화가 많이 났을 때면 거리를 한참 동안 쏘다녔다. 캐리는 그 점을 이해했고 라이언이 벽을 부수는 것 보다는 그의 신발 밑창이 닳아 구멍이 나는 편이 더 났다고 생각했다. 하지만 이 새로운 화와 두려움이 그를 마비시켰다. 이제 어떻게 해야 할까? 이 일을 어떻게 제대로 해결할 수 있을까? 아버지가 어떻게 그런 생각을 해왔던 것일까?

분명 아버지는 그를 벌주고 있는 것이다. 하지만 대체 무슨 이유로? 그가 일으킨 모든 문제들 때문에? 그 끔찍한 편지에 아버지가 글로 남기긴 했지만 그는 아직 믿기지 않았다. 자신을 변호할 기회를 줬어야 하지 않을까? 아버지가 그를 의심하고 있다는 말을 직접 했다면 일이 벌어졌던 스무 살 당시보다 지금 더 잘 설명할 수 있었을 것이다. 그러나 지금 라이언은 각자의 이익에 몰두하고 그의 계획에 찬성할 의지가 없는 여동생들을 설득해야 하는 난관에 부딪혔다.

그는 케이트를 설득하려고 했는데 그건 실수였다.

"있잖아." 둘만 남았을 때 라이언이 입을 열었다. "난 아만다에게 벌어진 일과 전혀 관계가 없다는 걸 너도 알잖아."

케이트는 소파에 앉아서 어깨에 걸친 분홍색 스웨터 끝자락을 두 손으로 만지작거렸다. 라이언은 그 스웨터조차 못마땅했다. 케이트는 테니스를 치지 않고 지금은 80년대도 아니다. 그 시절을 기억도 못 하면서 왜 저렇게 옷을 입었을까? 무슨 역할놀이라도 하고 있는 건가?

"확실해?"

"그런 식으로 말하는 이유가 뭐야?"

"오빠는 이유를 알잖아."

사람들의 열기가 아직 거실에 남아 공기가 후끈했지만 라이언은 몸서리가 쳐졌다. 화와 열기 때문에 창문에 서리가 맺혔다.

"그러니까 넌…… 그날 밤 내가 섬에 있었기 때문에 그렇게 묻는 거야?"

그는 자신이 진술하기도 전에 경찰이 그가 섬에 있었다는 점을 알고 있는 것이 결코 이해가 되지 않았다. 어쩌면 그건 경찰이 본능적으로 인식한 것일지도 모른다. 그들은 그의 자백을 얻어내려고 꽤 공격적으로 몰아세웠다. 그들이 하는 모든 질문과 두렵게 만들려는 전술이 제대로 먹혔다. 그는 겁에 질렸다. 네가 그 애를 가격한 사람이라는 것을 우리는 알고 있어, 라이언. 네가 우리에게 사실을 말하는 편이 훨씬 수월할 거야. 계속 그렇게 몰아세웠다. 하지만 그는 자신이 그 섬에 있었지만 이내 자리를 떴고 다른 사람은 아무도 보지 못했다는 입장을 고수했다. 경찰이 사건에 대해 어떻게 생각하는지 물었을 때 호수 반대편 오두막을 언급했다. 그해 여름 그곳에 한 무리의 대학생들이 묵었고 아만다와 마고가 보호요원으로 있으며 자유 수영을 할 때 이십 대인 그들이 술에 취해 거룻배에 올라 해변으로 가까이 왔었다. 그 청년들을 수사해보세요. 그는 경찰에게 말했다. 그들이 항상 휘파람을 불고 희롱을 했어……. 경찰은 그 말을 모두 받아 적긴 했지만 실제로 살펴보긴 했을까? 그들은 라이언에게 알려주지 않았다. 게다가 그들은 따로 계획이 있는 듯했다.

그리고 질문이 멈췄다. 아무 일도 벌어지지 않은 불안한 몇 주가 흘렀고 라이언은 시계추가 흔들리는 것처럼 일분일초가 조마조마했다. 마침내 경찰이 수사를 종결했다. 모든 기록은 상자 여러 곳에 나눠 담긴 채로 미결이라는 표식이 붙었을 것이다. 그때 누가 이렇게 된 일인지 물어봤다면 그는 부모님이 누군가에게 돈을 주고 사건을 무마했거나 스위프트처럼 그런 일을 해결하는 사람을 써서 처리했다고 대답했을 거다. 그게 그와 같은 부류의 사람들에게 일어나는 일이 아닌가?

물론 지금 와서 보니 그건 터무니없는 생각이었다. 부모님은 부유한 아이들을 위한 캠프를 운영했지만 정작 당신들은 부자와는 거리가 멀었다. 만일 케네디 가문 정도 된다면 경찰이 다른 방법을 찾아봤을 수도 있다. 하지만 맥알리스터 집안에서? 그럴 리는 없다.

그래서 더더욱 왜 경찰이 수사를 그만두었는지 이해가 가지 않았다. 다만, 만약 그의 아버지가 누군가에게 돈을 건네 입막음을 했다면 그건 아버지가 라이언을 진짜 범인이라고 생각했기 때문이었다.

"오빠?"

"왜?"

"무슨 일이 있었는지 나한테 말해줄 거야?"

"그게 중요해? 내가 전부 말한다면 넌 날 믿어줄래?"

"그럴지도 모르지." 케이트가 자리에서 일어섰다. "하지만 난 오빠의 고해성사 같은 건 듣고 싶지 않아."

"난 자백할 게 없어. 그냥 네 생각을 알고 싶어…… 네가 누구 편인지 말이야."

"나도 모르겠어. 오빠가 쭉 거짓말을 하고 있고 거기에는 이유가 있을 거라는 점만 난 알아. 숨길 것이 없었다면 오빠는 진실을 전부 털어놓았을 거야."

"사람은 여러 가지 이유로 거짓말을 해, 케이트."

"난 그런 생각해 본 적 없어." 케이트가 비난하듯 말했다.

"한번 생각해 봐. 인생이 이분법처럼 이것 아니면 저것으로 딱 나눠지지 않아."

그 소리에 케이트는 다시금 리디와 같은 표정을 지었다. "그럴지
도 모르지만 오빠는 늘 똑같은 거짓말쟁이야."

14 장

회상
메리

　메리는 현관 난간에 묶어둔 시나몬의 고삐를 풀고 헛간으로 갔다. 시나몬이 메리의 목에 비벼대며 콧바람을 불어 그녀는 말이 만족하고 있다는 것을 알았다.

　메리도 여태껏 만족하면서 잘살고 있었는데 세상에, 아빠는 왜 이렇게 큰 소란을 일으켰는지 모르겠다. 그리고 이 모든 소동이 아만다라는 여자애 때문인데 아빠는 그 애가 마고에게 안 좋은 영향을 끼친다고 탐탁히 여기지 않았다.

　메리는 섬에서 보낸 그날 밤을 생생히 기억하고 있다. 카운슬러 수련생으로서 보내는 첫 밤새우기 행사였고 마고와 함께여서 신이 났다. 그녀와 마고는 몬트리올에서 겨울시즌을 보낼 때는 서로 가까웠다. 둘은 항상 새 학기가 시작되고 2주 뒤에나 학교로 돌아왔고 어릴 땐 그래서 더욱 서로 의지할 수밖에 없었다. 새 학기 첫

날 학교 운동장에서 보내는 몇 시간 동안 친구 무리가 형성되기 때문에 9월 중순에 늦게 들어오는 아이들은 새롭게 끼어들 자리가 없다. 하지만 캠프에서는 마고에게 메리가 필요하지 않았다. 그녀는 자연스럽게 무리에 섞이고 아만다가 있었기 때문에 메리는 끈 떨어진 연처럼 갈 곳 없는 신세가 되었다.

그날 밤에도 아만다가 어디에 갔는지 알아보겠다며 마고가 아이들을 메리에게 맡겼을 때 둘은 언쟁을 벌였다. "아마 남자를 기다리고 있을 거야." 메리가 말했다. "그 애는 괜찮을 거야."

"어떤 남자? 마고가 인상을 쓰며 물었다. "설마……."

"뭔데?"

근처에 있던 아이 한 명이 기침을 해서 마고가 말을 멈췄다. 그녀는 자신의 침낭을 메리 쪽으로 더 가까이 당겼다. "지난주에 아만다가 사이먼이랑 춤추는 걸 너도 봤어?"

"아마도?"

"둘이 아주 바짝 붙어 있었어."

"사이먼은 멍청이야."

"중요한 건 그게 아니야. 친구는 서로의 전 남친과 데이트를 하지 않아."

"아만다가 사이먼에게 관심 있는 것 같지 않던데."

"정말?"

"그 애는 라이언 오빠만 보는 거 언니도 알잖아."

마고가 조용히 웃었다. "그건 사실이야. 가여운 아만다."

마고가 침낭의 지퍼를 내렸다.

"어디 가?" 메리가 물었다.

"아이들을 좀 봐줘. 금방 돌아올게."

"마고 언니……."

하지만 그녀는 듣지 않았다.

메리는 부모님의 집을 지나쳐 걸었다. 자녀들이 모두 고등학교를 졸업하자 부모님은 시내의 집을 팔고 완전히 캠프로 들어왔다.

메리는 돌아가시기 두 달 전 마지막으로 부모님의 얼굴을 봤던 때를 떠올렸다. 엄마는 들떠있었다. 국토 횡단 열차를 탈 계획이었고 부모님에게는 옛 시절을 떠올리게 하는 근사한 일이 아닌가! 새로운 곳을 보고, 국토를 구석구석 돌며 진짜 풍경을 즐길 수 있을 것이다. 메리도 따라갈까 생각했다. 마지막으로 휴가를 간 적이 언제였지?

"기차에서 6일이요?" 메리가 말했다. "싫어요."

"왜 어때서?"

"갑갑할 것 같아요. 객차가 얼마나 좁은지 아세요? 그 객차와 비교하면 우리 오두막은 완전 대궐이에요."

엄마는 멍한 표정으로 그녀를 쳐다보았다. 엄마는 계획 자체에만 집중하고 세세한 부분은 신경 쓰지 않았다. 여행을 갈 거라고 브릿지 클럽 친구들에게 자랑할 일만 생각한 것이다. 메리는 부모님을 무시한 것 같아서 자신이 못나게 느껴졌다. 부모님은 열심히 일하지만 돈을 많이 벌진 못했고 자주 여행을 가지도 못했다. 그녀는 부모님의 사기를 꺾을 게 아니라 격려해야 한다.

"죄송해요, 엄마."

"뭐가 말이니?"

"아빠와 엄마가 여행을 간다니 기뻐요. 저랑은 맞지 않지만 두 분이서 좋은 시간을 보내고 오세요."

"그래, 고맙다."

메리는 충실한 딸의 역할을 하면서 남은 시간을 보냈다. 저녁 식사 준비를 돕고 식사 후 뒷정리도 했다. 아빠에게는 최근 뉴스에 나오는 환경 재해에 대해 물었다. 만년설이 녹는 것과 토네이도 그리고 캘리포니아의 화재에 대해서도. 그리고 엄마와 두 분이 방문하게 될 장소에 관해 이야기를 나눈 다음 여행에서 찍어온 사진 슬라이드 쇼를 보러 올 거라고 약속했다. 그녀는 한 번도 시계를 보지 않았고 부모님이 그만 가보는 게 좋겠다고 할 때까지 있었다. 엄마가 잘 시간이라고 말했을 때 두 분에게 작별 인사를 했고 마치 인생의 새로운 전환점이 올 것 같은 기분이 들었다. 부모님이 처음으로 그녀를 어엿한 성인으로 대해 줄지도 모른다는 기대가 생겼다. 보통 부모들이 성인이 된 자식에게 하듯 그녀와 자매들을 십대 청소년이 아닌 어른으로 대해 줄 거라는 기대 말이다.

하지만 메리는 이를 확인할 기회를 잃었다. 부모님이 탄 기차는 온타리오 어딘가에서 엄청난 크기의 무스(북미산 큰사슴)와 충돌한 뒤 탈선했다. 일등석 객차는 손상되지 않고 무사했다. 승무원과 이등석 객차의 첫 두 칸은 그리 운이 좋지 못했다. 메리는 자신이 그 여행에 갔다면 살아남았을지 궁금했다. 더 크고 안전한 객차로 들어가려고 추가 비용을 지불했을까? 부모님의 객차도 마찬가지로 업그레이드했을까? 이런 바보 같고 어처구니없는 생각을 하는 편이 설명할 수 없는 감정에 빠지는 것보다는 나았다. 그러니까…… 다른 말로 표현할 길이 없는 그 감정, 안도감을 느끼는 것보다는 나았다.

메리는 부모님이 살아계셨어도 두 분과의 관계가 달라지지 않았을 것이라는 사실을 마음 깊이 알고 있었다. 달라지려면 그녀가 달라졌어야 했다. 충분히 노력하고 바꿨어야 했다. 그렇게 하지 않은 그녀의 잘못일까, 아니면 부모님의 잘못일까?

"메리 언니, 기다려."

케이트가 빠른 걸음으로 도로를 달려왔다. 평생 스포츠를 즐긴 덕분에 케이트의 다리는 제대로 근육이 붙어 탄탄했다. 모든 가족이 활동적인 것이 맥알리스터 가문의 특징이다. 어린 시절의 야외 활동이 그들의 DNA 속에 각인되었다.

메리가 시나몬의 머리를 안정적으로 잡으면서 멈췄다.

"걸음이 왜 그렇게 빨라?" 케이트가 살짝 거친 숨을 몰아쉬며 말했다.

"미안."

"괜찮아. 헛간이나 언니네 농장으로 돌아가는 거야?"

"헛간으로 가. 우선은."

"내가 같이 가도 돼?"

"내 허락을 구할 필요는 없어."

케이트가 눈살을 찌푸렸다. 메리처럼 바람을 맞고 햇빛에 노출되지 않아서 피부가 주름 없이 매끈했다. "왜 그러는 거야? 나랑 말하기 싫어서 그래?"

"미안해."

"괜찮아. 아빠의 깜짝 선포가 우리 모두를 엉망으로 만들었잖아. 난 방금 라이언 오빠와 이야기를 했는데…"

"오빠가 자기한테 투표해달라고 설득하려 했지?"

"꼭 그런 건 아니야. 오빠는 내가 어느 쪽인지 궁금해하는 것 같았어."

"넌 어느 쪽인데?"

"다른 사람들의 의견을 먼저 듣고 싶어."

메리는 놀라지 않았다. 다른 이들의 생각을 따르는 건 케이트에겐 인생의 신조와도 같다. 어깨에 분홍색 스웨터나 묶고 나타나는 애가 달리 어쩔 수 있을까?

"그래서 언니는 어떻게 생각하는데?" 케이트가 물었다.

시나몬이 그녀를 살짝 당겼다. 메리는 시나몬의 코를 두드려주며 말을 진정시켰다. "솔직히 말해서 모르겠어. 이 모든 것이 다 부질없게 느껴져. 우리가 원하는 결과가 무엇이냐에 따라 달라지겠지."

"라이언 오빠와 공동 소유를 바라냐고?"

"넌 캠프를 어쩌고 싶어? 라이언 오빠는 팔고 싶어 해. 그건 분명하지. 오빠는 돈이 필요하잖아? 반대로 선은 자기 인생을 바친 장소를 팔고 싶어 하지 않을 거야."

"언닌 그런 식으로 결정할 거야? 난 지금 상황이 라이언 오빠에게 공평하지 않다고 생각해."

"어째서?"

"그건 우리가 오빠가 범인이라고 생각한다는 뜻이니까."

"왜 그런 뜻이 되는 거야?"

"오빠가 하지 않았다면 우리처럼 오빠도 공평하게 자기 몫을 받아야 해. 오빠도 발언권을 얻어야 해."

둘은 헛간에 도착했다. 2층으로 된 크고 붉은 건물로 겨울에 쓸 건초를 매년 8월이면 이곳에 천장까지 쌓아둔다. 그들은 캠프를 어떻게 할지 결정하지 못했기 때문에 이번 겨울 주문을 취소하지 않았다. 헛간은 페인트칠을 안 한 지 10년이 지나 엉망이긴 하지만 단단한 기둥과 들보로 아주 튼튼하게 지어졌다. 헛간은 주변의 다른 무엇보다 더 오래 자리를 지킬 것이다. 불도저로 땅 전부를 밀고 콘도를 짓는 것이 아닌 한. 설사 그렇다 하더라도 캠프의 흔적을 남겨두고자 헛간만은 남겨 둘 수도 있다. 여기서 결혼식을 하거나 동창회를 열어 건초를 테이블 장식용으로 쓸지도 모른다.

"그렇게 되면 우리는 이곳을 어떻게 할 것인지를 두고 다시 싸워야 하잖아. 그게 네가 바라는 거야? 가족 간의 다툼?" 메리가 물었다.

"난 그저 공평하길 원하는 거야."

메리는 시나몬의 고삐를 말뚝에 묶었다. 케이트와 같이 안으로 들어가고 싶지 않았다. 케이트는 말 알레르기가 있고 그게 그녀의 잘못은 아니지만 케이트가 계속 재채기를 하고 사과하는 것이 짜증 났다.

"공평한 걸 찾는다면 넌 여기 올 필요가 없어."

"그럴지도 모르지." 케이트가 헛간과 그 너머의 작은 방목장을 살폈다. "우리에게 제대로 운영할 돈이 있다면 이곳이 어떤 모습으로 바뀔지 보고 싶다고 생각해본 적 있어?"

"아니."

"대답이 아주 확실하네."

"여긴 이대로가 좋아."

"다 무너지고 있잖아."

메리는 케이트가 어떤 반응인지 흘끗 살폈다. 케이트는 다른 자매들처럼 예쁘지만 마찬가지로 딱히 눈에 띄지 않았다. 마고를 빼곤 다들 그랬다. 케이트에게 다른 옷을 입히면 아직 카운슬러로 뽑힐 수도 있을 거다. 그녀는 마지막까지 캠프를 지켰지만 부모님이 살아 있는 동안은 물려줄 생각이 없다고 분명히 말했기에 떠날 수밖에 없었다.

"항상 이런 모습이었어." 메리가 말했다.

"하지만 더 좋게 만들 수 있어."

"캠프를 팔지 않고 오히려 투자를 더 하자는 게 네 의견이야? 무슨 돈으로?"

"비밀 해변을 팔면 돼. 그래도 우리에게는 여전히 150에이커 부지가 남아. 충분한 공간이지. 그런 다음 이곳을 새롭게 단장하면 우리는 입장료를 더 받아서 수익을 낼 수 있어. 모두를 위해."

"우리가 그렇게 하면 캠프는 예전 같지 않을 거야."

"더 좋아지겠지."

메리는 말보단 자신의 안정을 위해 시나몬의 머리를 두드렸다. "넌 한 번도 이곳에 애착을 가진 적이 없지?"

"당연히 있어. 난 이곳이 좋아."

"넌 네가 바라는 캠프의 모습을 좋아하는 거잖아. 하지만 다른 사람들에게 물어봐. 일요일에 추도식에 오는 직원들, 평생회원들한테 네가 말하는 변화를 원하는지 물어봐. 지금 이대로 놔두라고 그들이 말한다는데 100만 달러를 걸겠어."

"100만 달러가 있다면 말이지."

메리가 미소를 지었다. "그래 맞아."

"그러니까 그냥 팔자고? 그들은 그걸 바라지도 않을 거야."

"맞아. 그렇지만 결정은 그들의 몫이 아니잖아?"

케이트는 풀이 죽은 듯 보였다. 메리는 자신도 마음이 좋지 않지만 굳이 감정을 끄집어내고 싶지 않았다. 시나몬의 등에 올라타고 모든 것이 그녀의 방식에 맞게 잘 정렬된 마구간으로 돌아가고 싶은 마음만 간절했다. 하지만 지금 당장은, 어쩌면 영원히 가족으로부터 달아날 수 없을지도 모른다.

"우리의 몫도 아니지." 케이트가 말했다.

"그럴 수도 있어."

"그날 밤 라이언 오빠가 거기 있었다는 거 알아?"

"어디에? 호수 섬에?"

"응. 방금 오빠가 나한테 말해줬어."

메리는 놀랍기도 하고 동시에 그렇지 않기도 했다. 수년 전 경찰이 라이언에게 그토록 관심을 보인 이유가 설명되기 때문이다. 당시에 부모님께 물어봤을 때 별일 아니니 신경 쓰지 않아도 된다고 해서서 메리는 크게 걱정하지 않았다. 그러다 수사가 종결되면서

다 해결되었다고 생각했다. 메리는 그 뒤 잊고 살았고 다른 사람들도 그랬다고 생각했다.

"아니, 난 몰랐어."

"오빠가 거기 있었대. 그래서 일을 저질렀을 수도 있어. 아빠의 생각이 맞을지도 몰라."

"그날 밤 섬에는 많은 사람들이 있었어, 케이트." 메리는 동생의 대답을 기다리지 않고 시나몬의 고삐를 푼 다음 서늘한 헛간으로 들어갔다.

아만다

1998년 7월 22일 오후 11시 30분

이번에는 놀라게 하는 쪽이 나였다.

난 라이언이 천천히 물가로 노를 저어 오면서 바위 사이 부드러운 땅에 닿으려고 어깨너머로 계속 살피는 모습을 지켜보았다. 난 바위 뒤에 웅크린 채 몸을 숨기고는 그를 놀래킬 때까지는 발가락에 쥐가 나지 않기를 바랐다. 윈드서핑을 갔을 때 그랬다. 발가락에 끔찍한 쥐가 나서 난 익사하지 않으려고 물을 마구 걷어찼다. 라이언이 구명보트로 날 구해주었고 거의 죽을 뻔한 내 모습이 귀엽다고 말했다.

그가 실제로 섬에 온 것이 믿기지 않았다. 심장이 가슴을 뚫고 나올 것 같았고 숨이 거칠어졌다. 라이언이 이곳에 왔다. 라이언이 날 위해 이곳에 왔다. 그게 무슨 의미일까? 이곳에서 드디어 역사가 이루어지는 것일까? 바위 해변에서 그가 손으로 내 입을 막아 소리가 새어 나가지 않도록…… 뭐라고? 맙소사. 내가 로맨스 소설을 너무 많이 본 것 같다. 그는 바위 위에서 날 가지려 하지는 않을 거다. 어쩌면 내게 키스하거나 내 셔츠 안으로 손을 집어넣겠지. 아니면 원하는 걸 말로 하지 않고 내 머리를 자기 몸 아래로 밀면서 오럴 섹스를 해주기를 바라는 남자일지도 모른다.

내가 키스한 유일한 남자애가 그랬다. 자기 혀를 내 입에 넣게 해준 것이 곧 자기 페니스를 내 입에 넣어도 된다는 뜻으로 이해했다. 내가 싫다고 말하자 그 애는 꽤 공격적으로 변했고 그래서…….

난 생각을 멈췄다. 항상 이런 식이다. 현재에 살지 않고 불쾌한 과거를 들춘다. 왜 그 머저리를 떠올리게 되었지? 아 맞다, 라이언!

그는 해변에 거의 도착했고 물가에 너무 세게 부딪히지 않으려고 물속에서 노를 마구 휘저었다. 노 하나가 고정대에서 빠져 물속으로 떨어지자 그가 욕을 했다.

"나한테 하는 말은 아니지?" 내가 불쑥 말을 꺼내자 라이언이 화들짝 놀랐다.

"아만다?"

"나른 사람을 기대한 거야?"

"아니, 그게 아니라…… 노가 빠지고 있어."

난 따뜻한 물속으로 걸어 들어갔다. 테바 샌들이 돌 틈에서 미끄러지고 카고바지 끄트머리가 물에 젖었지만 상관없었다. 난 팔을 뻗으며 걸어 들어가서 가까스로 노를 잡는 데 성공했다. 노는 미끄

덩거리고 듬성듬성 이가 빠졌다. 그 날카로운 부분이 내 엄지와 집게손가락 사이에 걸렸다.

"악."

"괜찮아?"

"손가락에 가시가 박혔어."

"보트를 들어 올리게 도와줘. 그다음에 내가 봐줄게."

난 손가락을 뺀 다음 노를 바닥에 내려놓았다. 그리고 몸을 돌려 뱃머리를 잡았다. 라이언은 30센티미터쯤 떨어진 맞은편에 섰고 그의 땀 냄새와 손에 묻은 호수 물비린내까지 맡을 수 있을 정도로 가까웠다.

"준비됐어? 하나, 둘, 들어!"

우리는 보트를 같이 들었다. 너무 무거워서 살펴보니 뒤쪽에 물이 차 있었다. 맥알리스터 씨는 이 보트를 매년 수리한다고 말했지만 한 번도 그런 적이 없었다. 우리는 보트가 물에 떠내려가지 않도록 60센티미터 정도 더 끌고 간 다음 바닥에 내려놓았다. 라이언이 커다란 돌을 주워다가 뱃머리 아래에 받쳤다. 그리고는 구멍을 막아둔 덮개를 들어 올리자 물이 쉭 하는 소리를 내며 빠져나갔다.

"이 배가 가라앉게 놔둬야 했어." 그가 말했다.

"그러면 어떻게 돌아가려고?"

"좋은 지적이야."

라이언은 밧줄을 잡아서 나무에 보라인으로 안전하게 묶었다. "우리 아버지는 빌어먹을 짠돌이야."

"맥알리스터 씨가?"

"몰랐어? 주변의 모든 것이 낡아 쓰러지고 있는데?"

"난 있는 그대로의 캠프가 좋아."

그 말에 라이언이 씩 웃었다. "맞아, 솔직히 말해서 나도 그래. 마고한테는 말하지 마."

캠프를 좋아한다는 말을 하지 말라는 걸까, 아니면 나와 여기 있었다는 말을 하지 말라는 뜻일까? 묻지 않는 편이 낫겠지. 그래서 난 고개를 끄덕였다. "우리만의 비밀이야."

"맞아." 그가 자기 주머니를 뒤적거렸다. "이것처럼."

라이언이 병 같은 것을 꺼냈다.

"그게 뭔데?"

"잭 다니엘이야. 마셔본 적 있어?"

"언젠가 누가 아빠한테 준 걸 봤어."

아빠는 그걸 '촌뜨기 위스키'라고 불렀는데 라이언이 그 말을 좋아할 것 같지 않았다. 게다가 우리 아빠는 무엇이든 가치를 돈으로 따지며 속물처럼 굴었다.

그가 뚜껑을 따서 내게 건넸고 난 조금 마셨다. 목감기 약처럼 끔찍한 맛이 났다.

난 다시 뚜껑을 돌려주었다. "난 많이 마시면 안 돼. 애들을 봐야 하거든."

그가 길게 한 모금 들이켰다. "그래, 애들을 봐야지."

"오두막은 누가 보고 있어?"

"타이가."

타이는 라이언의 절친이다.

"그럼 오빠가 여기 있는지 알겠네."

"알아."

"나랑 같이 있는 것도?"

라이언이 천천히 웃어 보였다. "누군가와 함께 있는 건 알지."

그 소리에 난 가슴이 두근거렸다. 우리가 만난다는 것을 그가 타이에게 얘기하길 난 바란 걸까? 아니, 그렇진 않다. 하지만 그가 누굴 만나는지 말하지 않았다는 뜻은 그저 날 가지고 놀겠다는 말일까? 내가 상관해야 할까? 만약 우리 사이가 잘 안 되면 난 아무것도 감출 것이 없다는 점에선 잘됐다. 그렇지만 이제 마고가 알고, 타이도 알고 있으니 (라이언이 동생들 얼굴을 보려고 이 시간에 섬에 간 것이 아니라는 걸 분명히 안다) 내일 아침 식당에 모일 무렵이면 모두가 알게 될 텐데……. 근데 뭘 알게 된다는 거지?

"가까이 올래?" 라이언이 내가 앉아 있던 바위에 앉으며 물었다.

난 그의 옆에 앉았다. 바위는 차갑고 울퉁불퉁했지만 내 옆구리가 라이언에게 닿자 마치 화상을 입은 것처럼 뜨겁게 달아올랐다. 라이언은 무릎 사이에서 꼼지락거리는 내 양손을 쳐다보았다. 그는 팔을 뻗어서 한 손을 잡았다. 그는 손목에 여러 가지 색상의 팔찌를 주렁주렁 차고 있었는데 내가 알기론 공방에서 여자애들이 자수로 만든 것들이다. 난 그 팔찌들이 무엇을 의미하는지 안다. 날 만나기 전에 그가 어울렸던 다채로운 여자들을 지칭하는 정복 팔찌다.

난 고개를 들었다. 그가 날 향해 미소를 짓자 어둠 속에서 흰 치아가 빛났다.

"너한테 키스하고 싶어." 라이언이 말했다.

그리고 그가 키스했다.

	아만다	마고	라이언	메리	케이트와 리디	션
오후 9시	풍등 날리기	풍등 날리기	풍등 날리기			
오후 10시	호수 섬	호수 섬		호수 섬		구명보트
오후 11시	뒤 해변	뒤 해변	뒤 해변	호수 섬		
오전 6시	비밀 해변				비밀 해변	

15 장

리디와 함께

마고

스위프트가 떠난 뒤 마고는 무엇을 해야 할지 몰랐다. 프랑스어 선생님의 오두막으로 돌아가 시간을 확인하고 전화기가 눈에 들어왔을 때 마크에게 연락을 해야겠다고 마음먹었다. 그는 전화를 받았지만 짜증이 난 목소리였다. 마고는 그를 달랠 기분이 아니어서 자신은 괜찮다고 알려주고 서둘러 작별인사를 했다. 그녀는 호수가 내려다보이는 데크로 가서 챙겨온 책을 읽으려고 했지만 가만히 앉아 있을 수가 없었다. 늘 뭔가 쓸모 있는 일을 해야겠다는 생각이 들어서 평생 가만히 있어본 적이 없었다. 리디라면 온종일 침대에 빈둥거리며 누워 있을 수 있다. 마고는 그런 동생의 능력이 항상 부러웠다.

머리에 들어오지 않은 책을 열 장 정도 넘기다가 그만두고 마고는 러닝화를 신었다. 이번 주말에는 오래 달릴 거다. 그렇게 극복

해버릴 수도 있다. 그녀는 싱크대에서 물병에 수돗물을 받다가 썩은 달걀 냄새를 맡고 얼굴이 굳어졌다. 수돗물은 식수로 안전하긴 해도 지옥의 냄새가 났다.

마고는 길을 따라 조깅을 하면서 캠프가 실제로 얼마의 가치를 지녔는지 생각해보았다. 다들 부모님이 금광을 깔고 앉아 있으며, 신탁이 없었다면 이곳을 팔고 왕처럼 살 수 있다고 말하는 소리를 지겹도록 들었다. 하지만 그 말이 사실이 아니라면? 스털링 호수는 인기 있는 관광지가 아니다. 샘플레인 호수나 멤프리메이고그 호수처럼 미국과 캐나다 국경에 걸쳐서 두 나라에서 서로 소유권을 주장하는 그런 호수와 비교해보면 규모도 작다. 그리고 보트 규제가 있어서 작은 모터보트와 낚싯배만 쓸 수 있다. 호수는 약 14.5킬로미터 길이에 약 3.2킬로미터 폭으로 상당수가 사람의 손길이 닿지 않은 채 남아 있다. 어쩌면 호수에 있는 다른 두 캠프 때문일 수도 있는데 그쪽은 이상하게도 사람들에게 인기를 끌지 못했다. 고속도로에서 꽤 떨어진 길에 자리 잡고 있어서 그럴 수도 있다. 접근성이 떨어지는 건 그리 좋은 점이 아니니까.

가족들이 누굴 선택하든 간에 결국 캠프에 묶이게 된다면 황당하고 우습지 않을까?

마고는 도로에 도착해서 자신의 속도를 확인했다. 오래 달리려면 10분에 1.6킬로미터를 주파하고 그다음 30초씩 걸으며 물을 마시고 아픈 무릎을 스트레칭 해야 한다. 한 번도 무릎 걱정을 하지 않았고 늘 부상과 경고 징조를 무시했는데 그건 달리기가 그녀의 탈출구였기 때문이다. 고등학교 때 크로스컨트리팀에 들어간 뒤로 머릿속이 복잡할 때면 달리기가 옳은 결정을 내릴 수 있게 도와주었다. 하지만 작년에 물리치료를 받았고 수술을 할지도 몰라 그녀는 달리기를 오래 쉬었다. PT실에서 앉아 재활을 받는데 고문이 따로 없었다. 복잡한 기기를 연결한 채 재활을 받다 스위치가 잘못 눌러 돌연변이로 변하는 게 아닐까 하는 두려움이 앞섰다. 앞으로 달릴 수 없게 된다면 내 인생은 어떻게 될까?

마고는 그 생각을 접어두고 고속도로 오른쪽 메리의 농장으로 가는 길로 방향을 틀었다. 그 길은 차가 덜 다니는 도로다. 마지막으로 이곳에서 달리기를 할 때 길을 잃을 뻔했고 그건 되풀이하고 싶지 않은 경험이었다.

호흡이 안정되면서 자율주행모드가 되었다. 아무 생각도 하지 않고 마음을 비운 채 4.8킬로미터를 달렸다. 손목시계가 알림음을 울리며 그만 달리고 걸으라고 재촉했다. 그녀는 냄새나는 물을 마신 뒤 앞에 누군가 달리고 있다는 것을 알아차렸다. 달리는 모습이 그녀와 너무 비슷했다. 리디다.

마고는 속도를 높여 몇 분 안에 동생을 따라잡았다.

"야."

리디가 놀라 펄쩍 뛰며 옆으로 가다 그만 도랑에 빠질 뻔했다. 그녀는 헤드폰을 벗었다.

"마고 언니, 놀랐잖아." 리디는 무릎을 구부리며 오른쪽 다리를 문질렀다. "젠장. 발목을 삔 것 같아."

"네가 헤드폰을 끼고 있었는지 몰랐어. 내가 오는 소리를 들었을 거라 생각했지."

"아니, 못 들었어."

리디가 풀밭에 주저앉았다. 그녀는 긴 서핑 반바지에 야구 러닝 셔츠 차림이고 고등학교 체육 시간에 남자아이들이 신을 법한 싸구려 흰색 골지 양말을 신었다. 리디는 제대로 된 여성복을 하나라도 가지고 있을까? 리디가 본인 입으로 말을 꺼내지 않는 한 요즘 세상엔 그런 생각이나 질문을 먼저 해선 안 된다는 점은 알고 있다. 마고는 그녀가 먼저 비밀을 털어놓길 바랐다. 가족들이 하나같이 비밀을 감추고 있다는 점에 진저리가 났다.

"괜찮아?"

리디가 신발과 양말을 벗은 다음 발목을 움직여보았다. 그녀는 움찔했지만 부어오르는 것 같지는 않았다.

"아파."

"미안해."

"확실히 오늘 달리기는 텄어. 젠장. 우리 어떻게 돌아가지?" 리디가 주머니에서 아이폰을 꺼냈다. "망할 안테나가 하나도 안 떠."

마고는 주위를 살폈다. 도로 앞쪽에 허름한 건물이 보였다.

"트와일라잇으로 가자."

"뭐라고?" 리디가 고개를 돌렸다. "오, 맙소사, 저기로?"

"우리에게 선택의 여지가 별로 없는 것 같지 않니?"

"그러네."

"자, 내가 도와줄게."

마고가 손을 뻗었다. 리디는 다시 양말을 신고 슬리퍼처럼 신발을 구겼다. 그녀는 마고의 손을 잡고 자리에서 일어났다.

"발에 힘을 줄 수 있겠어?"

"그런 것 같아. 잠시만, 아야."

"나한테 기대."

리디가 마고의 어깨에 팔을 두르자 그녀는 리디의 허리를 감쌌다. 이렇게 둘이 붙어 있어본 적이 언제였는지 기억이 나지 않았다. 아마 한 번도 없었을 수도 있겠지만 확실한 건 어릴 때는 자주 함께 잔디밭에서 구른 적이 있다는 사실이다. 마고는 리디에게서 살짝 남자 냄새가 난다는 것을 알게 되었다. 이건 마크가 쓰는 샴푸 냄새랑 비슷한데?

"준비됐어?"

"됐어."

둘은 2인 3각 경주 참가자들처럼 절뚝거리며 도로를 내려와 트와일라잇의 주차장에 도착했다.

"차 여덟 대가 있어." 리디가 말했다. "내 생각에 술집에는 남자가 아무도 없을 것 같아."

둘이 캠프 직원으로 일할 때 자주 하던 게임이다. 트와일라잇은 동네 윤락업소라는 소문이 돌았다. 밖에 주차된 차는 술집에 있는 손님의 수와 결코 맞지 않았다.

"난 남자가 한 명은 있다고 봐."

"맥주 한잔 내기할래?"

"좋아."

둘은 안으로 들어갔다. 술집 일 층에 남자는 아무도 없었다. 초라해 보이는 여성이 카운터 뒤에 서 있고 사십 대 중반으로 보이는 다른 여성 두 명이 남성용 작업복과 신발 차림으로 바 스툴에 앉아 있는 것을 빼면 다른 사람은 보이지 않았다.

"언니가 맥주를 사야 할 것 같은데." 리디가 말했다.

"그런 것 같네."

마고는 리디를 테이블로 데려간 뒤에 바로 향했다. 바텐더는 모르는 사람이었다. 그녀가 이곳에 단골로 온 지 수년째다. 캠프 아이들이 잠자리에 들면 직원들은 가끔 이곳에 왔다. 당연히 아래층에만. 프랜스라는 이름표를 단 바텐더였다.

"전화를 좀 쓸 수 있을까요?"

"주문은 뭘로 할 건가요?" 프랜스는 담배에 찌든 목소리로 물었다.

"버드와이저 두 병이랑 솔트 앤 비니거 맛 감자칩 두 봉지 그리고 마스 초콜릿 바 두 개 주세요."

"20달러예요. 전화는 저쪽 벽에 있어요."

마고는 반바지 주머니에 비상금으로 넣어둔 20달러를 꺼냈다. 지폐가 땀에 절어 프랜스는 거북한 표정을 지으며 붉은 매니큐어가 벗겨진 손끝으로 돈을 챙겼다. 마고는 수신자부담으로 전화를 걸었고 아직도 수신자부담이 가능하다는 사실에 조금 놀랐다. 둘을 데리러 30분 안에 사람이 올 거다.

전화를 마치자 프랜스가 맥주 얼룩이 진 쟁반에 그들이 주문한 것을 가지고 왔다.

"감자칩과 마스바도 있네. 좋았어." 리디가 말했다.

리디는 입으로 초코바 껍질을 거칠게 찢은 다음 게걸스럽게 반을 베어 물었다. "배가 엄청 고파. 조깅을 하기 전에 뭘 좀 먹었어야 했어."

마고는 그 소리에 자기 위장이 반응하는 것을 느꼈다. 맥도날드에서 아침을 먹은 뒤로 아무것도 못 먹었고 그건 어리석었다. 리디를 보고 멈추지 않았다면 2~3킬로미터를 더 뛰고 체력이 급격히 떨어졌을 것이다. 그녀는 자리에 앉아 초코바를 뜯고 부드러운 가운데 부분을 베어 물었다. 초코바가 얼마나 단지 잊고 있었다. 그리고 얼마나 맛있는지도.

"세상에, 맛있잖아."

마고는 자기 맥주를 집어 들어 길게 한 모금 넘겼다. 버드와이저는 캠프에서 늘 마시던 맥주다. 잊고 있었던 유년의 맛이 났다.

"아주 좋은데."

"그렇고말고." 리디가 대꾸하면서 자기 맥주병을 마고의 병에 짠하고 부딪혔다.

"네 발을 다치게 해서 미안해."

"내일이면 괜찮을 거야."

마고는 한 모금 더 마셨다. 벌써 맥주의 효과가 나타나는 것 같았다. 아니면 이 장소 때문인가? 그녀는 기억에 취하는 것 같았다.

"우리 둘이서 뭘 같이 준비해보자." 마고가 말했다. "10월에 하프마라톤에 출전하는 건 어때?"

"나랑 같이 뛰고 싶다는 거야?"

"재미있을 것 같아."

"사실 난 벌써 신청했어."

"좋았어."

"난 다른 사람이랑 같이 가." 리디가 선물이라도 들어 있길 기대하는 사람처럼 감자칩 봉지 안을 들여다보았다.

"내가 아는 여자야?"

"왜 여자라고 단정하는데?"

"단정한 게 아니야…… 난…… 그래서 누구랑 가는데?"

"오웬."

"오웬이 누군데?"

"오웬 알잖아."

"내가 아는 오웬이라고는 오웬 바워리 뿐이야."

리디가 감자 칩을 입안으로 밀어 넣었다.

"어머, 세상에."

마고는 록 스타가 된 귀여운 야영객 오웬을 떠올렸고 자기 여동생이 동성애자거나 적어도 무성애자일 거라고 쭉 생각해왔다. 리디는 그녀답지 않게 수줍어 보였다. 그 오랜 세월 동안 동생에 대해 잘못 생각하고 있었던 걸까? 아니면 동생이 트랜스젠더라 남자로서 남성을 좋아하는 것일까? 마고는 바보가 된 기분이 들고 혼란스러웠지만 그런 질문을 대놓고 하면 안 된다는 생각은 다행히할 수 있었다.

그래서 대신 이렇게 물어보았다. "쭉 연락하고 지냈던 거야?"

리디는 감자칩을 몇 개 더 집어 먹었다. "몇 년 전부터 만나고 있었어. 그리고 내가 그의 앨범 표지를 디자인하기도 했고."

"그랬어?"

마고는 최신 음악에 대해 잘 알지 못하지만 고등학교에서 일하다 보니 자연스레 유행을 많이 접하게 되었다. 그녀는 오웬이 속한 밴드인 프리폴에 대해 들어보았고 그녀가 아는 사람이 속해 있다는 것을 알고 난 뒤로는 그들의 활동을 눈여겨 보고 있었다. 심지어 그들의 히트곡인 〈어나더 라운드, 어나더 타운〉을 부를 줄도 알았다.

"응."

"우와. 넌 연예인과 데이트를 하는구나."

"그런 식으로 생각하지 마. 언니도 오웬을 열세 살 때부터 알았잖아."

"맞아, 하지만 그건 예전이지."

"그가 유명해지기 전?"

"맞아."

마고는 감자칩 봉지를 뜯어 하나를 먹고 기침을 했다.

"너무 심하게 신맛인데." 그녀는 맥주로 입을 헹군 뒤 말했다.

"그래?"

"그러니까…… 오웬, 그와 만난 지 얼마나 됐어? 지금도 만나고 있는 거지? 그냥 달리기만 같이 하는 게 아니라."

리디가 고개를 끄덕였다. "1~2년 됐어."

"우와."

"그 소리 좀 그만 할래?"

"미안, 단지……."

"내가 동성애자라고 생각하고 있어서?"

"어쩌면?"

"아니면 트랜스젠더라고? 빌어먹을."

"그건 잘 모르겠어, 리디. 네가 우리한테 아무 말도 안 했잖아."

"언니가 이성애자라고 나한테 말한 적도 없잖아."

"그야 당연하니까."

"내 말이 그 말이야."

마고가 맥주를 들어 다시 길게 한 모금 마셨다. "네 말이 맞아." 그녀는 병을 내려놓았다. 빈 병이 테이블 위에 부딪히면서 공허한 소리를 냈다. "세상에, 벌써 한 병을 다 마셨어. 어쩜 이럴 수 있지?"

"내가 마술을 부렸지."

그녀가 킥킥거리며 웃는데 술집 문이 벌컥 열렸다.

리디가 돌아보았다. "선한테 전화했어?"

"내가 누구한테 연락했을 거라고 생각해?"

리디는 남은 맥주를 재빨리 들이켰다. 그리고 자리에서 일어나 선에게 두 팔을 벌렸다. "좋아요, 멋진 왕자님. 절 데려가 주실래요?"

16 장

숨겨진 이야기
케이트

바람이 충분히 불었다면 케이트는 돛을 올리고 호수로 나갔을 거다. 레이저보트를 몰고 호수 반대편으로 가면 아무도 그녀가 누군지 모르는 곳으로 갈 수 있다. 캠프의 문제가 이거다. 어디를 가든 무엇을 하든 기억된다는 것. 그 기억이 자신의 것이든 다른 사람의 것이든 간에 그로부터 자유로울 수가 없다. 내가 어떤 사람이고 예전에 어떤 사람이었는지는 상관없다. 중요한 것은 다른 사람의 눈에 어떻게 보이냐는 것이다.

착한 애. 전반적으로는 그렇다. 다른 사람이랑 같이 있는 편이 수월하기에 늘 붙어 있는 한쪽. 그녀는 사람들이 자신에 대해 어떻게 생각하는지 알았다.

케이트는 그런 소녀였지만 그 굴레가 싫었다. 다른 사람이 전혀 생각하지 못하는 숨겨진 면을 가지고 있는데. 가족들과 함께 있을 때면 그녀는 다른 사람이 될 수 없었다. 그저 착하고 믿을만한 케이트로 존재할 뿐이다.

매년 5월, 외딴 이곳에서 예비캠프가 시작된 다음 본 캠프가 세워진다. 오두막에 새로 페인트칠을 하고 창고에서 매트리스를 꺼낸다. 먼지와 부스러기, 나뭇잎들도 치운다. 직원들이 도착하고 그다음에 캠프 참가자들이 와서 9월 중순까지 머물다가 돌아가면 레고 세트는 다시 상자로 들어간다. 캠프에서 일하면 평범한 직장을 다닐 수 없다. 대학을 다닐 때도 케이트는 놓친 수업을 따라잡느라 가을 학기 내내 고생했다. 그런 고생을 감수했던 건 부모님이 완전히 은퇴를 한 뒤에 그녀에게 캠프 운영을 맡길 거라고 늘 말했기 때문이다.

그런데 일이 그렇게 되지 않았다. 스물일곱 번째 생일에 부모님이 케이트를 특별히 랍스터 만찬에 리디와 함께 불러 놓고 그녀에게 캠프 운영을 맡기지 않겠다고 통보했다. 부모님은 그녀가 적임자가 아니라고 생각했다. 너무 수동적이고 착하다고 말이다. 사람들이 그런 그녀를 이용할 거라고 했다. 생일 파티 내내 부모님은 그녀에게 이 말을 했고 그러는 동안 리디는 마치 부검을 주도하는 의사처럼 랍스터의 발을 쪼개며 체계적으로 사체에서 나온 살을 발라 먹었다. 테이블 너머에 있는 케이트의 삶 역시 똑같이 갈기갈기 찢어졌다.

케이트는 자존심이 세서 부모님에게 빌거나 간청하지 않았다. 그녀는 자신의 접시를 앞으로 밀어내고 자리를 떴다. 그리고 친구를 불러냈고 둘은 세인트 헨리에 있는 한 타코 술집에서 달짝지근

한 마가리타를 진탕 마셨다. 이후 케이트는 고등학교 이후 처음으로 남자에게 키스했다. 자신의 기분과 똑같이 어리석고 위험한 행동이었다.

그녀는 두개골이 깨질 것 같은 숙취를 느끼며 혼자 잠에서 깼다. 5월 1일이 되었다. 보통은 캠프로 갔을 거다. 그녀는 이미 여름 캠프용 짐을 다 싸두었다. 하지만 전부 취소했다. 다른 할 일을 찾아야 했다. 부모님은 전처럼 와서 의사결정권도 없고 힘들기만 한 일을 계속해도 된다고 말했지만 그건 너무 모욕적이었다.

우스운 건 그 사실을 받아들이고 나니 캠프가 별로 그립지 않았다. 다만 날이 따뜻해졌는데도 텔레비전 없는 호숫가의 퀴퀴한 오두막에 가지 않으니 이상할 뿐이었다. 그러다 그녀는 유기농 채소 가게에서 일하게 되었고 주말에 그 농장에 가서 일을 도왔다. 케이트는 자기 또래의 친구를 몇몇 사귀었다. 캠프 마코의 범주 밖에서 흥미를 찾은 것이다. 확실히 부모님이 보고 싶지 않았다. 일부 카운슬러들이 연례 추수감사절 만찬에 초대했지만 케이트가 거절했다. 그녀는 괜찮았다. 캠프에서 떨어져 있는 한 그랬다.

그 점이 문제라고 아빠는 말했을 거다.

캠프에서 멀리 있을 때 그녀는 캠프가 그립지 않았다.

하지만 돌아와 있는 지금은? 미친 듯이 그립다.

◆　◆　◆

케이트는 가만히 있을 수가 없어서 에이미를 보러 갔다. 가장 원하는 일은 계속 기대하려고 미루는 것처럼 에이미와의 만남을 쭉 미뤄왔다.

케이트는 늘 있는 장소에서 에이미를 찾았다. 그녀는 주방에서 일하고 있었다. 케이트가 어릴 때 에이미는 요리사가 아니었다. 그녀는 케이트가 주방 보조로 일할 때 주방 직원으로 들어왔다. 그 때 에이미는 자기 이름 철자도 제대로 쓰지 못할 정도로 영어가 서 툴렀고 정신적으로도 많이 불안정한 상태였다. 그녀가 스물다섯, 케이트는 열여섯이었다. 에이미는 어린 자녀를 데리고 잘못된 결 혼생활을 피해 도망쳤다. 많은 식구들 틈에서 어머니를 도우며 자 란 것 말고는 특별한 기술도 없었다. 케이트의 부모님은 선처럼 떠 돌이를 받아주는 버릇이 있었고 에이미는 확실히 부모님의 기준 에 들어맞았다. 그 첫 여름 에이미의 쇄골에는 아직 피멍이 남아 있었다.

그녀는 요리사인 준의 보조로 채용되었고 준이 은퇴한 뒤에 그 자리를 꿰찼다.

에이미와 케이트는 처음부터 잘 맞았다. 그때부터였을까? 케이 트는 자주 궁금했다. 그녀는 몇 시간씩 에이미와 함께 있으며 항상 영어를 썼다. 케이트는 이중 언어 구사자라 불어로 그녀와 대화할 수 있었지만 에이미가 '영어를 제대로 배워야 더는 어려움을 겪지 않을 거야'라고 주장해서 그럴 수밖에 없었다. 두 번의 여름이 지 난 뒤, 에이미가 케이트의 반바지 앞쪽으로 손가락을 집어넣어 속 옷 안으로 밀어 넣고 처음으로 오르가슴을 느끼게 해주었을 때 그 녀는 간호사의 오두막 뒤쪽에 등을 대고 서서 거부하지 않았다. 에 이미의 혀는 그녀의 입속에서 뜨거웠고 그녀는 자신의 몸 구석구

석을 빨고 핥아주기를 바랐다.

그 이후 비가 오기 시작하면 케이트와 에이미는 들킬 위험을 무릅쓰고 몰래 간호사의 오두막 뒤쪽 방으로 들어갔다. 하지만 그런 날은 간호사가 비번인 경우가 많고 아픈 사람도 없어서 그리 위험하진 않았다. 그녀는 반바지를 벗고 에이미가 자신의 위로 올라오게 한 다음 그녀에게 몸을 밀착한 채로 손가락으로 에이미의 단단해진 젖꼭지를 잡았다. 케이트는 아플 정도로 심하게 절정을 느꼈고 그런 다음 정신이 몽롱해졌다. 에이미가 혹은 누구라도 자신을 절정에 도달하게 해준다면 무엇이든 해줄 수 있을 것 같았다.

하지만 에이미는 두려워했다. 들키면 아들을 지킬 안정적인 직장을 잃게 될까 봐 겁을 냈다. 캠프에 머물지 않는 몇 달 동안 케이트는 그 절정을 대체할 무언가를 다른 곳에서 찾아보려 했지만, 빗줄기가 사정없이 창문을 때리는 동안 축축한 간이침대에 누워 신음하던 당시의 강렬함을 늘 그리워했다.

장례식장에서 잠시 본 것을 제외하면 케이트는 5년 동안 에이미를 보지 못했다. 부모님과 사이가 소원해지면서 그녀에게 육체적 행복을 알려준 여성과도 헤어지게 되었고 그녀의 남은 행복도 사라졌다. 그녀는 에이미와 그렇게 끝내고 싶지 않았지만 스스로에게도 그 쪽이 더 나은 길이었다. 케이트는 주방에서 일하는 에이미를 지켜보았다. 에이미는 이제 사십 대 초반이고 세월은 그녀에게 가혹했지만, 여전히 케이트의 눈에는 아름답게 보였다. 리디처럼 검은 머리를 짧게 잘랐고 자신의 정체성을 폭로할 케이트가 없어서인지 한층 편안해 보였다. 앞치마 끈이 허리를 옥죄며 살 안으로 말려가 있고, 그런 에이미가 몸을 돌려 그녀를 쳐다봤을 때 케이트의 마음속에서 무언가가 스르르 풀려나가는 것 같았다. 세월이 흐르고 분노는 사라지고 벌거벗은 욕망만 남았다.

17 장

저녁 식사를 알리는 종소리
라이언

라이언은 자신이 어떻게 오후를 보냈는지 기억나지 않았다. 머릿속으로 스위프트와의 대화를 반복해서 떠올려보았고 그다음 캐리에게 이 사태를 어떻게 설명해야 할지 생각해내려고 애썼다.

그러다 술을 마시고 취했다.

라이언의 아버지는 술 취향이 고급스럽지 못했다. 하지만 눈앞에서 인생이 망가지게 생긴 지금 좋은 술을 따지는 게 무슨 대수란 말인가?

그는 술장에서 버번위스키 한 병을 찾은 뒤 아버지가 생전에 가장 아끼던 암체어를 숲과 호수 쪽으로 돌려 앉았다. 비록 5분의 1이지만 그의 높이 되었을 지분을 가장 큰 금액을 제시한 사람에게 팔 준비가 되어 있는데…… 그런데 지금 와서 뭐?

모든 기대와 계획들이 물거품이 되었다. 없어져 버렸다. 대체 무엇 때문에? 사고 때문이다. 순전한 사고. 그 사고가 부모님에게 의구심을 심어주었다. 그랬다. 그들이 무시하려고 했던 망가진 한 소녀. 하지만 그런 소녀가 둘이라면? 그건 우연이 아니라 의도적인 것이다.

사실 라이언은 한편으론 그렇게 생각하는 부모님이 이해가 갔다. 그를 잘라내고자 하는 마음이 적어도 이해는 되었다. 가족 중에 여성에게 연쇄적으로 해를 가하는 사람이 있다면 그의 상속권을 박탈하는 것이 최소한 부모가 할 수 있는 행동이다. 하지만 이건 아니다. 그의 운명을 여동생들의 손에 맡기다니? 그렇게 해야 하는 이유가 대체 무엇인가? 번거롭게 그럴 거 없이 그냥 그를 경찰서에 넘기고 신경을 꺼도 됐을텐데. 뭐가 어떻게 됐든 그는 꼼짝없이 당하게 생겼다.

젠장, 그는 술에 취했다.

라이언은 깜박 잠이 들었다가 종이 울리는 소리를 듣고 깼다.

저녁 먹을 시간이 되었다.

◆　◆　◆

모두가 모였던 자리에서 메리가 손을 들었을 때처럼 종소리를 듣자 라이언은 조건반사를 보였다. 분명 선이 종을 쳤을 거다. 항상 선은 단호하고 규칙적이며 마지막 울림이 아주 긴 종을 쳤다. 여덟 번 당기고 여덟 번 종이 울리면 메시지는 뚜렷하다.

낮잠을 잤지만 라이언은 여전히 술이 안 깼고 이제 배까지 고파 최악의 조합이 되었다. 그는 뭘 좀 먹어야 해서 침실로 들어가 가방에서 깨끗한 셔츠와 바지를 찾았다. 입고 있던 바지를 벗자 리디의 무릎에 얻어맞은 급소가 쑤셨고 새 바지를 입을 때 또 욱신거렸다. 감상에 젖어서 챙겨온 옛날 캠프 시절에 입던 스웨트 셔츠도 걸쳤다.

때마침 바지 주머니에 넣어둔 휴대전화가 울렸다. 그는 쳐다보지 않았지만 캐리에게서 온 메시지라는 것을 알았다.

어떻게 됐어요? 가족들이 팔기로 합의했어요?

라이언은 오타를 내지 않고 답장하려고 집중했다.

노력 중이야.
내가 내려갈까요? 엄마가 애들을 봐주실 거예요.
아니, 내가 처리할 수 있어. 이제 가봐야 해. 저녁 시간이야.

그는 캐리가 답장을 쓰고 있다는 표시를 보았지만 읽기 전에 전화기를 내려놓았다. 메시지를 읽지 않으면 답을 하지 않아도 된다. 아내는 열이 받겠지만 진실을 아는 것보다는 나을 거고 현재로서는 불리하게 돌아가는 지금 상황에 대해 아내가 눈치채지 않게 숨길 수 있을 거라 장담할 수 없었다. 캐리는 그를 너무 잘 알고 있었다.

라이언은 가슴 위에 손을 올려놓았다. 심장이 쿵쿵 뛰었다. 그런데 왜 심장이 없는 것처럼 느껴지지? 그의 꿈이 날아가 버린 빈자리인가?

그는 욕실로 가서 이를 닦고 입을 헹궜다. 그리고 물기가 묻은 손으로 단정하게 머리를 다듬고 거울 앞에 섰다. 이만하면 됐어. 라이언은 와인 두어 병을 챙기고 자리를 떴다.

밖으로 나가니 땅거미가 지고 있었다. 벌써 해가 짧아져 관리동에 도착했을 때는 해가 호수 아래로 떨어졌다. 캠프 마코의 일몰은 항상 아름답지만 오늘은 구경할 기분이 아니다. 어쩌면 영영 다시는 보지 못할 수도 있다.

건물 안으로 들어가니 무도회장으로 사용할 때처럼 테이블 절반이 벽을 따라 층층이 쌓여 있었다. 테이블 하나가 가운데 있고 그 양쪽으로 벤치가 놓였다. 단출한 가족들과 션뿐이니 지금은 테이블 하나면 충분하다. 항상 션이 껴있는 게 짜증스럽다.

"오빠도 왔네." 마고가 말했다.

라이언이 그녀를 쳐다보았다. "밥은 먹어야 하잖아."

"그런 식으로 굴지 마."

"무슨 식?"

마고가 그에게 자기 옆에 와서 앉으라고 손짓했다. 션, 리디, 메리가 맞은편에 앉았다. 케이트는 주방에서 에이미를 도왔다.

라이언이 부모님 집에서 가져온 와인을 테이블 위에 놓았다.

"와인 따개 있는 사람?"

메리가 코끝을 찡그렸다. "오빠는 벌써 충분히 마신 것 같은데."

"괜찮아, 메리." 마고가 말했다. "나도 마실 수 있어."

"트와일라잇에서 마신 맥주로는 부족한 거야?"

"그걸 네가 어떻게⋯⋯?"

"선이 말해줬어."

"그래. 당연히 그렇겠지."

리디가 빵을 집으려고 손을 뻗었다. "빵집에서 사온 것 같은 말랑말랑한 흰 빵." 그들은 어릴 때 빵 위에 마가린을 듬뿍 바르면서 이렇게 말하곤 했다.

"우리는 대낮에 트와일라잇에서 맥주를 마셨어." 리디가 말을 이었다. "그게 어때서? 처음도 아닌데."

"발목은 어때, 리디?" 마고가 물었다. 라이언은 그녀가 무슨 말을 하는지 궁금했다. 그가 잡은 건 팔이 아닌가? 그래 맞다. 보고 있지 않아도 텔레비전 드라마는 계속 전개되듯이 그가 시무룩해 있던 오후에 다른 일들이 벌어지고 있던 것이다.

"이런 걸로 안 죽어."

라이언이 빵을 집어 둘둘 말더니 마가린에 대고 비볐다.

"더럽게 그러지 마, 오빠." 마고가 주의를 주었다. "최소한 나이프라도 좀 써 줄래?"

라이언은 그녀의 말을 무시하고 빵을 입안으로 집어넣었다. 세상에, 맛이 죽여준다. 그는 수년 동안 흰 밀가루 빵을 먹지 못했다. 그리고 마가린은⋯⋯ 그는 캐리가 마가린이 뭔지도 모를 거라고 생각했다.

케이트와 에이미가 피시 스틱과 타르타르 소스, 채소 모둠과 감자가 든 쟁반을 들고 주방에서 나왔다. 전통적인 캠프의 금요일 식사로 무슨 일이 있어도, 심지어 손님이 없을 때도 늘 그렇게 먹었다. 금요일은 생선을 먹는 날이다. 특별히 종교를 믿는 것도 아니고 금욕적으로 사는 사람들도 아니면서 무슨 의식처럼 그런 날을 정해 놓았다.

"근사한데요, 에이미." 마고가 말했다. "같이 먹어요."

그 소리에 에이미가 얼굴을 붉혔다. "어머, 아니. 괜찮아."

"사양 말아요." 케이트가 말했다. "당신도 우리 식구잖아요."

에이미는 다시 얼굴을 붉혔고 라이언은 그녀가 주방에서 먹을 거라는 느낌이 왔다. 하지만 케이트가 마고 옆에 앉더니 에이미를 위해 자리를 만들어줬고 그녀는 앞치마를 벗고 그들과 함께했다.

선이 주머니에서 펜나이프를 꺼내 코르크스크루로 와인을 땄다. 모두에게 투명한 플라스틱 컵이 전달되고 선이 와인을 따라주자 라이언은 술을 자신이 아니라 선이 가져온 것처럼 되었다고 느껴져 기분이 좀 상했다.

"제대로 된 도구가 필요하면 항상 선을 찾으면 돼." 라이언이 비아냥거렸다.

"입 좀 다물어 오빠. 진짜로." 메리가 말했다. "고마워요, 선."

리디는 자기 잔을 내려다보았다. "우리가 뭘 건배해야 하지?"

"엄마와 아빠를 위해서." 마고가 말했다. "어서, 다들."

그들은 잔을 높이 들고 서로 부딪혔고 플라스틱이 울리는 소리가 났다. "엄마와 아빠를 위하여."

라이언은 한 모금에 잔의 절반을 들이켰다. 맛이 엉망이다. 분명 와인 상점에서 파는 DIY용 키트를 사서 아버지가 직접 담근 것이 틀림없다. "25센트로 와인 한 병을 뚝딱 만들 수 있어!" 언젠가 아버지가 라이언에게 그것이 마치 인생의 목표인 듯 말했다. 라이언이 부모님과 같이 여름을 보내던 해에는 와인 상점에 가서 진짜 와인을 왕창 사다 두었다. 부모님과 함께 지내는 것도 불편한데 내내 싸구려 맛없는 와인을 먹어야 한다면 그건 너무 끔찍했다.

"네 발목이 어쨌는데?" 라이언이 리디에게 물었다.

"마고 언니가 갑자기 불러 놀라는 바람에 달리다 접질렸어."

"왜 이 집 사람들은 서로에게 몰래 다가가서 깜짝 놀라게 하는 거야?" 메리가 물었다.

"아빠를 닮아서 그래." 케이트가 말했다. "아빠가 방에서 기다리고 있다가 옷장에서 갑자기 튀어나와 놀라게 한 거 생각 안 나?" 그러면서 케이트가 에이미를 쳐다보며 팔을 툭툭 쳤다. "기억하죠, 에이미. 아빠가 당신한테도 그랬잖아요."

에이미는 자기 접시를 내려다보았다. "식품 저장소에 숨어 계시곤 했지."

"정말 별나." 리디가 말했다. "다 큰 어른이 그렇게 행동하다니 말이야."

"아빠는 재미있는 걸 좋아했어." 케이트가 말했다.

"너 좀 봐." 리디가 말했다. "아빠 편을 들고 있네."

"그러면 안 돼?"

"부모님이 10년간 널 값싸게 부려 먹고서는 갑자기 입을 싹 닦았잖아."

"너무나 전형적이지 않아?" 라이언이 말했다. 그는 술에 취해 발음이 좀 샜지만 신경 쓰지 않았다.

아무도 거기에 대해 뭐라고 하지 않았다. 라이언은 와인을 마저 마시고는 두 번째 병으로 손을 뻗었다. 그는 이제 와인의 맛 따윈 상관없었다.

"그래, 너희 중에서 내가 그랬다고 생각하는 사람은 누구야?"

"오빠!"

"어때서, 마고? 여기 앉아서 아무도 그 생각을 하지 않는 척해야 하는 거야?"

"난 그 생각을 하고 있지 않아."

"그렇겠지."

"난 아만다를 생각하고 있어, 이 바보야. 모든 게 다 오빠 위주로 돌아가는 것이 아니라고."

마고는 울 것 같은 얼굴로 쳐다보았다. 제대로 통했다. 라이언 일생에서 가장 속상한 일이 바로 여자가 우는 모습을 보는 거다. 아니면 소녀나.

"미안해, 알았어. 미안하다고."

"그거 자백이야?" 리디가 물었다. "그러면 모든 일이 한결 수월해지는데."

라이언은 에이미와 눈이 마주쳤다. 그녀는 다시 얼굴을 붉히고 접시를 내려다보았다.

"당신은 무슨 일이 벌어지는지 알고 있죠, 에이미?" 라이언이 물었다.

"그녀를 가만히 놔둬." 케이트가 말했다.

"그렇다는 대답으로 받아들일게요. 기가 막히네. 모두가 알게 해볼까? 다음번 뉴스레터에 소식을 실어서? 아버지의 편지를 사진으로 찍어서 인스타그램에 올릴까? 아니다, 일요일에 있을 추도식에서 모두에게 말하는 거야!"

"그만해."

"아니, 마고. 난 화를 내야 해. 그래야 맞아. 모르는 사람들을 위해서 알려주자면, 그래, 인정할게. 그날 밤 난 섬에 있었어. 우리는 만났어. 아만다와 내가 말이야. 하지만 그 애가 비밀 해변의 보트 안에서 발견된 건 나와는 상관없어. 내가 자리를 뜰 때 그 애는 살아 있었고 멀쩡했어. 난 새벽 1시에 숙소로 돌아왔고 내 말이 거짓이 아니라는 건 타이가 증명해줄 거야. 그때도 타이가 증인이 되어줬어. 그날 밤에 아만다와 같이 있었지만 그 애한테 일어난 일에 대한 책임은 없어, 안 그래 얘들아?"

그는 쌍둥이를 번갈아 쳐다보았다. 둘은 똑같은 얼굴로 그를 노려보았다. 두렵고, 분노하고 죄책감을 느끼는 얼굴로.

"그때 우린 열두 살이었어, 오빠." 리디가 입을 열었다.

"그래서?"

"진짜 더 듣고 싶어?" 리디가 말했다.

케이트가 리디를 말렸다. "그만둬, 리디. 오빠의 계략에 놀아나지 마."

"이건 계략이 아니야." 라이언이 말했다. "내 인생이야. 내 미래가 달렸다고." 그가 벤치를 뒤로 밀고 자리에서 일어나는 통에 마고가 바닥으로 떨어질 뻔했다.

"무슨 짓이야?"

"너희는 투표를 해야 해." 라이언이 말했다.

"뭐라고?"

"지금. 당장 투표해."

"우리는 일요일에 투표하기로 했잖아." 메리가 말했다.

"그게 뭐? 너희는 전부 마음을 정하지 않았어? 빨리 투표하고 끝내버려. 그럼 난 집으로 돌아가게."

"오빠가 간다고?" 케이트가 물었다. "추도식 전에 말이야?"

라이언은 동생의 말을 무시하고 사무실로 들어갔다. 사무실에는 육중한 낡은 책상이 놓여 있고 그 위에 알록달록한 색종이들이 가득 있었다. 그는 심지어 가위와 마커 한 통도 찾았다.

라이언이 사무실을 나와 테이블로 돌아왔다. "익명으로 하자. 내가 그 감정을 다치게 할까 봐 걱정할 필요는 없어. 내 말은 내 감정을 다치게 할 걱정은 하지 말라는 뜻이야. 아무튼." 그는 가위를 집어 들고 재빨리 종이를 네 등분으로 잘랐다. 그리고 여동생들에게 마커를 나누어 준 다음 문 옆 벽으로 가서 우편함을 들어 올렸다. "종이에 '유죄' 혹은 '무죄'라고 적어서 접은 다음 여기 넣는 거야. 누가 누군지 내가 모르게 블록체로 써."

"오빠, 이러지 마." 메리가 말했다. "진정해. 밥 먼저 먹어. 우린 이럴 필요까진 없어."

"아니, 해야 해. 이렇게 해야 한다고. 아버지가 원하는 게 이거니 얼른 해치우자."

"난 할래." 리디가 말했다.

"난 네가 그럴 줄 알았어. 넌 어때, 케이트?"

"난 일요일까지 기다릴래."

"당연히 넌 그러겠지." 리디가 말했다. "다른 사람이 어떻게 할지 모르는데 네가 어떻게 마음을 정할 수 있겠니?"

"닥쳐."

"그래, 그렇게 나와야지."

케이트가 마커를 잡았다. "좋아. 할게. 이제 됐어?"

라이언이 메리를 쳐다보았다. "메리, 넌?"

"알았어."

"그게 다야?" 마고가 물었다. "알았다고?"

"오빠에 관한 일이야, 마고 언니. 오빠가 결정해야지."

"너희가 다 투표를 해야 유효하니까, 넌 어쩔래, 마고?"

마고는 확신이 없어 보였다.

"너도 해." 션이 말했다. "그게 최선이야."

마고가 마커를 집어 들었다. 라이언은 속에서 신경이 뒤틀리는 느낌이 들었고 위스키와 레드와인이 뒤섞이며 독을 뿜어내는 것 같았다. 그래서 접시에서 피시 스틱을 집어 입안에 넣었다.

"난 현관에 나가 있을게. 모두가 우편함에 투표용지를 다 넣으면 불러."

라이언은 자기 접시와 두 병째인 와인을 들고 방충망을 열고 나갔다. 그리고 벽 앞에 놓여 있는 거친 나무 벤치에 앉았다. 그는 남은 음식을 손으로 집어서 빠르게 삼켰다. 배가 고프기도 했고 알코올만 든 빈속을 채울 음식이 필요하다는 것을 알았기 때문이다. 그는 항상 이 저녁 식사가 싫었다. 이번이 아마 캠프에서의 마지막 저녁일 거고 만일 캐리와의 사이까지 틀어지면 어디에서건 상관없이 마지막 저녁일 수도 있다.

그는 자기 접시를 내려놓고 하늘을 올려다보았다. 이제 완전히 컴컴해져서 별이, 별이 아주 멋졌다.

"라이언 오빠!"

그는 여동생 중 누가 자기를 불렀는지 몰랐다. 그는 휘청거리며 일어서서 벽에 기대며 중심을 잡았다. 그리고 문 앞에 잠시 서서 가족들을 쳐다보았다. 똑같은 표정의 쌍둥이. 체념한 마고. 속을 알 수 없는 메리. 그리고 그가 가족들만큼이나 잘 아는 두 명의 아웃사이더 션과 에이미가 있다. 그들은 어떻게 생각하고 있을까? 배심원 자문위원으로 일했던 사람을 만난 적이 있는데 그는 판결 전에 사람들이 보이는 미세한 표정 변화를 통해 각자가 마음속에 어떤 결정을 내렸는지 알 수 있다고 말했다. 하지만 라이언은 그런 교육을 받은 적이 없다. 그저 본능적으로 자신이 끝났다는 것을 느낄 뿐이다.

그는 안으로 들어갔다. 션이 자리에서 일어나 그에게 우편함을 건넸다. 그는 입구를 통해 안을 들여다보았다. 부모님을 화나게 할 작정으로 일부러 우표를 빼먹거나 잘못된 주소를 써서 조부모님에게 부친 편지들은 어떻게 되었을까 갑자기 궁금해졌다. 그는 얼마나 치졸한 인간인가. 어쩌면 이런 대접을 당해도 싸다.

그가 아만다에게 그런 짓을 하지 않았다는 점만 빼면.

라이언이 우편함을 션에게 도로 건넸다. "당신이 읽어요."

"진심이야?"

"네."

선이 뚜껑을 열고 접힌 분홍색 종이 네 개를 꺼냈다.

케이트가 양손에 얼굴을 묻었다.

"죄책감이 느껴져, 쌍둥이?" 리디가 물었다.

"아니, 그냥 보고 싶지 않아서 그래."

에이미가 엄마처럼 그리고 친숙한 느낌으로 케이트의 등을 토닥였다.

"뭐라고 적혀있는 지 읽어줘요, 선."

"읽고 울어요." 마고가 말했다. "미안, 미안해요. 말장난하던 옛날 버릇이 나왔어요."

선이 첫 번째 투표용지를 펼쳤다. "유죄."

라이언은 식도로 담즙이 올라오는 것을 느꼈다. 피시 스틱은 안으로 들어갔을 때보다 위로 올라올 때 맛이 더 끔찍했다.

"유죄." 선이 다시 읽었다.

두 표가 사라졌군, 라이언이 생각했다.

"유죄."

케이트는 이제 울고 있었고 라이언도 눈물이 나려고 했다. 이제 끝이다.

"하나 남았어." 메리가 말했다.

선이 마지막 종이를 펼쳤다.

"빨리 읽어요." 리디가 말했다.

"무죄."

"오!" 마고가 말했다. "만장일치가 아니야. 이러면 아무것도 결정되는 건 없어."

라이언은 리디가 사타구니를 걷어찼을 때처럼 몸에 힘이 빠져 무릎을 꿇고 앉았다. 아무도 그를 일으켜 세우려고 하지 않았다. 아무도 입을 열지 않았다.

들리는 거라고는 선이 투표용지를 잘게 찢는 소리와 나방이 천장 조명으로 날아가 그게 존재의 이유인 듯 전구에 부딪히고 또 부딪히며 내는 소리뿐이었다.

2부 토요일

18장

숙취와 그걸 해소시켜주는 것들

마고

마고는 토요일 아침 협탁에서 쉴 새 없이 울리는 휴대전화 소리에 머리가 깨질 듯한 두통을 느끼며 잠에서 깼다.

그녀는 누가 전화를 했는지 보지도 않고 집어 들었다.

"여보세요?"

"휴대전화가 안 터진다고 하지 않았어?"

그녀는 낮게 탄식했다. 마크였고 솔직히 말해서 그는 그녀를 믿지 못하고 있는 것이 분명했다. 하필 이렇게 신호가 잡혀서 전화가 연결될 게 뭐람. 기어코 전화를 건 마크에게 우선 화가 났지만 그보다 휴대전화 전원을 켜두고 이 전화를 받은 자신에게 더 화가 났다. 게다가 투표가 끝난 뒤 부모님이 숨겨둔 와인을 세 병째 꺼내 마신 것은 경솔했다. 거기서 끝내지 못하고 한 병을 더 찾아 마신 건 정말 끔찍한 실수다.

"일반적으로는 안 터져요."

"아, 일반적으로……."

"무슨 말이 하고 싶은 거예요?"

마고가 몸을 일으키자 세상이 빙글빙글 돌았다. 얇게 비치는 커튼 너머 하늘에는 빛이 거의 보이지 않았다. 대체 지금 몇 시지? 그녀는 손목시계를 확인했다. 아직 일곱 시도 채 되지 않았다.

"됐어, 아무것도 아니야."

"무슨 일이에요, 마크?"

그는 마고가 아주 잘 알고 있는 느리고 긴 한숨을 내쉬었다. 어깨에 전화기를 끼고 주방 식탁 앞에 앉아 있는 그의 모습이 눈에 선했다. 아마도 밤마다 늘 입고 자는 구멍이 많고 다 해진 셔츠 차림일 거다. 처음 데이트를 시작했을 때 그녀는 그 셔츠를 빼앗아 주말 내내 집안에서 입고 돌아다니면서 그의 체취를 느끼며 즐거워했다. 하지만 어느 순간 그녀는 그런 행동을 멈추었다. 그리고 몇 년 뒤 도대체 온통 구멍 난 셔츠를 왜 입고 다니냐며 그에게 갖다 버리라고 얘기했다. 마크는 새 옷을 살 충분한 형편이 된다. 과거와 상관없는 새 옷을 말이다.

마고는 자신이 그와 헤어지고 싶은 마음인 것을 깨달았다. 사실 어제부터 내내 그녀는, 아니, 기억도 나지 않을 만큼 아주 오래전부터 그녀는 마크의 가장 기본적인 면까지 일일이 꼬투리 잡으면서 불편하게 생각해왔다.

젠장, 그가 제일 좋아하는 셔츠. 세상에서 그가 가장 편안하게 여기는 옷이 그녀를 괴롭혔다. 그건 그에게 공평하지 않고 혹은 그녀에게도 마찬가지다. 하지만 세상에, 그녀가 어쩜 이렇게 된 것일까?

"당신이 보고 싶어." 마크가 말했다.

"난 겨우 어제 여길 왔어요."

"그래서 당신은 내가 안 보고 싶다는 거야?"

마크가 보고 싶지 않은 것도 마고에게는 헤어질 이유가 되었다. 그녀는 익숙해졌다. 예전에는 자신이 보고 싶지 않으냐고 묻는 쪽이 그녀였고 그가 웃으면서 쭈뼛쭈뼛 '어쩌면'이라고 대답하면 짜증을 부린 쪽도 그녀였다. 마고가 그의 어깨를 때리며 너무하다고 투정을 부리면 마크는 그녀가 시험지를 채점할 때 목 근육을 만져주거나 차를 가져다주면서 자신도 그리웠고 서로의 마음이 똑같다는 것을 확인시켜주었다. 그렇게 애틋했던 감정은 어디로 사라졌을까? 지금 그녀는 다시 마크를 못 보게 된다고 해도 상관없을 것 같은 기분이 들었다.

그들에게 무슨 일이 있었던 걸까?

"나도 보고 싶어요." 마고가 그렇게 말한 건 당장 끝내는 것보다 거짓말을 하는 편이 수월했기 때문이다. "여긴 난리도 아니에요."

"라이언이 그 땅을 팔겠대?"

"그보다 더 복잡한 문제가 있어요."

마고는 일어서다 낮은 천장에 탁하고 머리를 부딪쳤다. "제기랄."

"무슨 일이야?"

"머리를 박았어요."

그녀는 이미 부어오르기 시작한 머리를 문질렀다. 평소답지 않게 갑자기 울고 싶어졌다.

"어휴." 마크가 안타까워했다.

"아파요."

"내가 데리러 갈까? 거기 머물 필요는 없잖아."

"추도식이 내일이에요."

"내가 같이 있다가 추도식 후에 둘이서 떠나자. 아니면…… 어디 놀러 가도 되고."

"어디로 갈 건데요?"

"가스페는 어때? 항상 거기 가보고 싶다고 이야기했잖아."

그녀는 스피커폰으로 바꾼 다음 휴대전화를 협탁에 내려놓았다. 신호가 약해졌는지 휴대전화 안테나가 하나만 떴다. 휴대전화에서 손을 떼니 신호가 깜박이다가 다시 안정되었다. 그녀는 지금 속옷 차림이고 입었던 옷가지들은 구겨진 채 침대 옆 바닥에 아무렇게나 놓여 있었다. 천장에 머리를 부딪친 것과 숙취 때문에 두개골이 울렸다. 기분이 엉망이다.

그녀는 여행 가방을 뒤적이며 깨끗한 속옷 한 벌을 찾았다.

"마고?"

"듣고 있어요."

"소리가 너무 멀리 들려."

"전화기를 잠시 내려놨어요."

마고는 속옷을 갈아입고 깨끗한 티셔츠를 걸쳤다.

"뭐라고?"

그녀가 휴대전화를 드는데 창밖에서 무언가 움직이는 걸 본 것 같았다. 대체 뭐지? 그녀는 창문을 살짝 열려고 몸을 구부렸다. 양손이 다 필요했다. 창문은 페인트칠을 하고 열지 않은 지 꽤 오래되어 그대로 굳었다. 그녀는 휴대전화를 턱 아래 끼고 있는 힘껏 창문을 밀었다. 금이 생기면서 창문이 열렸다. 그녀는 창밖으로 머리를 내밀고 주위를 살폈다. 아무도 없었지만 바람도 불지 않는데 나무들이 흔들렸다.

"마고? 무슨 일이야?"

"아무것도 아니에요. 미안해요, 정신이 딴 데 팔려 있었어요."

"가스페 어때?"

그녀는 지금 이 대화에 집중하려고 애썼다. 어쩌면 선이나 자매들 중 한 명일 수도 있다. 별일 아니다. 그렇지만 여전히 등골이 서늘했다.

"지금 여행을 가자고요? 아직 학기 중이잖아요."

"며칠 휴가를 쓰면 돼."

"당신은 평생 그래 본 적이 없잖아요."

"항상 처음이 있기 마련이지."

마고는 밖에서 다시 소리가 나자 겁이 났다. 속옷이 가려지지 않는 티셔츠 차림이라 노출된 것 같은 기분이 들었다. 귀의 솜털까지 쫑긋 세우며 집중했지만 아무 소리도 들리지 않았다. 아마도 여동생들이 자면서 뒤척이며 내는 소리일지도 모른다. 그렇지만 소리는 그들 방에서 나는 것 같지 않았다.

밖이다. 확실히 밖이다.

"마고?"

"아직 듣고 있어요."

"당신이 수백 킬로미터 떨어져 있는 것 같이 멀게 느껴져."

"생각이 많아서 그래요."

"뭐라고?"

그녀는 전화를 끊고 싶었지만 마크를 잘 알았다. 그를 충족시키고 두려움을 누그러뜨려 주는 것이 이 통화를 끝내는 가장 손쉬운 방법이다. 모든 문제를 다 해결하고 라이언과 션과 이곳을 어떻게 할지 결정을 내렸을 때 그녀는 비로소 마크와의 관계도 정리할 수 있다. 아니면, 모르겠다…… 그렇게 극단적일 필요가 있을까? 어쩌면 둘이서 상담을 받으며 잘 풀어도 된다. 이 문제는 해결할 수 있다. 5년 이상 같이 살다 보면 다들 그렇게 하니까. 아닌가?

그래서 마고는 어제 있었던 일, 아빠의 터무니없는 편지와 다툼, 투표에 관해 이야기해주었다. 션이 땔감을 넣어 불을 지핀 돌 벽난로 근처에 앉아 션과 메리와 함께 와인을 나눠 마셨다는 이야기는 남겨두었다. 그 이야기를 들으면 마크는 분명 10년 된 프리우스 자동차를 끌고 캠프로 올 것이다. 술이 덜 깬 머리가 아픈 상황에서도 마고는 그 사태는 미연에 방지했다.

"당신이 무죄라고 쓴 거네." 그녀가 말을 끝냈을 때 마크가 말했다.

"맞아요."

"하지만 라이언이 한 짓이 아니야?"

"아무도 확실한 건 몰라요."

"누군가는 알고 있겠지."

마고는 머리카락 끝자락을 잘근잘근 씹었다. 머리카락에서 찬 생선과 상한 와인 냄새가 풍겼다. 젠장, 숙취가 심했다. 수년 동안 그렇게 많이 마신 적이 없었고 이렇게 될 거라는 것을 기억했어야 했다. 하지만 주량이 약한 걸 잘 알면서도 과음하고 마는 게 바로 술이 아니던가? 반 잔만 들어가도 예전에 느낀 끔찍한 숙취 따위는 곧바로 잊어버리게 하는 것이 술이다. 그게 바로 전날 밤이라 하더라도. 그리고 다음 반 잔은 새 연인처럼 감미롭게 다시 유혹한다.

"그럴 수도 있어요."

"당신이 알아봐야지. 알잖아, 수사 말이야."

"왜 그래야 해요?"

"그래야 올바른 결정을 내릴 수 있으니까."

"난 이미 결정을 내렸어요."

"다시 한번 생각해. 내 말은 만일 라이언에게 책임이 있다면……."

마고는 챙겨온 옷을 넣을 생각조차 하지 않은 닳아빠진 서랍장 위에 달린 거울 속 자신의 모습을 보며 얼굴을 찡그렸다. 늙고 지쳐 보였다. 마크가 무슨 의도로 그런 말을 하는지 분명하게 알았다. 라이언은 고등학교에서 마크를 괴롭힐 것 같은 부류의 인물이라 마크는 늘 그를 탐탁지 않게 여겼다. 그런데 라이언이 캠프의 일부를 소유하게 되는지의 여부를 마크가 신경 쓰고 있는 이유가 뭘까? 어쨌든 그녀가 받게 되는 상속분에는 영향을 미치지 않는데 말이다.

"당신은 내가 이곳을 팔길 바라죠?"

그는 대답이 없었다. 새들이 아침 햇살을 맞으며 지저귀고 마고는 그저 전화를 끊고 쉬고 싶은 마음이 간절했다.

"세상에, 마크."

"그 돈으로 우리가 무얼 할 수 있을지 생각해 봐."

"오빠는 이곳을 팔고 싶어 해요. 선은 아니고요."

"선은 당신이 시키는 대로 할 거야."

마고는 다시 전화기를 내려놓고 뚫어져라 처다보았다. 그녀는 아빠가 신탁을 더 연장해서 자식들이 결정권을 가지지 않게 되기를 수년간 바랐다. 그러나 아빠는 아가사 크리스티의 추리 소설처럼 복잡한 문제를 갑자기 던져줬고 그들을 도와줄 에르퀼 푸아로 같은 명탐정은 어디에도 없었다. 헤이스팅스조차도 보이지 않았다.

휴대전화에서 마크의 목소리가 점점 더 커졌다.

"당신은 교사를 그만둘 수 있고······."

그녀는 손으로 입을 막았다. "마크?"

"여기 있어."

"마크? 당신 목소리가 안 들려요······."

"여보세요. 나 여기 있어."

"신호가······ 끊어지고······ 나중에······."

그녀는 팔을 뻗어 전화를 끊었다. 잠시 뒤 휴대전화 벨이 다시 울리기 시작했다.

아만다
1998년 7월 23일 자정

　라이언이 키스를 끝냈을 때 내 입술은 멍이 든 것처럼 따가웠다. 그가, 아니 우리는 천천히 탐색을 시작했다. 얼마 지나지 않아 그는 몸을 밀착한 채 내 셔츠 속으로 손을 넣어 가슴을 만졌고 그의 손가락이 브래지어 옆을 파고들었다. 그리고 두 다리로 그의 엉덩이를 감싸며 그의 무릎 위에 앉자 발기된 그가 느껴졌다. 난 마치 딴사람이 된 것 같은 기분이 들었지만 신경 쓰지 않았다. 그저 이 느낌이 영원하길 바랐다.

　그는 내게 머리를 기댔다. 우리 둘 다 거칠게 숨을 내쉬었다.

　"이런 걸 기대하고 온 건 아니야." 그가 말했다. "그런 건 아니야……."

　난 이미 달아오른 얼굴이 더 붉어진 채 그에게서 내려왔다. 속옷이 젖어 끈적거렸다. 난 그가 내 냄새를 맡고 혐오스러워할까 봐 걱정이 앞섰다. 그래서 그가 앉은 바위에서 내려와 칠흑 같은 호수를 쳐다보았다. 내 시계에서 숫자가 빛났다. 자정이다. 라이언이 온 지 30분이 지났다. 순진한 소녀에서 난잡한 애로 변하는데 고작 30분이 걸렸다. 스스로를 그렇게 생각하지 말라고 말하는 마고의 목소리가 들리는 것 같았지만 어쩔 수 없었다. 이 일을 엄마가 안다면 날 가만두지 않을 거다.

차라리 날 죽여줘, 마고와 나는 그렇게 말하곤 했다. 죽으면 또 다른 세상이 열리는 것처럼.

난 라이언이 뭐든 말하길 기다렸지만 그는 그저 돌을 집어 들어 옆으로 던졌고 돌이 호수 표면에서 한번, 두 번 미끄러지다가 세 번째에 가라앉았다. 내가 그 돌이 된 것 같았다. 옆으로 내던져진 것 같았다. 내 신체 모든 부분이 이곳에서 사라졌으면 했다. 어쩌면 내 몸 전체에 퍼진 열기를 호수가 식혀줄지도 모른다.

"괜찮아?" 마침내 라이언이 물었다.

"응." 내 목소리가 떨렸고 그런 나 자신이 싫었다. 이게 바로 마고가 내내 주의를 시켰던 부분이다. 라이언을 좋아한 건 바보 같은 선택이고 난 쭉 바보였다.

그가 내게 가까이 다가와서 내 목에 붙은 머리카락을 떼어내 주었다. "난 네 목덜미가 좋아."

그는 손으로 내 피부를 쓸어내렸다. 그의 손길에 닭살이 돋아나는 것이 느껴졌다. 왜 난 그 앞에서는 마음대로 되지 않을까? 시간이 지나면 좀 나아질까?

"걱정 마." 그의 숨결이 날 간질였다. "네가 하고 싶지 않으면 우

186

린 아무것도 안 할 거야."

난 몸을 돌렸다. 그는 그 자리에서 너무도 완벽해 보였다. 수많은 밤 내가 침대에서 상상하던 그 모습과 완전히 일치했다. 현실 같지 않았다.

"그게 문제야." 난 생각했던 것보다 더 솔직하게 말했다. "하기 싫은 게 아무것도 없거든."

	아만다	마고	라이언	메리	케이트와 리디	션
오후 9시	풍등 날리기	풍등 날리기	풍등 날리기			
오후 10시	호수 섬	호수 섬		호수 섬		구명보트
오후 11시	뒤 해변	뒤 해변	뒤 해변	호수 섬		
자정	뒤 해변		뒤 해변			
오전 6시	비밀 해변				비밀 해변	

<h2>19 장</h2>

메리, 메리, 참 고집불통이지
메리

메리가 헛간에 있는데 종이 울렸다. 선이 캠프에 온 이후로 쭉 쳐왔던 늘 똑같은 날카로운 여덟 번의 종소리다. 마치 그녀의 머릿속에서 울리는 것처럼 들렸다. 술 때문이다. 요즘 들어 술을 별로 마시지 않아 그럴 일이 그동안 없었다. 그런데 어젯밤, 메리는 술을 마시고 싶어졌다. 자신이 아닌 다른 사람이 되어 뭔가 다른 행동을 하고 싶었다. 그녀는 마고와 선과 함께 관리동 거실에 앉아서 벽난로에서 타오르는 장작불을 바라보았다. 완벽한 순간이었다.

메리는 오래전부터 잠을 극복하는 단련이 되어 종이 치기 한참 전에 알람 없이 스스로 일어났다. 조용히 옷을 입고 나오는데 라이언의 코 고는 소리가 그녀의 낮은 발소리를 덮을 정도로 컸다. 그녀는 고요한 숲길을 따라 헛간으로 갔다. 메리는 이른 아침에 말을 타는 것이 너무 좋았다. 만물이 깨어나며 하루가 그녀를 반기는 방식과 헛간에서 나는 신선한 건초 냄새가 좋았다.

아침 산책을 나갈 수 있다고 기대했는지 시나몬이 그녀를 반겼다. 메리는 몇 킬로미터 떨어진 자기 헛간에서 나는 익숙한 냄새를 떠올렸다. 지금 그곳에는 겨울을 나기 위해 캠프의 말 여덟 마리가 머물고 있다. 지난주에 말들을 그리 옮겼다. 주말 동안 말을 돌볼 일손을 구해놓아서 살피러 갈 필요는 없다. 다음 주에 트럭이 와서 캠프의 건초를 수거해 갈 것이다.

그녀는 시나몬에게 물을 준 다음 안장을 올리고 앉았다. 둘은 헛간 너머의 오래된 길로 접어들었다. 올해는 길이 잘 정리되지 않아서 낮게 내려온 가지들과 기울어진 통나무를 피해 몸을 숙이며 지나가야 했다.

길 경계에 도달했을 때 그녀는 본능적으로 발길을 돌렸다. 옆집은 이 동네에 마지막으로 남은 농장이다. 카터 씨네는 나중에 상속 문제로 그들과 비슷한 다툼을 겪을 것이다.

물론 그들과 같지는 않을 거다. 우리 맥알리스터 가족은 항상 남과 다르게 일을 처리한다.

메리는 아직도 아빠의 유언이 이해가 가지 않았다. 그렇게 오랜 세월 동안 라이언에게 의구심을 품고 있으면서 한 번도 입에 올린 적이 없다니. 부모님은 지금껏 늘 그를 주요 용의자라고 생각해왔을까? 아니면 한 명씩 용의자를 추려나간 것일까? 스위프트 변호사는 엄마가 이 계획에 대해 모른다고 말했고 메리는 수긍이 갔다. 엄마는 이처럼 잔인한 주제를 감당할 수 없는 사람이다. "관여하는 것보다 무시하는 쪽이 더 편하단다." 메리가 초등학교에서 괴롭힘을 당했을 때 엄마가 해준 조언이다. 놀림 받는 것을 무시할 수만 있다면 마치 괴롭힘을 당하지 않는다는 것처럼. 하지만 그녀는 엄마를 비난하지 않았다. 눈에 띄지 않는 사람으로 사는 것은 그녀의 적성에 아주 잘 맞았다. 나중에 아이들에게도 그렇게 가르쳐주는 게 좋지 않을까?

헛간이 다시 시야에 들어왔다. 전통적인 붉은색이다. 빛바랜 부동산 등록증에 적혀 있던 오래전 잊혀진 이름의 농부가 지었다고 했다. 헛간 안에는 그녀의 가족과 그전 세대의 세월이 고스란히 남아 있다. 돌아가신 분들의 이름. 각종 신고서들. 대회에서 우승한 말들의 명단. 아주 오래전 그녀가 참석했던 행사에서 받은 빛이 바랜 리본들. 엄마가 이 헛간에서 말을 사랑하고 보살피는 법을 알려주었다. 가죽 털을 빗기는 법, 말을 조심스럽게 다루는 법 등 엄마와 메리는 타인의 시야에서 벗어나 조용한 이곳에서 말과 함께 시간을 보냈다.

눈에 띄지 않는 상태로.

어쩌면 그래서 그녀가 자매들 중 유일하게 자라면서 엄마와 가까웠는지도 모른다. 부모님은 아이들과 친구처럼 지내는 것을 용납하지 않는 세대의 사람이었다. 부모란 그저 자식을 보호하고 훈육하기 위해 존재하는 것이고, 자신의 아이들을 사랑하든 하지 않든 방정식처럼 그 자리에 있을 뿐이었다. 가끔은 그 점이 메리를 좌절하게 하였지만 다른 형제자매들이 느끼는 것만큼 힘들지는 않았다. 그녀는 성인이 된 뒤에야 비로소 후회했다. 관계를 바꾸기에 너무 늦었기 때문이다. 아빠를 더 잘 알았다면, 모두가 그랬다면 아빠는 이런 식으로 그들을 벌줄 생각은 하지 않았을 것이다. 사이가 나쁜 사람은 라이언이었지만 그들 모두가 시험대에 올랐다. 대체 어떤 부모가 자기 자식에게 이런 짓을 한단 말인가?

하지만 메리는 아빠가 어떤 사람인지 알고 있었다. 아만다의 머리를 둔기로 내리칠 수 있는 누군가를 키운 아빠다.

메리는 헛간에 도착하기 전 마지막 방목장으로 시나몬을 데려갔다. 반쯤 가로질러 갔을 때 무언가를 보고 그녀는 놀랐다. 시나몬도 놀라 앞발을 들어 올리는 통에 메리는 땅으로 떨어질 뻔했다. 그녀는 놀란 가슴을 안고 시나몬의 갈기를 붙잡았다.

"워워, 착하지. 워워."

말이 발을 내리자 그녀는 목을 쓰다듬으며 조용히 말했다. 가까이 다가가고 싶지 않은 무언가가 울타리에 있다.

"누구 있어요?" 메리가 소리쳤지만 되돌아오는 답이라고는 커다란 붉은 헛간에 부딪혀 울리는 자신의 목소리뿐이었다. 어릴 때 쌍둥이들이 쫓아다니기 전에 그녀와 마고는 이 곳을 뛰어다니며 서로의 이름을 부르고 헛간이 그들에게 대답해주는 것을 들으며 웃곤 했다.

메리는 말을 끌 수 있도록 시나몬의 등에서 내려와 고삐를 높이 들었다. 그녀는 시나몬의 주둥이 위쪽 흰 점을 토닥였다. "괜찮아, 시나몬. 아무도 없어."

그렇게 말했지만 그녀는 등골이 오싹했다. 혼자 있는데 너무 익숙해져 누군가가 주변에 있으면 그녀는 타인의 움직임으로 공기가 이동하는 것을 느낄 만큼 육감이 발달했다.

"라이언 오빠?" 그녀가 울타리를 향해 소리쳤다. "선?"

메리가 감지하기론 남자인데 어릴 때 두 사람에게서 나던 그런 체취 같은 것이 코를 간질였다.

시나몬이 그녀 뒤에서 히잉 하고 울며 불안감을 부추겼다.

"이봐요, 누군지 모르겠지만 하나도 재미없어요."

메리는 이제 발끝으로 서서 누군가 불쑥 나왔을 때 놀라지 않으려고 긴장한 채로 대기했다. 다른 사람을 놀라게 하는 일은 맥알리스터 가족의 특기다. 그녀는 그런 행동이 결코 이해가 되지 않았다.

메리는 울타리에 도착했다. 귀뚜라미의 울음소리가 귀를 채웠다. 정신이 아찔했다. 길게 자란 잡초는 여름 햇살에 빛이 바랬고 잃어버린 골프공을 찾을 수 없을 만큼 무성했다. 그녀는 최대한 가만히 서서 움직이지 않았다. 누군가 거기 있다. 그 남자가 내쉬는 숨소리가 분명 들린다. 하지만 어디에 있을까? 대체 무엇을 하는 거지? 왜 모습을 드러내지 않는 걸까?

시나몬이 다시 뒤에서 히잉거렸고 이번에는 경고처럼 더 크게 울었다. 그러자 뒤에서 쏜살같은 소리가 들렸다. 그녀는 본능적으로 돌아보았지만 다시금 아무것도 보이지 않았다. 그녀는 다시 앞으로 걸었고 이제 울타리 바로 앞에 섰다. 그리고 떨리는 손으로 울타리를 잡고 열었다. 휘익! 커다란 새 한 마리가 메리의 얼굴에 날개를 퍼덕이며 날아올랐다. 그녀는 비명을 질렀다. 다리의 힘이 풀려 무릎이 꺾이는 느낌이 들었다. 그녀는 울타리에 기대 눈을 감았다. 괜찮다. 아무 일도 아니다. 그냥 새, 새일 뿐이다.

메리는 호흡을 가다듬고 눈을 떴다. 왼쪽 눈 주위에 점이 있는 개가 혀를 삐쭉 내밀고 서 있는 광경이 눈에 들어왔다. 버스터다. 버스터는 부모님이 풀어놓고 키우는 개다. 시나몬이 반응을 보이고 그녀가 숨소리를 들은 건 분명 버스터가 틀림없다. 그녀는 이제야 반은 헐떡거리고 반은 쌕쌕거리는 소리의 정체를 알아차렸다. 아빠가 집에서 그런 소리를 들으며 잠을 잘 수는 없다고 불평해서 처음부터 버스터를 밖에서 키웠다.

메리는 떨리는 손으로 승마바지에 묻은 풀을 털어냈다.

겨우 새 한 마리와 자기 가족이 키우는 개를 보고 놀라다니.

대체 이곳이 그녀에게 무슨 짓을 한 것일까?

◆　　◆　　◆

어쩌면 난 외로운 건지도 몰라, 메리는 시나몬을 마구간에 매어두고 나오면서 승마 부츠를 신은 발로 흙먼지를 일으키며 생각했다. 그녀는 누가 보고 싶어도 자주 생각하지 않고 마음에 깊이 담아두는 편이다. 특히 지난 한두 해는 그랬다. 그녀에게는 말과 학생들이 있었고 소중한 딸이 어떻게 지내는지 소식을 궁금해하던 부모님과도 가끔 이야기를 나누었다. 보통은 그 정도면 충분했다.

하지만 어젯밤 늦게까지 있으면서 그녀를 가장 잘 아는 두 사람과 이야기를 하니…… 뭔가 다른 기분이 들었다. 그녀의 인생이 지금 이대로보다 더 나아질 수 있을 것 같았다.

메리는 왜 자신이 다른 사람들에게 곁을 내주지 않는지 몰랐다. 그녀와 마고는 나이 차이가 적게 나는 만큼 가까웠다. "아일랜드 쌍둥이." 진짜 쌍둥이가 태어나 모든 것을 망치기 전까지 사람들은 둘을 그렇게 불렀다. 하지만 그렇게 가까웠던 관계가 시간이 지나면서 소원해졌다. 어쩌면 메리의 탓일 수도 있고 마고의 잘못일 수도 있다.

아마도 메리의 잘못일 것이다. 굳이 마고를 찾지 않아도 원하면 선과 어울릴 수 있으니까. 그는 고작 몇 킬로미터 거리에 살고 있다. 하지만 그녀는 그렇게 하지 않으려고 스스로를 억눌렀고 그에게 연락하는 횟수도 정해두었다.

아침 종소리의 여운이 남은 상태에서, 현관에 서 있는 선이 갑자기 눈에 들어왔다. 마치 그녀가 생각만으로 그를 불러낸 것처럼 말이다. 그가 항상 입던 평소 옷차림인데 마흔다섯보다 더 나이가 들어 보였다. 모두가 함께 캠프에서 지낼 때보다 그들 사이 세월의 간극이 어쩐지 더 커져 버린 것 같았다.

선이 그녀를 보고 손을 흔들었다. 그녀도 손을 흔들었다. 자신이 어젯밤 후회할 말을 했었나? 기억이 가물가물하다.

메리는 그에게 가지 않았다. 그녀는 왼쪽으로 방향을 틀어 공방으로 향했다. 왜 거기로 갔는지 잘 모르지만 그곳이 헛간을 제외하고 그녀가 가장 많은 시간을 보냈던 장소다. 모두가 엄마를 닮아 미술에 흥미가 있었다. 그녀는 종이와 풀로 하는 공작 시간이 좋았고 살짝 색을 바꾸며 여러 가지로 응용할 수 있는 매력에 푹 빠졌다.

캠프의 다른 곳과 마찬가지로 공방 건물도 두꺼운 합판으로 지어져 여름에 머물기 딱이었다. 그녀는 안으로 들어가 불을 켰다.

한쪽은 만들기 공간으로 바닥이 물감 자국으로 덮였다. 반대편 벽에는 두꺼운 책 선반이 길게 들어섰다. 대를 이어오는 문고판 도서와 양장본들이 빼곡히 꽂혀 있는데 40년간 운영된 리더십그룹이 떠나며 넘겨준 책들과 어린 시절 그녀들이 보던 책들이 함께 남았다. 존 그리샴이 J.K.롤링과 뒤섞였다. 《로빈슨 크루소》(1719년 출간)와 《에이 이즈 포 알리바이》(1982년 출간된 미스터리소설)이 함께 꽂혀 있다.

그녀는 손으로 책을 쓰다듬으며 활자를 느꼈다. 그녀가 제일 좋아하는 책, 어릴 때 수없이 읽었던 책이 있다. 바로 《비밀의 화원》이다. 그녀는 이상한 소녀 메리 레녹스에게 늘 친밀감을 느꼈다. 자신은 이상한 소녀 메리 맥알리스터다. "메리, 메리, 참 고집불통이지." 마고는 메리의 행동에 화가 날 때면 그녀를 꼭 이렇게 불렀다.

그때 뒤에서 삐걱하는 소리와 함께 문이 열렸다. 이번에는 보지 않고도 누군지 알았다.

메리는 다시금 겁이 나면서도 동시에 아무렇지도 않았다.

20 장

난 내 눈으로 직접 감시해

케이트

아침을 알리는 여덟 번의 종소리가 울릴 때 리디와 케이트는 부모님의 지하실을 뒤적거리고 있었다.

리디가 해가 뜨기도 전에 마치 학교에 늦을까 봐 재촉하는 아이처럼 케이트를 흔들어 깨웠다. 그리고 아무렇게나 옷을 던져주며 "서둘러"라고 말하면서 마고가 깨지 않게 "조용히 해"라고도 했다. 케이트는 어젯밤 마고가 술을 얼마나 마셨는지 알기에 그녀가 깰 거라 생각하지 않았다. 케이트가 항상 캠프의 한밤중이라고 생각하는 1시경에 마고가 오두막으로 들어오는 소리를 들었다. 설명하기 어렵지만 케이트는 새벽 2시의 캠프를 본 적이 없다. 1시에 잠이 들거나 3시에 깨어나니까. 그녀에게 2시는 1950년대부터 사람들이 쭉 보았다고 주장하는 호수 괴물처럼 신화 속에나 나올 법한 시간이다.

케이트는 마고로 인해 잠에서 깨 짜증이 났다. 그녀는 잠귀가 밝고 예민해 자다가 깨면 보통은 몇 시간 동안 천장만 보고 있어야 한다. 어젯밤 그 몇 시간이 결국 자신이 원하는 에이미와 한 침대에 누워 있지 않은 현실을 다시금 상기시켜주었다. 그녀는 관리동 위층에서 선이 있는 방 복도를 따라 내려가면 싱글 침대가 놓인 작은 방들 중 하나에 에이미가 머문다는 것을 알지만 가지 않았다. 지금 머물고 있는 프랑스어 선생님의 오두막처럼 편안하고 안락한 침대가 그곳에는 없기 때문이다.

케이트는 라이언과 언쟁을 벌인 뒤 어젯밤 에이미를 살짝 불러내려고 했다. 예전에 둘이 갔던 간호사의 오두막으로 가자고 했지만 에이미는 피곤하다며 거절했다. 잠을 자고 싶다고. 또한 "다시 시작해봐야 아무 소용이 없다"는 말도 했다. 에이미는 예전엔 '노'라고 말한 적이 없었을 뿐 아니라 그처럼 단호하게 거절의사를 표현한 적은 더더욱 없었다. 하지만 부모님이 케이트에게 캠프를 물려주지 않게 되면서 에이미를 혼자 남겨두고 떠났으니 그녀가 그럴 만도 하다고 이해했다. 당시 에이미에게 같이 몬트리올로 떠나자고 설득했지만 에이미의 아들과 가족이 근처에 살았고 결국에 둘은 '캠프에서만 존재하는' 사이였다. 케이트는 그녀와 다투지 않았다. 대신 그곳을 떠난 후 다시는 전화를 하지 않았고 지금 이렇게 혼자 일어나 후회하고 있다.

그리고 다시 아침이었다. 그리고 리디. 아직 어스름한 길을 걸어 올라가는 케이트의 주변으로 그녀의 입김이 퍼졌다. 8월 중순이라지만 새벽에는 쌀쌀하다. 케이트는 따뜻한 옷을 챙겨오지 않은 자신을 원망했다. 예전처럼 동이 트기도 전에 돌아다닐 줄이야 알지 못했지만 그래도 예상했어야 했다. 리디와 함께하면 자주 있는 일이다.

밖은 푸르스름한 회색빛이고 상록수들은 탁한 검은 색을 띠었다. 하늘을 뒤덮은 옅은 구름이 곧 비가 올 것 같다고 알려 주었다.

그들이 부모님 집에 들어서자 리디는 손가락을 입술 위에 놓고 라이언이 '아마 정신없이 곯아떨어져 있을 테지만' 그래도 조용히 해야 한다고 말했다. 어쨌든 둘은 들키지 않는 편이 나았다. 케이트는 리디에게 무슨 일인지 듣고 싶었지만 리디가 다시 그녀의 팔을 잡아당겨서 둘은 집안으로 들어갔고 오래된 그을음 냄새에 둘러싸인 채 눅눅한 지하실로 내려갔다. 리디는 책상 위에 놓인, 케이트가 늘 싫어하던 60년대식 조악한 라바 램프 하나를 켰다. 램프 불빛이 벽에 어른거리자 케이트는 더욱 불안해졌다.

"이것들을 가지고 뭘 어쩌려고?" 케이트가 물었다. "굿윌 자선상점에서도 받아주지 않을 것 같은데."

"난 쓰레기수거 업체인 1-800-갓-정크를 생각했는데."

"아무것도 안 놔두고 다 버릴 거야?"

"넌 남기고 싶니?"

케이트는 그렇다고, 여기에 남은 기억들을 간직했으면 좋겠다고 말하고 싶었다. 그렇지만 그녀는 제대로 된 추억 거리 하나 찾겠다고 쓰레기 더미를 뒤적거리고 싶지 않았다. 그녀는 저렴한 것을 쫓는 부류의 쇼핑족이 아니다. 몇 시간이고 구제 옷 무더기를 뒤지는 일을 참을 수 없었고 그 속에서 진주를 찾을 수 있다는 기대도 없었다. 그녀는 자기가 좋아하는 인터넷 상점에서 한꺼번에 구매하는 편이고 스타일을 살짝 업데이트하는 것만으로도 그녀에게는 충분한 변신이 되었다.

"아니."

"다른 사람들도 다 동의할 거야." 리디가 싸구려 이중문이 달린 벽으로 걸어가 문을 당겨 열자 거의 비어 있는 상자와 파일 폴더들이 모습을 드러냈다. 그녀는 손을 뻗어 파일 한 무더기를 꺼냈다.

"뭐하는 거야?"

"아빠의 사건 파일을 찾고 있어."

"아빠의 뭐라고?"

리디가 째려보았다. "알잖아, 아빠가 조사한 자료를 모아놓은 파일 말이야."

케이트는 순간 기억이 났다. 늦은 밤 아빠를 찾아 계단을 내려와 직원들에게 무엇을 지시할지 여쭤봤던 일을 말이다. 아빠는 책상에 앉아 있었고 라바 램프 불빛에 얼굴이 파래 보였다가 낫기 시작하는 멍처럼 보라색으로 바뀌었다. 책상 위 벽에는 사진들이 압정으로 꽂혀 있고 앞에 놓인 커다란 종이에는 정교하게 그린 도식이 있었다. 이름과 장소에 동그라미와 별 표시가 돼 있었다. 그것들이 화살표와 꾹 눌러 그은 선으로 연결되었다. 케이트가 들어가면 아빠는 페이지를 넘기면서 케이트가 방금 본 것이 아무것도 아닌 것처럼 행동했다. 그러면 케이트는 특유의 성격대로 대수롭지 않게 여기고 자기가 궁금해하던 것을 물어본 다음 에이미에게로 돌아갔다.

케이트의 인생을 한마디로 요약한 묘비명은 이럴 것이다. 케이트 맥알리스터. 그녀는 한 번도 무언가를 깊이 생각한 적이 없다.

"넌 아빠가 아만다 사건에 대해 조사했다고 생각해?"

"그 편지에서 그랬다고 말하지 않았어?"

리디는 바닥에 파일 뭉치를 내려놓았다. 파일이 우중충한 카펫 위로 미끄러져 퍼졌다. 그녀는 부채처럼 위로 뻗친 짧은 머리를 손으로 쓸어 넘겼다.

"시간이 좀 걸리겠는걸."

케이트가 파일 더미 옆에 앉았다. 지하실에선 희미하게 마리화나 냄새가 났고 아무리 새벽 여섯 시도 되기 전 비몽사몽 한 상태라고 해도 그녀는 결코 그 냄새를 좋아하지도 감사하게 생각하지도 않았다.

그녀는 파일 폴더 하나를 집어 들었다. 아빠가 지나치게 격식을 차려 블록체로 쓴 스테파니라는 이름이 보였다. "이건 캠프참가자들의 파일이야?"

리디가 자신이 살피던 파일에서 고개를 들어 쳐다보았다. "그런 것 같아."

케이트는 폴더를 펼쳤다. 한 소녀의 사진이 들어 있었고 케이트는 여름 캠프에 두 번 참가했다가 늦은 밤 남자아이들의 숙소에서 자꾸 발견되어 퇴출당한 여자아이가 어렴풋이 기억났다. 이 사진은 분명 케이트의 엄마가 찍은 것이다. 엄마는 가족 사진사였고 매년 여름에 찍은 사진을 잘 정돈한 파일은 연도별로 계단 아래 금속 캐비닛에 보관되었다.

케이트가 사진을 들어 올렸다. "이 아이 기억나?"

"스테파니 스티븐스, 맞지? 잭 사이더와 그 친구들과 잠자리를 했어. 그래서 쫓겨난 거야." 리디가 말했다.

"난 그게 이유가 아니라고 생각해."

"그게 이유였어. 그들이 쓰리섬을 했다던가 그랬어. 그때 꽤 난리였었지."

케이트는 아빠가 남긴 기록을 살폈고 그래, 그 말이 맞았다. 케이트가 생각하기에 스테파니는 엄밀히 말해서 강간은 아니지만 역겨운 꾐에 빠진 피해자처럼 보였다. 하지만 부모님은 이 이야기가 밖으로 새어나가 캠프참가자들 사이에서 돌까 봐 걱정되어 그 애도 남자아이들과 함께 캠프에서 내보냈다.

"넌 어떻게 알았어? 우리가 아마." 케이트는 날짜를 계산해 보았다. "그 일이 벌어졌을 때 겨우 열두 살이었던 것 같은데."

"넌 어떻게 모를 수가 있어?"

"난 사람들이 무슨 말을 하는지 엿들으려고 계단 아래에 숨어 있지 않거든."

"날 비난하지 마."

"널 비난하는 것이 아니야."

"지금 하고 있잖아. 넌 항상 그랬어."

케이트가 고개를 돌렸다. 어쩌다 둘 사이가 이렇게 된 걸까? 마치 자신과 싸우는 것과도 마찬가지인데 말이다. 그녀가 아는 다른 쌍둥이 자매들은 성인이 된 지금도 똑같은 옷을 입지만 리디는 평생 동안 자신에게서 멀어지려고 하는 것만 같았다. 바보 같은 일을 꾸며서 같이 하자고 꼬드기는 경우를 제외하고는 늘 둘이 DNA를 공유하는 현실을 부정하는 것처럼 느껴졌다. 한번은 일란성 쌍둥이인 줄 알았지만 사실은 아니었다는 내용을 다룬 다큐멘터리를 보고 난 뒤에 리디는 유전자 검사를 받아보자고 했다. "어쩌면 우리는 이란성 쌍둥이일지도 몰라." 마치 그게 더 좋은 일인 것처럼 리디가 말했다.

"아빠는 왜 이것들을 가지고 있었을까?" 케이트가 물었다.

"낸들 알겠어."

케이트가 페이지를 넘겼다. 장 맨 위에 연대표라고 적혀 있다. 스테파니가 캠프에 왔던 해부터 떠나던 해까지 기록돼있다. "아빠는 사건이 일어나기 전부터 그 애를 조사해온 것 같아."

"그랬을지도 모르지."

"역겨워."

리디가 어깨를 으쓱였다. "아빠는 가끔 그랬어. 한번은 아빠가 아만다의 오두막을 엿보고 있었다는 이야기를 아만다한테 못 들었어?"

"아만다가 언제 그 이야기를 했는데?"

"그해 여름이었던 것 같아."

"아만다는 왜 모두에게 말하지 않았을까?"

"누군가에게는 말했어."

"그게 누군데, 너야?"

"엄마인 것 같아. 선도 그 자리에 있었을 거고."

"그것참 이상하네."

"뭐가. 선은 항상 아만다와 마고 주위를 어슬렁거렸잖아."

케이트는 생각해보았다. "그래, 들어본 적이 있는 것 같아."

"들어본 적이 있다고? 세상에, 넌 가끔 진짜 이상해. 항상 캠프에 있으면서 캠프에 없었다는 것과 같잖아."

"그거야 난 다른 일에 집중하고 있으니……."

"아무튼." 리디가 자리에서 일어나 파일 선반 쪽으로 걸었다. 그리고 더 많은 상자들을 꺼냈다. "이것들을 다 없애야 해."

"그래야지."

"열정이 좀 생겨?"

"그만 좀 해, 리디."

"넌 너무 예민해…… 아, 알겠다."

리디가 뒤쪽에서 상자 하나를 꺼내더니 무거운지 반쯤 바닥에 질질 끌며 가져왔다. 케이트는 상자 위에 스테이시라고 갈겨쓴 이름을 보았다.

"스테이시가 누구야?" 케이트는 바보가 된 것 같은 기분을 느끼며 물었다. 어쩌면 리디의 말이 맞을지도 모른다. 그녀는 신체의 일부처럼 캠프에 늘 붙어 있었다. 그런데 스테이시라는 이름의 캠프 참가자는 아무래도 기억이 나지 않았다. 그건 부모님의 잘못이다. 부모님의 배신으로 인한 충격 때문에 그녀의 기억이 지워지고 그 자리가 마치 텅 빈 것처럼 변해버렸다. 그렇지 않다면 리디가 당연히 안다고 생각하는 것들을 그녀가 모르는 걸 어떻게 설명할 수 있을까? 어딘가 싸한 느낌이 드는 까닭은 알면서도 기억하고 싶지 않아서일까?

절대 말하지 않을 것   203

리디는 실성한 사람을 보듯 케이트를 처다보았다. 그도 그럴 것이 리디가 이렇게 말했기 때문이다. "스테이시 켄싱턴. 맙소사, 케이트. 라이언 오빠가 10년 전에 죽인 여자애가 기억 안 난다고 하는 건 아니겠지?"

21 장

혼자 시내를 돌아다니다
라이언

스테이시 켄싱턴이라는 이름이 라이언의 귀에 와서 꽂혔다. 그녀를 생각해 본지 아주 오래되었고 동시에 전혀 오래되지 않았다. 그녀는 아만다 때와는 달리 그의 기억 속에 머물며 유령이 되어 그를 괴롭혔다.

라이언은 옷을 입은 채로 부모님의 침대에 똑바로 누워 자다가 시끄러운 종소리와 이어지는 여동생들의 말소리를 듣고 아침을 맞았다. 옛날로 되돌아간 기분이 들었다. 항상 여동생 중 누군가가 말을 하고 있었거나 여럿이 동시에 말을 하는 경우도 많았다. 이제 그 소리는 딸들과 아내의 목소리로 바뀌었다. 아마도 그는 여자들의 목소리에 둘러싸인 삶에 익숙할 거다.

캐리와 둘이서 아이를 갖기로 결정하고 딸이 생겼을 때 라이언은 기뻤다. 하지만 캐리는 아들을 원했다. 그녀는 그편이 더 수월하고 안전할 거라 생각했다. 뱃속 아이들의 성별을 알게 될 때마다 캐리는 실망했고 사샤가 태어난 이후 라이언이 단호하게 자식은 세 명이면 충분하다고 하자 두 배로 실망했다. 그는 세 아이 모두에게 집중하고 싶었고 모두가 그의 딸이고 그들을 사랑했으며 또한 자기 아버지보다 더 나은 아버지가 되려고 했다.

딸들에게 최고가 되고 싶었던 여러 이유 중 하나가 스테이시다.

세 딸을 훌륭하게 키우면 앗아간 한 생명을 대체할 수 있다고 여기는 것이 잘못된 생각일 수 있지만 라이언에게는 달리 방법이 없었다. 이미 벌어진 일을 그가 돌이킬 수는 없다. 인생은 그런 식으로 돌아가지 않으니까.

그는 가만히 누워 지하실에서 여동생들이 떠드는 소리를 들었다. 침대 위 쇠살대를 통해 둘의 목소리가 분명하게 들렸고, 이 사실은 많은 것을 설명해주었다. 평생 부모님은 이런 식으로 그들이 알아서는 안 되는 일들을 알았고 특히나 여름에 더 그랬던 것이다. 라이언은 항상 부모님이 카운슬러들에게서 정보를 얻는다고 생각했다. 앞잡이들한테서. 하지만 그냥 침대에 가만히 누워서 지하실에서 벌어지는 일들을 듣고 있었던 것이다. 라이언은 그가 지하실에서 했던 일을 부모님이 들었다고 생각하니 속이 울렁거렸다. 맙소사.

"라이언 오빠가 10년 전에 죽인 여자애……." 리디가 말했다. 그 소리가 분명하게 전달될 때 그는 자리에서 일어나 방 밖으로 뛰쳐나갔다. 욕실에 도착도 하기 전 입을 틀어막은 손밖으로 토사물이 새어나왔다.

라이언은 변기 뚜껑을 들어 올리고 몸을 웅크렸다. 위장에 남은 모든 것이 올라오고 또 올라왔다. 구토가 멈추자 다리가 풀렸다. 그는 욕조 끄트머리에 앉아서 떨리는 손끝을 바라보았다. 실수, 실수, 바보 같은 실수였다.

난 이 일에서 영원히 벗어나지 못하는 걸까?

◆　◆　◆

20분이 지났지만 라이언은 여전히 욕조에 앉아 있었고 침실에서 휴대전화 진동이 울리는 소리가 들렸다. 캐리다. 요즘 인생이 그의 뜻대로 되지 않지만 한 가지는 확실히 알았다. 아내의 연락을 무시하면 안 된다.

그는 억지로 바닥에서 발을 떼 복도를 걸었다. 머리가 울렸고 몸에서 냄새가 나서 부끄러웠다. 이제 진짜로 바뀌어야 한다. 술은 그만 마시고 근본적인 부분부터 달라져야 할 것이다.

그의 아이폰 화면 위로 메시지가 떠 있었다.

연락해요.

그는 집 전화기로 손을 뻗었다. 수화기가 내려져 있다. 자신이 그렇게 해둔 기억이 없는데. 아마 밤에 부딪히면서 떨어졌나 보다.

"어떻게 된 일이에요?" 통화연결음이 한 번 다 울리기도 전에 캐리가 받아서 말했다.

"늦잠을 잤어."

그는 시계를 봤다. 이제 겨우 7시 30분이다. 그는 아이폰을 집어 들었다. 캐리에게서 문자 네 통이 와 있었다. 아내가 걱정한 건 당연하다. 그는 휴대전화와 애증의 관계다. 인터넷이 안되면 짜증이 나지만 늘 전화를 해대는 사람들에게서 해방되고 싶다는 마음이 드는 것도 사실이니까…….

"그러니까 내 말은 아주 일찍 일어난 건 아니라는 의미야."

"지금 무슨 이야기를 하는 거예요? 어젯밤에 수도 없이 문자를 보냈는데. 그리고 전화를 하니 당신이 끊었잖아요."

"내가?"

라이언은 캐리와 통화한 기억이 없었다. 마지막으로 기억나는 건 투표뿐이다. 아, 맙소사. 투표. 제기랄. 그는 완전히 망했다.

"누가 그랬어요. 수화기를 들었다가 내려놓았고 아무런 말소리도 안 났어요."

"미안해. 난 어떻게 된 일인지 모르겠어. 어제는…… 힘든 밤이었어."

캐리의 목소리가 누그러졌다. "당신이 어떻게 했는지 안 봐도 뻔해요. 술에 취해서는 '다들, 사랑해'를 남발했겠죠."

"하하. 그래, 당신 말이 맞아. 당신은 날 너무 잘 알아."

라이언은 머리가 빙빙 돌았다. 그는 어떻게 해야 할지 잘 알았다. 아내 말을 듣지 않고 술을 마셔댔으니 만회를 해야 한다. 지금 뭘 입고 있는지 물어봐. 아니 잠깐만. 잘 있는지 물어봐.

"잘 있어?"

"뭐라고요?"

"잘 있냐고? 당신과 애들은 오늘 뭐 할 거야?"

캐리는 잠시 말이 없었고 그는 아내가 이것이 화제를 돌리려는 그의 계략인지 파악하고 있다는 것을 알았다. "메이지의 친구 생일 파티 때문에 아이들은 워터파크에 갈 거예요."

라이언은 그 친구 이름을 기억했다.

"크리스털 말이야?"

"맞아요."

"애들 다 가는 거야?"

"벌써 안달이 났어요."

"지금 아빠랑 전화하는 거예요? 나도 아빠랑 전화할래요!" 메이지의 목소리는 그날 아침 선이 평소보다 더 힘껏 친 종소리만큼 컸다. 라이언은 움찔했지만 딸 생각을 하니 마음이 따뜻해졌다. 그는 이 세상에 뭔가 올바른 일을 했다. 하나는. 아니 셋이다.

"메이지가 당신과 통화하고 싶대요."

"바꿔 줘."

"여보세요, 아빠!"

"안녕, 메이지. 잘 있었니?"

"우리 워터파트에 가요!"

"그래 들었어. 무지 재미있겠다."

"엄청 재미있을 거예요. 근데, 아빠?"

"왜 그러니?"

"엄마가 그러는데, 난 비키니 수영복을 못 입는데요. 근데 다른 애들은 다 그걸 입을 건데 나 혼자 왕따가 되는 건 싫어요."

"제기랄." 그 소리가 쇠살대에서 크고 분명하게 들렸다. 라이언은 지하실에서 무슨 일이 벌어지는지 상상만 할 뿐이다. 동생들이 무언가를 찾은 것이다.

"아빠가 욕을 했어!"

"네 고모 중 한 명인 것 같아."

"분명 리디 고모일 거예요."

"왜 그렇게 생각하니?"

"엄마가 맨날 리디 고모는 아무 쓸모가 없다고 말하니까요."

라이언은 딸이 똑같이 아내 흉내를 내는 것을 머릿속에 그려보고 그 말이 사실이라는 생각이 들어 웃음이 났다. 그때는 모든 것이 정상이었다. 목요일, 그러니까 불과 48시간 전까지 그는 평범하게 아내와 두 딸과 함께 잠에서 깨어났고 아이들은 간지럼 태우기 놀이를 했다. 그때 그는 매우 행복했고 만사가 제대로 돌아가고 있다고 확신했다. 더 주의를 기울였어야 했는데. 그의 인생이 순식간에 바뀐 것이 이번이 처음이 아닌데 말이다. 쾅하는 소리와 함께. 비명 소리와 함께 그렇게.

"엄마를 다시 바꿔 줘."

"엄마한테 수영복 이야기해 줄 거예요?"

"그래, 봐서. 하지만 엄마가 뭐라고 하는지 들어봐야 해."

"아, 알겠어요."

"사랑해."

"내가 더 사랑해요."

"그건 불가능하지."

메이지가 킥킥거리더니 전화기를 넘겨주었다.

"비키니는 안돼요." 캐리가 말했다.

"나도 알아."

"다른 엄마들은 무슨 생각인지 모르겠어요. 난 대학에 들어가기 전까지 비키니를 입어 본 적이 없는데!"

"당신이 비키니를 입었을 때 근사했지."

라이언은 처음 캐리를 만난 여름을 생생히 기억하고 있다. 가족의 날이라서 그녀는 부모님과 함께 캠프에 와 있던 남동생을 만나러 왔다. 그들은 호수 섬에서 수영 경주를 벌였고 캐리가 그 자리에서 옷을 벗었는데 검정색 비키니가 열아홉 몸매에 완벽하게 어울렸다. 그녀는 우아하게 물속으로 들어갔고 금세 라이언을 뒤따랐다. 나중에 폭죽놀이를 한 뒤에 그는 캐리를 몰래 숲으로 데려가 나무에 밀쳐두고 그녀가 등에 나무껍질이 찍혀 아프다고 할 때까지 키스를 했다. 그녀는 아만다 이후로 그가 만난 첫 여자였다.

하지만 마지막은 아니었다.

"어머, 그만 해요."

"사실이야. 지금도 여전히 그렇고."

라이언은 다시 지하실에서 여동생들의 목소리를 들었다. 이번에는 좀 희미하게 들렸다. 그는 이 전화를 끊고 그들이 뭘 하는지 알아봐야 한다. 하지만 잠시나마 가족들과 연락이 되어 자신이 무엇을 위해 싸우는지 기억할 수 있어서 좋았다.

"거긴 어떻게 되고 있어요?" 캐리가 물었다.

"별일 없어."

"진짜요?"

"그래."

"그러면 모두가 투표를 하는 거예요?"

"투표라니?"

"캠프를 팔 건지의 여부 말이에요. 여보세요?"

"맞아. 미안. 당신이 그렇게 예상했지."

"메리는 반대, 마고는 중립이고 케이트는 반대, 리디는 찬성하는 쪽이잖아요."

"대충 맞아."

"그러니까 안 되는 거군요."

캐리는 이상하게 패배자 같은 목소리로 말했다. 라이언은 가슴이 아팠다. 그는 손을 올려 자기 가슴을 문질렀다. 이 일을 해결할 수 있다. 그럴 수 있다.

"내가 가족들을 잘 설득할게."

"당신이요?"

"그래. 내가 그래야 하는 거지?"

"당신이 그렇게 하지 않아도 우리는 괜찮을 거예요. 우리 부모님이 도와주실 수 있을 거예요."

라이언은 눈을 감았다. 이상하게 울고 싶었는데 이런 감정은 그가 잠시 집을 떠났던 그 여름, 메이지의 생일 파티에서 그 애의 팔이 부러졌을 때 이후로 처음이다. 메이지와 다른 아이들이 튜브 성 안에서 너무 심하게 뛰어놀았고 그러다 끔찍한 비명이 들렸다. 그는 내내 진정한 것처럼 보였지만, 팔이 부러진 딸아이의 모습을 보니 가슴이 찢어졌다. 메이지가 부러진 팔에 흰 깁스를 하고 나와 그에게 내밀며 위에 서명해 달라고 말했을 때 라이언은 그만 감정이 터져 나왔다.

"내가 장인장모님에게 부탁하고 싶지 않은 거 당신도 알잖아."

"가족 좋다는 게 뭐겠어요?"

라이언은 묵묵히 듣기만 했다. 그래도 될까? 캐리의 부모님에게 돈을 받고 캠프는 그냥 잊어버릴 수 있을까? 아니, 그럴 수 없다. 그들은 끊임없이 빌린 돈에 대해 말하면서 라이언을 패배자로 느끼게 할 거다. 그는 자기 힘으로 문제를 해결해야 한다.

"당신 괜찮아요?" 캐리가 물었다.

"그럼."

"오늘은 술을 조금만 마실 거죠?"

"당연히 적게 마실 거야."

쌍둥이들이 다시 이야기하기 시작했다. 라이언은 그들이 하는 말을 들으려고 집중했다. 아직도 스테이시 이야기를 하는 걸까? 지하실에 그밖에 또 무엇이 있을까?

"나중에 또 통화할까?" 라이언이 물었다.

"약속하는 거죠?"

"물론이지."

지키지 못할 약속을 한 번 더 한다고 해서 크게 달라질 게 있을까?

22 장

공방에서
선

"안녕, 메리." 선이 공방으로 들어서면서 인사를 건넸다. 그는 조용히 말했지만 메리의 어깨가 움찔하는 것을 보았다. 왜 모두가 그에게 이런 반응을 보이는 걸까? 지난밤 그렇게 가까워져 놓고선? 왜 그의 존재는 항상 다른 사람을 놀라게 하는 걸까?

"안녕, 선."

메리가 돌아보았다. 그녀는 승마복 차림이다. 딱 붙는 스웨이드 바지에 광을 잘 낸 긴 갈색 부츠, 흰 폴로셔츠와 헐렁한 재킷을 걸쳤다. 그녀의 유니폼이다. 메리가 다른 옷도 입는다는 사실을 알지만 그는 항상 그녀를 이런 모습으로 기억하고 있다. 평소와 다른 점이 있다면 피부색이다. 메리는 보통 자기만큼이나 검게 그을린 피부였고 분명 어제까지도 그랬다. 그런데 오늘 그녀는 창백해 보였다. 여름 내내 실내에만 있었거나 어디가 아픈 사람처럼.

"나처럼 잠을 설쳤어?" 선이 물었다. 솔직히 그는 오늘 아침 일과를 해나가는데 어려움을 겪었다. 평소처럼 오전 6시 45분에 일어났지만 전날 밤 열심히 칫솔질을 했음에도 입속의 혀가 껄끄럽게 느껴졌다. 몸을 돌려 다시 잠들고 싶었지만 그 유혹을 잘 이겨냈다. 언제나처럼 정시에 종을 치며 후회와 함께 하루를 맞이했다. 그는 운동을 시작해야 할 것 같다고 느꼈다. 생각보다 가까이 있는 쉰이라는 나이를 떨칠 수 있는 무언가를 해야 한다. 본보기가 되어줄 아버지가 없으니 그가 돌보지 않으면 몸이 엉망이 될 수도 있다. 방심해서 살이 찌느니 지나치다 싶어도 미리 조심하는 편이 나을 것이다.

"아니, 괜찮아요." 대답은 그랬지만 그녀는 입술이 갈라지고 포도주의 얼룩도 살짝 남았다.

"정말 놀라운걸"

"별말씀을."

메리는 손에 책을 들고 있었다. 《비밀의 화원》이다. 그는 곧바로 알아보았다. 그의 어머니의 책이거나 아니면 정확히 똑같은 책이거나. 어머니는 그가 그 책을 좋아하게 만들려고 애를 썼지만 그는 "여자애들 책"이라고 싫어했다. 선은 그 말을 한 것을 아직도 후회하고 있다.

"라이언 오빠는 엉망이 되었을 거예요." 메리가 말했다. "마고 언니도요."

"어리석었어. 우리 다시는 그러지 말자."

"난 재미있었어요." 메리가 턱을 내밀며 말했다. 길게 땋은 금발 머리가 어깨에서 달랑거렸다. 뒤에서 보면 메리는 여전히 열다섯으로 보였다. 하지만 앞에서 보면 자매들 중에서 가장 나이가 많아 보였다. 순전히 그의 생각일 수도 있다. 왜 오늘 아침에는 머릿속에 이렇게 잡생각이 많은 걸까? 분명 술이 그의 사고 체계를 방해하고 있는 거다.

"당신은 어때요?" 메리가 물었다. "어제 재미있었어요?"

"너희랑 어울리면 늘 재미있어. 알잖아."

메리는 인상을 찌푸렸다. 선은 왜 그러는지 잘 알았다. 그는 자라는 내내 메리를 그다지 신경 쓰지 않았다. 그의 시선은 언제나 마고에게 가 있었다. 그러지 말았어야 했을까? 메리는 자신과 비슷한 점이 많았다. 다부지고 조용하다. 어쩌면 둘이……

"그렇게 말 안 해도 돼요."

"진심이야."

"아니, 진심 아니잖아요. 그래도 괜찮아요. 마고 언니랑 이야기 많이 나눴죠? 당연히 좋았겠네요."

선은 뺨이 달아오르는 걸 느꼈다. 그럼 모두가 안단 말인가? 그의 마음속에 누가 있는지? 그렇게 오랜 시간 그가 무엇을 바라왔는지? 그리고 그 사랑을 얻기 위해서라면 모든 것을 걸 수 있다는 점도?

"우리 부모님 없이 여기서 살려니 이상하죠?"

선은 메리의 질문의 의미를 생각하면서 어머니의 책을 들고 있는 메리의 손을 쳐다보았다. 그 책을 읽어주려는 걸 그가 싫다고 하자 어머니는 불같이 화를 냈다. 바보 같은 메리와 그 정원이야기는 듣고 싶지 않아요! 그 말이 그가 어머니에게 했던 마지막 말이었다.

그들은 트와일라잇의 뒤쪽 정원 창고가 있던 자리에 살았다. 퀘벡 주 전역의 작은 도시마다 그런 곳들이 있었고 어머니는 순환 근무를 돌면서 한 곳에 석 달 정도 머물렀다. 어머니는 항상 도착했을 때 그의 키를 표시해두고 떠날 때 그 표시를 찾아 비교했다.

당시에 션은 이곳저곳을 떠도는 그들의 삶이 이해가 되지 않았다. 맥알리스터 씨가 순회라는 말을 썼을 때 션은 그 말이 무슨 뜻인지 몰라 사전을 찾아봤다. "한 곳에서 다른 곳으로 이동하며 특히 짧은 시간 동안 여러 장소에서 일을 하거나 머무는 것." 사전에는 그렇게 적혀 있었다. 어린 시절의 기억을 다 조합해보니 그 말이 맞다고 생각했다. 그들은 항상 지저분한 술집 근처나 술집 위층에 살았다. 어머니에게는 그물 스타킹과 긴 흰 셔츠가 잔뜩 걸려 있는 특이한 옷장이 있었다. 어머니는 샤워를 막 끝내고 나와서도 눈 가장자리에 항상 마스카라를 칠했다. 마스카라 냄새는 고약하고 남자 향수처럼 어머니에게 들러붙었다.

그리고 남자들. 항상 남자들이 많았다.

"션? 내 말 듣고 있어요?"

"어, 미안해. 달라진 건 사실이야."

"우리 부모님이 보고 싶은 거군요"

"이상해?"

"아뇨, 이상한 쪽은 우리죠."

"넌 부모님이 보고 싶지 않니?"

"솔직히 말해요? 아니, 별로 보고 싶지 않아요. 끔찍하죠?"

"난 너희 아이들이 늘 이해가 되지 않았어."

"우리는 이제 아이가 아니에요."

"지금 그게 중요한 건 아니잖아."

그는 이제 화가 났다. 맥알리스터의 아이들은 한 무리의…… 이 기적이고…… 건방진……. 그의 어머니가 자주 쓰던 말로 하자면 그랬다. 그의 어머니는 매춘부였다. 어머니를 그렇게 생각하면 역겨웠다. 어머니를 이용했던 모든 남자들을 떠올렸고 어머니가 자신 때문에 처음부터 그렇게 할 수밖에 없었을지도 모른다는 끔찍한 사실도 생각해보았다. 메리와 다른 자매들이 캠프의 미래에 대해서 그다지 신경을 쓰지 않는다는 사실과 마주하는 것도 마찬가지로 끔찍했다. 그에게는 너무 벅찼다.

"무슨 말을 하고 싶은 거예요?" 메리가 물었다.

"그런 거 없어."

"아니, 말해 봐요. 할 말이 있잖아요. 난 알아요."

선이 자기 손을 내려다보았다. 주먹을 너무 꽉 쥐어서 관절 부분이 하얗게 되었다.

"그냥 너희들이 이해가 안 가. 이렇게 좋은 곳에서 자라며 좋은 학교에 갔고 너희 부모님은 완벽하진 않았지만 최선을 다해 너희를 키워주셨어. 이 자리에서. 너희를 먹이고 사랑해줬지. 그런데 너희는 그 모든 것을 무시하고 부모님이 다른 사람이었으면 좋겠다고 바랐지. 너희 아버지가 가끔 이상하게 굴고 어머니가 모성애가 부족하다고 말이야. 그래, 난 너희가 부모님에 대해 어떻게 생각하는지 알아. 그런데 그거 아니? 그분들도 아서, 그래서 상처를 받았어. 그분들에게 너희가 상처를 줬다고."

션은 숨이 가빴지만 짜릿했다. 오래전부터 이 말을 하고 싶었다. 그리고 메리를 노려보자 그녀가 고개를 돌렸다. 말하길 잘했다는 생각이 들었다. 다만 마침내 이 말을 터트린 순간에 맥알리스터 자녀 모두가 모여 있지 않은 점이 안타까웠다. 그는 또다시 이 이야기를 꺼낼 수 있을지 확신이 없었다.

"당신이 진짜 어떤 기분인지 말해 봐요." 메리가 조용히 말했다. "속에 담아두지 말고요."

"내 책을 돌려받고 싶어."

"네?"

"그 책." 션이 《비밀의 화원》을 가리켰다. "그건 내 거야."

"이 책은 어릴 때부터 내 거였어요."

"아니. 처음엔 내 거였어."

션은 한걸음에 다가가 그녀의 손에서 책을 뺏었다. 기분이 좋았다. 오래전에 이렇게 했어야 했다. 수십 년 전에.

"봤지?" 그는 표지를 펴서 어머니의 이름 도로시가 빛바랜 잉크로 적힌 부분을 보여주었다. 누가 그 이름을 지우고 맥알리스터라고 썼다. 당연히 그들이 그렇게 했겠지. 그에게도 똑같이 했으니까. 원래 이름을 지우고 그 자리에 맥알리스터를 넣는 짓을 말이다.

"도로시가 누구예요?"

"내 어머니야."

"아." 메리가 그런 반응을 보이자 션은 맥알리스터 부부 말고는 아무도 모른다고 생각했던 자기 어머니에 대해 누군가가 그녀에게 말해주었다는 것을 알았다. 맥알리스터 부부는 트와일라잇 위층 더러운 방에서 팔에 바늘을 꽂은 채 턱으로 토사물을 흘리며 죽어 있는 어머니에게서 그를 구해주었다.

이른 아침, 션은 정원 창고에서 깨어난 뒤 어머니가 안 보여 찾아간 술집 위층에서 그런 모습의 어머니를 발견했다. 그는 어머니에게서 필요한 경우 도움을 받을 수 있는 사람에게 전화를 거는 법을 배웠고 어른을 찾아야 한다는 말을 늘 들었지만 건물에 있던 다른 누구에게도 알리지 않고 경찰에게도 연락하지 않았다. 대신 그는 도로를 내달리다 맥알리스터 씨의 차에 치일 뻔했다.

"우리 어머니는 좋은 분이셨어." 션이 말했다.

"난 그분에 대해 몰라요."

"어머니는 좋은 분이셨어. 그리고 이 책은 내 어머니 거야."

션은 이제 메리 앞에 아주 가까이 섰다. 그녀에게서 헛간, 건초, 말과 거름 냄새가 났다. 션에게는 낯선 냄새가 아니었지만 그는 본능적으로 그 속에 뒤섞여 있는 거슬리는 다른 무언가를 감지했다.

바로 두려움이었다.

23장

빙고
리디

"라이언 오빠가 일어났어." 아침 종이 울리고 30분쯤 지난 뒤에 케이트가 말했다.

리디는 동작을 멈추고 귀를 기울였다. 케이트의 말이 맞았다. 천장의 쇠살대를 통해 라이언의 수군거리는 목소리가 들렸다.

"누구랑 이야기하는 거야?"

"캐리인 것 같아."

리디는 책상 위에 놓인 전화기 쪽으로 가서 가볍게 수화기를 들었다. 휴대전화가 불러온 폐단의 하나는 모두가 집 전화를 등한시하면서 이렇게 다른 사람의 대화를 엿들을 기회가 줄어든다는 것이다.

"리디!"

"쉬잇!"

케이트는 목을 조르는 시늉을 한 다음에 입 모양으로 '수화기를 내려놔'라고 말했다. 리디가 입 모양으로 이렇게 대꾸했다. '뭐라고?' 케이트는 그녀의 손에서 수화기를 낚아챘다. 그리고 조심스럽게 내려놓았다.

"왜 그랬어? 이러면 오빠가 캐리한테 무슨 말을 했는지 알 수가 없잖아."

"우리가 들어서는 안 되는 이야기야. 남의 사생활이라고."

"그만 좀 해."

"여기서 나가자."

"하지만 아직 원하는 걸 못 찾았잖아."

"내가 찾은 것 같아." 케이트가 말했다. 그녀는 자신이 뒤적이던 상자로 가서 아빠가 중요한 부분을 메모할 때 쓰는 컬러 스티커가 덕지덕지 붙은 두꺼운 파일을 꺼냈다. "여기 담긴 내용 대부분이 아만다에 관한 거야. 물론 우리에 관한 내용도 있는 것 같지만."

"왜 미리 말하지 않았어?"

"말할 시간이 없었어. 아무튼 그만 가자, 알겠지? 난 지금 라이언 오빠와 마주치고 싶지 않아."

그 소리에 리디가 미소를 지었다. "넌 오빠가 무서워?"

"그런 거 아니야."

"맞잖아."

케이트가 리디의 팔을 잡고 출구 쪽으로 잡아끌었다. 한 시간 전과 정반대였다. 그들은 좋든 나쁘든 서로 똑같았다.

"아프다고!"

케이트가 계속 잡아끌자 리디는 어쩔 수 없이 따라가거나 호신술 수업에서 배운 대로 몸을 비틀 수밖에 없었다. 그녀는 이미 라이언에게 호신술을 써먹었고 이틀 동안 가족에게 두 번이나 그렇게 하는 건 심하다 싶었다.

밖으로 나가자 케이트가 손을 놔주었다. 이미 한 시간 전보다 날이 더 따뜻해져서 인디언서머가 몰려왔다. 그런데 그 용어를 써도 되나? 리디는 알지 못했지만 별로 신경 쓰지 않았다.

"네가 이렇게 적극적인 사람인 줄 알았으면 널 더 많이 이용했을 거야."

"날 어디에 이용하려고?"

그때 무언가 리디의 시선을 붙잡았다. 그녀는 자리에서 일어났다. 라이언이 창문에서 서츠도 입지 않은 채 그들을 바라보고 있었다. 그녀는 본능적으로 손을 흔들고는 팔을 내렸다.

"서둘러, 여길 벗어나자."

◆　　◆　　◆

둘은 공방으로 향하다 선과 약간 충격을 받은 듯한 메리가 나오는 모습을 보고 얼른 나무 뒤로 숨었다.

"저건 또 무슨 조합이지?" 케이트가 리디의 귀에 대고 속삭였다.

"모르겠어."

"우리가 왜 숨는 거야?"

"그들과 엮이고 싶지 않으니까."

둘은 조용히 그 자리에서 선이 해변으로, 메리가 관리동으로 향하는 것을 지켜보았다. 그들이 시야에서 벗어나자 둘은 서둘러 공방으로 갔다. 리디는 어릴 때 케이트를 데리고 쉬는 시간에 캠프를 돌아다니며 무모한 짓거리를 하던 때로 돌아간 것 같았다. 그들이 비밀 해변의 보트에서 아만다를 발견했던 그날 아침처럼……. 공방에서 진행할 프로젝트 준비를 하고 있었다고 부모님과 경찰에게 말했지만 그건 사실이 아니다.

공방 안은 서늘했고 천장에 덩그러니 달린 전구는 켜져 있었다. 리디는 몸서리를 쳤다. 이런 걸 무덤으로 유령이 걸어 들어간다고 부른다. 하지만 어디에도 유령은 없었다. 그저 정리해야 하는 물건들만 잔뜩 쌓여 있다.

"다 괜찮은 거야?" 케이트가 물었다.

"괜찮아. 어서 이걸 하자."

"이거가 정확히 뭔데?"

리디는 케이트가 바닥에 내려놓은 상자를 쳐다보았다. 신문에서 오려낸 기사, 사진, 컬러 종이. 두꺼운 공식 문서들. 어디서부터 시작해야 할까?

"아빠는 패턴을 찾았어. 어쩌면 우리가 이것들을 다 살피면 아빠가 본 것이 무엇인지 알 수 있지 않을까?"

"〈CSI〉에서 본 것처럼?"

"더 좋은 생각이라도 있어?"

"아니."

"그럼 이것들을 살피는 게 우리 계획인 거네."

리디가 어릴 때 붙여둔 손바닥 그림과 정교한 마크라메들을 떼어내자 얼룩덜룩하게 빛이 바랜 벽이 드러났다.

"압정 좀 찾아줄래?" 그녀는 책장 앞에 서 있는 케이트에게 부탁했다. '분실된 책을 보관하는 책장' 수년 동안 다른 아이들이 두고 간 모든 책을 한곳에 모아둔 것이라 어릴 때 그렇게 불렀다. 새 책은 하나도 없다고 둘은 늘 투덜거렸다. 둘만을 위한 책은 없었다. 항상 분실물 책장 안에 남은 것들만 그들의 몫이었다.

리디가 어릴 적 회고록을 쓴다면 책 제목은 '내 것은 아무것도 없었다'가 될 거다.

케이트가 알록달록한 압정 한 통을 가져왔고 둘은 벽에 서류들을 무작위로 붙여나갔다. 케이트가 말한 것처럼 파일에 아만다에 대한 내용만 있는 것은 아니었지만 상당 부분을 차지했다. 가족들에 대한 정보가 전부 다 있었다. 케이트가 상자를 뒤적이는 동안 리디는 자신을 놀라게 한 문서 한두 개를 몰래 주머니에 집어넣었다. 그것들을 어떻게 할지는 시간을 두고 결정하고 싶었다.

"이것 봐." 케이트가 오웬에 대한 기사를 벽에 붙이면서 말했다.

"오웬이네."

"너 록 스타와 결혼할 거야?"

"모르겠어, 어쩌면."

"그가 이 일과 무슨 상관이 있어?"

"아무 상관 없어. 그는 그다음 여름까지 캠프에 오지 않았잖아."

리디는 열세 살 때 처음 오웬을 만났다. 그에게는 뭔가 흥미진진한 점이 있어서 그녀는 염탐꾼처럼 그를 따라다녔다. 미래에 둘이 잘될 것만 같은 특별한 느낌이 들었지만 자신을 포함 누군가 그 이야기를 입 밖으로 꺼낸다면 가만두지 않았을 거다. 사실 그런 생각이 든 이후 3년 동안 일부러 그와 이야기조차 하지 않았다. 만일 그와 말을 나눈다면 그나 케이트에게 자신의 마음을 들킬 거라고 생각했다. 더 심한 경우 마고나 메리가 알게 될 테고 그건 결코 용납할 수 없었다. 그래서 오웬 근처에는 얼씬도 하지 않고 보는 사람이 없을 때만 그를 쳐다보았다. 리디는 그가 자신이 근처에 있다는 사실을 알지 못한다고 거의 확신했다.

어느 해 여름, 오웬은 캠프 청소일을 그만두었다. 이걸로 끝이야, 리디는 그를 태우고 떠나는 직원 버스를 바라보며 생각했다.

그녀가 오웬을 다시 본 건 여러 해 뒤 그랜드 티턴 국립공원에서였다. 참 이상한 날이었다. 낯선 사람 두 명이 야영을 접고 떠나면서 그녀에게 캠핑 후 남은 물건을 주었다. 한 여성이 갈릭버터, 치즈, 마요네즈를 건넸다. 그리고 12만 달러짜리 캠핑카를 몰고 온 지저분한 남자가 라이터 오일을 주고 갔다. 그녀는 여기가 무슨 공동체인가? 싶은 생각이 들어 물건을 받는 것이 좀 꺼려졌지만 예의상 어쩔 수 없이 고맙게 받았다. 그리고 잭슨 호에 앉아 녹은 눈 냄새를 맡으며 평생 가장 아름다운 장관을 감상하고 있는데 누가 그녀의 이름을 불렀다.

"리디 맥알리스터. 세상에나."

그녀는 분명 꿈을 꾸고 있다고 생각하고 눈을 깜박였다. 오웬이다. 그는 옛날 모습 그대로 몸만 자랐고 팔다리가 길어졌다. 적갈색 머리카락이 눈을 반쯤 가린 것이 열네 살 서핑을 하던 시절 모습과 똑같았다. 패들보트를 타고 그녀 쪽으로 다가오는 오웬을 보면서도 리디는 꿈결 같은 느낌이 사라지지 않았다.

리디는 자리에서 일어나 평생 처음으로 자신이 남자옷을 입고 있지 않았으면 좋았을 거라고 생각했다.

"내가 그렇게 유명했었나." 리디가 두근거리는 가슴으로 말했다. "아니면 악명이 높았다고 해야 하나……."

그가 씩 웃더니 능숙하게 보트 끝으로 걸어서 가볍게 바위 위로 착지했다. 그 순간 그의 품으로 뛰어들고 싶다는 터무니없는 생각이 들었다. 그리고 여섯 시간 뒤 와인과 모닥불 연기에 취하고 오웬이 그녀에 대한 모든 기억을 펼쳐놓았을 때 그 바람은 이뤄졌다.

벌써 2년 전이다. 지난 24시간이 둘이 그때 이후로 가장 오래 떨어져 있는 시간이다. 리디는 왜 자신이 케이트에게 사실과 다르게, '만났다가 헤어졌다가' 한다고 거짓말을 했는지 몰랐다. 가끔 쉽게 밝혀질 거짓말이라도 거짓이 진실보다 더 수월한 경우가 있다.

"그런데 왜 아빠는 파일에 오웬을 넣어두었을까?" 리디의 생각을 깨트리며 케이트가 물었다.

리디는 다시 자료를 쳐다보며 패턴을 찾으려고 했다. 부모님은 자녀들 모두와 그들과 관계 맺는 사람들의 자료를 모았다. 어떤 자료는 고작 트위터나 페이스북을 프린트한 게 다였다. 아니면 오웬처럼 신문에 난 콘서트 리뷰 같은 게 전부인데 그 콘서트는 리디가 처음으로 관람한 공연이었다.

그녀는 모르겠다는 듯 어깨를 으쓱였다. "아빠가 우리를 염탐했던 것 같아."

리디와 케이트는 다시 벽을 쳐다보았다. 리디는 확실히 둘 다 같은 걸 찾고 있다는 사실을 알았다. 둘은 가장 오래된 기록 파일을 찾는 중이다.

리디는 자신의 인생이 담긴 파일을 거꾸로 넘겨보았다. 영화에서 달력이 우수수 넘어가는 장면처럼 세월이 거꾸로 흘렀다. 그녀의 인생을 되돌려 보는 것이다. 다시 1998년으로.

아빠는 그들을 감시하고 있었다.

가족 전부를.

무려 20년 동안이나.

아만다
1998년 7월 23일 오전 12시 30분

"워, 워, 잠시만." 라이언이 말했다. 다시 30분이 흘렀다. 난 그의 허벅지에 앉은 채, 내 바지 아래로 내려가 있는 그의 손에 대고 몸을 마구 비볐다. 그의 셔츠 단추를 풀려고 손을 뻗었는데 그가 날 멈췄다.

"왜 그래?"

"난 싫어……." 그가 한숨을 쉬고는 내 이마에 자기 이마를 갖다 댔다. 그는 손가락을 빼더니 바지 옆 부분에 쓱 닦았다. 그걸로 내 체취를 기억하려는 건가 싶은 생각이 들었지만 얼른 지워버렸다. 다른 사람이 그 냄새를 맡고 알게 되면…… 뭘 알게 된다는 거지?

"이건 아닌 것 같아."

"하고 싶지 않아?"

"당연히 하고 싶지. 그런데…… 마고가 있잖아."

난 몸을 뒤로 젖히다 넘어질 뻔했고 얼른 몸을 다시 세웠다. "마고라니?"

"그 애는 네 제일 친한 친구잖아."

"그래서?" 마고가 오늘 밤 재미있게 보내라고 말했어, 난 그렇게 말할 뻔했지만 내 속에서 무언가가 날 막았다.

"그 애가 내 행동을 좋아할지 모르겠어…… 우리 행동을…….”

"마고는 상관 안 할 거야. 상관한다고 해도 그게 어때서? 그 애는 동생이지 여자 친구가 아니잖아."

라이언이 내 허리에 손을 둘러 떨어지지 않도록 잡아주었다. "난 아니야…… 난 너한테 좋은 사람이 아니야, 아만다."

그 말에 난 속이 울렁거렸지만 참으려고 애썼다. "내 생각엔 아주 좋은 사람인 것 같은데."

난 라이언이 웃을 거라고 생각했지만 그는 자리에서 일어서더니 천천히 날 일으켜 세웠다.

"진심이야. 넌 나와 함께 하고 싶지 않을 거야."

"내가 그러고 싶다면 어쩔래?"

"그건 좋은 생각이 아니야. 난 아니야…… 난 좋은 사람이 아니라고, 알아?"

"왜 그래, 라이언. 난 오빠를 오랫동안 알았어. 오빤 좋은 사람이야."

"넌 날 몰라. 내 말 믿어."

난 바위 위에 앉았다. 우리의 체취와 호수 냄새가 뒤섞인 밤이었다. 난 입술이 부풀어 올랐고 내 몸은 라이언이 원하는 것을 할 준비가 된 상태다. 그의 거절이 밤공기처럼 차갑게 느껴졌다. 그 한기가 내 틈을 비집고 들어와 속에서부터 서늘하게 만들었다.

"나 때문에 그러는 거지?"

"아니, 아만다. 아니야."

"만나자고 한 건 오빠였어. 그러길 바란 거도 오빠고."

"나도 알아."

"그런데 지금 와서 싫다니. 그러니 그건 내 탓이지."

그게 내가 생각할 수 있는 유일한 이유였다. 남자가 원한다고 했다가 갑자기 마음을 바꾸는 까닭을 다른 무엇으로 설명할 수 있을까? 그것도 한참 중에…….

"뭐라고 말해야 할지 모르겠어."

난 울지 않으려고 애썼다. 부끄럽고 수치스러웠다. 이런 일이 벌어진 것이 믿기지 않았다. 아니 믿을 수 있다. 당연히 그는 날 거절할 거다. 그는 바람둥이 라이언이니까.

난 양팔을 문지르며 몸을 데우려고 애썼다. 내 손가락 상처가 스웨트 셔츠 섬유에 걸렸다.

"아야."

"괜찮아?"

난 손을 보여주었다. "내 상처를 봐준다고 했잖아."

"미안해."

그는 달빛에 내 손가락을 비추어보았다. 그리고 눈을 가늘게 뜨고 자기 손톱으로 내 손에 박힌 작은 나무 가시를 집어 빼냈다.

"자. 이제 됐어."

"고마워."

"난 이제 가봐야겠어."

"알았어."

라이언은 주머니에 손을 찔러 넣고 몸을 돌렸다. 난 그의 손목에 주렁주렁 매달린 알록달록한 팔찌를 쳐다보았다. 그와 함께했던 모든 소녀들, 그들이 함께했던 것들. 난 세월이 흐르는 동안 팔찌가 점점 늘어나는 것을 봐왔다. 그 의미를 묻지 않았지만 지난여름 사이먼 보클레어가 마고와 섹스를 한 뒤에 손에 붉은 팔찌를 찬 것을 보았다. 잠자리를 하고 싶지만 너무 구제불능이라 그만둔 여자애를 지칭하는 색도 있을까? 있다면 구토가 나오는 초록색이겠네.

난 호수로 보트를 밀고 올라타는 라이언을 지켜보았다. 벌써 보트에 물이 들어왔다.

"가라앉으면 어쩌려고?" 내가 물었다.

"문제없을 거야."

라이언이 내게 어떻게 할 건지 묻길 기다렸지만 그는 아무 말도 없었다.

"아무한테도 말하지 마, 알겠지?" 그가 노를 저을 준비를 마쳤을 때 내가 말했다.

"안 해."

내 아랫입술이 파르르 떨렸다. 내가 우는 것을 보지 못하게 그가 빨리 가버리길 바랐다. 동시에 그가 가지 말고 내 곁에서 고통을 덜어주길 바랐다.

라이언이 노를 잡고 바위를 밀었다. 보트 바닥이 밀리면서 더 깊은 물 속으로 나아갔다. 그는 노를 고정대에 올리고 젓기 시작했고 처음에는 불편해 보였지만 이내 리듬을 찾았다. 난 밤의 어둠 속으로 사라지는 라이언을 지켜보았고 내 눈에서 진짜로 눈물이 흘러내렸다.

난 무릎 위에 얼굴을 묻고 팔로 다리를 감았다. 숨을 쉬기 힘들었다. 눈물이 너무 빨리 떨어졌다. 왜, 왜, 대체 왜. 난 스스로에게 반복해서 물으며 돌아오지 않는 대답을 기다렸다.

춥고 몸이 굳어갔다. 라이언은 호수 위 한 점이 되었고 이내 사라졌다. 라이언이 마음대로 농락해도 되는 애가 되기까지 한 시간밖에 걸리지 않았다. 원래의 나로 돌아가는 데는 그보다 더 긴 시간이 걸릴 거다. 만일 그게 가능하다면 말이다.

자리에서 일어나려는데 뒤에서 나뭇가지가 딱하고 부러지는 소리가 났다. 몸을 돌리는데 손 하나가 내 입을 막았다.

"소리 지르지 마."

	아만다	마고	라이언	메리	케이트와 리디	선
오후 9시	풍등 날리기	풍등 날리기	풍등 날리기			
오후 10시	호수 섬	호수 섬		호수 섬		구명보트
오후 11시	뒤 해변	뒤 해변	뒤 해변	호수 섬		
자정	뒤 해변		뒤 해변			
오전 6시	비밀 해변				비밀 해변	

24 장

정면 돌파
마고

샤워를 하고 에이미가 뷔페 스타일로 식탁에 차려준 아침을 먹고 난 뒤, 마고는 정면 돌파를 하기로 마음먹은 채 라이언과 담판을 지으러 갔다. 누구보다 그녀를 잘 아는 마크가 해준 조언이 어쩌면 시도해 볼 가치가 있을지도 모르기 때문이다. 그녀는 지난밤 라이언이 캠프 공동 소유권을 가질 수 있도록 무죄라고 투표용지에 썼다. 하지만 긴 세월이 지난 지금에 와서 진실이 중요할까? 그렇다. 아만다에게는 중요하다. 마고에게도 중요하다.

라이언은 부모님 집 주방 식탁에 앉아 있었다. 그는 샤워와 면도를 하고 캠프에 좀 더 어울리는 옷을 챙겨 입었다. 하루 전과 같은 정장이 아니라 치노 팬츠와 플리스 재킷 차림이다. 그는 잠을 설친 듯 보였지만 그건 그녀도 마찬가지였다. 마치 속을 사포로 문지른 것처럼 부대끼고 거북했다.

"그러니까." 그녀가 그의 맞은편에 앉으며 입을 열었다. 마지막으로 이 테이블에 앉았던 때가 언제였는지 기억이 나지 않는다. 봄에 장례식을 하려고 모였을 때 냉장고에는 어릴 때 먹었던 식재료들이 상한 채 잔뜩 들어 있었다. 썩는 단계에 접어든 우유, 곰팡이가 피기 시작한 치즈 덩어리, 절대 샐러드에 쓸 수 없는 시든 양상추까지. 부모님은 왜 여행을 가기 전에 그것들을 버리지 않았을까? 이제 더 이상은 마고가 물어볼 수 없는 백만 가지 질문 중 하나가 되었다.

"뭐가 그러니까야?"

"원한다면 오빠 편을 들어줄 수 있어."

"아니, 잠깐만. 미안한데 그만해. 젠장. 난 이미 다 망했어."

"뭐가 망했다는 거야?"

"내 계획 말이야. 난 너한테 말하고 싶었어. 너희 모두에게."

"나도 오빠와 이야기를 하고 싶어."

라이언이 고개를 들었다. "그래?"

그런 모습에 마고는 가슴이 녹아내리는 것 같았다. 그는 너무 희망차 보였다. 여동생 중 한 명이 단지 자신과 이야기하고 싶어 한다는 사실만으로 그는 슬퍼하면서 동시에 감동을 받은 것이다. 다 자라서도 어린아이같이 여린 이 라이언은 곤경에 처해 있다. 이렇게 순진한 라이언이 누군가에게 해를 끼친다는 것은 있을 수 없는 일이다. 대부분은 그렇다. 항상은 아니지만.

"그래."

"아만다에 대해서?"

마고는 테이블을 가로질러 그의 손을 잡았다. "내가 오빠 편에 서려면 어떻게 된 일인지 알아야 해."

"왜 모두가 날 의심하는지 이해가 안 가. 내가 그럴 짓을 했어?"

"스테이시는?"

"그건 사고였어. 도로에서 그쪽 길로 방향을 트는 건 위험해. 그리고 갑자기 말이 뛰어나왔어…… 난 그 애한테 안전벨트를 매라고 말했고." 그는 도망치고 싶은 사람처럼 보였지만 아무 데도 갈 곳이 없었다.

마고는 이 이야기를 전에도 들었고 그는 쭉 아무 잘못이 없었다. 그러나 거기에는 숨은 이야기가 있다는 걸 마고는 알았다. 그가 설명해준 내막은 처음부터 미리 준비해 둔 것처럼 들렸다. 기억을 더듬으며 하는 이야기가 아니라 마치 외워서 하는 말 같았기 때문이다.

"그날 밤 진짜 무슨 일이 있었는지 말해줘."

"말했잖아."

마고는 더 이상 건질 것이 없다는 걸 알았다. 어쩌면 그는 정해진 레퍼토리대로 수도 없이 이 이야기를 해왔기에 실제로 무슨 일이 있었는지 기억조차 못 할 수도 있다.

"그래, 그러면 아만다는? 오빠도 호수 섬에 있었잖아."

"난 그 사실을 숨긴 적이 없어."

"그렇지 않았잖아."

"난 경찰한테 말했어."

"나한테는 말 안 했잖아."

라이언이 손으로 얼굴을 문질렀다. "너한테 말했어야 할 수도 있지만 마고, 우리는…… 그때 어땠는지 기억 안 나? 모든 것이 아주 혼란스러웠어……. 학부형들이 아이들을 모두 캠프에서 데려가고 부모님은 이곳이 영원히 문을 닫을 거라고 생각했어. 난 경황이 없어서…"

"다른 사람까지 걱정 못하고 자기 생각만 했다는 거야?"

"그래, 맞아. 그 말이 맞아. 하지만 너도 나한테 묻지 않았잖아."

마고는 그 끔찍한 밤 이후 몇 주와 몇 달간을 돌이켜보았다. 그녀는 많은 시간을 끼니를 거른 채 잠만 잤다. 그리고 개학을 해서 몬트리올로 돌아갔고 아무 일도 없던 것처럼 행동해야 한다고 느꼈다. 비록 인생에 아만다 크기만 한 구멍이 나버렸지만……. 그러지 않으면 너무 위태로워서 살 수 없을 것 같았다.

"오빠 말이 맞아. 난 묻지 않았어."

"그런데 내가 거기 있었다는 걸 넌 어떻게 알았어?"

"오빠가 만나러 오기로 했다고 아만다가 내게 말해줬어."

"그 애가 그랬어?"

"왜 그렇게 놀라? 아만다는 나랑 제일 친한 친구였잖아."

라이언이 자기 손을 내려다보았다. 굵고 살짝 색이 바랜 결혼반지가 보였다. 마고는 그가 결혼한 사실을 숨기려고 하지 않은 점이 늘 마음에 들었다. 그는 어디를 가든 빼놓지 않고 왼손 약지에 결혼반지를 꼈다. 그리고 그가 훌륭한 아버지라는 점을 마고도 인정한다. 그녀는 그의 많은 부분을 인정하고 있다.

"내가 떠난 뒤에 아만다를 봤어?" 라이언이 물었다. "그때 그 애가 너한테 말해준 거야?"

마고는 어처구니가 없어서 어깨가 위로 올라갔다. 나한테 무슨 탓을 돌리려고 이러는 거지?

"오빠가 오기 전에 내게 말해줬어."

"미안해. 그래서 넌 자리를 떴다는 거야?"

"맞아, 그랬어."

"그러면…"

"내가 가고 난 뒤에 그 애는 괜찮았어? 괜찮았냐고?"

"당연히 괜찮았지, 마고."

"그럼 말해줘. 무슨 일이 있었는지 말이야."

라이언은 양손을 들어 눈을 가렸다. 어릴 적 항상 그렇게 했다. 잘못된 행동을 하다가 들켜 자백해야 할 때가 되면 그는 마치 그러면 현실을 받아들이기 더 수월한 것처럼 손으로 눈을 가렸다.

"우리는 만나기로 했었어. 내가 조금 늦었지. 내 담당 오두막에는 손 가는 애들이 많았거든. 난 뒤 해변에서 아만다를 만났어. 그리고 우리는…… 그게, 아무튼 넌 그 부분을 듣고 싶지 않을 거야. 우리는 이야기를 좀 했고, 그리고, 음, 알다시피 그랬고, 그래 내가 그 애한테 우리는 잘 안 될 것 같다고 말했어."

"아만다랑 자고 나서 곧바로 헤어지자고 한 거야?"

"뭐라고? 아니. 우린 안 잤어."

"하지만 방금 말한 건…"

"아니, 우리가 조금 노닥거리긴 했지만 내가 멈추고 그 애한테 안 되겠다고 말한 거야."

"오빠 진짜 재수 없어."

"난 널 위해서 그랬어."

마고는 아만다가 그날 밤 얼마나 들떠 있었는지 생각했다. 아만다는 항상 활달하고 대담했다. "어서 와, 마고!" 아만다가 여자아이들의 숙소를 지나는 길을 뛰어가며 소리쳤다. 그리고 마고는 아만다가 원하는 거면 무조건 따라 했다. 지금 마고의 인생에는 그런 대담함이 사라졌다. 그녀는 그 여름 이후로 단 한 번도 즉흥적으로 굴지 않았다. 오늘 아침에 마크와 전화통화를 할 때도 그랬다. 이걸로 끝이라는 결론은 즉흥적으로 내린 게 아니다. 천천히 자라는 나무처럼 그녀 안에서 수년간 쌓이고 또 쌓였다. 그녀를 잘라 보면 나이테를 볼 수 있을 거다.

"내 친구를 그렇게 비참하게 대해 놓고 그게 왜 날 위한 일이야?"

"아만다랑 헤어지게 되면 어떻게 하라고? 우린 오래 만날 사이는 아니었어. 그러다 헤어지면 아만다는 속상해할 거고 너도 그럴 테고. 나는 아만다를 좋아했지만 그래서……."

"오빠는 아만다를 화나게 만들었어."

"나도 알아."

"둘이 썸을 타기 전에 미리 그런 생각을 했어야 하는 거 아니야?"

"내 생각이 거기까지는 미치지 못했던 것 같아."

"그만 해. 아만다는 오빠한테 그저 또 다른 색깔의 팔찌였을 뿐이겠지."

라이언이 자신의 손목을 쳐다보았다. 아무것도 없다. 아만다 이후 그는 무지개색 팔찌를 다 잘라버리고 그 아래 주름이 잡힌 하얀 피부를 드러냈다.

"그래, 그럴지도 몰라. 넌 몰랐겠지만 그때 난 좀 머저리였어."

"그건 알고 있었어."

"하지만 지금 난 달라. 진짜야. 스테이시 사건을 겪고 내가 아빠가 되면서…… 난 가족을 위해 똑바로 살려고 노력 중이야. 난 돈이 필요해. 그래서 이곳을 팔고 싶은 거고."

"오빠 사업에 문제 있어?"

"응. 존이 우리 영업 자본을 횡령했어. 난 새 투자자를 모집할 수 없어. 지금 위험한 상태야."

"난 몰랐어."

"네가 어떻게 알겠어?"

책망하는 듯한 라이언의 목소리가 날카로웠다. 그들은 이후로 별개의 삶을 살고 있다. 마고는 조카들에게 자주 전화를 하거나 놀아주지 않았다. 항상 가족들과 어색해하는 마크 탓을 했지만, 사실은 가족들에게서 자신을 고립시키는 편을 택한 장본인은 그녀 자신이다. 너무 친해지지 말고 너무 관여하지 않도록. 자신의 인생을 침착하게 관리할 수 있을 정도로만.

"오빠 말이 맞아. 내가 알았어야 했어. 미안해."

"괜찮아."

마고는 그의 얼굴에서 긴장감을 엿보았다. 자신은 한 번도 경험해 보지 못한, 자신이 아닌 다른 누군가의 믿음과 책임을 짊어질 때 느끼는 긴장감이다. 그녀는 날마다 자신이 해야 할 일을 하고 있지만, 그러지 않는다고 해도 학교는 별 무리 없이 잘 돌아갈 거다. 그녀가 없으면 대체 인력 중에서 누군가를 뽑을 거고 몇 주 안에 그녀는 영원히 자리를 잃게 되겠지. 마크와의 관계도 이와 마찬가지일 거라는 느낌이 왔다. 몇 주 안에 혹은 몇 달 안에 그녀는 페이스북에서 그가 태그한 새 여자친구를 볼 수 있을 거고 그들은 그녀가 절대 원하지 않았던 일들을 함께할 것이다. 교외에 집을 사고 아울렛에 가서 쇼핑을 하고 아이를 갖고 말이다.

"오빠는 캠프를 팔 수밖에 없구나." 마고가 말했다.

"맞아. 그렇지만 아버지의 유언장 때문에 다 허사가 되었지."

"아빠가 한 이야기가 법적으로 효력이 있기나 해?"

"솔직히 나도 그 점이 의심스러워."

"그러면 한번 알아볼까?"

"부모님이 내가 아만다 사건의 범인이라고 생각한다고 세상에 알리자고? 아니, 그럼 난 끝이야."

마고는 그가 커피를 홀짝이는 모습을 지켜보면서 잠시 침묵했다.

"그렇다면 유일한 방법은 가족들에게 오빠가 무죄라는 것을 증명하는 길뿐이네."

"그런 것 같아. 아마 불가능한 일이겠지만."

"왜 그렇게 생각해?"

"이러지 마, 마고. 좀 진지해져 봐. 어젯밤 투표에서 한 표를 빼고 모두가 날 용의자로 지목했어. 그게 내일까지 바뀔 것 같니?"

"오빠가 나한테 했던 말을 그들에게도 해준다면?"

"그렇다고 날 믿어주겠어?"

"그날 밤에 호수 섬에 있던 사람은 오빠뿐만이 아니니까."

"그게 왜?"

"잘 들어, 누군가 아만다를 그 지경으로 만들었어. 그게 오빠가 아니라면 아마도 우리 중 한 명일 거야."

"호수 맞은편에 머물던 남자애들은?"

"그들이었다면 내가 소리를 들었겠지. 그 남자들이 몰고 온 보트는 아주 시끄러웠어, 기억 안 나? 여름 내내 윙윙 엔진 소리를 내며 돌아다녔잖아. 아니, 캠프에 있던 사람, 즉 우리 중 누군가가 그랬어. 난 항상 그렇게 생각했어."

라이언은 커피잔을 뚫어져라 쳐다보았다. 그는 희망을 찾고 싶은 사람처럼 보였다. "그게 사실이라고 해도 뭐 어쩌겠다는 거야?"

"누가 그랬는지가 중요해. 우리가 자백하도록 압박을 가해야 해."

"넌 그럴 수 있어?"

그 생각을 하니 마고는 목이 멨다. 라이언을 사랑하는 만큼 다른 자매들도 사랑하지만 같은 잣대를 적용해야 한다. 진실이 어떻든 누가 범인이든 간에 아만다는 알 자격이 있다. 골라가면서 진실을 찾을 수는 없다.

"오빠가 한 짓이 아니라면 이런 일을 겪는 건 부당해. 그러니 맞아. 이 사태를 올바로 해결해보자. 아만다에게 벌어진 일에 책임이 있는 사람이 오빠의 몫을 가져가서는 안 돼."

"그들이 날 믿어준다고 해도 그 말이 곧 캠프를 팔자는 의견은 아니잖아."

"그건 나도 알아. 하지만 담보대출을 받거나 그럴 수 있을 거야.

그 부분은 범인을 먼저 찾은 후에 생각하면 돼."

라이언은 자리에서 일어나 마고 옆으로 와서 섰다. 그는 몸을 구부리고 동생을 꼭 안았다. 갓 스며든 비누 향 아래로 희미하게 술 냄새가 풍겼다.

"고마워." 그가 마고를 놓아주었다.

"뭐부터 할까?" 그녀가 물었다.

"아직 확신이 안 서지만 한 가지는 알아."

"그게 뭔데."

"우리가 아주 많이 신중해야 한다는 거야."

25 장

얼어붙다
케이트

"정말 역겨워." 리디는 아빠가 거의 평생을 그들을 감시하고 기록을 남겼다는 사실에 이 같은 반응을 보였다.

"끔찍해." 케이트가 말했다. 그녀는 몸이 떨렸다. 지금 들여다보고 있는 자신의 20년간의 행적은 아주 또렷했다. 에이미, 에이미, 에이미, 그리고 기억도 가물가물한 모르는 여성들이 줄줄이 나왔다. 아빠는 이걸 다 어떻게 알았을까? 캠프에 있을 때라면 아빠에게 잘 보이니 미행을 당했다 치자. 하지만 그녀가 떠난 뒤에는? 아빠가 정기적으로 그녀를 미행했거나 다른 사람을 붙인 것이 아니라면 어떻게 이 모든 걸 다 알 수 있을까? 대체 이렇게까지 할 만한 이유가 있을까?

"왜 그랬는지 넌 알겠어?" 리디가 물었다.

"아니."

"젠장."

케이트는 스웨터 소매로 이마를 닦았다. 공방은 습도가 높은 한여름 밤처럼 후덥지근했다. 아빠가 정신적으로 문제가 있었을까? 그래서 이런 짓을 한 걸까? 아니면 사람을 몰래 감시하고 싶은 충동이 어디서 나왔을까? 아빠를 닮아서 리디도 그렇게 염탐을 잘하는 사람이 된 걸까?

"있잖아." 케이트는 생각을 떨쳐 버리려고 애쓰며 가볍게 말했다. "적어도 이제 네가 누굴 닮았는지 알게 되었어."

"아, 하. 하. 하. 하. 난 이런 짓은 한 번도 한 적이 없어."

"하지만 크게 벗어나지는 않잖아?"

"그 생각에는 동의할게."

케이트의 머릿속은 기억들로 가득 찼다. 어두운 물살을 헤치고 조용히 수영하다 몸을 납작 엎드리고 카누에 있던 남자를 보았다. 자신이 본 것이 무엇인지, 어떻게 해야 할지 생각하면서 침묵 속에 다시 호수를 가로지를 때 치아가 덜덜 떨리던 느낌까지 고스란히 떠올랐다.

그녀는 고개를 저었다. 그 이야기를 누구에게도 절대 입 밖으로 꺼내지 않겠다고 맹세했다. 그녀가 공방에서 나가려고 몸을 돌리는데 갑자기 크게 종소리가 울렸다. 아침 식사를 알리는 일반적인 여덟 번의 종소리가 아니라 빠르게 연달아 울리는 응급 신호다. 당장 관리동으로 모여.

"화재 대피 훈련인가?" 리디가 물었다.

"가서 알아보는 것이 좋겠어."

◆　◆　◆

1분 안에 모두가 관리동으로 모였다. 선이 여전히 종 밧줄을 잡은 채 발코니에 서 있었다. 라이언과 마고가 함께 부모님 집 쪽에서 걸어왔다. 에이미는 앞치마를 허리에 두르고 이마에 땀이 맺힌 채로 주방에서 뛰어나왔다. 승마바지 차림의 메리는 관리동 벽에 살짝 몸을 기대고 있었다.

"무슨 일이에요?" 라이언이 물었다.

"내일 손님 100명이 오기로 했어." 선이 말했다.

"네, 우리도 알아요."

"준비를 해야 해."

"출장 뷔페 업체에서 다 알아서 해주지 않나요?" 케이트가 에이미에게 물었다.

둘은 눈이 마주쳤다. 에이미는 지치고 피곤한 얼굴이다. 그녀 때문일까? 에이미는 그녀가 오지 않길 바랐을까? 하지만 에이미는 케이트가 올 줄 알았다. 그녀 부모님의 추도식이 주말에 있으니까. 에이미는 주말에 휴무를 내고 피할 수도 있었을 거다. 하지만 그럴 수 없었던 건지도 모른다. 에이미의 재정 상태나 다른 부분에 있어서 둘은 한 번도 이야기를 나눈 적이 없었다. 캠프에서 둘의 관계는 동등했다.

그렇게 생각하면서도 케이트는 터무니없다는 것을 잘 알았다. 그들은 동등하지 않다. 그녀는 캠프 소유주의 딸이고 이제 소유주가 될 거다. 부모님이 에이미와 똑같이 박한 월급을 주었지만 그래도 같지 않다. 케이트에게는 자녀가 없다. 일자리를 잃게 되었을 때도 툴툴 털어버리고 새로 시작했다. 동네 유기농 식료품점에서 관리자로 일했다. 사업에도 소액 투자를 했고 분점을 내자는 이야기가 오가는 중이다. 그녀는 궁핍한 삶에 대해 몰랐다. 그게 두 사람이 갈라지게 된 이유 중 하나다.

"내 감독하에 업체에서 하겠지." 선이 말했다.

"그렇다면 다 된 거잖아요." 라이언이 대꾸했다.

"전부는 아니야. 우리는 호수 안전 점검을 해야 해."

"뭐라고요? 왜죠?" 리디가 물었다.

선은 화가 난 것을 감추려는 듯 단조로운 목소리로 말했다. "규정에 따르면 수상안전요원이 점검을 하지 않는 한 자유 수영은 못하게 되어 있어. 그리고 야영객들이 떠나고 난 이후로 캠프는 공식적으로 문을 닫았고 우리는 내일 손님들이 오시기 전에 다시 점검을 해야 해. 남자들은 늘 차가운 물에 뛰어들곤 하잖아. 누군가 물에서 끝장날지도 몰라."

"지금 당신이 무슨 말 하는지 알기나 해요?" 라이언이 화를 내며 말했다. "대체 무슨 소릴 지껄이는 거예요?"

"선은 호수 전체를 살펴보자는 거야. 기억 안 나?" 케이트가 말했다. "예비캠프에서 하던 거 말이야."

"왜 우리가 꼭 그걸 해야 해?"

"오빠도 이유를 알잖아. 누군가 물에서 실종되었을 때를 대비해서지."

♦ ♦ ♦

20분 뒤 그들은 해변에 모였다. 날이 춥고 흐려서 원피스 수영복을 입은 케이트는 아직 물에 들어가지도 않았는데 오들오들 떨렸다. 가족들이 각기 다른 신체 요건과 결점을 적나라하게 보여주는 수영복 차림으로 모인 것이 얼마 만인지 모르겠다.

라이언은 수영복을 가져오지 않아서 반바지 차림에 긴 소매를 걸쳐 술살이 오른 배를 잘 감추었다. 그는 야외활동을 별로 하지 않는 사람처럼 피부가 희고 흐물흐물했다. 마고는 수년째 입고 있는 비키니 차림인데 달리기를 오래 해서 그런지 몸매가 탄탄하고 날렵했다. 남색 원피스 수영복을 입은 메리는 승마로 인해 엉덩이가 납작해졌다. 리디는 스포츠 브래지어와 남자 트렁크 수영복 같은 것을 걸쳤고 갈비뼈를 따라 별 연관이 없어 보이는 문신들이 쭉 보였다. 흘려 쓴 문구들과 블록체 글자도 보였고 어깨를 따라 새 모양의 문신이 있었다. 왼팔 안쪽에 둘이 함께 새긴 문신을 하고 있긴 했지만 케이트는 자신과 비슷하면서도 너무나 다른 리디의 몸을 보니 이상했다.

절대 말하지 않아, 그들이 알고 있는 비밀을 지키자고 다짐하며 새긴 말이었다. 열여덟 생일 밤 처음으로 술집 순회를 마친 뒤 검은색 잉크를 몸 속 깊이 박아 넣었다.

라이언이 '오빠의 의무'라고 하면서 그들을 따라갔지만, 둘은 새벽 두 시쯤 그를 따돌리고 루프탑 파티장으로 가서 건물 끄트머리에 앉아 발을 달랑거리며 손에 든 맥주를 마셨다. 발아래 수많은 인파로 북적이는 거리에서 문신이라고 적힌 네온사인 간판이 눈에 들어왔다.

"라이언 오빠는 우리가 누군가에게 붙잡혀 강간이라도 당했을까 봐 걱정하고 있을까?" 리디가 긴 맥주병을 치아에 부딪치며 물었다.

"왜 항상 그렇게 말을 하는 거야?"

"왜 항상 넌 그렇게 충격을 받는 거야?"

"왜냐하면 그건 정상이 아니니까. 평범함이 부족한 모습에 충격을 받는 건 당연해."

"지금쯤 익숙해졌어야지. 그 모든 일을 다 겪어 놓고선."

"그 모든 일?"

리디가 그녀를 쳐다보았다. "바보. 아만다 말이야. 오늘이 그 애의 생일이기도 하잖아, 기억 안 나?"

케이트는 기억이 나지 않았다. 어쩌면 몰랐을 수도 있다. 그녀는 사람들의 생일, 기념일과 같은 정보를 수집하지 않는다. 그 사람의 인성에 더 집중할 뿐이다.

"우리랑 생일이 같다는 걸 정말로 몰랐다는 거야?"

케이트는 모른다는 듯 어깨를 으쓱였다. 그녀는 앞서 들른 술집에서 술을 너무 많이 마셔서 머리가 어지러웠다.

"가끔 난 네 머릿속에 지우개가 들어 있는 게 아닌가 싶어." 리디가 말했다.

"난 기억하고 싶은 것만 기억해."

"참 좋겠다."

"장담하는데 우리 둘 다 오늘 밤 일을 잊어버릴 거야."

"난 항상 전부 다 기억해." 리디가 말했다. "그건 빌어먹을 저주와 같아."

나중에 케이트는 머릿속에서 폭발이 일어난 것 같은 느낌으로 리디의 아파트에서 깨어났다. 눈을 뜨니 팔 안쪽이 아팠다. 대체 나에게 무슨 짓을 한 거지? 그녀는 옆으로 몸을 굴려 팔을 들어보았다. 붕대가 감겨 있다. 그녀는 붕대를 벗기고 쭉 적혀 있는 글씨를 읽자 곧바로 모든 것이 떠올랐다.

그날 일이 전부 기억났다.

호각소리가 들렸다.

"모두 자기 자리에." 션이 노란 호각을 목에 걸고 말했다.

"왜 그가 주도하는 거야?" 리디가 옆에서 투덜거렸다.

"이건 그의 생각이니까."

리디는 어이가 없다는 듯이 눈을 굴렸다. 메리가 와서 케이트의 반대편에 섰다. 마고는 리디의 왼쪽에 섰다.

"라이언, 너도 서." 션이 말했다.

라이언은 주먹을 불끈 쥐었지만 지시에 따랐다. 케이트는 닭살이 돋는 자기 팔을 내려다보았다.

"예비 훈련에 대해 다들 알 거야. 우리는 실종된 사람을 찾는 시뮬레이션을 실시한다. 팔을 옆으로 벌리고 얕은 곳부터 천천히 걸어 들어가고 물이 가슴까지 오면 물속으로 잠수한 다음 눈을 뜨고 팔을 젓도록."

"우리가 이걸 하다니 믿을 수가 없어." 메리가 말했다. "물이 이렇게나 차가운데."

혹독한 일이었다. 케이트는 발가락에 물이 닿자 뼈까지 한기가 스며드는 기분이었다.

"앞으로 전진!"

제일 하기 싫은 일이지만 그녀는 다른 가족들과 마찬가지로 선의 명령에 따랐다. 앞으로 한 걸음씩 나아갈 때마다 엄청난 노력이 필요했고 다리가 얼어붙고 이가 떨렸다. 물이 배까지 차오를 때 주먹으로 한 대 얻어맞은 것처럼 속에서 숨이 턱 막혔다. 매년 이 훈련을 할 때마다 이랬던가? 기억하고 싶은 것만 기억하는 그녀가 인생에서 벌어진 모든 불쾌한 기억들을 삭제하듯 오늘 일도 그렇게 할 수 있을까?

그녀는 제대로 기억하고 있는 목격자인 걸까?

물이 가슴까지 오자 케이트는 자신이 무엇을 하고 있는지 더는 확신이 들지 않았다. 그리고 선이 '물속으로 입수!' 하고 소리치는 것을 듣고 시키는 대로 무릎을 꽉 붙이고 고개와 어깨를 물속에 담갔다. 그녀는 너무 추워서 놀라 눈을 떴다. 주위를 둘러보니 그저 흐릿한 흰 다리들만 보였다. 케이트는 수면 위로 떠올라 헐떡이며 숨을 골랐다. 겁에 질리고 어지러웠다. 어떻게 되는 거지?

케이트는 선의 지침을 무의식적으로 따랐다. "입수!" 그가 소리를 질렀고 그녀는 다시 얼어붙을 것처럼 추운 어둠 속으로 들어가 손을 앞으로 휘저으며 잃어버린 무언가를 찾았다. 더 이상 숨을 참을 수 없을 때 위로 올라왔다가 다시 내려갔다. 일반적으로 물속에 오래 있을수록 물에 더 많이 익숙해진다. 하지만 이번에는 그렇지

않았다. 매번 물속으로 들어갈 때마다 더 춥고 더 어지럽고 호흡이
가쁘고 절박해졌다.

케이트는 수면으로 올라왔다. 얼마나 오래 이 훈련을 해야 하는
지 모르지만 이제 물이 그녀의 목까지 올라왔다. 한 번만 더 물속
으로 들어간다면 영영 올라오지 못할 것 같았다.

모두가 다시 입수했지만 그녀는 팔다리가 굳어서 어찌할 수 없
는 상태로 가만히 서 있었다. 너무 추웠다. 혹시 눈을 감으면 따뜻
해질지도 모른다. 눈을 감으면 숨을 쉴 수 있을지도 모른다.

케이트는 자신이 쓰러지는 것을 느꼈다.

아만다가 마지막 숨을 거두던 순간 아만다도 이런 느낌이었을
까?

26 장

구조 작업
라이언

"케이트!"

라이언은 물 위로 올라와서 몸을 돌렸다. 독 위에서 선이 그녀를 가리키며 소리를 질렀다. 비록 물은 케이트의 어깨까지 밖에 오지 않았지만 그녀는 물에 빠져 가라앉고 있었다. 라이언은 메리와 거의 동시에 케이트에게 도착했다. 그들은 입수를 시작하던 대형으로 흩어졌다. 그가 케이트를 잡았다. 그녀는 마치 얼음덩어리로 변한 것 같았다.

"저체온증인 것 같아요." 그가 선에게 소리쳤다. "타월을 좀 가져다줘요."

라이언은 딸들에게 하듯 품에 케이트를 안고 물 밖으로 나왔다. 바람이 그의 피부를 사정없이 휘갈겼다. 추위에 이가 덜덜 떨렸지만 케이트는 자동 발사되는 소총처럼 심하게 이를 떨고 있었다. 시퍼렇게 변한 몸 전체가 떨리고 그녀의 호흡이 가쁘고 약했다. 라이언은 아주 오래전 인명 구조 훈련을 받았을 때 저체온증에 대해 읽은 기억이 희미하게 떠올랐지만 무엇부터 어떻게 해야 할지 기억나지 않았다. 분명 따뜻하게 녹여야 해. 하지만 너무 급히 하면 안 되지 않나? 그래서 상태가 더 악화되면 어쩌지?

"병원으로 데리고 가야 해." 라이언이 해변으로 올라와 메리에게 말했다. 그녀도 떨고 있었다. 모두가 그랬다.

"아니, 병원에 안 가." 케이트가 웅얼거렸다.

라이언은 션이 바닥에 깔아둔 타월 위에 케이트를 눕혔다. 동생들이 그의 뒤로 몰려와 부산스럽게 굴었다.

"수영복을 벗겨야 해." 리디가 말했다. "남자 둘은 돌아서요."

라이언은 순간 반발하려고 했지만 뭐라고 한단 말인가? 추워서 떨고 있는 여동생의 나체를 보고 싶은 걸까? 아니, 대답은 '아니오'다.

그는 션과 눈이 마주쳤고 둘은 고개를 돌렸다. 그는 수건을 챙겨 들고 최대한 빨리 자기 몸을 말리려고 했고 그러면서 리디가 케이트의 수영복을 벗기고 다른 수건으로 머리부터 발끝까지 꽁꽁 싸매는 소리를 들었다. 라이언은 수건을 쓰는 것이 괜스레 미안했다. 조금 후에 고개를 돌리니 케이트를 수건으로 머리까지 완전히 싸매두어 무덤 속에 든 미라가 돼 있었다.

"케이트를 관리동으로 데려가 줘." 메리가 말했다.

라이언은 다시 몸을 구부려 그녀를 들어 올렸다. 케이트는 좀 전까지 뻣뻣했던 팔다리가 움직일 정도는 된 것 같았지만 타월을 뚫고 새어나오는 몸의 한기는 여전했다. 그녀의 입술은 아직도 파랬다. 그는 생각을 떨치려고 했지만 마음속에서 파리한 입술을 한 다른 소녀의 모습이 떠오르는 걸 막을 수 없었다.

◆　◆　◆

"에이미, 핫초코를 좀 만들어줘요!" 라이언이 비틀거리며 관리동으로 들어서며 소리쳤고 여동생들이 바로 뒤따라 들어왔다. 그는 자기가 알아서 할 테니 다들 좀 물러서라고 말하고 싶었다. 평생 가족들에게 조금도 신임을 얻지 못했고 직접 수습할 기회조차 주지 않는 것 같아 마음이 무거웠다.

"내가 불을 피울게." 선이 말했다.

"좋은 생각이에요. 저 의자를 좀 갖다 줄래, 마고?"

그녀는 구석에 있던 흔들의자를 벽난로 가까이 끌어왔다.

"무슨 일 있어?" 에이미가 코에 밀가루를 묻힌 채 주방에서 나오며 물었다. "세상에, 케이트. 케이트, 이게 무슨 일이야?"

"저체온증이에요." 라이언은 이렇게 말하고 그녀를 흔들의자에 조심스럽게 눕혔다. 케이트는 눈을 뜨고 있었지만 고개가 옆으로 넘어갔다. 그녀의 눈동자는 그들은 볼 수 없는 무언가를 응시하는 듯했다. 라이언은 케이트가 위독하지 않기를 온 마음으로 바랐다. "누가 위층에 가서 담요를 좀 갖다 주겠어?"

"내가 갈게." 마고가 말했다. "선, 올라가도 괜찮겠어요?"

"물론… 괜찮지." 그의 대답이 약간 미심쩍었다.

그 소리에 라이언이 선을 노려보았다. 한 번도 선을 이기적이라고 생각해본 적이 없었는데 왜 갑자기 선이 자기 담요에 집착하는 걸까? 게다가 그 담요는 캠프의 소유고 캠프의 소유주는…… 아, 젠장.

에이미가 케이트의 발치에 무릎을 꿇고 앉아 그녀의 손을 잡았다. "괜찮아, 내 사랑. 넌 괜찮을 거야."

에이미는 케이트의 눈에 시선을 고정한 채 그녀의 손을 만져주기 시작했다. 라이언은 속에서 무언가 익숙하지 않은 느낌이 올라오는 것을 느꼈다. 놀람 그 이상이었지만 그는 곧바로 이 눈빛이 어떤 의미인지 이해했다. 그리고 그들의 관계가…… 그는 혐오스럽게 느껴졌을까? 라이언은 무안함에 고개를 돌렸다. 개인의 자유를 존중하고 사회에서 모두가 동등한 척 살아왔지만 사실 그는 한 여성과 자기 여동생 사이에 오가는 애정 어린 눈길과 대화를 감당할 수 없었다.

"담요는 어디 있는 거야?" 라이언이 소리쳤다.

"내가 챙겼어." 마고가 말했다. "어머, 에이미."

라이언은 마고도 자기처럼 이 상황에 놀란 반응을 보이자 더욱 부끄러웠다. 리디에게 이런 일이 벌어졌다면 그는 두 번 생각하지 않았을 것이다. 그러나 케이트는…… 케이트는 항상…… 그와 같은 사람이었다. 그렇다고 생각했는데 지금 그 생각이 산산이 부서졌다.

에이미가 도전적으로 쳐다보았다. "담요를 내게 줘."

마고는 담요를 건네주었다. 에이미가 케이트에게서 조심스럽게 타월을 벗겼다. 라이언은 해변에서 그랬던 것처럼 돌아서야 한다는 것을 알지만 일이 너무 빨리 진행되었고 상관없었다. 케이트는 에이미의 손길에 정신이 돌아오는 것 같았다. 에이미가 선의 침대에서 가져온 여분의 군용담요를 자신에게 둘러주는 것을 조용히 지켜보고 있었다.

"발이 너무 시려워." 케이트가 속삭임에 가까운 낮은 목소리로 말했다.

메리가 라이언을 지나쳐 바닥에 앉아 케이트의 한쪽 발을 양손으로 감쌌다. 에이미가 반대쪽 발을 잡았다. 그들이 부드럽게 발을 문지르자 핏기가 없던 발에 천천히 혈색이 돌기 시작했다.

션은 불을 지폈다. 난롯불이 타닥타닥 타들어 가자 그는 한 걸음 물러나 벽난로 앞에 가림막을 놓았다. 라이언이 다가와 언 손을 불꽃을 향해 내밀었다. 케이트는 이제 괜찮을 것이다. 하지만 션만 그러지 않았더라면 이런 일은 벌어지지 않았을 거다.

"훈련이라니 바보 같은 생각이었어요. 우리 모두 다 죽을 뻔했잖아요."

"규정에 따르면…"

"빌어먹을 규정 따윈 집어치워요. 세상에. 케이트가 걱정되지도 않아요?"

"당연히 걱정하고 있어."

리디가 사무실에 들어갔다 나왔다. "방금 119에 전화를 했는데 몸을 잘 말리고 따뜻한 물을 주래. 불은 피워져 있으니 다행이네. 난 가서 차를 좀 준비할게."

아무도 그녀의 말에 대답하지 않았다. 라이언은 주먹이 날아가기 전에 선에게서 떨어져야겠다고 생각해 리디와 함께 주방으로 들어갔다. 리디는 바쁘게 찬장을 뒤적거리다 원하는 것을 찾지 못하자 쾅하고 세게 문을 닫았다.

"식료품 보관창고에 있나 보네. 내가 가서 가져올게." 라이언이 말했다.

"아니, 괜찮아. 내가 할게."

리디는 긴 주방 복도를 걸어가 식료품 보관창고로 사라졌다. 라이언은 그녀가 나오길 기다렸지만 한참을 소식이 없자 찾으러 들어갔다. 모퉁이를 돌았지만 아무도 보이지 않았다. 왼쪽으로 고개를 돌리니 리디가 우유 저장소 옆 모퉁이에 웅크리고 앉아 흐느끼고 있었다.

"왜 그래?"

리디가 고개를 저으며 눈물을 훔쳤다. "난 괜찮아. 괜찮다고."

라이언은 동생 옆에 앉았다. 냉장고 주변 바닥이 서늘했지만 호숫물처럼 차갑지는 않았다. "왜 그래, 너답지 않게."

"그치? 나도 알아. 자라면서 케이트의 죽음에 대해 수없이 생각해봤지만……."

"내 말뜻은 그런 게 아니야."

"난 늘 냉정한 사람인데 쌍둥이 케이트가 저렇게 된 걸 보고 울다니 충격적이야."

라이언은 묵묵히 듣기만 했다.

"알아, 나도 네 성격 잘 알지, 좀 진정이 됐어?"

"무서웠어. 난 겁이 났다고."

"네가?"

"당연하지."

라이언은 리디의 발을 자기 발로 툭툭 쳤다. 그러자 리디가 그에게 어깨를 기댔다.

"내가 한 짓이 아니야." 그가 말했다. "아만다 말이야……."

"지금 그 이야기를 할 때야?"

"아마 아니겠지. 하지만 나중에 나한테 기회를 줄래, 응? 케이트가 괜찮다는 것을 알고 난 뒤에 말이야."

"그 애는 괜찮아지겠지?"

"물론이야." 라이언은 그녀의 무릎을 두드렸다. "가서 차를 가져오지 않을래?"

"알았어."

그는 자리에서 일어나 리디에게 팔을 뻗었다. 그녀가 손을 잡자 라이언은 어릴 때 그랬던 것처럼 동생을 공중으로 쭉 당겨 일으켜 세웠다. 리디는 체조 선수처럼 착지한 뒤 두 팔을 하늘로 들어 올렸다.

"아직도 착지를 잘하는걸." 라이언이 칭찬했다.

"나도 제대로 하는 건 있어."

27 장

보잘것없는 사람이 된 기분

리디

리디는 자신이 그렇게 무너져 내린 모습을 누구도 아닌 라이언 앞에서 보였다는 사실이 믿기지 않았다. 자신과 똑 닮은 쌍둥이 자매가 죽어가는 모습을 보니 무서웠다. 리디는 케이트에게 아무 일도 없을 것이라는 걸 알고 있었다. 아마도 알았던 것 같다. 아니, 사실 그녀는 알 수 없었고 이 세상에서 케이트가 없어질지도 모른다고 생각하니 그만 이성을 잃고 말았다. 그리고 솔직히 말하자면 케이트와 에이미의 다정한 모습이 눈에 거슬렸다. 전에는 느껴보지 못했던 방식으로 케이트의 세상에서 내쳐진 것 같았다. 다른 사람들과 함께 있을 때도, 그들이 좋아하는 사람들과 함께라고 할지라도 항상 서로가 최우선이었다. 그것이 쌍둥이 간의 암묵적 합의다. 군이 말로 할 필요조차 없었다. 언젠가 그리 머지않은 미래에 어릴 때처럼 둘이 똑같은 옷을 입고 양로원에서 함께 살게 될 거라고 생각해왔다.

리디는 항상 케이트와 다르게 보이려고 애썼고 그녀에 대한 자신의 애정을 감추느라 힘이 들었지만, 함께 늙어가는 것도 괜찮겠다고 늘 생각해왔다. 다만 한 번도 케이트에게 늙어서 같이 사는 건 어떨지 물어보지 않았다. 항상 자신이 원하는 쪽으로 해왔던 터라 당연히 그렇게 될 거라고 리디는 확신했던 것 같다. 오웬의 경우처럼 인생에서 가끔 때를 기다려야 하기도 하지만 결국 잘될 거라는 믿음이 있으면 기다림은 일도 아니다.

그러나 케이트와 에이미가 서로를 바라보는 눈길을 보며 리디는 다시금 생각을 해야 했다. 그 안에 자신이 비집고 들어갈 자리는 없었다. 둘 사이에 틈은 전혀 없다.

리디는 스스로가 초라하게 느껴졌다. 한 사람이 얼마만큼 이기적일 수 있을까? 자신은 오웬과 만나면서 어떻게 케이트를 시기할 수 있나? 가족들이 늘 얘기했던 것처럼 리디는 이기적인 사람이 맞았다. 다른 사람들이 어떻게 생각하든 상관없지만 케이트와 멀어진 사이는 어찌해야 할까? 늘 함께 할 쌍둥이가 있다는 사실이 리디에겐 전부였다. 그래서 차를 찾으러 식료품 창고로 갔을 때 그녀는 그만 무너지고 말았다.

리디는 차를 타서 케이트에게 가져다주었다. 더 이상 죽어가는 모습이 아니라서 안심이 되었다. 뺨에 혈색이 좀 돌아왔고 치아도 떨리지 않았다.

"천천히 마셔, 알겠지? 꽁꽁 언 너를 녹여 없애 버리고 싶진 않아."

"걱정 마."

리디는 차가 넘치지 않도록 주의하면서 케이트를 껴안았다. "넌 죽으면 안 돼." 그녀가 케이트의 귀에 대고 속삭였다. "나보다 일찍은 곤란하다고."

"고마워, 리디."

리디는 포옹을 풀었다. 케이트가 그녀에게 미소를 지었다. 약하고 지친 미소였지만 케이트의 인생에 아직 그녀의 자리가 있다는 것을 알려주기에 충분했다.

"넌 이렇게 말할 거지, '그 생각 변하지 마'라고 맞지?"

케이트가 고개를 저었다. "넌 달라지고 싶어도 못 하잖아."

"그 말이 맞아." 대수롭지 않은 척하긴 했지만 리디는 허를 찔린 기분이었다. 자신이 그렇게 융통성이 없었나? 만일 그런 거라면? 성격을 바꿔야 할 정도로 그렇게 못된 사람인 걸까?

리디는 뒤로 물러섰다. 션이 메리와 마고와 함께 벽난로 앞에 서 있었다. 라이언은 어디에 있어야 할지 모르는 사람처럼 문 옆에 어색하게 섰다.

그녀는 라이언에게 걸어가 자신과 함께 공방으로 가자고 말했다.

"왜?"

"그냥 와줘, 응? 보여줄 게 있어."

둘은 관리동을 나섰다. 구름이 원을 그리듯 더 많아지고 있었다. 기온이 차츰 오르고 있었지만 그녀는 여전히 호수의 한기가 느껴졌다. 옷을 갈아입었어야 했는데 다행히 빨리 마르는 소재로 된 기능성 옷을 입어서 반쯤 말라 있었다. 그녀는 며칠 동안 일기 예보를 듣지 못했다. 내일 비가 오지 않길 바랄 뿐이다. 부모님에 대한 자신의 감정이 어찌 됐든 100명의 사람들이 진흙 위에서 비를 맞으며 추도식을 하는 것은 그녀가 바라는 송별식의 모습이 아니었다.

둘은 마당을 가로질렀다. 막 다듬은 잔디 냄새가 사방에 풍겼다. 참 안타까워, 그녀는 자신도 모르게 그런 생각이 들어 놀랐다. 이 모든 것들이 다 사라지고 콘도와 주차장이 들어서고 사람들로 북적이고…… 낙원을 뒤엎어버리는 일이다. 물론 그렇다고 이곳이 낙원이라는 말은 결코 아니다.

리디는 공방의 문을 열고 불을 켰다.

"젠장, 없어졌어."

"뭐가 없어졌는데?"

"아빠의 아만다 파일 말이야. 우리가 그걸 찾아서 이리 가져와 벽에 붙여뒀는데 누군가가 가져갔어."

리디는 몇 시간 전만 해도 아빠의 미로 같은 마음을 그대로 보여주던 벽으로 다가갔다. 압정은 여전히 붙어 있고 신문 기사와 서류 몇 장만 남았다. 하지만 그들이 찾은 연대표, 단서들(그걸 단서라 부를 수 있다면)이 사라졌다. 대체 무슨 일이지?

"아버지가 아만다 파일을 가지고 있었다고?" 라이언이 물었다.

"아빠에게는 오빠 파일도 있어. 우리 전부 다."

"그 속에 뭐가 있는데?"

"사진, 신문 기사, 트위터 피드백…… 알잖아. 공개적으로 구할 수 있는 우리와 관련된 거라면 죄다 아빠가 모아뒀어."

리디는 아빠에 관해 더 말하려다 멈췄다. 몰래 찍은 사진, 마치 형사가 쓴 것 같은 보고서들, 그들이 언제 어디서 누구와 함께 있었는지를 기록한 일지, 그리고 그녀가 다행히 주머니에 숨겼다가 지금은 프랑스어 교사의 오두막에 있는 자신의 여행 가방에 감춰둔 문서까지.

"그것 참 이상하네."

"내 말이. 하지만 이해는 가."

"어째서?"

"아빠가 그런 방식으로 오빠에 대한 결론을 내린 것 같아."

라이언이 리디 쪽으로 돌아보았다. "아버지가 나에 대해 어떤 자료를 가지고 있는데?"

"오빠가 차고 있던 낡은 팔찌들. 각각이 여자애 하나를 상징하는 거였지."

라이언은 자기 몸집의 절반 정도인 아이들이 앉을 법한 작은 플라스틱 의자에 몸을 구겨 넣었다.

"이런."

"스테이시에 관한 자료도 엄청 많았어."

"이 상황을 즐기고 있는 것 같다. 너?"

"조금은 그럴지도 몰라."

"내가 항상 너에게 자상하게 군 건 아니라는 걸 알아. 게다가 어제는…… 그 행동에 대해 나도 마음이 안 좋아. 하지만 내 생각에는…… 네가 왜 내가 범인이라고 생각하는지 모르겠어."

그녀의 가족 모두 같은 함정에 빠진 걸까? 아무도 다른 생각은 할 수 없는 것일까?

"어쩜 그렇게 말할 수 있어? 그 긴 세월 동안 그날 일을 우리끼리만 알고 있으면서 케이트와 내가 어땠는지 알아?"

"미안해."

"맞아, 당시에도 오빠는 그렇게 말했지."

"하지만 진짜야. 진심이라고. 내가 처음에는 잘 이해하지 못했을 수도 있지만 난 지난 10년 동안 그날을 보상하기 위해 노력했어. 캐리와 내 가족, 그리고 너에게도. 네가 받아줬으면 좋았겠지만 넌 날 밀쳐냈지. 넌 내 전화도 받지 않고 네 자신에 관한 이야기는 아무것도 내게 하지 않았어. 너랑 케이트 둘 다."

리디는 속이 상했다. 그녀가 이런 식으로 공격을 받아야 마땅한 걸까? 다른 사람도 아닌 라이언에게?

"우리 모두는 각자의 삶을 살고 있어. 그래서 그런 거야."

"그럴 필요는 없잖아. 내 딸들은 항상 너에 대해 물어. '리디 고모는 어디 있어요? 왜 이제 우리 집에 놀러 오지 않아요?'"

"아마 애들이 나랑 케이트를 헷갈린 거겠지."

"케이트가 갑자기 온몸에 문신을 하지 않는 한 그건 불가능해."

그 소리에 리디는 미소를 지었다. 그 말은 사실이다. 마지막으로 조카들을 봤을 때 아이들을 데리고 동네 수영장에 갔다. 아이들은 그녀의 몸에 빼곡히 그려진 문신을 좋아했고 각각의 의미에 관심을 보였다. 하지만 다른 부모들의 눈총도 있었다. 어쨌든 문신 혁명이 그 부촌에서는 통하지 않았다. 리디는 몸을 가리며 남의 이목을 신경 써야 하는 것도, 오빠가 그렇게 시키는 것도 싫었다. 어느 쪽도 공평하지 않지만 상황을 어찌할 수는 없었다. 그녀의 책임은 아니었다. 그녀는 이방인이었을 뿐이다.

"조카들은 너무 다정해."

"더 자주 그 애들과 만나서 놀아줘."

"알았어. 그래야지. 다만⋯⋯."

라이언의 얼굴이 우울해졌다. "다만, 넌 내가 아만다를 그렇게 만들었다고 생각하니까 그래서⋯⋯."

"오빠, 이러지 마. 난 오빠가 아만다를 해친 걸 알아."

"난 아니야. 하느님께 맹세코 아니라고."

리디는 그의 얼굴을 살폈다. 누군가 거짓말을 할 때 자신이 알아차릴 수 있는 재주가 있다면 좋겠다고 생각했다. 그러면 라이언의 얼굴에 드러나는 표정을 살피면 될 테니까. 하지만 그녀에게는 그런 능력이 없었고 그녀 앞에서 라이언이 하는 이야기와 그녀의 기억 속에 있는 이야기가 다르다는 것밖에 알지 못했다.

"오빠가 안 그랬다면 그날 아침 비밀 해변에서 뭘 하고 있었어?"

28장

식료품 트럭
메리

관리동 앞에서 식료품 트럭이 요란한 소리를 내며 멈출 무렵 케이트의 얼굴 혈색이 돌아왔다. 메리가 에이미의 어깨에 손을 올려 알려주었다. 그녀는 여전히 케이트의 발치에 앉아 있었다.

"배달 트럭이 왔어요. 내가 대신 가 볼까요?"

에이미는 고마워하는 얼굴로 쳐다보았다. "그래 줄래? 구매 목록은 주방에 있어."

"알았어요."

"나도 도울게." 마고가 말했다. "가서 목록을 가져올게. 넌 나가서 그 사람이랑 인사하고 있어."

장 프랑수아, 메리는 이렇게 말하고 싶었다. '그 사람'이 아니라 머리글자를 따 J.F.라고. 하지만 그래 봐야 무슨 소용이 있을까? 그녀의 가족은 선을 제외하고는 도움을 주는 주변 사람들에 대해 전혀 관심을 두지 않았다. 그렇지만 생각해보니 케이트는 예외일 수도 있겠다. 그녀는 분명 그 사람들 중 적어도 한 명은 아주 잘 알고 있는 듯하니까.

케이트와 에이미. 언제 저렇게 된 걸까? 케이트는 꽤 오래전부터 부모님 외에 캠프에 남은 유일한 가족이었다. 메리와 다른 이들이 들락거렸지만 케이트가 주로 캠프를 운영했다. 물론 부모님은 그렇게 생각하지 않았겠지만. 그게 어떤 관계이든 간에 그때 그런 일이 생긴 걸까? 아니면 훨씬 더 예전으로 거슬러 올라가는 것일까? 텔레비전에 나오는 학생들과 잠자리를 하는 나쁜 선생들처럼 에이미가 먼저 강요한 걸까?

"메리?"

"응?"

"넌 가서 그 사람이랑 인사해야 하지 않겠니?"

"아, 맞다, 미안해. 잠깐 멍하게 있었나 봐."

메리는 서둘러 밖으로 나갔다. 커다란 흰색 배달 트럭이 진입로에 서 있었다. J.F가 계단 위에 모습을 드러냈다. 방충망 문이 딸깍하고 열리는 소리에 그가 쳐다보았다. 그리고 메리에게 환한 미소를 보였다.

"안녕, 메리. 오랜만이에요." 그는 영어를 잘 구사하지만 프랑스계 캐나다인의 억양이 묻어났고 가끔은 단어 선택에 있어서도 그랬다.

"오랜만이에요. 헛간 문을 열어줄게요."

"좋죠."

메리는 그를 지나쳐 나무에 반쯤 가려진 식품을 저장해두는 헛간으로 갔다. 수년 동안 배달품을 받는 일을 담당하며 훈장과 같이 달고 다니던 열쇠를 여전히 열쇠고리에 가지고 있었다. 그렇게 그녀는 J.F를 만났다. 케이트가 캠프를 운영하긴 했지만 메리는 적어도 일주일에 한 번 식료품 재고를 확인하고 부모님이 모자란 것 없이 지낼 수 있도록 도왔다. 그러나 케이트가 떠나고 선이 모든 운영을 넘겨받으면서 그마저도 그만두었다. 부모님은 그간 자신들이 스스로 알아서 캠프를 꾸려왔던 것처럼 굴었다.

그녀는 자신이 왜 열쇠를 부모님 혹은 다른 사람에게 돌려주지 않았는지 몰랐다. 어쩌면 자신이 원할 때 잊을 수 없는 장소에 언제든 돌아올 수 있다는 안도감 때문일지도 모른다.

"내일 많은 사람들이 오죠?" J.F가 물었다. "추도식 때문에요"

그가 메리 옆으로 와서 섰다. 마지막으로 그를 본 게 2년 전이지만 그녀는 여전히 기억하고 있다. 진부한 표현이지만 마치 어제 일처럼 생생하게 말이다. 느낌이 그랬다. 아주 평온할 때면 이따금 그의 기억이 불쑥 찾아왔다. 그녀를 바라보던 그의 눈길, 그녀의 체취를 좋아하던 모습, 그녀가 절정에 오를 때까지 가슴을 애무해주던 모습이 떠올랐다.

"맞아요." 그녀는 재빨리 생각을 떨쳐버리며 말했다. "여기에 다 들어갈까요?"

메리는 돌아보지 않았다. J.F와 눈길을 마주치면 늘 위험하다. 그녀는 열쇠를 돌리고 자물쇠를 푼 다음 헛간 문을 열었다. 통조림 식품이 잔뜩 쌓인 긴 선반으로 된 공간이 드러났다. 스파게티 소스, 100명을 거뜬히 먹일 수 있는 감자, 복숭아 통조림도 보였다.

"다 들어갈 수 있게 할게요." 그가 말했다.

그게 J.F의 문제다. 말하는 방식조차 도발적이다.

"잘됐네요. 마고 언니가 주문 수량을 확인하러 올 거예요." 메리는 올 거라는 단어를 말하면서 절정을 오게 한다는 의미가 떠올라 얼굴을 붉혔다. 그의 도발적인 섹시함에 사로잡힐까 두려워 메리는 일방적으로 연락을 끊었다. "그에게 유령 같은 존재가 되는 거야." 그녀는 스스로 이렇게 다짐했다. 그의 인생에서 흔적도 없이 사라지겠다고.

"알았어요."

그가 물품을 가지러 나가는 것이 느껴졌다. 이제 서늘한 헛간에서 두려운 존재가 사라졌으니 그녀는 한시름을 놓았다.

"목록을 가져왔어." 마고의 목소리가 들렸다. "메리? 어디 있어?"

메리는 한숨을 쉬고 다시 트럭으로 갔다. J.F가 경사로를 깔고 납작 빵과 햄버거 빵을 내리기 시작했다. 근육이 잡힌 그의 팔뚝은 강인하지만 우락부락하지 않아 멋졌다.

"이번 행사에 사람이 몇 명이나 올까?" 마고가 주문 목록과 펜을 든 채 물었다.

"100명 혹은 120명 정도."

"평생회원들이?"

"응."

"재밌네. 캠프를 떠나지 않으려고 하는 모든 사람들과 도망치고 싶어 하는 우리라니."

"케이트는 빼야지." 메리가 말했다.

"케이트는 빼고."

"우리가 그 사람들에게 이곳을 팔아야 할 것 같아. 그들은 모두 부자니까, 안 그래?"

메리는 목록에서 몇 가지 항목을 체크했다. 커다란 마요네즈 통. 같은 분량의 머스터드와 케첩.

"모두 다 부자는 아니야."

"내 말이 무슨 뜻인지 알잖아. 그들 상당수가 돈을 모아서라도 투자를 하려고 할 거야."

"투자 말이야 아니면 이곳을 그들이 직접 매입하는 걸 말하는 거야?"

마고는 똑바로 설명하지 못하는 메리에게 짜증난 듯 보였지만 그녀는 이런 부분에 대해 생각해본 적이 별로 없었다. 평생회원이란 이곳에서 최소 10번 이상 여름을 보낸 야영객들을 말한다. 그들은 은행에 다니거나 법률 사무소를 운영하거나 영화를 제작하는 일을 하며 메리가 한 번도 초대받아 본 적이 없는 바보 같은 클럽에도 속해있다. 그들은 자녀들이 충분한 나이가 되면 캠프 마코로 보냈고 캠프의 직원 셔츠와 배지도 명예롭게 보관하고 있다. 맥알리스터 가족보다 더 그것들을 좋아했다. 메리는 기회가 주어진다면 그들이 이곳을 기꺼이 넘겨받으려 할 거라 장담했다.

"그들이 주식을 사거나 뭐 그렇게 하면 돼." 메리가 말했다. "그러면 우리는 여전히 최대 주주이면서 돈도 좀 챙길 수 있잖아."

"그럴 수도 있지."

"내 생각이 바보 같아?"

"난 좋은 생각인 것 같아요." J.F가 구릿빛 팔뚝에 잔뜩 힘을 준 채 무거운 고기를 들고 말했다. "이것들을 냉장고에 넣을까요?"

"네, 고마워요……."

"장 프랑수아야." 메리가 말했다.

"J.F입니다." 그가 대꾸했다. "만나서 반가워요, 마고."

마고는 장 프랑수아가 고기를 들고 커다란 육류용 냉장고가 있는 관리동 뒷문으로 걸어가는 모습을 지켜보았다. 상황이 어떻게 돌아갈지 뻔해서 메리는 스스로를 탓했다. 마고가 순순히 일을 도와주게 놔둬서는 안 되는 거였다.

"저 남자 귀엽다." 그가 들리지 않는 곳으로 사라지자 마고가 말했다.

"맞아."

"저 사람을 안지 얼마나 됐어?"

"10년?"

"세상에는 놀랄 일투성이구나."

"무슨 말이야?"

"너와 저 남자. 에이미와 케이트. 항상 난 우리 가족에 대해 전부 안다고 생각했는데 사실 난 아는 게 아무것도 없었어."

"전부다? 말도 안 되는 소리 하지 마."

"맞아, 그래, 전부는 아니지. 그치만…… 아, 제길, 내가 무슨 말을 하는지 모르겠어." 마고는 지친 표정으로 현관 계단 앞에 주저앉았다. 평생회원들은 이해하지 못한다. 그들에게 캠프 마코는 즐

거운 기억의 보물창고와 같다. 하지만 맥알리스터 가족에게
는…… 이곳에서 벗어나는 일이 가끔은 생사의 문제처럼 중요하
게 느껴졌다.

메리가 마고 옆에 앉았다. "난 몇 년 전부터 J.F와 만나지 않아."

"알았어."

"그러지 좀 마."

"내가 뭘?"

"난 언니가 알고 싶어 하는 것을 말해주려고 하는데 언니는 지금
날 이상한 기분이 들게 하잖아."

"미안해. 그에 대해 말해봐. 난 알고 싶어."

"난 해변가 산책, 파스타, 재미있는 축구 게임을 좋아해요. 또 한
번도 말을 타 본 적이 없어요." 장 프랑수아가 자매 뒤편의 정문을
열고 나오면서 말했다.

마고가 고개를 뒤로 젖히고 웃음을 터트리자 메리의 가슴이 철
렁 내려앉았다. 마고가 자리에서 일어나 몸을 돌렸다. "당신은 재
미있군요. 잘 생기고 재미있어요. 왜 내 동생이랑 헤어졌어요?"

"아, 아니. 내가 그런 게 아니에요."

그리고 언제나처럼 곧바로 재미있는 상황이 어색하게 바뀌었다.
메리는 땅만 쳐다보았다. 그녀는 여전히 장 프랑수아에게서 등을
돌리고 앉아 있는 자신이 이상해 보일 것을 알지만 어떻게 그를 마
주해야 할지 몰랐다. 어떤 표정을 지어야 할지 난감했다. 하지만
자신이 어떤 마음인지는 알았다. 그래서 화가 났다.

"전 그만 가봐야겠어요." 마고가 말했다.

"그럴 필요 없어요." J.F가 대꾸했다. "일이 거의 끝났어요."

"아뇨, 제가 너무 오래 있었네요. 두 분이서 이야기를 나누시죠? 아니면 말고."

마고는 손을 어깨 위로 올리고 용서해달라는 제스처를 취하더니 뒷걸음질쳐 돌아갔다. 메리는 마고가 자신을 지나칠 때 알아차렸다. 어릴 때 일을 저질러 놓고 혼자 빠질 때 마고가 잘하던 행동이다. 네 장난감 좀 가져갈게. 엄마아빠한테 일렀어. 어머, 미안. 네가 어쩌겠어?

J.F가 계단을 내려왔다. 그리고 그는 메리 앞에 섰고 그녀는 더 이상 숨을 데가 없었다.

"나 때문에 더 있을 필요는 없어요." 메리가 이렇게 말하며 자리에서 일어났다. 그녀는 그의 턱 앞에 섰다. "내가 좀 그랬죠……."

"사라진 거 말이에요?"

"네."

"괜찮아요. 우리는 그리 진지한 사이가 아니었잖아요. 심각한 사이였는데도 그랬다면 당신이 그리 좋은 사람이 아니라는 말이고, 난 당신을 그렇게 기억하고 싶지 않아요."

"그렇게 생각 안 한다고요?"

그는 한 걸음 그녀 쪽으로 다가왔다. J.F는 늘 냉장고 냄새 같은 체취를 살짝 풍겼다. 메리는 그 차분한 내음이 매력적이라고 생각했다. 패션 감각이 아니라 온도에서 말이다. 그는 침착하고 안정적인 사람이다. 다만 그는 메리를 버스터를 보고 놀란 시나몬처럼 야성적으로 만들곤 했다. 그녀는 땅으로부터 두 발을 들고 위험을 향해 발을 휘두르고 싶었다.

"우리는 항상 좋았잖아요, 안 그래요?"

"그랬죠."

"내 생각엔 우리가 다시 좋은 시간을 보낼 수 있을 것 같은데."

"주변에 사람들이 있어요."

메리의 그 말에 그가 미소를 지었다. "내 말은 지금 당장 그러자는 건 아니었어요."

그녀는 오랜 친구인 땅을 쳐다보았다. 그녀는 그의 말이 '지금 당장'을 의미한 것이길 바랐다. 길에서 하겠다는 말은 아니지만, 그들에게는 항상 헛간이 있었다.

이것이 메리가 그를 떠난 이유이다. 그는 그녀를 미치게 한다. 그녀의 머릿속을 헤집어 놓는다.

"당신은 사랑스러워요." 그의 손가락이 그녀의 턱을 타고 목과 쇄골로 내려갔다. "나중에 만날까요?"

"좋아요."

"어디서?"

그녀는 마음속에서 제일 먼저 떠오른 장소를 말했다. "헛간이요."

29 장

나는 누구인가
선

위험한 고비를 넘기고 케이트와 에이미가 1인용 흔들의자에 함께 웅크리고 앉자 선은 위층 자기 방으로 올라갔다. 아주 잠깐 그의 침대에 놓인 담요를 가지러 왔을 뿐이지만 마고의 흔적이 느껴졌다. 그 사실만으로도 충분히 그는 뒤숭숭했다. 그만의 공간이 침해당한 것이다. 2평 남짓의 이 작은 방은 그의, 그만의 것이다. 가끔은 이곳이 세상 유일한 장소라고 느껴지기도 했다.

겨울에는 복도 끝에 있는 휴게실을 혼자 차지했다. 테이블을 놓고 작은 모형 배를 만들어 병 속에 집어넣었다. 몇 년 전부터 그것들을 인터넷으로 팔기 시작했고 반응이 꽤 좋았다. 그가 원한다면 넉넉히 주문을 받아서 몇 년 동안 바쁘게 작업할 수도 있다. 그가 책정한 가격이면 이곳과 이 사람들을 떠나 자신만의 삶을 충분히 살아갈 수 있다.

그러나 아직은…….

선은 문이 닫혔는지 확인하고 잠근 다음 침대 아래에 손을 뻗어 상자를 하나 꺼냈다. 낡은 우유 보관용 상자인데 그가 공방에서 벽에 붙은 자신의 도식을 발견했을 때 담아 가져올 수 있는 거라곤 그것뿐이었다. 그의 인생뿐 아니라 맥알리스터 가족들, 에이미, 록스타가 된 펑크 보이인 오웬 바워리까지 모두 있었다. 그리고 아마도 더 많이 있겠지만 그는 시간이 부족해 전부 살피지 못했다.

선은 제대로 살펴보지 않아도 그 자료가 무엇인지 알았다. 맥알리스터 씨가 그에게 말한 적이 있지만 결코 보여주진 않았던 파일이다. 항상 늦은 밤 맥알리스터 씨가 작업하던 것으로 누가 방으로 들어오면 보지 못하게 치웠다.

"때가 되면 보여줄게, 아들아." 맥알리스터 씨가 이렇게 말했다.

맥알리스터 씨는 선에게 그 말을 자주 했다. 선이 캠프의 일부를 영원히 소유하게 되고 호수 섬의 증서를 얻어 다른 누구의 판단에 의존하지 않고 이곳에 남거나 떠나는 결정을 스스로 할 수 있게 된다고.

"때가 되면."

다만 그 시간은 결코 오지 않았고 전날 밤 투표를 했지만 선은 결국 자신이 지게 될 것을 알았다. 그는 원하는 것을 얻지 못할 것이다. 한 번도 그런 적이 없었다. 그는 옆에서 한 인생(그녀)을 지켜보았지만 그가 얻은 거라곤 원하지 않는 대용품 역할이었다. 심지어 아만다조차 그랬다. 그녀가 그에게 관심을 보였던 건 다른 누군가에게 복수하기 위해서였다.

선은 내용물을 파일별로 분류했다. 리디와 케이트가 공방에서 작업하고 있는 것을 보았을 때 그 서류들을 자신이 챙겨오게 된 정확한 이유를 몰랐다. 그저 빨리 움직여야 한다는 것만 알았다.

그는 해변을 걷다가 버스터가 공방 건물 밖에 서 있는 것을 보고 안에 누군가가 있다는 것을 알았다. 그는 버스터에게 납작 엎드리라고 지시한 뒤 조용히 움직여 옆 창문으로 안을 들여다보았다. 쌍둥이가 무엇을 하는지 알 때까지 충분히 관찰한 다음 결정을 내렸다. 그는 저 서류들이 무슨 의미인지 알아볼 혼자만의 시간이 필요했다. 위험한지 혹은 무시해도 되는 것들인지. 쌍둥이가 그걸 찾으러 오면 그건 그때 가서 고민할 일이다.

선은 호수 안전 점검을 생각해내고 종을 쳤다. 버스터는 숲으로 뛰어들어갔고 맥알리스터 식구들이 관리동으로 모였다. 모두 옷을 갈아입으러 갔을 때 그가 조심스럽게 서류를 벽에서 떼어내 우유 상자에 쑤셔 넣었다. 그리고 뒤 창문을 타고 넘어 숲을 가로질러 누구에게도 들키지 않고 관리동의 뒷문으로 갔다. 그는 자기 방에 서류를 놔두고 서둘러 훈련을 하러 물가로 나갔다.

그것이 실수였다. 물이 너무 차가워 저체온증에 걸린 사람이 한 명뿐인 것이 행운일 정도다. 하지만 케이트는 괜찮아졌고 이건 그녀들이 자초한 일이다. 혹은 적어도 리디의 잘못이다. 항상 염탐을 하고 자기랑 상관없는 일을 캐고 다니지 않았더라면 많은 것이 달라졌을 테니까.

맥알리스터 씨는 쌍둥이를 쭉 감시했다. 선은 이미 알고 있었다. 심지어 맥알리스터 씨는 이 감시 활동에 한두 번 선을 데려가기도 했다.

"우리 애들이 어쩌고 있는지 알아봐야겠어." 맥알리스터 씨가 이렇게 말하며 눈동자를 반짝였다. "같이 가볼래?"

"자녀들에게 그냥 물어보시지 그러세요?" 한번은 선이 과감하게 이렇게 말했다.

"그러면 재미가 반감되잖아."

그 말에 선은 더 이상 반대하지 않고 따라갔다.

사실 그는 쌍둥이나 라이언이 어떻게 지내는지 보러 가는 여정에 별다른 신경을 쓰지 않았다. 하지만 마고를 감시하러 갔을 때는 가슴이 두근거리고 손이 욱신거렸다. 그는 맥알리스터 씨가 그 오랜 세월 동안 무엇을 알아내려고 했는지 이해하지 못했지만 지금은 알았다. 맥알리스터 씨는 아만다에게 벌어진 일을 해결하려고 했고 어쨌든 그들의 현재 모습이 과거를 설명한다고 생각했다.

그게 다일까? 그렇다고 하더라도 맥알리스터 씨가 선 자신이나 에이미를 비롯해 다른 캠프 참가자의 정보도 수집했다는 점은 설명이 안 된다. 이것들이 아만다의 사건을 파악하는 일과 과연 무슨 연관이 있을까? 맥알리스터 씨가 이 일과 관련해서는 입 밖으로 꺼내는 것조차 들은 적이 없었지만 딱 한 번, 스테이시 켄싱턴이 죽고 라이언이 저지른 일을 수습하고 돌아온 뒤에 선에게 얘기한 적이 있다. 맥알리스터 씨는 자신이 만든 싸구려 와인을 진탕 마신 뒤 마음속에 악을 품고 사는 사람이 존재한다고 생각하는지 선에게 물었다. 처음부터 그렇게 태어난 사람 말이다.

"악마처럼요?"

"종교적으로 보자면 그렇지. 난 그보다는 맥베스처럼 점점 죄를 더 많이 지어서 파멸해가는 인간의 측면에서 생각했어. 그가 어떻게 저주를 받았는지. 자신이 저주받았다고 느낀 적 있어, 선?"

"제가 왜 그렇게 생각하겠어요?"

"창녀의 아들로 태어나 어머니가 그 꼴이 된 것을 봤잖아."

"저희 어머니에 대해 그런 식으로 말하지 마세요."

"미안, 사과할게. 흔히들 말하듯 오늘 좀 힘들어서 그래."

선은 그날 밤 맥알리스터 씨를 한 대 때려주고 싶었고 프라이팬으로 뒤통수를 갈기면 속이 후련할 것 같았다. 쾅! 가끔 선은 폭력적인 생각을 할 때가 있었다. 하지만 곧바로 맥알리스터 부인이 들어와 선에게 라이언 일을 도와줘서 고맙다고 말했고(부인은 선 없이는 아무것도 못 할 사람이었다) 그는 방으로 돌아와 머리 위에서 돌아가는 환풍기 소리를 들으며 잠에 빠졌다.

두툼한 서류들이 바닥에 놓였다. 그는 전부 다 궁금했지만 자신의 파일을 먼저 집어 들어 연대순으로 다시 분류했다. 맥알리스터 씨가 그렇게 가르쳐주었다. 그는 연대순으로 정리하면 패턴과 이유를 찾을 수 있다고 말하곤 했다. 제대로 활용하고 싶은 데이터가 있으면 이 방식으로 시작하는 것이 가장 좋다.

그는 날짜별로 분류했고 이보다 더 나을 수는 없었다. 분류된 페이지를 빠르게 넘겨보면 아기가 자라서 커다란 남자가 되어가는 과정을 담은 셀프 만화와 비슷했다. 그의 출생 통지카드, 생후 몇 주 된 그를 품에 안고 있는 어머니의 사진, 그가 다녔던 기억이 나지 않은 탁아소 영수증, 낮은 점수에 동그라미가 쳐진 그의 성적표

들, 모르는 사람이 어머니에게 보낸 폐기된 수표. 이게 다 어머니의 것일까? 맥알리스터 씨는 이것들을 잘 보관하고 있다가 언젠가 그에게 돌려줄 생각이었을까? 하지만 전부가 파일에 들어 있지는 않은 듯했다. 션이 한 귀퉁이에 서서 마고를 바라보고 있는 사진 여러 장과 그날 밤 섬에서의 시각표도 보였다. 해변에서 풍등 날리기 행사를 하던 시간부터 시작한다. 그는 풍등이 어떻게 하늘을 밝혔고 그날 밤에 얼마나 많은 일이 벌어질 가능성이 있었는지 떠올려보았다. 결국 아만다가 비밀 해변에서 발견되며 막을 내렸지만.

중간에 중요한 시간 공백이 있었다. 그가 잊으려고 그렇게 애썼던, 금욕주의자 같은 인생을 삶으로써 씻어버리려고 했던 수치스러운 시간이 비어 있었다.

밤 9시 30분 - 아만다, 마고, 메리와 캠프참가자들이 호수 섬으로
감(션이 그들을 데려다 줌)
밤 10시~11시 - 캠프파이어, 취침시간
밤 11시 30분 - 라이언 도착

션은 연필을 집어 들어 빈 공간을 채웠다.

오전 12시 30분 - 라이언이 떠남
오전 1시 - 라이언이 캠프에 도착
오전 1시 5분 - 션이 호수 섬으로 감

아만다

1998년 7월 23일 오전 1시 30분

"소리 지르지 마." 그가 다시 말했다. "나 선이야."

내 심장이 미친 듯이 뛰었지만 그의 이름을 들었을 때 몸의 긴장이 풀렸다. 선. 고작 선일 뿐이다. 난 괜찮다. 숲으로 끌려가 영영 못 돌아오는 일은 없을 거다.

그가 손을 내렸다. "미안. 나 때문에 겁이 났니?"

"네, 조금요."

"네가 비명을 질러 모두를 깨우는 걸 바라지 않아서 그랬어."

난 몸을 돌렸다. 그는 긴 바지에 마코 스웨트 셔츠를 입고 헤드램프를 단 야구 모자를 썼다. 불빛에 눈이 부셨다. 그가 오는지 알아차리지 못할 정도로 내 정신이 나갔었나 보다.

"그거 좀 꺼줄래요?"

"물론이지."

그가 딸깍하고 램프를 끄자 주변이 다시 어두워졌다. 솔직히 램프가 어둠을 밝히는 건 상관없었지만 그 불빛이 내 눈 주위를 비추는 것이 걱정되었다. 그러면 내가 울고 있었다는 걸 들킬 테니까.

"여기서 뭐 해요?" 내가 물었다.

"너희가 잘 있는지 보러 왔어."

너희가 아니라 마고겠지. 그는 내가 라이언에게 꽂힌 것보다 훨씬 더 오래전부터 마고를 좋아했다. 난 이제 라이언을 잊었지만. 그래야 한다. 라이언 맥알리스터가 캠프에서의 남은 여름을 아니 내 인생의 남은 부분을 망치게 내버려 두지 않을 거다. 고작 한 시간의 키스 가지고.

어쩌면 그것이 선이 원하는 전부일지도 모른다. 마고가 마침내 그에게 키스를 하도록 만들고 그 애의 마음을 갖는 것.

"우린 괜찮아요."

"아… 그래?"

"진짜예요."

그는 호수를 쳐다보았다. "저 녀석들이 다시 보트를 탔어."

"누구요?"

"수영장과 수상스키 해변에서 윙윙거리고 돌아다니는 녀석들 말이야."

그는 호수 맞은편에 묵고 있는 대학생들을 말하는 거다. 그들은 몇 주 전 탱크톱 비키니를 입고 안전 요원으로 일하는 마고를 보았고 보트를 타고 이쪽 해변으로 오려 했지만 선이 그들을 돌려보냈다.

"그들이 우리가 여기 있다는 것을 알기나 할까요?"

"속단하지 마. 남자애들은 다 그래."

"나쁜 사람들 아니에요."

난 라이언과 있던 바위에 주저앉았다. 아주 오래전 일처럼 아득하게 느껴졌다. "저기 혹시……."

"라이언을 봤냐고?"

"네."

"노를 저어 돌아오는 것을 봤어. 그래서 내가 이쪽으로 온 거야. 아마 라이언은 널 만나러 왔었던 거지?"

"여긴 저 말고도 그 사람 여동생들과 열두 살짜리 소녀들도 있잖아요."

"좋은 지적이야."

선이 내 옆에 앉았다. 그의 다리가 내 다리에 닿을 때 단단한 느낌이 들었다. 스물다섯과 열일곱의 차이다. 나도 스물다섯이 되면 내 인생에 제대로 뿌리를 내리고 서서 저렇게 단단해질까?

"라이언은 머저리야." 그가 말했다.

"맞아요."

"무슨 일이 있었는지 나한테 털어놓고 싶니?"

난 호수를 쳐다보았다. 선에게 털어놓으면 도움이 될 수도 있다. 생각과 감정을 몰아낼 수 있다. 시도해볼 만하다.

"그가 절 만나러 왔어요……."

난 그에게 거의 다 이야기했다. 내가 어떻게 기다렸는지, 그가 얼마나 늦었는지, 우리가 서로 노닥거리다 그가 마음을 바꾸고 마고 탓을 한 것까지 전부 다 말했다.

"하지만 그건 터무니없는 이유예요. 마고는 절 응원해줬거든요."

난 살짝 숨이 가빴다. 이야기를 해도 기분이 나아지지 않았다. 난 부끄러웠다. 말을 속에 도로 주워담아 하나씩 삭제하고 싶었다.

"아무한테도 말 안 할 거죠?" 난 그날 밤 두 번째로 본 남자에게 물었다.

"아니, 당연히 안 하지. 그저……."

"왜요?"

"난…… 어쩌면 이게 마고가 원인인 것 같아."

"어떻게 마고 때문이에요?"

"당시에는 별로 중요하게 생각하지 않았는데 한두 주 전쯤 라이언이 마고에게 뭔가 이야기를 했어. 어떻게…… 네가 매력적으로 보이게 되었는지에 관한 거였고 마고가 웃었어. 그리고 그 애는 정색을 하고서 라이언에게 너한테서 멀리 떨어지라고 했어."

"마고가 그랬어요?"

"그래, 유감이구나."

"농담이었지 않을까요?"

"아니, 농담이 아니었어. 마고는 널 배려한 거야."

"절 배려했군요."

"그래. 내 말은 라이언은 나쁜 녀석이야. 마고조차 그걸 아는걸."

내 속에서 분노가 차올랐다. "하지만 이게 그 애랑 무슨 상관이죠?"

"무슨 말이야?"

"제가 라이언과 바보 같은 짓을 하고 싶었다면요? 제 말은, 제가 지난여름 멍청한 사이먼 보클레어와 마고가 자는 걸 말렸어야 했나요? 아니, 전 안 그랬어요."

선이 내 옆에서 움찔했다. 젠장. 그는 이 사실을 몰랐다. 에잇, 제기랄. 빌어먹을. 빌어먹을 마고.

"죄송해요, 당신은 몰랐군요."

"괜찮아. 나도 대충은 알았어."

"그 애도 당신한테 전혀 어울리지 않아요."

"나도 알아."

난 다리를 쭉 뻗었다. 발이 무언가에 부딪혔다. 난 무릎을 구부리고 손을 더듬거리며 찾았다.

"뭐 하니?"

"잠시만요."

바위에 놓여 있던 것을 찾았다. 내게서 서둘러 도망치느라 라이언이 미처 못 챙겨간 술병이다. 뚜껑이 꽉 닫혀 있고 술이 절반 정도 차 있다. 좋았어.

"그게 뭐야?"

"지금 우리에게 필요한 거요."

난 바위에 등을 기대고 바닥에 앉았다. 그리고 선이 볼 수 있게 술병을 들어 올렸다.

"마실래요?"

"좋은 생각이 아닌 것 같아."

"아뇨, 이건 아주 좋은 생각이에요."

난 기분을 바꾸고 싶었고 술이 제일 쉬운 방법처럼 보였다. 그래서 술잔으로 쓰려고 뚜껑을 열었다.

"헤드램프를 좀 켜줄래요?"

딸각 소리와 함께 불이 들어왔다. 난 뚜껑에 조심스럽게 따른 다음 술병을 선에게 건넸다.

그리고 잔을 들었다. "건배는 무엇으로 할까요?"

"모르겠어."

"그럼 우리를 위해 건배해요." 난 바보 같고 대담해진 기분을 느끼며 말했다. "맥알리스터 가족에게 거절당한 우리를 위하여."

"우리를 위하여." 선이 이렇게 말하고는 내 손에 든 작은 잔에 병을 부딪치는 시늉을 했다.

그리고 우리는 곧장 들이켰다.

	아만다	마고	라이언	메리	케이트와 리디	선
오후 9시	풍등 날리기	풍등 날리기	풍등 날리기			
오후 10시	호수 섬	호수 섬		호수 섬		구명보트
오후 11시	뒤 해변	뒤 해변	뒤 해변	호수 섬		
자정	뒤 해변		뒤 해변			
오전 1시	뒤 해변		캠프			뒤 해변
오전 6시	비밀 해변				비밀 해변	

30 장

뭉쳐야 한다
마고

라이언과 리디가 돌아오자 마고는 자신이 나서야 할 차례라고 마음먹었다. 케이트는 괜찮을 거니 걱정하지 않아도 된다. 메리에게 남자친구가 있었다. 자신이 모르는 사실이 또 뭐가 있을까? 이 문제를 푸는 유일한 방법은 각각의 정보를 하나로 모으는 것뿐이다.

그녀는 사무실로 들어가 챙길 수 있는 것을 모조리 챙긴 다음 관리동 뒤쪽에 놔둔 화이트보드를 벽난로 앞으로 끌어다 놓았다.

"뭘 하는 거야?" 케이트가 물었다. 마치 립 라이너를 바른 것처럼 아직 입술 주변이 파르스름했다.

"우리는 뭉쳐야 해."

"뭉치다니?" 리디가 물었다. "미식축구라도 하게?"

"그래. 어쩌면 이게 정확한 용어가 아닐지도 모르지만."

"다시 투표하는 거야?" 마고의 손에 들린 마커를 쳐다보며 메리가 물었다.

"뭐라고?" 라이언이 말했다. "싫어, 부탁이야……."

"아직은 아니야." 마고가 말했다. "다른 일부터 먼저 해야 할 것 같아."

"그게 뭔데?" 선이 계단을 내려오며 물었다. 그는 뭔가 찔리는 표정으로 마고를 쳐다보더니 시선을 피했다. 마고는 불안했다. 그들 중 누군가가 아만다를 공격했다면 어쩌지? 지난 세월 쭉 라이언에게 의구심을 가졌지만 그건 그저 가정이었을 뿐이다. 받아들이기 힘들지도 모를 진실을 뒷받침할 증거로는 부족하다. 그녀의 세상을 혼돈 속으로 던져넣어 버린 사건의 증거라 하기엔 느낌만으로는 부족하다. 그녀는 라이언에게 약속을 했고 아만다를 위해서도 진실을 밝혀야 한다.

마고는 화이트보드를 세우고 남아 있던 그림 연상 퀴즈와 직원회의 메모를 지워버렸다.

1998년 7월 22~23일, 그녀는 맨 위에 이렇게 적었다.

그리고 여섯 칸을 만들고 각자의 이름을 적었다. 아만다, 마고, 라이언, 메리, 케이트와 리디, 선.

"누가 빠졌어." 라이언이 말했다. "사실 두 사람이야."

"그게 누구야?"

"어머니와 아버지."

"오빠!" 케이트가 소리쳤다. "정말 역겨운 발언이야."

"우리 중 누군가가 범인이라고 생각하는 건 덜 역겹고?"

라이언은 케이트를 노려보았고 그들 모두가 말문이 막힌 케이트를 쳐다보았다. "나도 모르겠어. 하지만 부모님이 그랬다면 아빠는 왜 자신의 유언장에 그런 조건을 붙였을까? 그건 말이 안 돼. 게다가, 부모님이 아만다에게 그런 짓을 할 이유가 어디 있어?"

"나는 이유가 있고? 네 생각이 그런 거지?"

"오빠." 마고가 말했다. "이러지 마."

라이언이 물러났다. "미안해."

"알면 됐어. 자, 이것 봐." 마고가 말했다. "지금 상황이 좀 우습지만 엄마와 아빠는 그날 밤 호수 섬에 가지 않았어. 심지어 캠프에도 안 계셨지, 기억 안 나? 캠프협회 회의에 참석하고 다음 날 아침에 돌아오셨잖아. 선이 책임자였어. 그러니 부모님은 용의선상에서 빼야 해. 우리뿐이야. 우리는 라이언 오빠가 그랬는지의 여부를 알 의무가 있어. 아니면 다른 이가 그랬다거나."

리디가 화이트보드 앞으로 와서 섰다. "그렇다면 이건 뭐야?"

"상황을 알아보는 방법이야."

마고는 마커를 하나 더 꺼내 이번에는 가로줄을 그어 일련의 표를 만들었다. 그리고 왼쪽 칸에 시간을 기록했다.

오후 9시

오후 10시

오후 11시

그렇게 새벽 6시까지 전부.

"그날 밤 각자가 어디에 있었는지 여기에 기록하면 될 것 같아."

"언니의 거창한 계획은 사실 라이언 오빠가 우리 중 누가 저지른 일인지 알아내려는 걸 돕는 거 아냐?" 리디가 물었다.

그 소리에 마고는 속이 뒤틀렸다. "그래야 공평하지 않겠니?"

"이렇게 해서 오빠가 범인이라는 것이 입증되면?"

"내가 안 그랬다고." 라이언이 억울해했다.

"오빠가 그렇게 말한다면 그런 거지 뭐."

"다들 이러지 마. 어떻게 되는지 한 번 해보자." 마고가 가족들을 쳐다보았다. 그녀는 여러 가지 감정들을 보았다. 온전한 호기심부터…… 저건 두려움인가? 아니, 저건 리디의 화난 얼굴이고 케이트는 걱정하는 얼굴이고 메리는 언제나처럼 속을 알 수 없다. 선은 인상을 찌푸렸고 에이미는 그저 호기심 어린 표정이다. 라이언만이 기대에 찬 얼굴로 이 일이 가져다줄 결과를 보고 싶어 안달이 났다. 아무튼 이로써 마고는 마음을 정했다. 라이언이 두려워하지 않는다면 이건 분명 올바른 방법이다.

"좋아." 메리가 말했다. "난 따를게." 그녀는 테이블에 놓인 마커를 들어 자신의 칸 오후 10시 부분에 호수 섬이라고 적었다. 그리고 나머지 자신의 칸 전부에 화살표를 쭉 그어 그날 밤 줄곧 같은 장소에 있었다고 표시했다. 메리는 돌아서서 자신의 행동을 감탄했다. "이건 쉽잖아. 자, 언니 것도 넣어줄게."

메리는 마고의 칸에도 똑같이 했다.

"잠깐만." 마고가 말했다. "그건 틀렸어."

그 소리에 메리가 영문을 모르겠다는 표정을 지었다. 그들은 항상 서로의 알리바이가 되어주었지만 메리는 마고가 아만다를 찾으러 갔던 일을 잊어버리고 있었다. "네 생각과 달라." 마고는 화이트보드로 걸어가서 자신의 오후 11시 칸을 지웠다. 그리고 그 칸에 뒤 해변이라고 적었다. 그리고 몸을 웅크리고 오전 5시 칸에 이렇게 적었다. 아만다를 찾으러 감.

마고는 자리에서 일어나 자신이 쓴 칸을 쳐다보았다. 아만다를 찾으러 감이라는 글자를 다시 읽을 때 몸서리가 쳐졌다. 기억이 너무 생생했다. 해가 떠오를 때 눈을 떠보니 옆자리에 아만다가 없어서 이상하게 겁이 났다. 불길한 예감 같은 건 믿지 않지만 달리 설명할 방법이 없었다. 마고는 몸을 일으키면서 자신이 제일 먼저 일어났다고 생각했다. 새벽 1시까지 떠들던 여자아이들은 떠오르는 햇살에 눈이 부셔 팔로 눈을 가린 채 새근새근 숨소리를 내며 곤히 자고 있었다.

그녀는 침낭에서 빠져나와 주위를 살폈다. 메리도 보이지 않았다. 그래서 조금 안심이 되었지만 메리가 화장지와 캠프 타월을 들고 숲에서 나오는 것을 보고 다시 심장이 미친 듯이 뛰었다.

마고는 메리에게 걸어갔다. "아만다는 어디 있어?" 그녀가 나지막이 물었다.

"그걸 내가 어떻게 알아?"

"어젯밤 그 애가 돌아왔어?"

"난 자고 있었어."

그건 사실이다. 마고가 뒤 해변에서 돌아왔을 때 메리는 자고 있었다. 그녀는 메리가 자는 동안 아이들이 딴짓을 했을까 봐 걱정돼 짜증이 났지만 아이들은 메리가 자는 줄도 몰랐다.

"아만다가 여태 안 돌아온 거야?"

"나도 몰라. 아이들과 같이 있어, 알겠지? 내가 가서 그 애를 찾아볼게."

마고는 서둘러 숲을 가로질러 뒤 해변으로 갔다. 반쯤 가다가 나무뿌리에 걸려 대자로 넘어졌다. 바위에 찍힌 손바닥에 상처가 나따가웠지만 떨리는 다리를 일으켜 세웠다. 알지 못하는 두려움에 이끌려 계속 걸었다. 어쩌면 이건 밤새 꾸던 이상한 꿈의 연장선일지도 모르고 모닥불 주변에서 여자애들이 하던 유령 이야기가 이미지가 되어 머릿속에서 상영되는 것일 수도 있다. 순간 마고는 기억이 나서 멈췄다. 그녀가 비명소리를 들었던가? 아니면 그건 꿈이었을까?

마고는 계속 걸었다. 해변에 가까이 갔을 때 그녀는 아만다를 부르기 시작했다. 어쩌면 아만다가 라이언 오빠와 잠이 들었을까? 그녀는 보고 싶지 않은 광경 한가운데로 들어가고 싶지는 않았다.

"아만다!"

뒤 해변에 도착했을 때 그녀의 목소리가 호수 위로 울려 퍼졌다. 아무도 없었다. 그녀는 한 바퀴를 돌았다.

"아만다?"

가슴이 마구 뛰었다. 그 애는 어디에 있을까? 라이언 오빠와 어젯밤에 만나긴 한 걸까? 밤 열두 시까지 아만다가 오지 않았을 때 그 앨 찾으러 가봤어야 했다. 하지만 침낭은 따뜻했고 그녀는 아만다와 라이언을 방해하고 싶지 않았고……. 그래도 변명의 여지가 없다. 조금도. 아만다는 어디로 사라졌을까? 카누는 호수 섬 반대편에 있다. 그러니 되돌아가려면 수영 말고는 방법이 없다.

마고는 가만히 서서 귀를 기울였다. 자신이 무엇을 듣고 싶은지 확실하지 않았지만 무언가가 그녀의 레이더에 걸렸다. 그래, 이거다. 바위에 뭉툭한 나무가 쿵쿵거리며 부딪치는 소리다. 그녀는 신발을 벗고 물가로 걸었다. 작은 해안가 왼쪽에서 무언가가 그녀의 시선을 끌었다. 그녀는 바지가 젖는 것도 아랑곳하지 않고 차가운 물을 헤치고 걸었다. 이제 그 대상이 무엇인지 보였다. 바위에 걸린 노였다. 그녀가 노를 집어 들자 캠프 마코의 모든 노에 찍혀 있는 C와 M이 섞인 표식이 눈에 들어왔다. 그 순간 마치 거미가 마고의 척추 위를 기어 다니는 것처럼 오싹했다. 그녀는 노를 뒤집어 보고 숨이 막힐 듯 비명을 질렀다. 온통 피로 뒤덮여 있었다.

"아만다랑 언니는 무슨 이야기를 했어?" 리디가 물었다.

"뭐라고?"

마고는 고개를 흔들며 다시 현재로 돌아왔다. 그 끔찍했던 기억이 송진처럼 그녀에게 들러붙었다.

"나야." 라이언이 말했다.

"그래?"

"자, 여기." 라이언이 붉은 펜을 집어 들었다가 검은색이 나을 거라고 생각해 바꿔 들었다. 그는 자기 이름 아래 네모 칸을 채웠다. 풍등 날리기, 뒤 해변, 뒤 해변, 캠프, 그리고 오전 6시까지 화살표를 그었다.

"몇 시에 섬에 갔어?" 케이트가 물었다.

"11시 30분쯤."

"그리고 그다음에는?" 리디가 물었다.

"그리고 그다음에 우리는, 좀 그냥 같이 놀았어."

"그리고 1시에 섬을 나섰고?"

"12시 30분쯤일 거야. 오두막에 1시에 돌아왔거든. 타이가 나 대신 근무를 섰고 내가 돌아왔을 때 우린 몇 분간 이야기를 나눴어."

"아만다가 몇 시에…… 그렇게 되었는지 경찰은 알아?" 메리가 물었다.

"난 몰라." 리디가 이렇게 말하며 라이언을 쳐다보았다. "오빠 알아?"

"나랑 헤어질 때까진 그 애는 괜찮았어."

"괜찮았다고?" 마고가 물었다. "아만다가 괜찮았는지 난 의심스러워."

"알았어." 라이언이 말했다. "그 애는 속이 상했어. 내가 거절해서……. 우리 둘 사이는 잘 되지 않았어. 하지만 내가 저지른 일이 아니야. 하느님께 맹세해. 내가 섬을 나설 때 그 애는 해변에 앉아서 노를 젓는 날 지켜보았어."

"그런 다음 그녀에게 무슨 일이 일어났지?" 에이미가 물었다.

"난 몰라요."

"이게 무슨 헛소리람." 리디가 끼어들었다.

"리디." 케이트가 주의를 주었다. "조용히 해."

"아니, 케이트. 더 이상 모르는 척 입 다물고 있는 거 지겨워. 오빠가 오빠의 무죄를 입증하고 싶다면 거짓말은 그만해야지. 지금 당장 거짓말을 멈춰."

"무엇에 대한 거짓말을 말이야?" 마고가 물었다. "넌 뭘 아는데?"

"오빠가 말할래, 아니면 내가 할까?"

라이언은 정신이 나간 것 같은 표정으로 자리에 가만히 서 있었다.

"그래, 좋아. 알았어." 리디가 화이트보드로 걸었다. 그녀는 손으로 라이언의 오전 6시 칸을 지웠다. 그리고 몸을 웅크리고 이렇게 적었다. 비밀 해변.

31 장

가슴이 시키는 대로
라이언

라이언은 누군가 자기 가슴 안으로 들어와 심장을 쥐어짜는 것 같은 느낌이 들었다. 일이 이렇게 진행되어서는 곤란하다. 조금이 라도 이런 식으로 흘러가서는 곤란하다. 그는 리디가 그동안 충분히 참았다는 것을 알고 있었어야 했다. 마고가 자기 계획을 말했을 때(계획이라고 할 것조차 없고 아마추어 형사 흉내를 내보려는 바보 같은 제안 이었다) 제대로 풀리지 않을 거라는 걸 예상했어야 했다. 사람은 모 두 비밀을 가지고 있다. 라이언은 누구보다 그 점을 잘 안다. 비밀 을 파헤치고 드러내려고 할 때면 무고한 사람이라도 위협을 느낀 다는 것을.

"라이언 오빠?"

"응?"

마고가 특유의 표정을 지으면서 그 앞에 섰다. 전에도 본 적이 있는 표정이다. 마고만이 아니라 평생 그가 실망시킨 모든 여자들이 그런 표정을 지었다. 그의 어머니, 아내. 일이 잘못되기 직전 몇 분간의 스테이시 켄싱턴도 그랬다.

"리디가 한 말이 사실이야? 그날 아침에 오빠가 비밀 해변에 있었어?"

"그래."

"맙소사."

"그렇다고 달라지는 건 없어."

"어떻게 그렇게 말할 수 있어?" 마고가 물었다. "그걸로 모든 것이 달라져."

"난 아만다에게 아무 짓도 안 했어."

"그런데 왜 거기 있었어?"

라이언은 다시 가슴에서 압박감을 느꼈다. 마치 심장을 압착기로 쥐어짜는 것 같았다. 어떻게 설명할 수 있을까? 아무도 그의 설명을 바라지 않는다. 아무도 그의 이야기를 믿어주지 않을 것이다.

스테이시 사건 때와 똑같다. 그는 책임지려 했지만 그것만으로는 충분하지 않았다. 사람들은 그에게서 훨씬 더 많은 것을 요구하고 비난했고 또 빼앗아 갔다.

그가 전적으로 책임을 느끼는 근본적인 실수는 스테이시와 말을 튼 거였다. 그와 캐리는 몇 년째 사귀고 있었다. 관계가 깊어지면서 캐리는 더 진지한 관계로 발전되길 원했다. 라이언은 그럴 준비가 되었는지 확신이 서지 않았다. 결혼과 양육이라니. 그저 생각해 볼 시간이 필요했지만 캐리는 이해하지 못했다. 그녀에 대한 확신이 부족하기 때문이라고 생각했다. 캐리는 그가 그녀를 평생을 같이 할 운명의 사람이라고 생각한다면 이미 느끼고 있었을 테고 고민할 필요도 없을 거라고 말했다. 그는 더 나은 누군가를 기다리고 있는 거라고. 라이언은 애써보았지만 그녀가 아니라 라이언, 자기 자신에 대한 확신이 없기 때문이라는 말을 차마 캐리에게 할 수 없었다.

그는 아버지가 된 자신의 모습을 그려본 적이 한 번도 없었다. 자신이 한 사람에게 정착할 수 있을 거라고 생각하지 않았다. 그러던 어느 날 캐리가 선물처럼 그에게 왔다. 그녀는 라이언이 스스로를 돌아보게 해주었다. 그는 몇 년 전이었다면 아마 코웃음을 쳤을, 자신이 이해하지 못했던 것들을 바라고 있다. 어쩌면 그는 성장하고 있는지도 모른다. 아니면 여자를 바꿔가며 만나던 열다섯 살 망나니 그대로인지도 모른다. 하지만 그는 캐리를 실망시키고 싶지 않았다. 솔직히 왜 그녀가 자신을 사랑하는지 이해가 되지 않는다.

스테이시와의 만남은 캐리를 처음 만났을 때와 비슷했다. 그녀의 동생이 캠프참가자였다. 그녀는 가족들과 주말을 보내려고 캠프에 왔다. 라이언은 결혼 문제로 캐리와 다투고 난 뒤 최종적으로 어떻게 결론을 낼지 마음을 정하기 위해 캠프에 머물던 중이었다. 캐리와 헤어질 것인지 그녀에게 올인할 것인지. 둘 중에서 그는 선택을 내려야 했다.

그리고 그곳에 스물두 살의 아름다운 스테이시가 있었고 캠프의 여자애들이 항상 그랬듯 라이언에게 관심을 보였다. 그는 어떤 의미인지 알았다. 주말을 즐기러 온 그녀에게 그는 딱 어울리는 상대였다. '가족 초대 주말'이 늘 그렇듯 그녀도 많이 웃고 즐거워했던 걸로 기억한다. 하지만 세월이 흐르면서 그녀가 실제로 어떻게 생겼었는지 기억에서 차츰 흐려져 갔다. 사실 스테이시는 캐리와 비슷해서 그녀가 어땠는지 구체적으로 떠올리려고 할 때면 캐리가 부두에서 그의 옆에 앉아 웃었고 캐리가 저녁 식탁 아래로 그의 손을 잡아끌었다. 그가 많은 소녀들에게 그랬던 것처럼 숲속 직원 오두막 앞에서 캐리가 그에게 키스를 했다.

스테이시는 담배를 피우고 싶어 했다. 습기로 헝클어진 머리를 하고 자기 허리춤에 손을 올린 채 그에게 말했다. "담배가 있는 곳으로 날 데려가 줘요." 라이언은 그 말이 차에서 뜨거운 섹스를 하자는 완곡한 표현인지 아니면 정말로 담배가 간절해서 그런 건지 확신할 수가 없었다. 그는 너무 많이 생각하지 않기로 했다. 그녀는 숲을 지나 주차장으로 갈 때도, 그가 주섬주섬 열쇠를 찾는 동안에도 계속 웃고 있었다. 그날 저녁 라이언은 맥주를 단지 한 병만 마셨고, 딱 한 병이라 운전을 해도 괜찮다고 생각했다. 하지만 낯선 여자애와 뭔가 이뤄질 수도 있다고 생각하니 살짝 불안하고 두려웠다.

둘이 시내로 가는 사이 스테이시의 손은 그의 다리 사이에 놓여 있었다. 라이언은 도중에 차를 세우고 그녀를 더듬었다. 그는 아직도 가슴에서 안전벨트가 풀리며 핑 하던 소리를 기억하고 있다. 그녀가 뒷좌석으로 넘어갔고 그도 따랐다. 섹스는 거칠었고 그의 마음속에는 내내 캐리가 자리하고 있었다. 사정을 하기도 전에 기분이 엉망이 되었다. 대체 지금 무슨 짓을 하고 있는 거지? 그가 일을 벌였다. 항상 이런 식이다. 하지만 더는 원하지 않는다. 이제 확실히 알겠다. 그러나 그가 캐리와의 관계를 망쳤다. 그녀가 그에게 하루 이틀 쉬면서 어떻게 할지 결정하는 게 좋겠다고 말했을 때는 모르는 여자애랑 길가에 차를 세워두고 뒷좌석에서 섹스를 하라는 의미는 아니었을 게 분명하기 때문이다.

스테이시는 그가 혼란스러워하고 있다는 것을 알지 못했다. 그는 만난 지 몇 시간이 채 안 된 여자애랑 자기 차에서 기꺼이 섹스를 하는 헤픈 남자일 뿐이다. 그녀는 라이언을 제대로 파악했다.

"난 아직 담배가 필요해요." 옷을 다 입고 난 뒤에 스테이시가 말했다. 라이언은 그녀를 시내로 데리고 가서 담배 두 갑을 사주었고 운전석으로 돌아가는데 그녀가 앞서 가더니 운전을 해보고 싶다고 말했다.

"너 몇 잔이나 마셨어?"

그녀가 입을 삐죽거렸다. "그러지 말아요."

"네 안전은 어쩌고?"

"흥을 깨기는."

"넌 내가 가져온 술 두 병을 마셨잖아." 라이언이 말했다. "다른 술 더 마셨니?"

"아닙니다, 선생님."

그 소리에 라이언은 어깨에 힘이 들어갔다. "선생님"이라는 존칭은 사람들이 그의 아버지를 부를 때 쓰는 말이다. 그는 스테이시를 처다보았다. 그녀는 술에 취한 것 같지 않았다. 하지만 어딘가 미심쩍은 부분이 있었다. 그녀는 흥분한 상태였다. 뭔가를 했나? 라이언은 마약에 손을 댄 적이 없었고 적어도 센 종류는 경험한 적이 없었다. 마리화나는 예외로 하고. 그는 스테이시가 약에 취한 것은 아니라고 판단했다.

"왜 그렇게 운전이 하고 싶은데?"

그녀는 머리 위로 팔을 들어 올렸다. 탱크톱 차림에 팔다리를 그렇게 쭉 펴니 너무 말라 보였다. "그저 즐기고 싶으니까요! 내 행동을 분석하려고 하지 말아요."

라이언은 열쇠를 꺼냈다. "좋아, 해봐. 네가 운전해."

스테이시는 몸을 기대고 그에게 키스했고 치아가 입술에 닿고 그녀의 혓바닥이 입안으로 들어왔다. 라이언은 그녀가 자신을 뒷좌석으로 끌어 당길 거라고 생각했지만 금세 그녀는 키스를 멈추고 운전석으로 미끄러지듯 들어가 앉았다.

라이언이 안전벨트도 제대로 매지 않았는데 그녀는 벌써 주차장을 후진해서 나가기 시작했다. 그는 스테이시에게 그의 아버지처럼 안전벨트를 매라고 말했지만 그녀는 혀를 날름거리고는 곧바로 창문을 열었다. 그리고 담배에 불을 붙이고 마치 영화에서처럼 창밖으로 머리를 반쯤 내밀고 야밤에 소리를 지르면서 운전했다. 라이언은 속도를 늦추라고 말하려다 머뭇거렸다. 그는 캐리 생각에 정신이 팔렸다. 무슨 일이 있었는지 그녀에게 털어놓아야 할까? 아니. 그렇게 해서 좋을 게 뭐람? 그들은 헤어지려 하는 중이었다. 오늘 밤 그가 벌인 어리석은 행동 때문에 오히려 자신이 원하는 사람은 그녀라는 것을 알았으니 그것으로 충분하지 않을까? 캐리가 세세한 부분까지 꼭 알아야 할까?

그들은 커브를 돌았고 라이언은 이미 늦었다는 것을 알았다. 헤드라이트 불빛에 금색 갈기를 땋아 장식한 말 한 마리가 도로에 서 있는 모습이 눈에 들어왔다. 라이언이 운전대를 잡으려고 했지만 스테이시가 이미 브레이크를 밟았다. 차체가 옆으로 밀렸고 그다음엔 시야가 흐릿해졌다. 비명과 겁에 질린 말이 울부짖는 소리가 났다. 어쩌면 둘 다 같은 소리일지도 모른다. 라이언이 소리를 질렀을 수도 있다. 그는 정신을 잃지는 않았지만 온 세상이 흔들리고 기울어졌다. 그는 뒤집혔다. 차가 전복되어 도랑에 빠졌고 스테이시가 보이지 않았다. 라이언은 머리부터 떨어지지 않으려 최대한 몸을 버티며 안전벨트를 풀었다. 시동이 걸려 있는 상태라 차에서 엔진 소리가 계속 났다. 그 끔찍한 딩, 딩, 딩 소리 때문에 미칠 것 같았다. 다행히 그는 차에서 빠져나왔다. 타이어의 탄내와 휘발유 냄새가 사방에 진동했다. 스테이시는 어디에 있지? 말은? 누가 말에 타고 있었을까?

라이언은 끔찍한 확신이 들었다. 메리다. 그는 둑으로 뛰어 올라갔다. 캠프에서 키우는 말 중 한 마리인 미란다가 반대쪽 도랑 바닥에서 발버둥치고 있었다. 메리는 핏기 하나 없는 얼굴로 도로 위에 쓰러져 있었다. 그리고 어떻게 된 일인지 모르겠지만 멀리서 사이렌 소리가 들렸다. 나중에 누군가 사고가 나는 소리를 듣고 119에 신고를 했다는 사실을 알게 되었지만 (구급차가 거짓 제보를 받고 마침 근처에 와 있었다) 그날 밤에는 이해하지 못했다. 구급대는 시내에서 16킬로미터나 떨어져 있었다. 그런데 어떻게 그렇게 빨리 올 수 있지?

라이언은 집중하려고 애썼다. 스테이시가 사라졌다. 그의 여동생 메리는 도로에 널브러져 있다. 뭔가 조처를 해야 한다. 메리가 몸을 일으켰다.

"그대로 있어." 그는 이렇게 말하며 동생에게로 뛰어갔다.

"무슨 일이야?"

"자동차 사고가 났어."

"난 말을 타고 있었어."

메리는 혼란스러워했고 라이언은 동생이 술을 마셨다는 것을 알았다. 메리에게서 술 냄새가 났다. 당시 그녀는 스물여섯이었지만 라이언에게는 항상 어린아이였다. 순진한 아이. 여전히 부모님과 같이 살면서 말을 타는 아이. 라이언은 제대로 생각을 할 시간이 없었다. 머릿속이 분주했다. 메리는 어두운 도로에서 술에 취한 채 말을 타고 있었다. 그녀가 이 사고의 원인이다. 스테이시는 어쩌면…… 그녀가 어찌 됐든 메리가 아주 큰 곤경에 처할 거다.

"일어날 수 있겠어?"

"왜?"

"미란다를 데리고 저기 숲으로 들어가 왔던 길로 집에 돌아갈 수 있겠니?"

메리는 일어나서 살짝 비틀거렸다. 이마에 피가 조금 흘렀고 눈에 초점이 없었다. "응, 근데 왜?"

"나중에 설명해줄게. 일단 그렇게 해, 알겠지? 어서 서둘러. 네가 여기에 있는 걸 경찰에게 보여주고 싶지 않아." 사이렌 소리가 더 커졌다. "어서 가, 메리."

그녀는 비틀거리며 언덕을 내려갔다. 라이언은 길을 건너 차로 갔고 구급차가 모퉁이를 돌아 속도를 줄일 때 안전거리를 유지한 채로 서 있었다. 몇 분 뒤에 경찰차가 도착했다. 메리는 시야에서 점점 멀어졌고 잠시 후 숲속의 작은 점이 되어 사라졌다.

응급 구조사가 라이언을 살폈는데 놀랍게도 그는 멀쩡했다. 그들은 몇 분 뒤에 스테이시를 찾았다. 라이언에게 그녀가 어떤 상태인지 말하지 않았지만 그들의 얼굴을 보고서 그는 알았다. 그는 메리를 지켜야겠다는 생각 말고는 다른 생각을 제대로 하지 못했지만, 경찰이 무슨 일이 벌어졌고 누가 운전했는지 물었을 때 라이언은 자동차를 쳐다보고 스테이시에게 안전벨트를 매라고 강요하지 않은 자신을 떠올렸고 또한 숲속에 숨어 있는 여동생에 대해서도 생각하며 이 엉망인 상황에 대해 이렇게 대답했다. "제가 했어요."

◆　　◆　　◆

"라이언 오빠?"

"응?"

마고가 여전히 그 앞에 서 있었다. 이럴 리가 없는데…… 그녀가 제대로 보이지 않았다. "오빠…… 괜찮아?"

"숨을 쉬기가 힘들어."

"오빠가 팔을 왜 저렇게 하고 있는 거야…… 세상에, 이런. 리디, 119에 전화해. 119에 당장 전화하라고!"

32 장

기간 경과
케이트

라이언이 들것에 실려 관리동에서 나와 구급차에 오르는 것을 지켜보면서 케이트는 결심했다.

"어디가?" 에이미가 물었다.

"전화를 걸어야 해요. 마고 언니, 병원에 가기 전에 날 기다려줄래?"

"알았어, 대신 서둘러야 해."

케이트는 사무실로 들어갔다. 그녀는 책상에 앉아 구식 다이얼 전화기를 쳐다보았다. 해야 하는 일이라 생각했지만 망설여졌다. 모든 것이 물거품이 될 것 같다. 나쁜 일이 벌어졌었지만 각자 잘 담아두고 살아왔다. 그녀가 지금 이 전화를 걸게 되면 가족이 품고 살았던 아픔과 걱정, 이번 주말과 그전의 고통스런 일까지 모두 끄집어내 공유해야 한다.

케이트는 망설이다가 기억하고 있던 전화번호를 돌렸다. 그녀는 세상 돌아가는 일은 까먹어도 숫자는 결코 잊지 않았다. 한 번, 두 번, 신호가 울리고 꼬마 숙녀의 목소리가 들렸다. "여보세요, 맥알리스터 씨네 집입니다."

◆　　◆　　◆

전화를 끊고 나서 케이트는 다시금 망설였다. 이제 그녀는 또 다른 문제와 대면해야 한다. 이게 다 리디 때문이다. 바보 같은 리디. 수년간의 침묵과 절대 말하지 않겠다는 문신도 해놓고선 결국　열이 받아 자기 입으로 모두가 있는 앞에서 비밀을 발설하고 말았다. 물론 이제 와서 어쩔 수 없다. 케이트는 마지막으로 마고에게 자신의 입장을 설명해야 한다.

마고는 에이미와 함께 현관에 서 있었다. 그들은 어색하게 처음 만난 사람처럼 대화를 나누고 있었는데 평생 알고 지낸 사이끼리 말도 안 되는 상황이지만, 새로운 현실이 그들 사이를 어색하게 만들었다. 에이미와 케이트가 함께하는 사이다. 마고가 그렇게 이해했다고 케이트는 확신했다. 다만 그건 과거였다. 마고는 이제서야 과거의 사건에 대해 알게 되었지만 케이트는 그 끝, 두 사람이 헤어진 현재를 안다. 넷플릭스에서 팬들의 열화와 같은 성원에 힘입어 드라마를 한 시즌 더 방영하는 것과 같은 일은 벌어지지 않을 거다. 케이트와 에이미는 서로에게 아주 열정적이었지만 세월이 흐르고 나이를 먹으며 세상을 잘 알게 되었을 뿐이다.

"병원에 가야지." 케이트가 말했다.

"내 차를 가져갈까?"

"난 차가 없으니, 그러자."

"맞다." 마고가 말했다. "생각 못했어, 미안."

"괜찮아. 리디는 어디 있어?"

"선과 메리랑 같이 갔어."

케이트는 리디에 대한 화가 점점 커졌다. 늘 아주 용감한 척은 혼자 다 하지만 지금 케이트를 피하고 있다. 죄책감을 느끼는 걸까? 오늘 밤 라이언이 죽거나 그의 심장이 멈추면 리디는 스스로를 탓할까? 케이트는 가슴이 옥죄어오는 것 같았다. 라이언이 죽을 리가 없다. 아니, 그는 안된다. 그가 무슨 짓을 했든 그럴 수 없다.

"같이 갈래요, 에이미?" 마고가 물었다.

"한 시간 뒤에 뷔페 쪽 사람들과 선약이 있어."

"내일 추도식은 그대로 진행하는 거죠?"

"취소하기에는 너무 늦었지."

"맞아요." 케이트가 동의했다. "너무 늦었어요." 그녀는 팔을 뻗어 에이미의 팔꿈치 바로 아래를 만졌다. "나중에 볼까요?"

"그래."

마고는 불편하다는 듯 헛기침을 했다. 케이트는 갑자기 마고가 두 사람의 키스 장면을 본다면 어떻게 행동할지 궁금해졌다. 그리고는 그럴 필요가 없다는 사실을 깨달았다. 지금 당장 알아보면 되니까. 그래서 그녀는 몸을 기울여 에이미의 입술에 키스를 하며 팔로 그녀를 껴안았다. 에이미는 살짝 저항했고 입맞춤이 아닌 포옹으로 답해주었다.

"라이언은 괜찮을 거야." 에이미가 말했다.

"저도 그랬으면 좋겠어요."

◆　　◆　　◆

마고의 자동차가 거친 도로 위에서 덜컹거렸다. 낡은 컨버터블은 주인을 닮아 구식이었지만 편안했다. 마고가 늙었다는 말이 아니다. 그녀는 여러 가지 부분에서 엄마보다 성숙해서 그렇게 보인 적이 많을 뿐이다.

가족 중에서 케이트가 가장 이해하기 힘든 사람은 엄마다. 엄마를 떠올리면 항상 속이 비치는 투명 인간 같았다. 인스타그램의 사진 필터를 적용해 선을 부드럽게 만들고 희미하게 처리한 것처럼 비현실적이었다. 엄마에게는 아무것도 붙어 있지 못했다. 그것이 비난이든, 자식이든, 심지어 남편까지도. 그저 허깨비처럼 둥둥 떠다니며 모든 것을 사진 찍듯 그저 바라보고 그리곤 지웠다. 엄마는 대체 무슨 생각을 하며 살았을까? 상념 속에 갇혀 지낸 걸까? 자신의 행동이 주변 사람들에게 미치는 영향에 대해서 조금이라도 생각해본 적이 있을까? 케이트는 진심으로 엄마가 아무 생각이 없는 사람이길 바랐는데 그게 아니라면 정말로 끔찍하기 때문이다. 다 알고 있으면서도 계속 그렇게 살았다는 것이 되니까.

"우린 대화는 전혀 하지 않을 거야?" 캠프 길을 나와 고속도로에 진입하면서 마고가 물었다. "아니면 그냥 가만히 앉아서 각자의 생각에 빠져 있을래?"

"언닌 리디가 했던 말에 대해 이야기하고 싶은 것 같은데."

"그래, 맞아."

케이트가 창밖을 내다보았다. 해가 넘어가며 땅거미가 지고 있었다. 갑자기 허기가 느껴졌다가 곧 죄책감이 들었다. 라이언이 죽을지도 모르는데 지금 치즈버거 생각이나 하고 있다니.

"뭘 알고 싶은데?"

"라이언 오빠가 그날 아침에 비밀 해변에 있었다는 말이 사실이야?"

"맞아."

"그리고 넌 알고 있었고? 그러면 지금까지 오빠를 위해 거짓말을 해왔던 거야?"

케이트는 창문에서 고개를 돌렸다. "아니, 우리는 언니를 위해 거짓말을 했어."

차가 갑자기 방향을 틀어서 도로 옆 자갈로 올라섰다.

"내가 운전할까?"

"괜찮아. 방금 그게 무슨 말이야? 날 위해 거짓말을 하다니?"

"라이언 오빠가 우리한테 그렇게 말했어. 그래서 우리는 언니를 위해 비밀을 지킨 거야."

마고의 손이 핸들을 꽉 붙잡았다. 케이트가 그녀를 쳐다보았다. 마고는 앞쪽 도로의 커브 길에 시선을 고정했다. 케이트는 자신이 하고 있는 말이 전부 터무니없고 앞뒤가 맞지 않는다는 것을 알았다. 하지만 그렇게 되면 아무것도 말이 되지 않는다. 어둠 속에서 미친 듯이 서둘렀던 수영도. 그 뒤 이른 아침 그들이 비밀 해변 쪽으로 걸어가느라 부풀어 오르던 발에 잡힌 물집도. 해변에서 무엇을 발견하게 될지 혹은 호수에서 무엇을 보게 될지 몰랐지만 그들은 뭔가 일이 벌어졌다는 것을 알고 있었다.

하지만 라이언이 거기 있을 거라고는 기대하지 않았다.

둘이 비밀 해변으로 가는 마지막 모퉁이를 돌았을 때 그와 맞닥뜨렸다. 그는 겁에 질려있었다.

"여기서 뭘 하는 거야?" 라이언이 물었다. "얼른 돌아가. 돌아가란 말이야."

"우리가 봤어……." 리디가 말했다. "무슨 일이야? 해변에 있는 건 누구야?"

"봤다니 무슨 뜻이야?"

라이언은 헝클어진 몰골에 흥분해있었다.

"누가 물속에서 보트를 미는 것을 봤어. 그리고 보트 안에 누군가 있었어…… 보트를 밀던 사람이 오빠야?"

라이언이 양손으로 얼굴을 가렸다. 손의 관절이 다 까졌다. "세상에. 맙소사."

"무슨 일인 거야?" 케이트가 물었다. "오빠가 사고를 친 거야?"

그의 숨이 거칠어졌다. "큰일이…… 큰일이 아만다에게 벌어졌어."

"아만다?" 리디가 말했다. "뭐라고?"

"그 애가…… 나도 모르겠어. 그래, 난 그 애한테 무슨 일이 벌어졌는지 몰라, 하지만 내 생각에…… 내 생각에 아만다가 죽은 것 같아."

케이트는 바닥에 주저앉았다. 정신을 잃진 않았지만 온몸의 힘이 다 빠져나가는 것 같았다. 단단하게 얽힌 뿌리가 그녀를 꼼짝 못 하게 하는 것 같았다. 대체 무슨 일이 벌어진 건지 실감이 나지 않았다. 아만다는 죽었다고? 그녀는 전날 밤 저녁까지 살아 있었고 케이트에게 장기자랑에 촌극을 가지고 나올 거냐고 물어보았다. 도움이 필요하면 말해, 아만다가 말했다. 언제든. 케이트는 아만다를 좋아하고 있었기 때문에 얼굴을 붉혔다. 그 사실은 어느 누구도, 심지어 리디도 알지 못했다.

"무슨 뜻이야?" 리디가 물었다. "저기에 시체가 있다고?"

"목소리 낮춰."

"구급차를 불러야 해. 아니면 엄마와 아빠나." 케이트가 말했다.

"안 돼! 엄마와 아빠는 안 돼…… 부모님은 여기 안 계시잖아." 라이언이 몸을 웅크리고 케이트를 살폈다. "괜찮니, 케이트?"

그녀는 울기 시작했다. "죽어 있는 아만다를 보고 싶지 않아."

"나도 마찬가지야. 확실하지 않아…… 난 어떻게 할지 모르겠어. 어떻게 할지 모르겠다고."

"우리가 가서 어른들을 데리고 오면?" 케이트가 물었다.

"그래, 아만다…… 네가 가봐."

"왜 오빠가 안 가고?"

"왜냐하면…… 사람들이 내가 그랬다고 생각할 테니까."

"오빠가 아만다를 다치게 했어?"

"아니, 안 그랬어. 하지만 사람들은 그렇게 생각할 거야, 모르겠니?"

"몰라."

"어떻게 설명해야 할지 모르겠구나, 케이트. 하지만 잘 들어. 이건 어때? 너와 리디가 용기를 낼 수 있어? 정말로, 정말로 용기를 낼 수 있겠어?"

"어쩌면?" 케이트는 이렇게 말했고 리디는 "당연하지!"라고 대답했다.

"그래, 좋아. 이렇게 하면 될 거야. 난 지금 내 오두막으로 돌아갈게. 너희는 지금부터 백까지 숫자를 세고 그런 다음 캠프로 뛰어가서 만나는 사람을 붙들고 비밀 해변의 보트에서 아만다를 발견했는데 그 애가 괜찮은지 확실히 모르겠다고 말해. 구급차를 불러달라고 하고. 내가 여기 있었다는 말은 하면 안 돼, 알겠지?"

"하지만 우리가 여기서 뭘 했다고 말해? 우리가 곤경에 처하게 될 텐데."

"너희들은…… 행사에 쓸 꽃이나 뭐 그런 걸 찾고 있었다고 해. 모르겠어, 이야기를 만들어내 봐."

"난 그런 거 잘 못해."

"내가 잘해." 리디가 자랑스럽게 말했다.

"그럼 리디 말을 잘 들어, 알겠지? 리디가 한 말을 그대로 하면 돼." 라이언은 일어나서 케이트가 자리를 털고 서도록 도와주었다. "난 이제 갈게, 괜찮지? 지금 갈 테니 숫자를 세고 내가 시키는 대로 해."

리디는 그 앞에 서서 양손을 옆구리에 올리며 말했다.

"우리가 왜 그래야 하는데? 그래서 우리에게 득이 되는 게 뭔데?"

"나로는 부족하시다?"

리디가 '지금 장난해?'라고 말하는 것 같은 표정으로 그를 쳐다보았다.

"그럼 마고를 위해서 해."

"마고 언니?"

"그래." 그가 말했다. "마고를 위해서 이러는 거야."

33장

평탄한 선
리디

리디는 병원을 끔찍이 무서워했다. 합리적인 반응은 아니다. 어째서 그렇지? 무모하다 싶을 정도로 거칠게 어린 시절을 보냈어도 다행히 어디가 부러지거나 꿰매는 일 한 번 없었다. 케이트도 마찬가지다. 리디는 자신이 왜 병원을 무서워하는지 누구에게도 설명할 수가 없었다. 왜 이렇게 두려울까? 그의 위독한 상태 때문도 아니고 경광등이 돌아가고 있는 이 구급차에 라이언을 올라타게 한 원인 제공자가 바로 자신이기 때문도 아니다.

그녀는 라이언을 그렇게 밀어붙이지 말았어야 했다. 그래서 무엇을 얻길 기대했던 걸까?

션이 차를 몰았고 메리는 뒷좌석에 앉았다. 리디는 그들이 자신에게 뭐라고 하길 기다렸다. 그녀를 책망하거나 관리동에서 한 말이 무슨 의미인지 물을 때까지 기다렸다. 하지만 둘 다 아무 말도 하지 않았다. 리디는 하고많은 순간 중에 왜 하필 그때 라이언의 일을 들춰냈을까? 자신과 케이트가 그날 밤에 한 행동에 대해서 평생 느껴온 죄책감 때문일까? 아니, 그녀가 그날 밤과 그 다음 날 아침에 했던 행동 전부 다 해서 느낀 죄책감이다.

차가 울퉁불퉁한 도로로 들어서자 리디의 머리가 유리창에 부딪혔다.

"쿵 하는 소리가 났는데." 선이 그녀를 흘끗 쳐다보며 말했다. "괜찮아?"

"전 괜찮아요."

리디는 이마에 생기기 시작하는 혹을 문질렀다.

"라이언 오빠는 괜찮을 거야." 메리가 말했다.

그 소리에 리디가 좌석에서 몸을 돌렸다. 편안하게 무릎에 손을 내려놓은 메리는 침착해 보였다. "언니가 그걸 어떻게 알아?"

"겨우 마흔 살에 심장마비로 죽는 사람은 없어. 아마도 공황발작일 거야."

리디는 갑자기 화가 치밀어 올랐다. "입 닥쳐 메리."

"진정해, 리디." 선이 끼어들었다. "그렇게 심하게 말할 필요는 없잖아."

"언니가 지금 헛소리를 하잖아요."

"메리는 네 기분을 풀어주려고 그러는 거야."

"그런 배려 따윈 필요 없어요."

"그래, 알았어." 메리가 말했다. "알았다고."

리디가 몸을 돌렸고 다시 모두가 입을 다물었다. 그녀는 수십 년 전 그날 아침을 떠올려보았다. 호수에서 수영하다 본 광경은 충격적이었다. 하지만 둘이 대체 무엇을 본 거지? 사람, 보트, 순간적으로 보였던 긴 머리카락. 그리고 숲 속에서 라이언을 만났다. 라이언. 비밀 해변에서 무슨 일이 벌어졌는지 미리 알고 있던 오빠. 둘에게 아만다가 죽은 것 같다고 말한 사람이 누구였던가. 다른 사람에게 알려야 한다고 했을 때 확신하지 못한 사람이 누구였지. 그리고 그의 계획. 무슨 숨바꼭질을 하듯 숫자를 100까지 센 다음 이미 도움이 필요한 단계를 넘어선 아만다를 도와줄 사람을 찾으러 가라고 했지.

"이건 바보 같은 짓이야." 라이언이 들을 염려가 없을 만큼 멀리 가자 리디가 케이트에게 말했다. 케이트는 낮은 목소리로 숫자 20을 세고 있었다.

"뭐라고?"

"우리가 아만다에게 가봐야 해."

"아, 싫어. 난 안 갈 거야."

"왜 그래, 가보자."

리디가 손을 잡았지만 케이트가 뿌리쳤다. "말했잖아. 난 싫어. 〈스탠 바이 미〉 기억 안 나? 주인공이 시체를 봤잖아. 정말 끔찍했어."

"그건 영화야."

"맞아. 현실은 더 끔찍할 거야."

"난 갈 거야. 넌?"

리디가 케이트에게서 몸을 돌려 길을 따라 달리기 시작했다. 그

녀는 케이트가 따라올 것을 알았다. 자기 혼자 갈 리가 없다. 한 번
도 그런 적이 없었으니까. 리디는 덤불을 헤치면서 왜 그렇게 자기
눈으로 직접 아만다를 확인하고 싶은지 궁금했다. 마음 한 귀퉁이
에선 라이언이 한 이야기가 농담이라 둘이 얼른 확인한 뒤에 그에
게 장난 따윈 안 통한다고 의기양양하게 말할 수 있기를 바랐다.
그리고 다른 한편으론 왠지 모르게 흥분이 되었다.

마침내 마지막 덤불을 옆으로 치우자 보트가 보였고 초록색 지
붕 집의 앤이 샬럿 공주를 연기하는 모습처럼 아만다가 그 속에 누
워 있었다. 피부가 종잇장처럼 창백했고 머리에 난 깊은 상처에서
피가 흘러나오고 있었다. 리디는 놀라 주저앉았다.

케이트가 도착했다. "세상에, 맙소사."

"조용히 해."

"그 소리 좀 하지 마."

둘은 입을 다물었고 리디는 그다음에 무슨 일이 벌어졌는지는
지금 분명하게 기억나지 않았다. 충격을 받은 데다 시간이 꽤 흘렀
고 더욱이 그녀 스스로가 기억하고 싶지 않아서다. 자매는 시체를
보았다. 심지어 만져보았다. 맥박이 뛰는지 알아보려고 손가락을
대봤던가? 숨을 쉬는지 보려고 입에 손을 가져다 댔던가? 그렇게
지체되면서 상황이 더 악화된 걸까? 확실히 둘이서 시간을 낭비한
것은 맞았다. 그리고 숲을 가로질러 되돌아와 관리동의 계단을 뛰
어오르며 소리를 질러 사람들을 깨웠다.

그리고 한참 뒤에 드라마와 같은 하루가 지나고 자신들의 방 2층
침대로 돌아왔을 때 리디는 케이트가 어둠 속에서 작은 목소리로

속삭이는 말을 들었다.

"마고 언니가 그랬을까?"

◆　　◆　　◆

모두들 라이언의 경과가 어떤지 보려고 불편한 의자에 앉아 한 시간 반 가까이 기다렸다. 어떤 검사 결과도 나오기 전에 캐리가 메이지, 클레어, 사샤를 데리고 줄지어 도착했다. 낡은 타일 바닥 위로 캐리의 플랫 슈즈가 딸깍거렸고 아이들은 휘둥그레진 눈으로 엄마 주변을 맴돌고 있었다.

"라이언은 어디 있어요?" 그녀는 흐트러진 올림머리에 낡은 청바지 차림이었다. 리디는 처음으로 캐리의 단정하지 못한 모습을 보았다.

"저리로 데려갔어." 메리가 라이언이 침대에 실려 들어간 반 회전문 너머를 가리켰다. "우리는 아직 아무 이야기도 못 들었어."

"물어는 봤어요?"

캐리의 목소리는 날이 서고 높았다. 리디는 그녀를 원망할 수 없었다. 아빠가 죽었는지 궁금해하는 아이 셋을 데리고 한 시간 반 동안 차를 몰고 왔을 것이다.

"내가 가볼게." 리디가 말했다.

캐리가 반대하려는 듯 그녀를 쳐다보았다가 이내 고개를 끄덕이고 의자에 주저앉았다. 딸들이 캐리 주변을 에워쌌고 가장 어린 사샤가 그녀의 무릎 위로 올라갔다.

리디는 환자 사전 진료구역으로 들어갔다. 무늬 있는 수술복을 입은 간호사 한 사람이 컴퓨터 앞에서 자판을 두드리고 있었다.

"저기, 안녕하세요. 저희 오빠 상태가 어떤지 좀 알고 싶은데요?"

"성함이?"

"라이언 맥알리스터예요. 구급차를 타고 왔어요……."

간호사가 자판을 두드렸다. "여기는 기록이 안 올라와 있네요. 잠시만요."

간호사가 자리에서 일어나 자신의 칸막이 뒤에 있던 문으로 들어갔다. 리디는 등 뒤에서 들리는 대화를 어렴풋이 들었다. 조카들이 메리와 선과 이야기를 하면서 무슨 일이 벌어졌는지 묻고 있었다. 메리는 최선을 다해 무섭지 않게 이야기를 해 주었고, 라이언이 땀을 엄청나게 흘리며 무릎을 꿇고 쓰러진 부분은 말하지 않았다. 아무도 화이트보드에 대해서 언급하지 않았고 보드는 반쯤 채워진 상태로 아무것도 설명하지 못한 채 그 자리에 방치되어 있을 것이다.

간호사가 돌아왔다. "의사선생님이 지금 살펴보고 계세요. 금방 가족들이 환자를 볼 수 있게 될 거예요."

"그러면 오빠는 괜찮은 건가요?"

"그건 선생님께서 알려주실 거랍니다."

간호사는 리디에게 미소를 지었다. 붉은 머리에 주근깨가 난 그녀가 보여준 미소에 리디는 오빠가 괜찮을 것을 알았다. 지금 당장 말해줄 수 없지만 라이언은 무사할 거라고 말이다.

"고맙습니다."

◆　　◆　　◆

　가족들은 20분 뒤에 병실로 호출을 받았다.

　모두가 라이언의 병실 문 앞에 섰다. 침대가 좁아서인지 그의 몸집이 아주 커 보였다. 그는 줄이 달린 장치를 가슴에 부착했고 연결된 모니터에서 삑삑거리는 소리가 쉴 새 없이 흘러나왔다. 온 가족이 다 들어갈 공간이 없어서 리디가 뒤로 빠졌다. 어쨌든 그녀는 그 자리에 있고 싶지 않았다. 라이언이 원하지 않을 것이다. 그는 괜찮아질 거다. 그저 가벼운 심근경색이다. 약 처방을 받고 몸 관리를 하면서 식습관도 고쳐야 한다. 지금 당장 수술을 받는 것이 아니니 곧 퇴원할 수 있을 것이다.

　캐리가 흐느끼기 시작했고 사샤는 그가 누워 있는 침대로 올라가고 싶다고 떼를 썼다. 리디는 폐소 공포증을 느끼며 문밖으로 뒷걸음질쳤다. 환자 대기실로 가려고 했지만 길을 잘못 들어서 결국 병원의 다른 건물 출입구에 다다라서야 멈춰 섰다. 장기 치료 환자들의 병동이었다. 그녀는 반사적으로 문을 열었다. 어디로 가는지 몰랐지만 계속 걸었다. 늘어선 병실마다 인공호흡기 소리가 흘러나왔다. 리디는 아무도 자신에게 무슨 일인지, 누구를 보러 왔는지 묻지 않는 것이 신기했다. 그녀가 그곳에 있을 자격이 되는지 확인하는 사람이 없었다.

　리디는 세 번째 문 앞에 섰다. 여기 와본 적이 있던가? 아니면 그저 마고가 병원을 정기적으로 방문하던 때 해준 이야기를 많이 들어서 알고 있는 것일까?

그녀는 병실 안으로 들어갔다. 벽에는 엄마 특유의 카메라 구도로 찍힌 아름다운 캠프 일몰 사진이 걸려 있었다. 그 아래 침대에 아만다가 누워 있다. 지금은 꽁꽁 얼어붙은 사람처럼 보이지 않았다. 그녀는 아주 말랐고 머리가 희끗했고 가슴이 규칙적으로 부풀어 올랐다가 꺼졌다. 옆 모니터로 평탄한 선이 표시되어 안정적인 뇌 활동을 보여주었다. 아니면 뇌 활동이 없다는 건가. 아니, 그렇지 않다. 최소한으로 활동하고 있는 것이다. 수년 전에 그렇게 들었다. 아만다는 살아 있지만 최소한으로만 그랬다. 쭉 식물인간 상태로 기계조차 더 이상 그녀를 살려두지 못할 때까지 그렇게 버티는 거라고.

어느 쪽이든 그녀는 화면에 보이는 작은 심장 박동으로만 존재를 증명하며 그녀가 알고 있는 모든 것을 간직한 채 그곳에 머물러 있다.

아만다

그날 밤에 대해 난 아주 많은 것을 기억한다. 라이언의 입술 감촉.

내 눈물의 짠맛.

무언가로 맞기 전에 들은 휙 하는 바람 소리도.

그리고 어둠이 찾아왔다. 날 발견한 사람의 흐느끼는 울음소리가 들렸다. 보트가 흔들리는 소리도 들렸다.

내가 이 이야기를 벌써 했던가?

잘 모르겠다. 나의 시간은 그날 아침 쌍둥이들과 함께 있던 순간 이후로 멈췄다. 사람들이 외치는 소리, 시끄러운 사이렌 소리가 기억난다. 바늘과 삽입호스와 사람들이 우는 소리도.

그렇게 그때부터 쭉 이어졌다.

같은 침대.

같은 병실.

바늘과 삽입호스와 사람들의 울음소리까지.

난 깨어 있지 않다. 잠들어 있는 것도 아니다.

살아 있지 않지만 죽은 것도 아니다.

난 그 기억들하고만 남았다. 내 인생의 마지막 밤이 무한 루프처럼 반복되고 또 반복된다.

이곳은 지옥일까……? 천국일까?

난 더 이상 말할 수 없을 것이다.

	아만다	마고	라이언	메리	케이트와 리디	션
오후 9시	풍등 날리기	풍등 날리기	풍등 날리기			
오후 10시	호수 섬	호수 섬		호수 섬		구명보트
오후 11시	뒤 해변	뒤 해변	뒤 해변	호수 섬		
자정	뒤 해변		뒤 해변			
오전 1시	뒤 해변		캠프			뒤 해변
오전 5시		아만다를 찾으러 감		호수 섬		
오전 6시	비밀 해변		비밀해변			비밀 해변

3부 일요일

34 장

다른 목소리, 다른 공간
마고

"어서 와, 마고!"

여덟 살 소녀들은 숲을 가로질러 놀이터로 향했다. 그리고 열 살, 열한 살, 열두 살이 되었다. 두려움을 모르는 아만다가 항상 앞서서 달렸고 마고가 뒤따랐다. 열일곱이던 마지막 여름에도 그랬다. 마고는 캠프로 갈 생각이 아니었다. 캠프와 무관한 다른 일자리를 얻게 해달라고 부모님의 허락을 받으려고 했다. 적어도 여름 방학 동안에는 더 이상 맥알리스터가 아닌 그냥 마고이고 싶었다. 마고 맥알리스터……. 그녀는 어떤 사람이 되고 싶은 건지 몰랐지만 확실히 맥알리스터는 아니었다. 새로운 성을 가지고 싶었다. 기존의 성이 유명하다거나 그런 것은 아니지만, 너무 많은 아이들이 캠프 마코를 다녀갔기에 다른 곳에서 그들과 마주치는 경우가 자주 있었다. 그해 여름, 부모님이 허락해서 다른 곳에서 일할 수 있었다면 마고는 자신이 쌍둥이라는 핑계를 대며 다른 사람인척 하려고 했다. "제 쌍둥이인 다른 애를 말하는 것 같군요…… 아이 스크림 한 스쿱 드릴까요, 두 스쿱 드릴까요?"

그것이 마고의 계획이었다.

아만다에게 이 말을 하자 실망한 듯 보였다. "너 없이 나 혼자 어 떡하라고?" 아만다가 물었다. "우리 계획은 다 어쩌고?"

마고는 어떤 계획을 세웠던 기억이 없었다. 그저 아만다가 그 해 여름을 캠프에서 보내자고 했던 말이 기억났고 마고는 고개만 끄덕이고 별다른 말을 하지 않았다. 그 대가로 지금 마고의 희망 이 무너지고 있었음에도 그녀는 다시 아만다를 따르게 될 것이라 는 걸 알았다. 아만다는 이렇게 말만 하면 되었다. "그렇게 하자, 마고."

그리고 마고는 캠프로 향했다.

그렇게 했다. 그리고 첫 4주 동안 그녀는 생각했다. 별로 나쁘지 않네. 날 캠프로 돌아오게 한 아만다의 결정은 옳았어.

그리고는 아만다가 사라져버렸다.

◆　　◆　　◆

마고는 밤과 아침의 경계에서 놀라 깨어났다. 대체 여기가 어디 고 목은 또 왜 이리 아픈 거지?

병원이다, 병원. 그녀는 병원에 있고 그건 라이언 때문이다.

마고는 자리에서 일어나 불빛에 눈을 깜박였다. 그녀는 대기실 의자에 앉아 있었고 의자는 편안함과는 거리가 멀었다. 조금 전 모두가 나설 때 그녀는 남겠다고 했고 그래서 졸다가…… 그건 잠든 게 아니다. '으스름'이다. 마고와 아만다는 늘 그렇게 부르곤 했다. 해가 사라지기 직전의 침침하고 흐릿한 으스름처럼 잠이 들기 직전의 순간. 생명이 다하기 전 마법의 시간과도 같았다.

맙소사, 마고는 감상적이 돼버렸다. 잠이 덜 깬 데다 병원에 와 있어서 일 것이다. 이 병원 건물 어딘가에 아만다가 있다. 아만다는 약 20년 전 발견된 직후 이곳으로 옮겨왔고 거의 숨을 쉬지 않지만 여전히 살아 있다. 마고는 아만다가 구급차에 오르는 것을 보려고 미친 듯이 노를 저어 호수를 가로지른 뒤 캠프로 돌아왔다. 카운슬러들이 응급구조사들을 도와 비밀 해변에서 숲을 지나 들 것을 옮겼다. 응급구조사 한 사람이 아만다 위에 올라타고 심폐소생술을 실시해 그녀의 심장이 계속 뛰도록 했고 그러는 동안 다른 구조사가 산소 호흡기를 댔다.

아침 기상 종이 울리지 않았지만 캠프는 혼돈 그 자체였다. 아이들이 각자의 구역에서 쏟아져 나왔고 모두가 두려움으로 눈이 휘둥그레졌다. 여자아이들은 대부분 눈물을 흘렸다. 마고가 다리를 덜덜 떨면서 아만다에게 다가가려고 하는데 누군가 뒤에서 그녀를 잡았다. 선이었다. 그가 팔로 마고를 감쌌고 그녀는 너무 충격을 받아 말을 잇지 못하고 그의 목에 얼굴을 묻었다. 얼마나 오래 그렇게 있었는지 모르겠다. 그녀는 구급차 문이 닫히고 출발하는 소리를 들었다. 그리고 또 다른 차가 들어오는 소리와 문이 쾅하고 닫히는 소리가 나더니 엄마가 선에게서 마고를 떼어놓으며 물었다. "무슨 일이야? 대체 무슨 일이 벌어진 거야?"

나중에 병원에 모두가 모였을 때 스위프트 변호사가 도착했다. 그는 마고의 부모님과 구석에 모여 상의를 한 다음 라이언과 이야기를 나누었다. 아만다의 부모님도 와 있었고 마고는 변호사가 온 걸 대수롭지 않게 생각했다. 그러나 경찰이 모두에게 질문을 하기 시작했고 마고는 비로소 이해가 갔다. 라이언이 용의자인 것이다. 그는 마고의 눈을 똑바로 바라보지 못했다.

그리고 지금 마고는 다시 라이언과 이 병원에 있고 아만다도 여전히 이곳에 있다. 20년이라는 오랜 세월 동안 아만다의 부모님은 딸을 이곳에 두기로 결정했다. 그것이 마고가 캠프로 돌아가지 못하는 이유다. 캠프에서 20분 거리에 있는 병원에 아만다가 있다는 사실을 알기 때문이다. 아만다가 저렇게 누워 있는데 어떻게 그녀가 과거를 잊고 즐기며 살아갈 수 있을까? 마고는 그럴 수 없었다.

아만다의 부모님도 마고와 같은 심정일 테다. 그렇지 않다면 어떻게 집에서 그토록 멀리 떨어진 곳에 자식을 혼자 내버려 두었을까? 마치 아만다가 가까이 둘 가치도 없는 사람처럼 말이다. 지금 아만다는 부모님의 도움이 닿지 않는 곳에 있다.

그녀에게 그래선 안 되는 거였다. 혼잡한 몬트리올에서 벗어나 시 외곽에 자리한 병원은 숲에 둘러싸여 있어 여름에는 달콤한 풀 냄새로 가득 찼고 시설이 훌륭했다. 하지만 이곳은 적당히 멀리 떨어져 있어서 날마다 혹은 매달 방문할 수 없는 핑계를 대기 좋았다. 모두가 그랬듯 마고 역시 딸에게 오지 않는 아만다의 부모님과 비교하며 자신의 죄책감을 덜었다. 그들이 아만다를 저렇게 방치해 둔 덕분에 마고도 차츰 나아질 수 있었다. 모두가 그 사건을 털어버렸다. 꾸준히 찾아가는 것도 멈추고 더 할 수 있는 일이 없는지 살피는 것도 그만두었다. 아만다는 잊혀졌고 처음에는 시야에서, 그다음에는 마고의 마음속에서조차 희미해졌다.

그것이 잘못됐다는 것을 마고는 알았다. 그녀는 지금 당장 일어나 아만다에게로 가야 한다. 아만다의 병실로 가 부서질 듯 조그만 친구의 손을 잡아주어야 한다. 아만다는 마고의 가장 친한 친구였다. 그녀는 죽은 것이 아니라 단지 그저 함께 할 수 없는 상태일 뿐이니 여전히 그녀의 가장 친한 친구이다.

마고는 그렇게 해야 한다. 그런데 그녀는 라이언에게로 가고 있다.

◆   ◆   ◆

마고는 라이언의 병실 문 앞에 멈췄다. 그는 덩치에 맞지 않는 좁은 침대에 누워 가족들에게 둘러싸여 있다. 사샤와 메이지가 그와 함께 침대에 있었다. 캐리는 가족들이 그녀를 위해 가져다 놓은 의자에서 클레어를 끌어안고 잠이 들었다. 상황은 좀 그렇지만 아주 완벽한 가족처럼 보였다. 마고는 가슴이 아팠다. 어쩌면 그녀는 자신이 밀어내버린 이런 삶을 원하고 있었는지도 모른다. 마크는 그리 나쁘지 않은 사람이다. 어쩌면 그들이 함께…… 오, 맙소사. 지금 무슨 생각을 하는 거지? 이제 와서 그녀의 모성애가 발동한 것이라면 당장 그 불씨를 꺼트려 버릴 거다. 마고는 목이 뻣뻣했고 몸에서는 냄새가 났다. 집에 가고 싶었다.

"마고?"

라이언이 깨어 있었다.

"안녕, 오빠."

"가슴이 아파."

"나도 그래."

그가 무언가 낮은 목소리로 중얼거렸다. 마고가 가까이 다가갔다. 메이지가 조용히 코를 골며 자는 중이고 사샤는 그에게 등을 대고 웅크렸다. 마고는 이 비좁은 침대에 세 사람이 누울 수 있다는 사실이 놀라웠다.

"이산가족 상봉 같지?" 라이언이 말했다.

"그런 거야?"

"우리 이야기 좀 해."

"오빠가 이야기를 하고 싶다고?"

"그런 거야?" 라이언이 마고의 목소리를 따라 했다. 그는 침대의 좁은 귀퉁이에 앉으라며 손짓했다.

마고는 다가가 무릎을 굽혔지만 앉지는 않았다. "지금 여기서 하긴 좀 그렇지 않아?"

"지금이 아니면 언제 하려고?"

"그런 말 하지 마. 오빠는 괜찮아. 괜찮을 거야."

"그럴까……?" 라이언이 창밖을 쳐다보았다. 마고는 그가 바라보는 곳을 보려고 고개를 돌렸다. 초록빛 나무들과 아른거리는 햇살이 보였다.

"이곳은 아름다워."

"맞아."

"그 애도 좋아할까?"

"그랬으면 좋겠어."

"난 좋아할 것 같아."

"그래."

"내가 그 애를 여기에 오게 한 게 아니야."

"그 말은 벌써 했잖아."

"하지만 비밀 해변에 내가 있었다는 이야기는 너한테 하지 않았어."

"안 했지."

캐리가 기침을 하며 몸을 돌렸다. 마고는 잠시 그녀가 클레어 주위로 몸을 웅크리는 모습을 지켜보았다. 캐리가 자는 척하면서 그들의 대화를 듣고 있는 건 아닐까 궁금했다. 그녀가 그럴 이유가 있을까? 그들만큼 그녀도 피곤할 테고 아마 더 하겠지. 라이언은 그녀의 남편이고 아이들의 아빠다. 아마도 남편의 생사조차 모르는 상태에서 칭얼거리는 아이들을 데리고 여기까지 차를 몰고 왔을 거다. 그 과정이 얼마나 끔찍했을지 마고는 상상이 가지 않았다. 마고는 캐리에게 좀 더 연민을 느껴보려고 했지만 잘되지 않았다. 왜 캐리에게는 이런 감정이 드는 걸까? 왜 항상 그랬을까? 질투일까? 아만다 대신 라이언을 차지한 것이 미운 걸까?

"난 비밀 해변에서 아만다를 다치게 하지 않았어." 라이언이 말했다.

"그러면 거기서 무엇을 했어?"

"네가 몰라?"

"내가 어떻게 알아?"

"내가 널 구했다고 생각했는데."

그녀는 어이가 없어서 웃음이 터져 나오려고 했다. "날 무엇으로부터 구했는데?"

"내 생각엔…… 내 생각엔 네가 바로 그 사람이라고……."

"내가…… 뭐라고?"

"조용히 해, 아이들이 깨겠어."

마고는 자리에서 일어났다. 정신이 아득해졌다. 그녀는 방문자용 의자를 들어 자신이 웅크리고 있던 자리에 놓았다. 라이언은 남은 에너지를 다 쏟아 붓고 탈진한 사람처럼 눈을 감았다.

"우리 여기서 이 이야기는 안 하는 게 좋겠어."

라이언이 눈을 떴다. "아니, 해야 해."

"난 이해가 안 가. 오빠 전에는 아무 말도 안 했잖아. 내가 오빠가 한 짓이 아니냐고 물었을 때조차도 말이야."

"난…… 난 잊으려고 애썼어. 네가 무슨 짓을 저질렀다고 믿고 싶지 않았거든."

마고는 속이 메슥거렸다. "그런데 왜 처음부터 내가 그랬다고 생각했던 거야?"

얇은 이불 위로 라이언의 손이 떨렸다. "왜냐하면 너 말고 누가 있어? 내가 아닌 걸 아는데 남은 사람이 누구야?"

"하지만 내가 왜 아만다에게 그랬겠어?"

"난 네가…… 난 네가 그 애와 다퉜다고 생각했어."

"무엇 때문에?"

"나 때문에."

"세상에, 오빠. 오빠 진짜 자기 잘난 맛에 사는구나."

"나도 알아, 됐지? 나도 안다고. 하지만 그 당시에는…… 난 아만다에게 너 때문에 사귈 수 없다고 말했고 그래서 모르겠어…… 그날 밤 난 정신이 나갔어…… 그래서 생각했어. 아만다가 나한테 너무 화가 나서 그 화를 너에게 풀었고 그래서…….

"내가 노를 들어서 그 애의 머리를 쳤다고?"

"이제 넌 그 말을 입 밖으로 할 수 있구나. 이상하게 들리겠지만……."

마고의 귓가에서 크게 윙윙거리는 소리가 들렸다. 묵직한 노의 무게가 기억나고 씻을 때 물이 붉게 변하던 장면도 떠올랐다. 노를 물에 담그자 그녀의 손에 피가 묻었고 〈맥베스 부인〉 연극 오디션 장면처럼 두 손을 마구 비비며 지우려고 했다.

"…… 그때는 그게 사건을 설명하는 유일한 가능성이라고 생각했어."

"좀 더 자세히 이야기해줘. 힘들겠지만 당시 상황을 떠올려봐."

"어디서부터 시작해야 할까?"

"오빠가 아만다가 있을 곳을 어떻게 알았는지 부분부터 하는 게 어떨까?"

메이지가 뒤척였다. 라이언이 딸의 이마에 붙은 머리카락을 쓸어 넘겨주며 아이를 바라보았다. "그건 사실이야, 너도 알겠지만."

"뭐가 사실인데?"

"다른 사람의 몸속에 너의 일부가 자라고 있다는 것을 알기 전까진 진짜 사랑이 뭔지 절대 알 수 없어."

"나 들으라고 하는 말이야?"

"그런 말이 아니야."

"아니긴 뭐가 아니야?"

그들은 서로를 바라보았다.

"아무튼." 마고가 말을 이었다. "그날 밤, 오빠가 아만다를 떠난 뒤에……."

"말했듯이 난 새벽 1시쯤 캠프로 돌아왔어. 타이랑 잠시 이야기를 하고 자러 갔어. 몇 시간 정도 잤는데 진짜로 잔 건 아니야, 어떤 느낌인지 알지? 새벽 5시쯤 깼고 다시 잠이 안 왔어. 내가 저지른 짓 때문에 기분이 좋지 않았어……. 아만다를 그렇게 놔두고 혼자 와버리는 것이 아니었어. 그래서 자리에서 일어나 5시 30분쯤 호숫가로 내려갔어. 섬으로 가서 사과를 해야겠다고 생각했어. 아침 식사를 하려고 모두가 관리동에 모이기 전에 말이야. 그런데 보트 해변에 갔을 때 난 봤어……. 해변과 섬 중간쯤에 카누 하나가 떠 있고 누군가가 있었는데 누군지는 몰랐어. 그래서 관리동으로 뛰어가 사무실에서 쌍안경을 챙겼어. 난 호수로 돌아와 누군지 보려고 수상구조요원 감시탑에 올라갔는데…… 그건 아만다였어. 그저…… 비밀 해변 근처에 떠 있었어. 그 애의 팔이, 세상에, 그 애의 팔이…… 난 제대로 생각을 할 수가 없었어. 숲 속을 마구 뛰어갔고 비밀 해변에 도착했을 때 아만다가 카누에 있었어. 그 애는 아주 창백했고 관자놀이에 난 상처에서 피가 멈추지 않고 흘렀어. 어디서 읽은 바로는 피가 멈추면 그건 바로…… 말 안 해도 알겠지. 난 네가 바로 아만다에게 상처를 입힌 장본인이라고 생각이 들었어. 왜냐면 말했듯이 너 말고는 그럴 사람이…"

"오빠는 그렇게 생각했구나. 그동안 내내…….."

"거의. 하지만 난 그 생각을 하지 않으려고 애썼어."

"무슨 생각을 말이에요, 아빠? 아만다가 누구예요?"

35 장

건초 더미
메리

한밤중에 쌍둥이 자매와 함께 병원에서 캠프로 돌아오면서 메리는 우선 자신이 왜 거길 따라갔는지 궁금했다. 그녀는 무엇을 바랐던 걸까? 형제자매끼리 다시금 유대감을 형성하고 평생 아파해 온 상처를 치유하기를? 물론 그렇게 되지 않았다. 사람이 죽을 고비를 겪고 개과천선하는 건 영화에 자주 등장하지만 메리는 현실적인 사람이다. 사람은 변하지 않는다. 좋은 쪽으로나 나쁜 쪽으로나 조금 달라질 수는 있어도 본질은 변하지 않고 남는다. 그리고 표면적으로나마 달라졌다고 해도 예전의 자신은 더 이상 없다고 생각하며 자아도취에 빠지게 된다면 좋을 게 있을까? 그래 봐야 자신한테서 못 벗어나고 있는 것일 뿐인데…….

이 집에서 메리의 자리가 있을까? 쌍둥이들은 서로가 있고 라이언과 마고는 항상 통하는 데가 있다. 하지만 그녀는? 이도 저도 아닌 가운데 끼인 상태다.

라디오에서 잡음이 들렸고 마고의 자동차는 살짝 퀴퀴한 냄새를 풍겼다. 뒷좌석은 음악 폴더와 악기 케이스로 빼곡했다. 메리는 그것들을 중간 좌석으로 밀어버렸다. 어린 시절 가족들이 타는 밴에서도 자신이 앉아야 했던 중간 좌석.

아이러니하게도 메리는 항상 〈너와 함께 한가운데 갇혀〉라는 노래를 좋아했다. 매우 빠른 박자의 곡이었고 좋은 사람과 같이 있는 건 좋은 일이라는 가사를 들으면 행복했다.

마고가 그날 밤 호수 섬에서 캠프파이어를 할 때 그 노래를 불렀다. "메리에게." 그녀가 첫 소절을 부르며 그렇게 말했다. 메리는 그 순간 이루 말할 수 없는 행복을 느꼈다. 메리는 유일하게 카운슬러 수련생이어서 아이들이 말을 잘 듣지 않았다. 대체 여기 왜 왔을까? 그러다 마고가 노래를 부르기 시작했고 메리의 목소리가 어우러지면서 언제나 그랬듯 더 큰 하나가 된 기분을 느끼자 그날 밤이 완전히 달라졌다. 아만다가 살짝 오프 키로 끼어들어도 메리는 상관하지 않았다. 그녀는 만족감을 느끼며 모닥불을 지켜보았다. 행복했다.

행복했다. 마지막으로 행복을 느껴본 적이 언제였지?

차가 캠프 진입로로 접어들었다. 달이 뜨지 않은 밤이라 나무들이 더욱 커 보였다.

"여기 내려줘." 메리가 리디에게 말했다.

"헛간에?"

"시나몬의 밥을 못 챙겨줬어. 엄청 배가 고플 거야."

리디가 차를 세웠다. 메리는 차에서 내려 뒤를 돌아보지 않았다. 아직 마음이 다 진정되지 않았는지 가슴이 마구 쿵쾅거렸다.

헛간 문 앞에 버스터가 보초를 서듯 앉아 있었다. 메리는 몸을 구부려 개의 머리를 쓰다듬어 주었다. 어제 버스터를 보고 놀랐던 생각에 웃음이 났다. 너무 애를 쓰다 보면 스스로 바보 같은 행동을 할 때도 있다.

그녀는 육중한 문을 열고 안으로 들어갔다. 한층 마음이 차분해졌다. 여기가 바로 그녀가 있을 곳이다. 마른 건초와 적대감이 전혀 없는 동물들에게 둘러싸인 곳. 메리는 쭉 늘어선 텅 빈 마구간을 따라 걸었다. 전기가 끊길 때를 대비해 낡은 기름 램프가 천장 들보마다 달렸다. 시나몬은 자기 마구간에 서서 갈증과 졸음에 시달리며 반쯤 눈을 감았다. 시나몬의 여물통이 비었고 늘 가득 차 있던 건초통도 바닥을 드러냈다. 메리는 시나몬에게 물과 건초를 챙겨주면서 콧노래를 흥얼거렸고 괜찮다고 말을 안심시켰다. 시나몬은 비록 말을 하지 못하지만, 자기 몸을 메리에게 비벼대며 친근하게 대해주는 것만으로 그녀가 가족에게서 느끼던 소외감을 조금이나마 덜어 주었다.

"여기 있었군요."

메리는 놀라 말을 빗겨주던 빗을 떨어뜨렸고 어제 라이언이 경험한 심장을 쥐어짜는 고통을 느꼈다. J.F야, 그녀는 스스로에게 말했다. 그저 J.F일 뿐이라고. 손에서 진땀이 나기 시작했다.

"놀랐잖아요." 메리는 그와 마주하기 전에 잠시 마음을 다잡았다.

"당신은 날 바람 맞혔고."

메리가 돌아보았다. 그는 청바지에 흰색 긴소매 셔츠를 걸쳐 카우보이처럼 보였다. 머리에는 건초도 몇 가닥 붙어 있다. 부츠와 모자만 있으면 영락없는 카우보이이다.

"고의는 아니었어요."

"그럼 나와의 약속을 잊어버린 거예요?"

메리가 땅을 내려다보았다. 다시 감정이 밀려왔다. 두려움과 갈망이 뒤섞인 혼란스러운 감정이다. 그녀는 그와 함께 있는 동안 자신을 좀 더 자제할 수 있길 바랐다.

"우리 오빠가 심장마비를 일으켰어요. 뭐 그런 비슷한 거요. 그래서 병원에 갔었어요."

"정말 유감이에요."

그녀가 고개를 들었다. "오빠는 괜찮을 거예요."

J.F가 한 걸음 그녀에게 다가왔다. "잘됐네요."

메리는 대답하지 않았다.

"난 잠이 들었어요." 그가 말했다. "건초 다락에서."

"그럼 말이 되네요."

"뭐가요?"

메리는 팔을 뻗어 그의 머리카락에 붙어 있는 건초를 떼어냈다. "이거요."

"아, 스타일 구기는데."

J.F가 셔츠 주머니에 손을 집어넣어 담뱃갑을 꺼냈다. 메리가 본능적으로 그의 손에서 낚아챘다.

"왜 그래요?"

"헛간에서 담배를 피우면 안 돼요!"

"알았어요, 아가씨, 진정해요."

"저 위를 봐요." 메리가 말했다. 그는 시키는 대로 했다. 그들 위로 겨울 동안 쓸 불쏘시개처럼 바짝 마른 건초가 수북이 쌓여 있다. "성냥 하나만 있어도 이곳 전체가 다 타버릴 거예요."

"몰랐어요."

"괜찮아요."

"불 난적 있어요?"

"아뇨…… 하지만 다른 헛간에 불이 난 걸 본 적이 있어요."

한두 해 전에 메리의 이웃 헛간에 불이 났다. 벼락을 맞아서 그렇게 되었지만 그렇다고 덜 끔찍한 건 아니었다. 말의 살이 타면서 엄청난 악취가 풍겼다. 아이들의 고통스러운 표정. 다시는 경험하고 싶지 않은 순간이었다.

"미안해요. 내가 경솔했어요."

J.F가 더 가까이 다가왔다. 그에게서 담배 냄새가 났고 그녀를 기다리는 동안 얼마나 많은 담배를 피웠을까 생각하니 약간 몸서리가 쳐졌다.

"남은 건 어디다가 뒀어요?"

"뭘요?"

"담배꽁초 말이에요. 날 기다리며 피웠던 거?"

"빗물받이통에 있어요."

"그 안에 물이 들어 있어요?"

"물론이죠."

메리가 안도의 한숨을 내쉬었다. "그러면 괜찮아요."

J.F가 엄지로 그녀의 턱선을 쓸어내렸다. "난 그만 갈까요?"

"당신은 피곤하겠군요."

"난 안 피곤해요. 당신은?"

"조금 그래요."

"그럼 난 가볼게요."

그가 몸을 구부려 메리에게 입을 맞췄다. 그렇게 시작이었다. 그녀는 불을 지펴주길 기다리는 불쏘시개였다.

◆　　◆　　◆

그 후에 그들은 사방에 옷을 벗어 던진 채 시나몬 옆 마구간에 누웠다. J.F는 거친 숨을 몰아쉬었다. 메리는 정신이 아득했고 몸속 모든 신경이 되살아났다. 왜 이런 즐거움을 포기하고 살았을까? 그래, 그는 가끔 그녀를 헷갈리게 했다. 하지만 이건 즐길 가치가 있다.

"우리가 어쩌다 여기서 이랬을까요?" 그녀가 물었다.

그 소리에 J.F가 자지러지게 웃었다. "칭찬으로 들을게요."

"그래야죠."

그들은 서로를 바라보고 입을 맞췄다. 메리는 그의 입술에서 자신의 내음을 느꼈다.

"무슨 생각해요?" 그녀는 실없는 소녀가 된 것처럼 느끼며 물었다.

"시나몬이 어떻게 생각할지 궁금해하지 않으려고 노력 중이에요."

"그건…… 이상하잖아요."

"그래요?"

"네."

J.F가 그녀를 가까이 당겼다. "저기…….."

"저기."

"…… 잊어버리고 있었어요."

"뭘 잊었었다는 말이에요?"

"우리가 섹스를 하고 난 뒤에 내가 한 말을 당신이 그런 식으로 반복한다는 걸요."

메리는 움찔했다. 너무 냉정하게 들렸을 것이다. J.F도 그걸 느낀 것이다.

"우리 둘 다 우리 관계를 잊었던 것 같군요."

그녀는 자리에서 일어나 앉아 셔츠를 끌어당겼다. 그녀는 이 순간 마법처럼 옷을 벗기 전으로 돌아갔으면 하고 바랐다.

"가려고요?"

"몇 시간 뒤에 이곳에 100명의 사람들이 추도식을 하러 와요. 가서 준비해야 해요."

그들은 조용히 옷을 입었다. 메리는 자신의 행동과 생각이 부끄러워서 그의 눈길을 피했다. 벗었던 옷을 하나하나 걸치면서 그녀는 그를 인생에서 내쫓아버렸던 사람으로 되돌아왔다. 모두를 내쫓아버렸던 사람으로.

메리는 스웨터를 걸치고 몸서리를 쳤다.

옷을 입었는데도 더 춥게만 느껴졌다.

아만다

1998년 7월 23일 오전 2시

술이 경계를 흐릿하게 만들었다.

시간, 나와 같이 있었던 사람, 이 밤이 어떻게 될 거라는 내 예상까지 모조리 다.

내가 라이언이 아니라 선과 함께 있다는 사실을 잊지는 않았다. 계속 함께 있었던 사람은 그였다. 난 그들의 다른 점 보다는 같은 부분에 더 많이 집중했다. 둘은 키가 거의 똑같았다. 날이 저물 때쯤이면 제멋대로 뻗치던 곱슬머리를 비롯해 캠프의 머스키 향이 입혀진 체취까지 비슷했다. 숲, 캠프파이어, 구명보트 연료로 쓰는 석유 냄새. 술이 반쯤 사라졌을 무렵 이 모든 것들이 하나로 뭉쳐 반은 라이언이 반은 선이 되었다.

내가 그에게 키스했을 때(내가 그에게 했다) 그의 입술은 라이언의 입술과 다르지 않았다. 그의 입에서는 나와 똑같이 술과 우리가 오래전에 먹은 저녁 맛이 났다. 난 눈을 감은 채로 날 배신하고 꽁무니를 빼기 전의 라이언이라고 상상했다. 우리가 키스를 하기 전의 라이언 혹은 나에게 어떤 희망을 주려고 노력하던 라이언이라고. 내가 같이 있고 싶었던 그 라이언이라고.

션의 키스는 한층 경험이 많고 노련했다. 라이언이라고 상상할 정도는 되었지만 기억에 남을 만큼 훌륭한 키스는 아니었다.

션은 모든 것을 함께 했다. 나는 그의 손을 내 가슴 위에 올리도록 했고 그는 처음에는 옷 위로 그다음에는 셔츠 아래로 손을 넣었다. 내가 그의 셔츠를 벗기려 할 때 그는 물러서지 않고 다만 이렇게 물었다. "진짜 괜찮겠어?"

"그럼요." 내가 말했다. "확실해요."

그랬다. 난 이 끔찍한 밤을 기분 좋은 일로 지워버리고 싶은 마음이 있었다. 그리고 그렇게 했다. 션이건 라이언이건 상관없었다. 누구의 손이 내 피부에 닿는지, 누구의 엄지가 내 젖꼭지를 애무하는지, 누구의 손가락이 속옷 안으로 들어와 내 속으로 밀려드는지 관심 없었다. 아, 세상에. 그래, 이거다. 이거야. 모든 것이 예상한 그런 느낌이다. 그리고 점점 더, 난 더 많이 원했다. 그의 입술이 손가락을 대신했다. 바닥이 딱딱했지만 그가 내 안으로 들어오는 순간까지도 난 신경 쓰지 않았다. 그리고 날카로운 고통이 느껴지면서 난 반사적으로 밀어냈다. 그가 망설이더니 다시 물었다.

"정말 괜찮겠어?"

"네." 내가 말했다. "괜찮아요."

내가 키스하자 그는 내 안으로 들어왔다. 난 손으로 그의 등을 붙잡고 다리로 그의 허리를 감쌌다. 좀 전과는 다른 느낌인데 더 좋기도 동시에 더 안 좋기도 했다. 난 여전히 목말랐지만 그가 신음을 하더니 몸을 떨었고 그렇게 끝이 났다. 그리고 그는 내 목덜미에 거친 숨을 내쉬었다.

그리고 모든 것이 달라졌다. 그의 몸이 날 덮고 있지만 난 까발려진 기분이었다. 난 눈을 감은 채 아직 내 안에 있는 그가 라이언이 아닌 엉뚱한 남자라는 사실을 다시금 깨달았다. 이건 그의 잘못이 아니다. 내가 요구한 거다. 내가 원했다.

그러나 이 순간 난 그가 가버렸으면 좋겠다고 생각했다.

	아만다	마고	라이언	메리	케이트와 리디	선
오후 9시	풍등 날리기	풍등 날리기	풍등 날리기			
오후 10시	호수 섬	호수 섬		호수 섬		구명보트
오후 11시	뒤 해변	뒤 해변	뒤 해변	호수 섬		
자정	뒤 해변		뒤 해변			
오전 1시	뒤 해변		캠프			뒤 해변
오전 2시	뒤 해변		캠프			뒤 해변
오전 5시		아만다를 찾으러 감	캠프/ 보트 해변	호수 섬		
오전 6시	비밀 해변		비밀 해변			비밀 해변

36 장

아내의 고백
라이언

라이언은 너무 많은 실수를 저질렀다. 실수 대부분은 다른 사람을 위해서 한 일이었다. 그들이 어떻게 느낄까, 그들이 무엇을 원할까를 그가 임의대로 생각해서 벌인 일이었다. 그는 자기 인생의 모든 여자들을 위해 그렇게 했다. 마고. 메리. 쌍둥이. 캐리. 아만다. 스테이시. 그는 그들에게 감정을 투영했고 그들도 같은 기분일 거라고 생각했다.

스테이시의 경우를 보면, 라이언은 어딘가에 갇힌 것처럼 답답한 현실에서 벗어나 일탈을 꿈꾸고 있었다. 그리고 그녀도 자신과 같을 거라고 생각했다. 하지만 그녀는 너무 무모하지는 않게 그저 잠시 즐기고 싶었을 뿐이었다. 그가 좀 더 주의를 기울였다면, 자신이 보고 싶은 대로가 아니라 그녀를 있는 그대로 살폈다면 그녀가 불안정한 상태라는 것을 알았을 것이다. 그래서 그녀를 믿어서도 안 되었고 당연히 차를 맡겨서도 안 되었다. 그의 인생과 그녀 자신의 인생도 말이다. 하지만 그는 자신과 마찬가지로 스테이시가 위험한 행동을 할 정도로 바보가 아니라고 멋대로 단정 지어 버렸다. 하지만 그건 틀렸다. 라이언은 위험한 사람이다. 그가 연루된 모든 사건들을 보면 알 수 있다. 가족들에게는 그가 없는 편이 더 나았을 거다. 그가 죽었으면 더 좋았을지도 모른다.

"날 두고 죽지 말아요, 알겠죠?"

"뭐라고?"

캐리가 침대 옆에 서 있었다. 그는 한기를 느꼈다. 딸들은 더 이상 옆에 있지 않았다. 아이들이 어디로 간 거지? 그는 마고가 떠난 뒤에 졸았던 것이 틀림없다. 이런 깊은 상념들은 꿈속에서 그가 자신의 잘못을 뉘우치고 만회하려 발버둥치게 했다.

"죽지 말아요." 캐리가 다시 말했다. "당신이 생각하는 게 그런 거라면, 우리는 당신 없이 잘 살아갈 수 없어요."

라이언은 뭐라고 말할지 몰랐다. 캐리가 그의 마음을 읽은 것이 한두 번은 아니지만 그럴 때마다 그는 소름이 끼쳤다. 그렇게 오래 같이 살았지만 그녀가 무슨 생각을 하는지 알 수 없었다. 스테이시에 대해 알게 되면 캐리가 주저 없이 떠날 거라고 라이언은 생각했지만 그녀는 둘의 결혼식을 계획하고 그의 사과와 프러포즈를 받아들였고, 다시는 그 이야기를 꺼낼 필요가 없다고 말했다.

"난 그게 아니라…"

"당신이 날 무슨 마녀처럼 생각하기 전에 당신이 잠꼬대를 했다는 사실을 알려줄게요."

"내가 그랬어?"

"항상 그래요." 캐리는 귀 옆으로 삐져나온 머리카락을 뒤로 넘겼다. 여전히 아름답지만 지쳐 보였다.

"그래?"

"네 맞아요."

"그러니까 그래서…… 그래서 당신이 알게 된 거구나…….""

캐리가 미소를 지었다. 슬픈 미소지만 지금은 그걸로 충분하다. "맞아요."

"그리고 항상……."

"당신은 내가 무슨 독심술이라도 부리는 줄 알았어요? 에잇, 당신한테 말하지 말걸. 아무튼 중요한 건 이거예요. 죽지 말아요. 우릴 떠나지 말아요. 우리는 당신이 필요해요."

"마고가 한 말 들었어?"

"네."

"그런데도?"

"난 오래전부터 알고 있었어요."

라이언은 이불을 어깨까지 끌어당겼다. 여긴 왜 이렇게 추운 거지?

"내 잠꼬대 때문에?"

"일부는 그랬어요. 또한 내가 조각을 좀 맞춰봤어요. 아버님이 했던 말들을요."

"우리 아버지가? 아버지가 당신한테 말했어……?"

"아뇨. 제가 물어봤어요."

"뭐라고?"

캐리는 손가락에 낀 약혼반지를 만지작거렸다. 그의 프러포즈를 수락한 다음 그녀가 고른 다이아몬드 반지다. 라이언은 반지도 없이 청혼을 했고 그건 참 그다웠다.

"스테이시와의 일 이후로 많은 생각을 했어요. 아버님이 뭔가를 이야기했고…… 당신 주변의 여자들이 무사하지 못하다는 거였는데 난 그게 무슨 의미인지 물어봤어요. 그때 난 임신을 했다고 생각했었고…"

"뭐라고?"

라이언은 심장이 마구 뛰었다. 그건 좋지 않은 징조다. 그는 침대 옆 심박 모니터를 슬쩍 쳐다보며 자신이 느끼는 두려움이 드러날 거라고 예상했지만 심박은 변함없이 같은 빈도였다.

"생리를 걸렀는데 마침 스테이시 사건이 일어났고 그래서 난 어떻게 할지 결정해야 했어요. 당신 곁을 떠날지 아니면 남을지. 임신한 상태를 유지해야 할까? 당신을 떠난다면 미혼모가 될 텐데 내가 해낼 수 있을까? 당신에게 아기를 가졌다고 말해야 할까? 그러다가 당신이 내게 사과하고 결혼해달라고 했고 난 승낙했지만 확신이 필요했어요."

"그래서 우리 아버지와 이야기를 한 거야?"

"전부는 아니에요. 그렇지만 아버님이 잠시 언급한 이야기에 대해 자세히 알고 싶었고 그래서 물어봤어요."

"아버지가 뭐라셨는데?"

"아만다에게 일어난 일이 당신 책임일 거라고 생각한다면서 모든 문서들과 작업 중이던 연대표도 보여주셨어요."

"정말 미쳤군."

"좀 그랬어요, 라이언. 솔직히 말하면요."

"우리 아버지가 내가 범인이라고 생각하는 걸 당신은 쭉 알면서도 아무 말도 안 한 거야?"

"당신이 이해해야 해요. 그건 말도 안 되는 조사였고 아버님도 아무 쓸모 없다는 것을 아는 것 같았어요."

"난 못 믿겠어."

"아버님이 작성한 연대표를 보면 앞뒤가 맞지 않다는 것을 누구나 알 수 있어요. 예를 들어, 당신이 왜 호수 섬으로 돌아가서 아만다를 비밀 해변으로 데려갔을까요? 그냥 아침에 다른 사람들에게 발견되도록 그 자리에 놔두지 않고? 그건 말이 안 된다고 난 말씀드렸어요."

"그랬어?"

"네. 그러니까 아버님이 웃으면서 동의했지만 실제로 받아들이셨는지는 모르겠어요."

"그런 다음엔?"

"난 생리를 시작했어요. 임신한 게 아니었죠. 우리는 결혼을 했고요. 나머지는 당신도 알잖아요."

"하지만 우리 아버지는?"

"그리고는 다시 이야기할 기회가 없었어요."

라이언은 제대로 이해하려고 애썼다. 임신은 하지 않았다. 캐리가 그와 결혼하기로 한 이유인데 말이다. 그녀는 아버지가 그를 탓하고 있다는 사실을 쭉 알고 있었다. 그 점이 라이언을 가장 미치게 했다.

"왜 나한테 말하지 않았어?"

캐리가 깍지를 끼고 몸 앞쪽으로 기지개를 켰다. "당신은 산뜻하게 출발하자고 간청했어요. '백지상태'로. 당신이 그렇게 요구했고 난 여전히 당신을 사랑했기에 그러자고 마음먹었어요. 내가 그러지 못한다면 당신을 놔주는 것이 우리 둘 모두에게 더 낫다고 생각했어요. 그래서 내 마음속에서 지워버렸어요. 지금은 이상하게 들리겠지만 난 그렇게 했어요."

캐리가 그의 가슴에 팔을 가볍게 올렸다. 그녀는 둘의 미래를 불안해하는 사람처럼 약해 보였다. 남편이 자신을 떠날 거라고 생각해서가 아니라 지금 들은 말을 그가 어떻게 받아들일지 확신할 수 없어 불안해졌다.

라이언은 자신이 무슨 말을 해야 하는지 알았다.

"당신이 날 떠나지 않아서 기뻐. 하지만 나한테 말해줬으면 좋았잖아. 그랬다면 일부는 피할 수도 있었던 일이었을 거야."

"무엇의 일부를 말이에요?"

"당신이 알면 좋아하지 않을 텐데."

"말해 봐요." 캐리가 침대 끄트머리에 걸터앉았다.

"애들은 어디 있어?"

"간호사 한 명이랑 아침 먹으러 보냈어요."

"알았어, 그러니까……." 라이언은 길게 숨을 내쉬었다. 통증이 느껴졌지만 자신이 하게 될 말보다는 덜 했다. 그는 이번 주말 이

틀간 일어났던 모든 일에 대해 말했다. 아버지의 유언, 투표, 그 바보 같은 화이트보드. 캐리는 충격을 받은 듯했고 묵묵히 듣기만 했다.

"아버님은 정말로 제정신이 아니군요." 마침내 그녀가 입을 열었다.

"내가 생각했던 범위를 훨씬 넘어섰어."

"날 그리로 불렀어야죠."

"그런다고 달라져?"

"당신 여동생들이 내 말을 들었을 수도 있잖아요."

라이언은 캐리의 손을 잡고 입을 맞췄다. "사랑해, 여보. 하지만 내 동생들은 다른 사람의 말을 듣는 부류가 아니야."

"마고는 들을지도 몰라요."

"마고는 이미 내 편이야."

"이제 우린 어쩌죠?"

"모르겠어. 운을 바라야겠지. 당신이 내 곁에 있다면."

"그러니까 포기한다는 거예요?"

"우리에게 다른 선택의 여지가 있어?"

"일어나 계시는군요." 흰 가운을 걸친 여성이 병실 안으로 들어오면서 말했다.

캐리가 자리에서 일어났다. "여보, 타운센드 박사님이세요."

"만나서 반갑습니다."

"가족들을 놀라게 하셨어요."

"그러게요."

"좋은 소식은 병세가 심하지 않다는 겁니다."

"잘 됐네요."

"하지만 앞으로는 식습관과 스트레스 관리에 신경을 쓰셔야 해요."

"그렇게 할게요."

타운센드 박사가 미소를 지었다. "좋습니다. 오늘 매우 중요한 행사에 참석하셔야 한다고 들었어요."

"누가 그 이야기를 하던가요?"

"우리가 했어요!" 딸들이 매점 음식 냄새를 풍기며 병실 안으로 뛰어들어왔다. "우리 모두 추도식에 갈 수 있는 거 맞죠, 타운센드 박사님?" 사샤가 물었다.

"그럼."

"오, 맙소사." 라이언이 말했다.

"아빠는 안 가고 싶어요?"

"당연히 가고 싶지. 아빠가 그냥 장난친 거야." 그는 딸들의 머리 위로 아내와 눈을 맞췄다. "그래도 괜찮겠어?"

"우린 싸워야 할 이유가 있잖아요."

라이언이 메이지를 껴안았다. "그렇지."

37 장

트럭 위에서

케이트

주차장의 늘 같은 자리에 서 있는 녹슨 트럭 옆에 리디가 차를 세 웠을 때 케이트는 마침내 도착했다는 생각에 기뻤다. 그녀는 비행 기를 타고 공항에 내려 다시 집으로 돌아올 때 너무 많은 이동수단 에 지쳐 멀미가 날 때처럼 속이 메스꺼웠다.

그들은 아무 말이 없었고 이른 아침 세상의 소리가 금이 간 창문 틈으로 새어들었다. 케이트는 멀리서 따뜻한 지역을 찾아 날아가 는 캐나다 기러기의 울음소리를 들은 것 같았다.

"정신없는 밤이었어, 안 그래?" 리디가 말했다.

리디는 핵심만 간단히 집어내는 능력이 있었다. 그건 인정해줘 야 한다.

"그래."

"100명이나 온다니 믿어지지가 않아."

"문제없을 거야."

"추도식을 취소해야 해."

"아니." 케이트가 말했다. "그럴 수 없어."

"나도 알아."

"그런데 왜 그렇게 말했어?"

"날 알잖아." 리디가 말했다. "어떤 핑계를 대서라도 할 일에서 도망치는 거."

케이트는 마음속에서 웃음이 올라오는 것을 느꼈다. "세상에, 리디. 모든 것이 너무 엉망진창이야."

리디가 안전벨트를 풀고 그녀에게 다가와 안아주었다. "괜찮을 거야."

케이트는 어릴 때 무서우면 엄마에게 그랬던 것처럼 리디의 목 덜미에 대고 눈을 가렸다. 이것 봐. 엄마는 그렇게 나쁜 사람이 아니었어. 대체 어쩌다 엄마를 나쁜 사람으로 생각하게 된 걸까?

"어떻게 알아?"

"몰라. 그냥 그런 기분이 들어. 이제 갈까?"

"그래."

리디가 케이트를 놓아주었고 둘은 차에서 내렸다. 리디는 케이트의 뺨을 타고 흘러내린 눈물 자국을 못 본 척했고 케이트는 울지 않은 척했다. 그녀는 우는 것을 좋아하지 않았다. 물론 누군들 울고 싶겠는가?

여전히 날이 어두웠다. 리디가 호주머니에서 휴대전화를 꺼내 플래시 기능을 켰지만 케이트는 꺼주길 바랐다. 둥근 하늘 아래 어둠 속에 서서 숲의 이야기에 귀를 기울이는 것, 그녀는 이 순간을 그리워했다.

"너 먼저 가." 케이트가 말했다. "곧 따라갈게."

리디가 케이트의 눈을 들여다보았다. "누굴 기다리는 거야?"

"어쩌면."

"알았어."

케이트는 더 실랑이가 있을 거라 생각했지만 리디는 순순히 몸을 돌리고 숲을 향해 플래시를 비추었다. 케이트는 리디가 사라지는 것을 지켜보았다. 그리고 몸을 돌리고 트럭으로 올라갔다.

"네 쌍둥이 자매는 시끄러워." 평상 트럭으로 케이트가 올라가자 에이미가 몸을 일으키며 말했다.

"맞아요."

"도둑처럼 몰래 어디 숨어 들어가긴 힘들 거야."

에이미는 어깨가 부푼 어두운색 재킷을 걸치고 니트 모자를 썼다. 두꺼운 양털 담요를 깔고 앉았는데 흰 줄무늬가 마치 형광 무늬처럼 두드러졌다. 케이트는 이 담요를 잘 기억하고 있다. 세상에서 벗어나 보려 애쓰며, 얼마나 많은 밤 바로 이곳, 이 담요 밑으로 숨어들었던가?

"리디를 그런 식으로 말하지 말아요."

"넌 자주 그랬잖아."

"그건 달라요." 케이트가 말했다. "난 내가 원하는 대로 그 애를 부를 자격이 있어요."

"그래, 네 말이 맞아. 미안."

케이트는 에이미 옆에 앉았고 잠시 후 등을 대고 누웠다. 에이미도 자연스레 그녀 옆에 누웠다.

"날 만나줘서 고마워요." 에이미가 옆에 자리를 잡자 케이트가 말했다.

"중요한 일이라고 메시지를 보냈잖아."

"난 그저…… 난 그저 그날 밤 있었던 일을 당신한테 말하고 싶었어요."

"아만다와의 일 말이야?"

"네."

"어째서?"

"그날 일을 유일하게 같이 알고 있는 사람이 리디인데 나는 심지어 그렇게 하고 싶었던 것도 아니에요."

케이트는 에이미의 눈길이 자신에게 와 있는 것을 느꼈다. 그래서 고개를 돌려 마주 보았다. 하늘이 아주 조금씩 밝아오고 있지만 그렇게 가까이 붙어 있는데도 에이미가 제대로 보이지 않았다. 그러나 케이트는 자신이 하려는 말을 에이미가 듣고 싶어 하지 않는다는 것을 알았다.

"그런다고 우리 사이가 달라지는 것은 아니야." 에이미가 말했다. "하려는 말이 뭐든 간에."

"우리가 아만다에게 그런 건 아니에요."

"아니야?"

"우리가 그랬다고 생각해요?"

"네가 말해봐, 케이트. 네가 말하고 싶다면 들을 게."

그녀는 몸을 돌리고 등을 대고 누웠다. 더 이상 별이 보이지 않았다. 너무 밝아졌다.

"리디의 생각이었어요." 케이트가 말했다.

"당연히 그랬겠지."

"쉿." 케이트가 말했다. "그냥 들어줘요."

케이트는 에이미에게 자신이 기억하는 대로 이야기를 들려주었다. 어렵사리 복구된 기억이지만 마치 준비한 것처럼 술술 이야기가 나왔다. 말을 하면서 그녀는 자신의 목소리에 이끌려 그때로 돌아갔고 그 아침의 거칠었던 리디의 목소리와 같아졌다.

그녀는 리디가 자신을 한밤중에 억지로 깨워 호수 섬 오두막에 있는 다른 아이들을 놀라게 하는 장난을 치자고 한 것을 기억해냈다. 야심한 밤에 가고 싶었지만 며칠 전 남자 숙소 구역에 있다가 붙잡힌 일로(이것도 리디의 잘못이다) 둘은 외출금지를 당한 상태였다. 둘이 수영복으로 갈아입었을 무렵이 새벽 4시였다. 그들이 보트 해변으로 걸어 나왔을 때 캠프는 고요했다. 둘이 걷다 밟은 나뭇가지 부러지는 소리가 너무 크게 들려 케이트는 모두가 그 소리를 듣고 깨지 않을까 걱정했다.

처음 호수에 들어갔을 때는 몹시 추웠다. 케이트는 리듬을 되찾을 때까지 몸을 떨었다. 보통은 섬까지 헤엄쳐 가는데 한 시간이면 되었지만 그날은 그러지 못했다. 반쯤 갔을 때 리디가 그녀의 팔을 잡았다.

"저길 좀 봐." 리디가 말했다.

리디가 섬 쪽을 가리켰다. 케이트는 물속에서 눈을 깜박였다. 자신이 보고 있는 것이 정확히 무언지 알 수 없었다. 카누다. 남자(아니 소년인가?)가 앉아서 노를 젓고 있었다. 누구지? 어디서 본 얼굴인데 어두운 밤에 윤곽만으로는 구분하기 어려웠다. 라이언이었던 것 같다. 지금까지 그 일에 대해 생각할 때면 케이트는 라이언이라고 확신했다가 곧바로 아닐 수도 있다고 그 생각을 떨쳐냈다. 만약 자기 오빠였다면 확실히 알았을 거라고. 하지만 의구심은 사라지지 않았다.

그들은 말없이 제자리에서 발을 저었다. 서로 이야기를 해선 안 되고 심지어 속삭여서도 안 된다는 사실을 본능적으로 알았다. 둘은 보트에서 노를 젓는 사람을 지켜보았다. 하지만 그가 하고 있는 무언가 때문에 그는 머리를 들지 않았다. 그들 쪽으로 오는 것이 아니었다. 비밀 해변이야, 케이트는 생각했다. 그가 가는 목적지가 거기야. 그리고 비밀 해변까지 10분 정도 되는 거리에서 그가 일어서더니 물속으로 뛰어들었고 출렁이는 파도가 둘에게까지 고스란히 전해졌다. 케이트는 그가 무엇을 하고 있는지 궁금했지만 이내 분명해졌다. 그는 카누를 해안 쪽으로 밀기 시작했다.

"가자." 리디가 그녀의 귀에 대고 속삭였다.

"왜?"

"카누에 누가 있어."

"그걸 어떻게 알아?"

"보트 밖으로 축 늘어진 팔을 봤어."

케이트에게 그거면 충분했다. 둘은 몸을 돌려 주의를 끌지 않고 최대한 빨리 보트 해변으로 헤엄쳐 왔다. 해변에 도착했을 때 둘은 거의 팔을 움직일 수 없었다. 그들은 표면이 울퉁불퉁한 바위 위에 드러누워 숨을 골랐다. 케이트는 지치고 겁에 질렸다. 스스로를 진정시키려고 큰 소리로 별을 세기 시작했다.

"그만해." 리디가 말했다.

"어쩔 수 없어. …… 이제 어떻게 할 거야?"

"해변에서 벗어나야지."

케이트도 같은 생각이었고 둘은 억지로 몸을 일으켜 허리에 타월을 두르고 오두막으로 걸어갔다. 도착했을 때 시각은 5시 15분쯤이었다.

"난 너무 추워서 몸을 심하게 떨었어요." 케이트가 에이미에게 말했다. "옷을 갈아입을 수 없을 정도였어요. 어제 해변에서 안전 점검을 했을 때처럼…"

"하지만 넌 비밀 해변에 갔었잖아." 에이미가 참지 못하고 끼어들었다.

"그랬었죠."

"왜?"

"우린 그 일을 두고 다퉜어요. 올바른 행동이 무엇일까? 난 우리가 곤경에 처했고 무슨 일이 벌어졌는지 정확히 모른다고 말했어요. 어쩌면 리디가 잘못 봤을 수도 있고 아무 일도 아닐 수도 있었으니까요."

"하지만 그렇지 않았지."

"지금은 알죠. 그냥 당시에 그렇게 생각했다는 걸 당신한테 말해 주는 거예요."

"네가 곧바로 어른들에게 알렸다면 아만다는 무사했을지도 몰라. 어쩌면 누가 아만다에게 그런 짓을 했는지 밝혔을지도 모르고." 에이미는 화가 나면 사투리가 튀어나왔다.

"내가 그걸 몰랐을 것 같아요? 난 20년 동안 죄책감을 안고 살았어요. 하지만 우린 열두 살이었고 지쳤고 두려웠고 그래서…"

"네가 죄책감을 느꼈다고?" 에이미가 자리에서 일어나 앉았다.

"어딜 가는 거예요?"

"난 못하겠어."

"우린 아무것도 안 했어요."

"그만 좀 해. 이러려고 날 부른 거지? 넌 비밀을 털어버리고 다시 시작하고 싶으니까. 네가 이 일에 대해 나한테 말하고 나면 뭐? 우리 사이에 다시 비밀스런 무언가가 생겼으니까 과거에 그랬던 것처럼 다시 잘 될 거라고 생각한 거야?"

케이트는 뭐라고 말할지 몰랐다. 자신의 속마음이 이렇게 훤히 드러나 버리게 되면 더 이상 뭐라고 말할 수 있을까?

"그래, 맞아요. 아마도 내가 그러길 바랐나 봐요."

"세상에, 케이트."

"난 당신이 그리웠어요, 알아요? 당신을 사랑한다고요."

에이미가 자리에서 일어났다. 케이트 앞에 선 그녀는 커 보였다. "넌 날 사랑한다고 말하지만 아만다에게 일어난 일을 우리가 다시 만나게 될 계기로 이용했다는 점만 드러냈을 뿐이야."

"부탁인데 목소리를 낮춰요."

"누가 우리말을 듣겠어?"

"그건 모르는 거죠."

에이미가 팔을 넓게 벌렸다. 그녀의 발아래서 낡은 트럭이 삐걱거렸다. "난 여기에 케이트랑 같이 있어!"

"지금 뭐하는 거예요?"

"듣고 있는 사람이 있다면 우리가 여기 있다고 알려주는 거야. 그리고 넌…… 넌 지금 부끄러운 거지, 안 그래?"

케이트가 자리에서 일어났다. "난 부끄럽지 않아요." 그녀가 조용히 말했다.

"그러지 좀 마. 넌 서른두 살이야. 그리고 지금까지 너희 가족 중 누구도 네가 동성애자인지 몰랐어."

"그건 사실이 아니에요."

"그들이 알았다면 네가 말해서가 아니겠지. 넌 가족들에게 내 이야기를 한 적이 결코 없잖아. 항상 숨겼지. 모든 것을 숨겼어."

"당신이 그러고 싶어 한다고 난 생각했어요."

"아니, 케이트. 숨기고 싶어 한 건 너야."

케이트는 얼어붙었다. 이럴 수 있을까? 그 오랜 세월 동안 에이미는 케이트 스스로 동성애자인 것을 사람들에게 알리기를 기다렸던 것일까? 자신의 사랑을 세상에 알리도록?

"에이미, 난……."

"넌 할 말이 없을 거야."

"맞아요."

"항상 그랬어." 에이미는 이 말을 남기고 트럭에서 내렸다.

38 장

가족이라는 끈
리디

리디는 자신이 완전히 혼자라고 느낀 적이 많지 않았지만 오늘은 그랬다. 가족 모두가 병원에서 아무런 도움이 되지 않아 같이 어쩔 줄 몰라 했지만 그 이후는 뭔가 달랐다. 메리는 말을 돌보러 가고 케이트는 에이미를 만나러 갔다. 리디는…… 그게, 그녀도 해야 할 일이 있고 연인도 있지만 지금 이 순간에는 아무도 없다. 자신이 아무것도 아닌 것 같은 기분이 들었다.

리디는 병원에서부터 극심한 피로감이 몰려왔다. 프랑스어 선생님의 오두막에선 샤워를 해도 몸이 따뜻해지지 않을 것 같아 부모님 집과 가까운 관리동으로 갔다. 위층에 욕실이 있는데 항상 비누와 나무 냄새 같은 선의 체취가 풍겨 그녀는 선의 욕실이라고 불렀다.

리디는 옷을 벗고 샤워기 아래에 섰다. 머릿속과 코에서 묻어나는 병원냄새를 말끔히 지워버리고 싶었다. 소독약과 슬픔이 혼합된 악취는 뇌리에 박혀 잘 쓸려가지 않았다. 맙소사, 그녀는 병원이 싫었다. 캠프도. 그녀는 캠프도 싫었다.

리디는 그 생각에 잠시 멈췄다. 캠프가 싫다는 것이 사실일까? 그래, 여러 부분에서 그녀는 캠프를 싫어했다. 가족이기에 어쩔 수 없이 캠프에 머물렀고 자신에게 선택권이 주어졌다면 절대 고르지 않았을 거다. 그러나 이곳에서 그녀는 캠프의 생존을 위해 싸우고 있고 라이언과 선 둘 중에 누가 몫을 받을지를 결정하는 투표에 참가하는 중이다. 왜 그녀는 라이언이 아만다를 공격했다고 생각했을까? 사실 모든 증거가 그를 가리키고 있었다. 20년 전 호수에서 리디는 카누 반대편 끝에 팔을 축 늘어뜨린 아만다와 함께 섬에서 벗어나 노를 젓고 있는 사람이 누구인지 확실히 보았다. 나중에 비밀 해변에서 라이언을 만났을 때 그 점이 더 분명해졌다. 그리고 그는 내내 둘에게 비밀을 지키라고 당부했다. 마고를 보호하기 위해서라고 하면서……. 하지만 리디는 마고가 한 짓이 아니라는 것을 뼛속 깊이 알고 있었다. 그렇다면 누가 그렇게 아만다를 남겨두고 떠난 걸까? 라이언은 결백했던 것일까?

리디는 살갗이 벗겨질 만큼 뜨거운 물에 몸서리를 쳤다. 라이언이 무죄라면 그들 중 누군가가 저지른 짓이다. 그녀는 아니다. 케이트도 아니다. 둘은 서로의 알리바이다. 호수 맞은편에 머물던 대학생들이 그랬을 거라는 생각은 처음부터 하지 않았다. 그들에게 무슨 동기가 있단 말인가? 그러니 남은 건 그녀가 아는, 어떤 관계가 있는 사람일 거다. 가족 중 누군가일 거다. 그리고 가족 중 한 사람이 저지른 일이라면 그녀와는 이제 남남이 되게 될 텐데 이것이 정확히 어떤 의미가 되는 건지 리디는 확실히 알 수 없었다. 그녀는 마음속으로 어제 넘겨보던 서류를 살폈다. 그녀의 가족은 비밀이 너무 많다. 이 모든 혼란 속에서 그 서류들이 의미하는 퍼즐 조각을 맞출 시간이 없었다. 오늘 오후에 투표를 하기 전에 알아내야 한다.

리디는 물을 잠갔다. 몸에 타월을 단단히 두르고 나오니 션의 코고는 소리가 들렸다. 그녀는 션에 대해 궁금해졌다. 이 사건에서 그는 어떤 역할을 했지? 라이언을 제외하고 보면 션이 남는다.

그녀는 아래층으로 내려갔다. 화이트보드는 그 자리에 그대로 있었다. 정보가 반쯤 채워진 칸에 새로운 사실은 없었다. 리디에게는 그랬다. 그런데 중요한 시간, 그들이 수영하기 전과 그 이후의 시간 칸이 비었다. 그 시간대가 바로 퍼즐을 맞출 수 있는 지점이다.

리디는 오두막으로 돌아와 슬쩍 챙겨온 오웬의 옷을 걸쳤다. 그리고 케이트 몰래 숨겨둔 서류를 꺼내 차근차근 읽었다. 모르던 사실을 알게 된 정신적인 부담감 때문인지 피곤이 밀려왔다. 자려고 자리에 눕자마자 설핏 잠이 들었다가 마치 어떤 해야 할 일이 있는 사람처럼 30분마다 잠을 깼다. 일요일 오전 8시 30분에 종이 쳤을 때(션은 종 치는 일을 빼먹은 적이 있을까?) 리디는 더 자기를 포기하고 자리에서 일어났다. 그녀는 창밖 호수를 쳐다보았다. 파도가 일렁이고 구름이 위협적으로 낮게 깔렸다. 아마 얼마 후 비가 올 것이다. 어쩌면 추도식을 하기에 완벽한 날이지만 100명이나 되는 사람들이 모이기엔 좋지 않은 날씨다.

사방이 진흙탕인데 무얼 할 수 있을까?

◆　　◆　　◆

리디는 보트 해변에서 선을 보았다. 보트 헛간의 문이 활짝 열려 있고 그는 해변으로 노를 가져가는 중이었다.

"뭘 하는 거예요?"

"카누를 좀 꺼내려고. 내가 뭘 하는 것처럼 보이니?"

"탈출을 계획하는 사람 같아요."

선이 물가에서 리디를 쳐다보았다. 햇살 한 가닥이 구름을 뚫고 선의 주홍빛이 도는 붉은 머리 뒤쪽을 비추어 후광처럼 보였다. 캠프에 온 아이들이 '광대'라고 놀리자 그는 긴 머리를 짧게 잘랐고 덕분에 햇빛 아래 서 있을 때를 제외하고는 머리카락이 어두워 보였다.

"탈출이라니?" 선이 물었다. "무슨 이유로?"

"우리에게서 벗어나려고요."

"그러려면 진즉에 그랬겠지."

"그렇군요."

"여기까진 왜 내려왔니, 리디?"

리디는 아직 확신이 없었다. 오두막에서 그녀는 선을 만나봐야겠다고 생각했다. 그런데 막상 바짓단을 말아 올려 다리를 드러낸 채 그늘진 곳에서 한 손에 노를 들고 서 있는 그를 보니 몸이 떨렸다.

리디는 주머니에 손을 넣어 자신이 가져온 종이쪽지의 끝부분을 만지작거렸다. "내가 뭘 찾았거든요."

"그게 뭔데?"

"어디서 찾았는지 묻지 않아요?"

"좋아, 어디서 찾았는데?"

"우리 아빠가 가지고 있었어요."

선은 반응을 보이지 않았다. 리디는 무슨 얘기가 나올지 그가 이미 알고 있을 거라 생각했지만 그런 것 같지 않았다. 아니면 연기를 아주 잘하고 있거나.

"그게 뭔데?"

"당신에 관한 거예요."

선이 그녀를 향해 다가왔다. 그는 엄지와 집게손가락으로 U자를 만들며 노를 빙빙 돌렸다.

"왜 맥알리스터 씨가 나에 관한 자료를 가지고 있는 거야?"

"우리 모두에 대한 자료를 가지고 있어요."

"그래?"

"당신은 놀란 것 같지 않네요……. 가만, 당신이 파일들을 가져갔어요?"

"무슨 파일?"

"공방에 있던 것들 말이에요. 케이트와 내가 어제 벽에 붙여 놓았어요. 당신이 그랬죠?"

"내가 그랬다면 어떻게 할 건데?"

그는 다시 노를 돌렸고 이번에는 좀 더 높이 들어 리디의 얼굴에서 불과 몇 센티미터 떨어진 곳까지 바싹 다가와 스치듯 지나갔다.

"조심해요."

"미안."

선은 노를 내리고 모래에 꽂았다.

"그것들을 왜 가져갔어요?"

"네가 말했듯 나에 관한 거니까. 난 개인적으로 살펴볼 기회가 있었으면 했어."

"하지만 당신이 모두 다 가져갔잖아요."

"난 경황이 없었어."

후광이 사라졌다. "당신은…… 당신은 그 빌어먹을 안전 점검 예행연습을 일부러 계획한 거죠? 파일들을 챙기려면 시선을 돌릴 거리가 필요하니까. 그것 때문에 케이트가 죽을 뻔했다고요!"

"난 그런 일이 생길 줄은 몰랐어."

"세상에."

선이 한 걸음 더 가까이 다가왔다. 그는 마치 뛰어온 사람처럼 거친 숨을 몰아쉬었다. 리디의 맥박이 빨라졌다.

"넌 내 파일 어떤 걸 가졌는데?"

"아무것도 안 가졌어요."

"방금 네가 가지고 있다고 했잖아."

그는 이제 리디 바로 앞에 섰다. 리디는 자신이 너무 작게 느껴졌다. 두려웠다. 그녀는 선이 자신과 비교해서 그렇게나 덩치가 큰 사람이었는지 그동안 깨닫지 못했다. 그의 셔츠 안에서 강인한 근육이 도드라졌다.

"난 당신에 관한 뭔가를 찾았다고 말했지, 그게 당신 거라고 하지 않았어요."

"나에 관한 거라면 내 거야."

리디는 여기 오지 말았어야 했다고 후회했지만 너무 늦었다. 그녀는 재빨리 주머니 속 서류 중 어느 쪽이 자신을 덜 위험하게 만들지 계산하고 느낌으로 그게 어느 것인지 구분하려 했다. 봉인했던 흔적이 만져지자 그녀는 알았다. 그래서 두꺼운 모조 양피지 쪽을 꺼내 펼쳤다.

"이게 내가 찾은 거예요."

"이게 뭔데?"

"당신 출생증명서요. 이걸 왜 아빠가 가지고 있다고 생각해요?"

◆　　◆　　◆

잠시 뒤 아무런 대답도 듣지 못하고 선을 떠난 리디는 케이트를 찾으러 갔다. 이 상황을 이야기 나누고 계획을 세워야 했다. 그때 길에서 커다란 주차장 푯말을 들고 있는 마고와 마주쳤다. 그녀는 검은색 칵테일 드레스에 회색 스웨터를 걸치고 스타킹을 신었다. 머리를 단정하게 넘기고 화장도 조금 한 듯했다. 리디는 마고가 차려입은 모습을 전에 본 적이 있지만 이런 모습은 꽤 낯설었다.

"왜 그렇게 꾸몄어?" 리디가 물었다.

"네가 보기에 어떤 거 같은데?"

"나한테 화났어?"

"지금 그게 말이니, 리디?"

"왜?"

"너랑 케이트는 라이언 오빠가 비밀 해변에 있었다는 사실을 20년 동안이나 숨겼어. 그래놓고 지금 나한테 묻는 거야?"

"언니도 오빠가 호수 섬에 있었던 것은 알았지만 다른 사람에게 말하지 않은 건 매한가지잖아."

"그건 달라."

"어떻게 다른데? 그건 언니의 비밀이고 우리의 비밀이 아니라서? 참 언니답네."

"무슨 뜻이야?"

리디는 자신이 잘못하고 있다는 것을 알았다. 해변에서 선과 이야기를 나눈 직후라 더욱 그랬지만 그녀는 주체할 수 없었다. 자신이 화를 내는 게 어딘가 합당하다고 느껴졌다. "늘 그런 식이지, 안 그래? 완벽한 마고 언니는 절대 실수를 하지 않지. 학교에서도 항상 우등생이고 오빠의 살인미수도 깔끔하게 뒤처리해주고."

"난 아무 뒤처리도 하지 않았어." 그러나 마고의 얼굴은 붉게 달아올랐다.

리디는 주차장 푯말을 붙잡으며 말했다. "대체 뭐야, 언니? 무슨 짓을 했어?"

"아무 짓도 안 했어……. 난 아무 짓도 안 했다고."

"언닌 거짓말투성이야."

"이거 봐."

리디가 잡고 있던 손을 놓았다. "좋아. 만약 언니가 숨기는 걸 내가 알게 되면……."

"지금 날 협박하는 거야?"

차 문이 쾅하고 닫히는 소리에 두 사람은 깜짝 놀랐다.

"누구지?" 마고가 물었다.

"누가 너무 일찍 온 거야. 빌어먹을 평생회원들."

"가서 그들을 맞이해야 해."

둘은 도로를 걸어 주차장으로 향했다. 리디는 매직아이 속 숨은 그림찾기라도 하듯이, 자신의 눈에 들어온 광경이 처음엔 이해가 가지 않아 한동안 가만히 쳐다보았다.

리디와 마고만큼은 아니지만 얼떨떨한 표정으로 오웬과 마크, 스위프트 변호사가 서 있었다.

39 장

기억하기엔 너무 아픈
선

제기랄, 선은 노를 해변 위로 내리치고 또 내리치며 생각했다. 모래가 흩날렸지만 그는 멈추지 않았다. 자신을 위해서. 어머니를 위해서. 그들이 어떻게 감히 그럴 수 있나? 어떻게 감히 그가 알아야 하는 것과 알아서는 안 되는 것을 자기들 마음대로 결정해 그의 인생을 좌우하려고 했을까? 마치 그가 자기 인생의 가장 기본적인 부분조차 알 가치가 없는 사람처럼 말이다.

선은 분노했다. 분노와 함께 이곳에서 모두가 기대하는 방식으로 행동한 스스로에게 수치심이 느껴지기도 했다.

그는 휘두르던 노를 멈추었다. 팔이 아파 왔다. 바닥에 노를 내팽개친 뒤 해변에서 무대 역할을 하는 건선거Dry Dock에 걸터앉았다. 평소에는 고즈넉이 앉아 있기 좋은 장소로 오래된 침엽수가 그늘을 만들어 만 전체를 편하게 볼 수 있다. 오늘 아침에는 구름이 낮게 깔렸고 호수가 거칠었다. 곧 비가 올 것이다. 그는 바람에서 비 냄새를 맡았다.

선은 진정하려고 길게 숨을 들이마시고 천천히 내뱉었다. 이 분노가 어디서 오는 것인지 몰랐다. 평소에 느끼던 감정과는 전혀 달랐다. 리디가 나타났을 때 선은 끝장났다고 생각했다. 물론 지금 걱정하는 건 그게 아니다. 그의 비밀은 여전히 잘 지켜지고 있으니까. 그날 밤 그가 섬으로 되돌아갔다는 사실을 아는 사람은 아무도 없다. 아무도 그와 아만다 사이에 벌어진 일을 모른다.

그는 눈을 감고 기억을 떠올렸다. 그녀의 내음, 피부의 감촉. 그녀 안에 있을 때의 그 느낌. 그는 아만다와 잠자리를 한 자신이 부끄러웠다. 그녀는 겨우 열일곱이고 자신이 사랑하는 여자도 아니었다. 키스했을 때 그는 아만다가 자신을 원하지 않는다는 것을 알았다. 그는 기분전환을 위한 대용품에 지나지 않는 것 같았다. 하지만 그에게 아만다도 마찬가지였기에 상관없다고 생각했다.

그가 눈을 감으면 그날 밤의 아만다는 마고가 되었다. 그녀의 입술과 매끄러운 머릿결. 상상하던 그대로였다. 그런 마음을 품으면 안 된다는 것쯤은 알고 있다. 자신은 한참 나이가 많고 마고는 그에게는 여동생과 다름없으니까.

그는 쭉 마고를 지켜봐 왔다. 당시 마고는 열다섯이었고 선은 자신의 눈길이 그녀에게 가 있는 와중에도 그러면 안 된다고 생각했다. 그래서 마음을 돌리려고 애썼다.

그러다 맥알리스터 부인이 그의 뒤로 다가와 이런 말을 했다. "마음은 솔직해서 원하는 것을 말하지." 그 소리에 선이 놀라 돌아보았다. 부인은 종종 그랬듯이 목에 카메라를 걸고 있다가 그의 스냅 사진을 찍었다.

"그게 무슨 뜻이에요?" 그가 물었다.

부인은 잠시 그를 쳐다본 다음 사람은 자신이 사랑할 사람을 늘 고를 수 있는 건 아니라는 말이라고 알려주었다. "그렇지만." 부인이 말을 이었다. "그 상황을 어떻게 할 것인지는 스스로가 선택할 수 있어."

선은 이해를 했다. 마고를 바라는 봐도 되지만 만져서는 안 된다. 그리고 그는 결코 그러지 않았다.

그날 밤 아만다와 그 일이 있기 전까지.

아만다가 먼저 유혹했다고 핑계를 대고 싶지만 그게 변명거리가 될 수 없다는 점을 잘 알았다. 그는 두 사람 모두 후회하고 있다는 것을 느낄 수 있었고 그녀가 자리에 앉아 옷을 입으면서 예상했던 말을 꺼냈다.

"이건 실수였어요."

선은 스스로도 동의했지만 막상 그 말을 들으니 너무 화가 났다.

40 장

모두가 캠프에 모이다

마고

마고는 한 시간 반 동안이나 마크를 달래면서 그를 목 졸라 죽이고 싶다는 생각을 했다. 다만 주차장은 연인과 헤어지기에는 적당한 장소가 아니었다. 오지 말라고 했음에도 부득부득 나타난 건 참으로 전형적인 그의 모습이다. 그녀는 화가 났지만 미소를 지으며 캠프에서 보게 되어 기쁘다고 말했다.

마크 역시 기뻐했다. 그는 마고가 주방에서 출장뷔페 직원들과 준비한 음식을 점검할 동안 그녀 뒤를 졸졸 따라다녔다. 그리고 둘은 추도식이 열릴 야외 구조물인 드라마텐트로 향했다. 창고에 있던 접이식 의자를 배치하면서 그녀는 토요일 아침(겨우 하루 밖에 지나지 않았나?)에 전화를 한 이후로 그가 놓친 새로운 정보를 알려주었다.

"여긴 결혼식을 올리기 좋은 장소인 것 같아." 의자를 절반 정도

놓았을 때 마크가 말했다.

"네?"

"여기서 결혼식이 열린 적이 있겠지?"

마고는 그를 마주하는 게 두려웠다. 마크가 프러포즈를 한답시고 갑자기 무릎을 꿇으면 어쩌지? 하지만 그저 깊은 생각에 잠겨 있는 그의 모습을 보고 마고는 안도의 한숨을 내쉬었다. 그는 추도식을 위해 넥타이를 매고 출근용 재킷을 걸쳤다. 회색 울 블레이저, 흰 셔츠, 보수적인 넥타이, 짙은 색의 청바지. 마고는 그의 이런 차림을 항상 좋아했다. 마크는 처음 만났을 때와 같은 모습이고 멋대로 날리는 검은 머리 아래로 푸른 눈동자가 두드러지는 것도 여전했다.

"아마도? 오래전인 것 같아요."

"당신은 한 번도 생각해본 적이 없어?"

"난 결혼을 꿈꾸는 그런 소녀가 아니잖아요."

하지만 그 말은 사실이 아니다. 마고와 메리와 쌍둥이는 어릴 적 항상 드라마텐트에서 결혼식 놀이를 했다. 휴지로 만든 베일을 쓰고 몰래 가져온 초를 켜고 놀다 엄마한테 혼이 나곤 했다. 가끔은 라이언이 신랑을, 선이 주례를 맡았다. 선이 바보 같은 저음으로 결혼 서약을 낭독할 때 그녀들은 바닥으로 뒹굴며 옆구리가 아플 정도로 웃었다.

"지금은 어때?"

마고는 이 대화가 자신에게는 지뢰밟기게임과 같다는 것을 알기에 곧바로 단호하게 대답했다.

"생각해본 적 없어요……. 마크, 우리 부모님의 추도식이 이제 한 시간 남았어요."

"그래, 미안해. 지금은 때가 아니지."

그 소리에 마고는 살짝 기분이 누그러졌다. 마크는 여전히 그녀가 지난 5년간 함께 지내온 남자다. 그는 바뀌지 않았다. 달라진 쪽은 그녀다. 마고는 그 이유를 알지 못했다.

"맞아요, 지금은 때가 아니에요. 의자 놓는 일을 먼저 끝낼까요?"

"그래."

둘은 의자를 모두 제자리에 놓은 다음 관리동으로 가서 추도식 이후에 있을 식사 준비가 제대로 되었는지 마지막으로 확인했다. 늦은 점심 식사가 될 것이다. 식사는 한 끼만 제공하기로 정했고 점심을 먹고 해질녘에 모두가 해변에 모여 풍등 날리기를 하게 되어 있다. 참가하고 싶으면 각자 풍등을 가지고 오라고 초대장에 적어놓았다. 마고는 어릴 적부터 알고 지내던, 이제는 칙칙한 어른이 된 회원들이 차 뒷좌석에 풍등을 싣고 배우자와 아이들에게 자신의 추억을 이야기하며 캠프로 운전해 오는 모습을 상상해보았다. 호수에서 보낸 시간들이나 캠프파이어나 연극의 밤 같은 것들.

그런데 마고는 안내를 따르지 않았다. 캠프 마코로 오기 전 부모님을 위한 풍등을 만들 시간이 없었다. 부모님을 이렇게 대접해서는 안 되는데…… 어쩔 수 없다.

"가서 필요한 물품을 좀 챙겨올게요." 그녀가 마크에게 말했다. "여기서 기다릴래요?"

"그럴게."

마고는 사무실로 가서 박엽지와 풀을 찾아 뒤적거렸다. 식료품 보관창고에 아이스크림 막대가 있을 텐데. 그녀는 슬쩍 손목시계를 보았다. 10시 30분이다. 시간은 충분하다.

마고가 사무실을 나섰다. 화이트보드 앞에 마크가 서 있었다.

"이게 뭐야?" 그가 물었다.

"우리는 아만다에게 벌어진 일을 제대로 파악해보려고 했는데 오빠가 심장 발작을 일으켰어요. 왜요?"

마크가 몸을 돌렸다. 그는 마고를 낯설게 쳐다보았다. "당신이 한 짓 같은데?"

"뭐라고요?"

그 소리에 마고는 그를 지나쳐 곧장 화이트보드를 살폈다. 어젯밤 자리를 뜰 때와 달랐다. 누군가 빈칸 몇 개를 채워놓았다. 그녀의 눈길이 선의 칸에 다다랐다. 그는 자정에 호수 섬에 있었다. 아만다와 뒤 해변에. 뭐라고… 뭐라고?

"이건 뭐지?"

마크의 손가락이 오전 4시 칸을 가리켰다. 그녀의 칸을 제외하고는 쭉 비어 있었고 누군가 그녀의 이름을 쓰고 붉은 펜으로 동그라미를 쳤다. 이름의 절반이 덮일 정도로 계속해서.

◆　◆　◆

"누가 왜 그런 짓을 했을까?" 10분 뒤 마크가 다시 물었다.

"나도 모르겠어요."

하지만 그건 거짓말이다. 마고는 화이트보드에 적힌 글씨체를 곧바로 알아보았다. 그녀는 누가 자신을 지목했는지 알았다. 그 이유를 생각하지 않으려고 애썼다. 분명 사정이 있을 거다. 생각할 시간이 생기면 그때 알아보면 된다.

둘은 다른 사람들이 보기 전에 화이트보드를 관리동 위층에 숨겼다. 벌써 도로에서 사람들의 목소리가 들리기 시작했다. 웃음과 신이 난 목소리들. 추도식은 엄숙한 행사지만 사람들이 다시 만나는 동창회와도 같다.

"이건 위험한 짓이야." 마크가 말했다.

"뭐가요?"

"이거." 그가 화이트보드를 가리켰다. "그날 사건이 어떻게 된 일인지 알아보는 거 말이야."

"나더러 알아보라고 한 사람은 당신이에요."

"내가 생각이 짧았어. 누가 아만다에게 그랬던 간에…… 너무 위험해."

"라이언 오빠도 그렇게 말했어요."

"그의 말이 맞아."

"아무 일도 벌어지지 않을 거예요…… 모두가 여기 모여 있잖아요."

"그 이후에는?"

"우리가 다시 투표를 하겠죠."

"당신이 이걸 완성하면 누가 그랬는지 알 수 있어?"

"그럴 생각이었어요."

"그런데 지금은?"

"나도 몰라요, 알겠어요 마크? 난 이렇게 흘러갈 거라고는 생각지 못했어요. 지금 사람들이 오고 있고 난 이제 가서 우리 부모님에 대해 추도연설도 해야 하고……."

마크의 팔이 그녀를 감쌌다. 포근하고 단단했다. 그녀는 더 가까이 파고들며 익숙한 체취가 풍기는 그의 가슴에 얼굴을 묻었다. 이주말이 어서 끝났으면 좋겠다. 여기서는 제대로 생각을 할 수가 없다. 한 번도 그런 적이 없었다.

"괜찮아. 당신은 괜찮을 거야."

"난 두려워요."

"나도 그래."

마고가 몸을 떼어냈다. "당신은 내가 그랬다고 생각하는군요."

"아니야."

"말해봐요, 한순간이라도 그렇게 생각한 적이 없다고 말할 수 있어요?"

"그렇게 생각한 적 없어." 그는 대답했지만 분명 망설였다. 그런 반응에 마고는 놀랐지만 속상하지는 않았다. 그저 그가 그녀를 그 정도로 나쁜 사람이라 생각할 수도 있다는 것을 전혀 예상하지 못했다.

"내 얼굴이 엉망인가요?"

"잠시만, 여기 있어." 그가 주머니에서 유행 지난 손수건을 꺼냈다. 그는 마고의 고개를 들어 올려 눈물을 닦아주었다. "한결 나아."

"고마워요."

그가 손수건을 다시 접어 주머니에 넣었다. "나도 알고 당신도 알잖아."

"뭘 안다는 거예요?"

"당신이 불행하다는 거. 당신이 날 떠날 생각을 하는 거."

그녀는 바닥을 내려다보았다. 바닥은 오래되어 금이 갔고 틈이 너무 크게 벌어져 그 사이에 물건이 빠지면 찾을 수 없을 것 같았다. 자신의 인생이 부서지고 있는 와중에 그런 생각을 하고 있다는 것이 우스웠다. 그녀는 어릴 적에 읽은 마루 밑 숨겨진 공간에 살고 있는 《난쟁이 가족》 이야기가 떠올랐다.

"왜 그런 말을 하는 거예요?"

"그게 사실이니까, 안 그래?"

마고는 그를 쳐다보았다. 그녀는 자신만의 방식으로 이 문제를 정리하고 싶었지만 그는 언제나 그랬듯이 자기 멋대로 해결하려고 했다. 하지만 그래도 괜찮을지 모른다. 결국에는 그도 자신을 원하는 사람과 같이 있어야 한다. 그는 충분히 그럴 자격이 있다.

"맞아요. 미안해요."

"할 이야기가 그것뿐이야?"

"내가 무슨 말을 하길 바라는데요?"

마크가 한숨을 쉬었다. "당신이 내 생각이 틀렸다고 말해주길 바랐어."

"미안해요."

"그 말은 이미 했잖아."

마고는 다시 바닥을 내려다보았다. 그의 눈에 고인 눈물을 보는 것보다는 나았다.

"이제 어쩌죠?" 그녀가 물었다.

"내가 떠나길 원해?"

"아뇨, 있어도 돼요."

"내 말은…… 아파트 말이야."

"내가 나갈게요. 살 곳을 찾을 때까지 동생 집에 머물게요."

"알았어."

부스럭거리는 소리와 기침 소리가 들리더니 선이 옆방에서 나왔다. 그는 내내 자기 방에 있었다. 그가 마고를 향해 어깨를 으쓱였다. 이제 어떡할 거야?

"안녕, 마크." 선이 악수를 청했다.

마크가 그의 손을 툭 쳤다. "그녀는 이제 당신 거예요."

"마크!"

"뭐, 어때서?" 그는 복도를 걸어나가면서 어깨너머로 마고를 돌아보았다. "당신도 알고 있잖아."

그녀는 어찌해야 할지 몰랐다. 마크를 뒤쫓아 가서 가지 말라고, 다시 잘해보자고 말해야 한다는 것을 알고 있었다. 그에게 자신은 선을 그런 쪽으로 생각해 본 적이 없으며 적어도 그 마음은 사실이라고 확신시켜야 한다. 마고는 한 번도 선을 이성으로 느껴본 적이 없었다. 지금 이 모든 상황이 벌어지고 나니 그런 생각은 더 확고해졌다.

"괜찮아?" 선이 물었다. 그는 장례식 때 입었던 양복을 다시 입었다. 검정색에 가까운 남색 양복이다.

"네, 괜찮아요."

"마크가 한 말이 무슨 뜻이야?"

"아무것도 아니에요. 무시하세요."

"왜 그래, 나한테도 말해줘." 그는 마고의 어깨에 손을 올렸다.

그녀가 재빨리 몸을 뺐다. "이러지 말아요."

"미안, 난 그러려고 그런 게 아니라……."

마고는 거칠게 숨을 들이마셨다. 지금 이 순간처럼 인생이 불확실한 적이 없었다.

"그날 밤 호수 섬에서 뭘 하고 있었어요, 선? 당신이 아만다를 해쳤어요?"

마고는 선의 눈을 똑바로 바라보았다. 그녀는 자기 오빠가 그랬던 것처럼 선도 부인할 거라 예상했다.

하지만 그는 그러지 않았다.

아만다

1998년 7월 23일 오전 3시

    그날 밤까지 난 수치심이 무엇인지 알지 못했다. 물론 부끄러웠던 적은 있다. 내가 기저귀를 차고 다니던 시절의 이야기를 부모님이 친구들에게 했을 때나 여덟 살 때 그렸던 그림을 몇 년이 지난 뒤에 다시 꺼내 자랑해보라고 한다거나 했을 때 부끄러웠다. 우리 할머니는 보청기 볼륨을 제대로 조절해두지 않아 사람 많은 곳에서도 고래고래 소리를 지르며 '나 오줌 눠야 해'라고 모든 사람이 다 듣도록 말했다.

    그럴 때가 부끄러운 때다. 부끄러웠지만 수치스럽진 않았다.

    그런데 선과 잠자리를 했을 때, 그를 라이언을 잊는 도구로 이용하고 그는 마고를 잊으려고(복수하려고) 날 이용했을 때 수치스러웠다. 섹스를 끝내고 그가 내 위에서 숨을 고르던 그 순간부터 난 우리 둘을 휘감는 감정을 느낄 수 있었다. 역겹고 추웠고 이곳이

지구상에서 가장 머물고 싶지 않은 장소가 되어 버렸다. 나의 첫 경험이 그렇게 끝났다. 그리고 난 이 순간을 영원히 기억하게 될 테지.

우리는 한동안 아무 말 없이 누워 있었다. 그러다 선이 내 옆으로 내려왔고 난 그에게서 등을 돌린 채 옷을 입었다. 첫 경험을 의미 있게 만들려면 어떻게 해야 하는지 엄마가 귀가 닳도록 해주던 이야기가 머릿속에서 들리는 것 같았다. 사랑에 빠질 필요는 없지만 벌어진 일에 대해 후회해서는 안 되었다. 하지만 이미 난 후회하고 있다. 게다가 이 일을 혼자만의 비밀로 간직해야 한다. 마고에게 말할 수 없다. 누구에게도 말해서는 안 된다. 우리가 한 행동이 범죄는 아니지만 그래도 안 된다. 그는 직위가 높은 관리 직원이고 나이도 훨씬 많다. 그가 해고를 당할 수도 있고 난 집으로 보내져 캠프 이야기가 나올 때마다 사람들 입에 오르내리게 될 것이다.

"아무한테도 말하지 않을 거야." 선이 말했다. "그러니 걱정 마."

"알아요."

"너도 하지 않을 거지? 마고한테도?"

난 스웨터를 걸치고 몸을 돌렸다. "마고가 신경이라도 쓸 것처럼 말하네요."

잔인한 말이라는 걸 알았지만 그가 어떤 반응을 보이건 상관없다고 생각했다. 그 순간 어떤 스위치가 갑자기 켜진 것 같았다. 나는 한 사람에게 그렇게 거대한 분노의 홍수가 휩쓸고 가는 것을 본 적이 없다. 그는 불이 되었고 난 그 불에 델 것이 확실했다.

	아만다	마고	라이언	메리	케이트와 리디	션
오후 9시	풍등 날리기	풍등 날리기	풍등 날리기			
오후 10시	호수 섬	호수 섬		호수 섬		구명보트
오후 11시	뒤 해변	뒤 해변	뒤 해변	호수 섬		
자정	뒤 해변		뒤 해변			
오전 1시	뒤 해변		캠프			뒤 해변
오전 2시	뒤 해변		캠프			뒤 해변
오전 3시	뒤 해변					뒤 해변
오전 4시					수영	
오전 5시		아만다를 찾으러 감	캠프/ 보트 해변	호수 섬	캠프	
오전 6시	비밀 해변		비밀 해변		비밀 해변	

41 장

추모의 날
메리

다시금 캠프에 종이 울리자 모두가 추도식장으로 모였다. 메리
는 익숙하지 않은 원피스 안으로 군살을 밀어 넣고 어두운 정장을
입은 사람들과 함께 드라마텐트로 걸었다. 프랑스어와 영어로 떠
드는 목소리가 배경음처럼 들렸다. 그녀는 아는 사람들과 인사를
나누었고 몇몇은 그녀를 다독이며 안아주었다. 같이 말을 타는 모
임에서 온 산드라네와 오래전 마고의 마음을 아프게 한 사이먼 보
클레어도 참석했다. 대부분 그저 조금 희끗해졌을 뿐 여전한 모습
이다. 하지만 이름을 말하기 전까지는 그녀가 알아보지 못하게 된
사람도 몇몇 있었다. 대체 저마다의 인생에 무슨 일이 있었기에 누
군가는 어릴 적 모습 그대로이고, 다른 누군가는 마흔에 벌써 전혀
다른 얼굴이 되어버린 걸까?

드라마텐트는 부모님의 추도식을 하기에 완벽한 장소다. 부모님

이 계신 곳에는 언제나 이야기와 연극 같은 일들이 있었으니까.

드라마텐트는 소나무 숲에 둘러싸여 있다. 이곳은 캠프 마코에서 메리가 제일 낯설게 느끼는 공간이다. 그녀는 한 번도 연극 수업을 들은 적이 없었고 여기서 열리는 공연에 참석하는 일도 피해왔다. 가끔은 이곳이 존재하는지조차 잊어버렸다.

메리는 앞줄의 스위프트 변호사 옆에 자리를 잡았다. 모두가 다볼 수 있는 곳에 앉고 싶지 않았지만 그래야 했다. 앞줄은 공연을 위한 가족들의 자리다. 그녀는 평생 그렇게 살아왔기에 어떤 표정을 짓고 언제 적당히 웃어야 하는지도 알았다. 그녀는 잘할 수 있다. 할 수 있을 것이다.

가족들은 몇 주 전에 여러 통의 메일을 주고받은 끝에 선이 추도식을 주도하기로 결정했지만 메리는 거의 챙겨 읽지 않았다. 보통은 장남이 해야 하는 일이었다. 하지만 선이 제안을 했을 때 라이언은 그저 좋은 생각이라고 대답했다. 모두가 유언장과 선의 지분에 대해 알기 전 일이다. 미리 알았더라면 라이언은 오늘처럼 쉽게 자기 자리를 내놓지 않았을 것이다.

하지만 라이언은 의무와 책임에 대해 그리 중요하게 여기지 않는 사람이다. 메리가 아는 라이언은 그랬다. 이제 가장이 되었으니 달라졌을까? 라이언은 줄 가장자리에 자기 딸들 사이에 앉아 있었다. 추도식에 참석하려고 병원에서 퇴원했고 둘은 집안에서 마주쳤다. 메리는 캐리와 조카들을 봐서 진심으로 기뻤다. 너무 오랜만이었다. 그녀는 좀 더 노력했어야 했다. 적어도 이 부분은 다른 자매들과 별반 다르지 않다. 그들은 너나 할 것 없이 조카들을 등한시했다.

라이언이 고개를 돌려 둘은 눈길을 교환했다. 잠시 그렇게 있다가 시선을 피했다. 메리는 그가 무슨 생각을 하는지 알면 좋겠다고 생각했다. 불안하게 헛기침을 하며 추도문 종이를 반들반들하게 펴고 있는 장본인이 자신이 아닌 것에 죄책감을 느끼고 있을까? 아니면 그녀가 본 눈빛은 안도감일까?

마음의 짐을 내려놓는 방법이 있다는 사실을 메리는 알고 있다. 몸부림치는 걸 포기하는 것. 부모님이 돌아가시기 전부터 이따금 메리는 그 점을 생각하고 또 생각했고 이제 그녀는 그 성취의 중간 쯤에 와 있다. 그러나 그녀가 할 수 있을까? 마침내 과거를 뒤에 남겨두고 앞으로 나갈 수 있을까?

션이 다시 헛기침을 하며 주의를 집중하려 했지만 시끄러운 와중에 아무도 듣지 못했다. 그래서 그가 손을 들었다. 메리의 가족이 이번 주말에 그랬던 것처럼 한 사람씩 모두가 말을 멈추고 손을 차례차례 들었다. 조용히 이목을 끄는 방법이다. 그녀는 목구멍으로 무언가 걸리는 것이 느껴졌다. 단상 위의 이젤 두 개에 각각 부모님의 확대 사진이 놓였다. 헐렁한 히피의상을 입은 부모님의 결혼식 사진과 캠프를 운영한 첫해에 마코 캠프 간판 앞에서 함께 찍은 사진이었다. 엄마는 임신 막달이고 아빠는 엄마의 배 위에 자랑스럽게 손을 올렸다. 메리는 그 시절 부모님을 알고 싶다고 생각했다. 그들이 여기에 있다면 뭐라고 하실까? 그동안 일어난 모든 일에 대해 아신다면 어떻게 하셨을까? 부모님이 추도식을 허락했을까? 이것이 진정 아빠가 원했던 일일까?

선은 손들이 천천히 내려갈 때까지 조용히 기다렸다.

"안녕, 여러분." 그가 마이크에 대고 인사를 건넸다. 그의 목소리는 라디오 아나운서처럼 깊고 낭랑했다.

"안녕, 선!" 모인 관중들이 대답했다.

메리는 미소를 지었다. 다들 참 한결같다. "안녕, 선"은 아주 오래전부터 하던 인사다. 선을 놀리기 위한 말이기도 했지만 그의 이름을 집어넣어 만든 서로간의 농담이기도 했다. 야영객들이 어디서든 서로에게 건네는 인사다. 아주 길게 늘여서 '안녀어엉, 서어어언'이라고 장난스럽게 말한다. 선이 어떤 생각으로 그렇게 인사를 건넸는지 모르겠지만 지금 그가 미소를 짓고 있으니 의도적인 것 같았다. 시작이 좋다.

"오늘 여러분을 이곳에서 뵙게 되어 큰 영광입니다. 가족과도 같은 여러분이 한자리에 모인 걸 맥알리스터 부부께서도 좋아하셨을 겁니다. 캠프 마코는 특별한 곳이니까요."

"마코!" 누군가 이렇게 소리쳤고 그러자 메아리처럼 마코, 코, 코 하는 소리가 텐트로 퍼지며 메리의 기억도 함께 되살아났다. 네 살 때 라이언이 그 구령에 대해 알려주었다. 그리고 그녀가 쌍둥이들에게 가르쳐주었고 그녀와 마고는 헛간에서 서로 잡기 놀이를 할 때도 마코를 외치곤 했다.

소리가 잦아들자 선이 말을 이었다. "전 인생의 많은 부분을 이곳에서 보내는 영광을 누렸습니다. 많은 분들이 아시겠지만 제 어머니가 돌아가신 뒤 맥알리스터 부부께서 절 이곳으로 데려오셨습니다. 저를 가족으로 받아들여 주시고 머물 집과 할 일과 그분들을 만나지 않았더라면 결코 가질 수 없었던 많은 기회도 주셨습니다."

리디가 크게 두 번 기침을 했다. 그러자 션은 얼굴이 빨개지더니 추도사가 적힌 종이로 시선을 내렸다.

"간단히 제 이야기를 했습니다만 저는 여러분이 이해하실 수 있도록 제 삶이 어땠는지 조금 더 얘기하려고 합니다. 저희 어머니는 힘든 삶을 사셨습니다. 저희는 이사를 많이 다녔고 친구를 만들거나 정착할 만큼 한곳에 오래 머물지 못했습니다. 조부모님을 뵌 적이 한 번도 없고 제 아버지가 누구인지도 모릅니다. 어머니는 계속 그렇게 사셨고 최선을 다했지만 제 삶은 일반적인 아이의 삶과는 달랐습니다."

"어머니가 돌아가신 뒤 맥알리스터 부부께서 모든 것을 바꿔주셨습니다. 두 분께서 이 지역에 양부모님을 찾아 주셨고 전 그분들과 살며 학교에 다니고 여름에는 이곳에서 시간을 보냈습니다. 처음으로 저를 기다려주는 곳이 생긴 것입니다."

"맥알리스터 부부께서는 형편이 여의치 않았고 이미 다섯 자녀가 있었지만 물심양면으로 절 지원해주셨습니다. 그리고 이곳에서 종일 근무를 하겠다고 했을 때도 허락해주셨습니다."

"전 감정을 이야기하는데 서툰 사람입니다. 하지만 그분들의 보살핌 덕분에 결코 할 수 없었던 일을 할 수 있게 되었다고 감히 말씀드리고 싶습니다. 전 이곳에 대해서도 그렇게 생각하고 있습니다. 무엇이든 가능한 장소라고요. 여러분이 누구든 이곳에서는 최고가 될 수 있습니다. 비단 저뿐만 아니라 여러분 모두에게 그분들이 주신 선물입니다."

그는 잠시 말을 멈추고 주의를 둘러보았다. 메리는 자신의 뒤에서 누군가 흐느끼는 소리를 들었고 그녀도 눈물이 나올 것 같았다. 선이 달라 보였다. 그는 어떤 기분이었을까? 메리가 태어나기 바로 전 그가 여덟 살 때 어머니가 돌아가셨고 그래서 그는 마고나 라이언처럼 그녀에게는 항상 변함없이 캠프에 있는 사람이었다.

"맥알리스터 씨는 각자의 상상을 펼칠 수 있게 해주는 것이야말로 캠프가 보여주는 진정한 마법이라고 하셨습니다. 꿈을 꾸고 원하는 대로 될 수 있도록 말입니다. 캠프가 아닌 밖에서 어떤 사람이었는지는 상관없습니다. 이곳에 있다는 것이 중요합니다."

"이곳에 대해 한 가지만 기억하라고 한다면, 우리가 배우고 성장하고 시험하고 실패하고 성공하고 사랑하고 극복하고 감동을 받은 이곳에서의 경험은 말로 설명할 수 없을 만큼 근사하다는 것입니다. 덕분에 우리는 지금의 모습이 되었고 앞으로도 영원히 그럴 것입니다."

"캠프 마코는 항상 제 안전지대였고 여러분의 안전지대라는 것도 알고 있습니다. 아직 우리 앞의 미래가 어떨지 모르지만 무슨 일이 벌어져도 이곳은 우리의 마음과 기억 속에 늘 함께 자리할 것입니다."

선이 메리 부모님의 사진을 향해 돌아섰다. "고맙습니다." 그는 간단히 이렇게 말했다.

그렇게 연설이 끝났다. 뒤편에서 우레와 같은 박수가 터졌고 텐트 전역으로 퍼져 나갔다. 메리도 그 속에 휩쓸렸다. 모두가 박수

를 치고 눈물을 흘렸고 선은 평온하고 아름다운 얼굴을 하고 주위
를 둘러보았다.

그는 짐을 벗어버린 홀가분한 남자의 모습이었다.

42 장

화이트보드 위의 또 다른 표시

케이트

케이트는 추도식이 열리는 동안 시간이 어떻게 가는지 몰랐다. 드라마텐트에 앉아서 션이 하는 말을 듣고 있으니 자신의 인생을 한 편의 영화처럼 들여다본 것 같은 기분이 들었다. 과거의 일들이 눈앞에서 나타났다 사라졌다. 어릴 적 아빠가 종교와 무관한 일요일 행사를 열 때('자연과 셰익스피어에 영감을 받아서'라고 아빠는 말했다) 그녀와 리디가 실없는 TV 프로그램 패러디를 만들어 연극 공연을 하던 기억이 났다.

케이트는 부모님 생각을 했어야 한다는 것을 알았다. 돌아가시기 전에 마지막으로 이야기를 나눈 것이 언제였나? 기억이 나지 않았다. 마고에게서 그 소식을 듣고 난 뒤 그녀는 하루 종일 기억을 떠올리려고 했지만 그렇게 애쓸 때마다 거짓말 같은 느낌이 들었다. 부모님이 그녀의 기대를 저버리고 캠프를 넘겨주지 않은 뒤에도 왕래는 계속했다. 그건 확실하다. 그런데 대체 언제였지?

그러다 추도식이 끝났다. 마고가 그녀의 손을 잡고 있었고(마고가 언제 자기 옆에 앉았는지 기억이 나지 않았다) 마고는 그녀의 귀에 대고 최대한 빨리 단둘이 이야기를 나누어야 한다고 말했다.

"하지만 점심시간이잖아. 우리가 빠지면 모두 눈치챌 거야."

마고는 아랫입술을 깨물고 벗겨진 입술을 질근질근 씹었다.

"사람들은 추억담을 나누느라 바쁠 거야."

"그래도 우리는 거기 있어야 하잖아."

"오늘 우리가 그 결정을 내려야 하는데 아무렇지 않은 척 행동하자고?"

케이트는 의아했다. 그 감정이 얼굴에 드러났는지 마고가 화를 내며 한숨을 쉬었다.

"투표 말이야, 라이언 오빠를 어떻게 할 건지? 잊은 거야?"

"안 잊었어. 오늘이 무슨 날인지 알아."

그러나 사실은 아니다. 아침에 에이미와의 일 때문에 케이트는 혼란 속에서 오늘을 살짝 잊고 있었다. 그녀는 이번 주말을 몽땅 잊어버리고 싶었다. 과거의 경험으로 미루어 본다면 충분히 그러고도 남을 것이다.

"그런데 왜 내 말을 거절하는 거야?"

"거절 안 했어. 그럼 어디로 가서 얘기할까?"

둘은 평생회원들과 그 가족들에게 둘러싸여 있었다. 어린아이를 제외하고는 모두가 남색과 검은 정장 일색이다. 이제는 다들 웃으며 이야기를 나누고 있었다.

"집안으로 들어가자." 마고가 말했다.

"집안에 가서 뭘 하려고?" 리디가 그녀만이 할 수 있는 방법으로 어디선가 불쑥 나타나 물었다.

◆　◆　◆

결국 그들은 모두 집안으로 들어갔다.

케이트와 마고, 리디, 오웬이 집에 도착했을 때 라이언 가족은 이미 그곳에 있었다. 점심 식사에 글루텐과 땅콩을 비롯해 아이들이 먹을 수 없는 것들이 들어 있어 식사자리에 가지 않았다. 메리는 사람들에게 떠밀리며 추도식장을 빠져나오다 넘어져 무릎이 까졌다. 스위프트 변호사가 호들갑을 떨며 그녀를 집까지 데려다 주었다. 그런 대접은 난생처음 받아보았다. 션은 가족 모두가 집으로 가는 것을 보고 자연스럽게 합류했다.

금요일 투표를 토대로 한다면 자매들은 션과 이곳을 공동 소유할 확률이 더 높다. 케이트는 지금까지 그 생각을 하지 않았지만 라이언에게 반대한다는 건 곧 그들이 션과 함께 하게 된다는 것을 뜻했다. 그건 분명해 보였지만 그렇다고 해도 받아들이기 어려웠다. 모르던 천사 대신 잘 아는 악마의 손을 잡아야 할까? 둘 다 옳지 않다. 라이언은 악마가 아니고 션은 천사가 아니다.

그들은 이틀 전과 마찬가지로 거실에 모였다. 겨우 이틀밖에 되지 않았나? 케이트는 그날부터 있었던 모든 일을 생각해보았다. 잠을 제대로 못 자고, 병원에 가고, 마침내 에이미와도 헤어졌다. 한 주가 아니라 마치 일 년 동안 벌어진 일 같다.

캐리는 주방에서 아이들과 음식을 준비하는 중이었고 리디의 옆에 오웬이 앉아 있다는 점만 빼면 그들 모두가 이틀 전과 같은 자리에 있었다. 스위프트 변호사는 창가에 서서 모두가 조용해지길 기다렸다.

"우리한테 말해줄 거야, 마고 언니?" 리디가 물었다. "왜 할 얘기가 있다고 했는지?"

"난 너랑 이야기하려는 게 아니야. 난 케이트와 이야기를 하고 싶어."

이런, 케이트는 리디가 자기 옆에서 움찔하는 것을 느끼며 생각했다.

"그러지 마. 이미 다 끝난 일이잖아, 안 그래?" 라이언이 말했다. 그는 놀랍도록 침착한 모습이었다. 어쩌면 더 이상 신경 쓰지 않는 것 같았다. 케이트는 이해할 수 있었다. 캠프와 에이미처럼 그녀도 붙잡고 싶었던 어떤 것도 가질 수 없었다. 아마도 놓아주는 편이 더 나을지도 모른다.

마고가 자리에서 몸을 꼼지락거렸다. 케이트는 마크가 왜 보이지 않는지 궁금해졌다.

"무슨 일이야, 마고 언니?" 리디가 물었다. "그냥 우리한테 말해."

"내 이야기가 아니야."

"그럼 누구 이야기인데?"

"내 이야기야." 션이 말했다. "마고는 나에 관해 이야기하고 싶어 해. 하지만 내가 하는 편이 더 나을 것 같네."

"당신이 그럴 필요는 없어요." 마고가 말했다.

400

"아니, 내가 할게."

선이 매고 있던 넥타이를 풀었다. 그는 라이언이 앉은 의자 뒤에 섰고, 그들의 살짝 앞으로 말린 어깨와 기울어진 고개의 각도를 보자 불현듯 케이트는 무언가가 떠올랐다.

그러다 진실이 대낮처럼 환하게 모습을 드러냈다. 케이트는 자기도 모르게 불쑥 말을 해버렸다. "그는 우리 오빠야."

43 장

맞춰지는 퍼즐
리디

리디는 케이트가 한 말을 곱씹어보았다.

오웬이 소파 뒤에 팔을 걸치고 그녀의 어깨를 토닥거려 기분이 좀 나아졌지만 여전히 그녀는 소외감을 느꼈다. 무슨 음모를 꾸미듯 마고가 케이트의 귀에 대고 속삭이는 것을 지켜보고 자기도 끼워 달라고 요구하자 그들이 어쩔 수 없이 그녀를 끼워준 것이 섭섭했다.

리디는 가족 한가운데 앉아 있지만 홀로 바깥에 있는 것 같았다.

메리가 그동안 느낀 감정이 이런 것일까?

"잠시만, 뭐라고?" 라이언이 재빨리 일어나는 통에 그가 앉아 있던 윙 체어가 넘어졌다. 그는 마치 주먹이라도 날리려는 사람처럼 선에게 달려갔다.

"그를 때리지 마!" 마고가 소리쳤다.

"난 그를 때리려는 게 아니야."

"그럼 주먹 쥔 손부터 내려."

라이언이 천천히 팔을 내렸다. "어떻게 된 거야?" 그가 케이트에게 물었지만 대답한 쪽은 리디였다.

"아빠의 서류 속에서 그의 출생증명서를 찾았어."

"그 증명서에 아버지가 그의 생부라고 적혀 있어?"

"아니, 생부 칸은 비어 있지만 정황상 그렇잖아, 안 그래?"

리디는 선과 라이언을 번갈아 쳐다보았다. 저 둘이 닮았다는 것을 왜 한 번도 눈치 못 챘을까? 그들은 키와 체격이 같았다. 둘은 아빠를 닮지 않았지만 그건 맥알리스터 가족 전부가 그랬다. 딸들은 모두 엄마 외모를 닮았고 라이언은 캠프 마코의 설립자이자 가족들이 한 번도 만난 적이 없는 할아버지를 닮았다. 할아버지가 대략 마흔 살쯤에 찍은 사진들이 벽난로 위 선반에 놓여 있다. 리디는 어릴 적 몇 시간 동안 그 사진들을 들여다보면서 할아버지가 돌아가시지 않았다면 자신의 삶이 어땠을지 상상해보았다.

"그게 사실이에요?" 마고가 선에게 물었다. "당신이 우리 오빠예요?"

"난…… 나도 몰라. 우리 어머니가 한 번도 그런 이야기를 해준 적이 없었어."

"그럼 아빠는, 아빠가 무슨 말을 했어요?"

선이 손사래를 쳤다. "아무 소리 안 하셨어. 가끔 넌지시 암시하는 말을 던지신 것도 같아."

"당신은 항상 우리 가족이 되고 싶어 했죠."

"라이언 오빠!"

"왜 마고? 사실이잖아."

리디는 그 말에 그다지 동의하지 않았다. 션은 분명 마고의 오빠가 되고 싶지 않을 것이다. 다행히 마고가 그의 감정을 받아주지 않았지만 혹시 그랬다면 아빠가 무언가 얘기를 했을까? 그 생각만 해도 몸서리가 쳐졌다.

오웬이 리디를 의아하게 쳐다보았다. 그녀는 고개를 흔들더니 자리에서 일어나 벽난로 쪽으로 갔다. 그리고 캠프 마코 간판 앞에서 포즈를 잡은 할아버지의 사진을 하나 집어 들었다. 몇 년 뒤에 부모님은 똑같은 장소에서 같은 포즈로 사진을 찍었다. 맥알리스터 가족 구성원들은 서로 꼬리에 꼬리를 물며 영향을 주고받았다.

"션은 할아버지를 닮았어." 리디가 말했다.

리디가 사진을 케이트에게 건넸고 그녀가 션과 사진을 번갈아 쳐다보았다. "그러네."

"어떻게 알았어, 케이트?" 마고가 물었다. "너도 출생증명서에 대해 알고 있었어?"

"아니, 리디가 말 안 했거든. 다만…… 그냥 갑자기 깨달았어."

"맞아." 리디가 말했다. "내가 숨겼어. 케이트는 비밀을 지키는 데는 최악이니까."

"그렇다고 최악은 아니지." 마고가 케이트를 쳐다보며 말했다.

리디는 다시 망망대해에 떠 있는 것 같아 불안하고 어지러운 기분이 들었다. 오웬이 그녀의 팔꿈치를 만졌다. "자기, 괜찮아?"

"난 괜찮아."

그들은 그 자리에 서서 사진을 서로 돌려보았다.

"스위프트 씨가 너무 조용한 거 같네, 안 그래요, 스위프트 씨?" 라이언이 물었다.

"자네가 무슨 말을 하고 싶은지 난 모르겠어." 스위프트가 대꾸했다.

"아저씨는 아시는 거죠? 선이 우리 형제예요?"

"배다른 형제지." 메리가 이를 갈며 말했다.

"그래, 정확한 지적 고마워 메리." 마고가 말했다. "아주 도움이 됐어."

메리는 가족들에게서 등을 돌리고 창밖 호수를 바라보았다.

"그래서 우린 형제인가요?" 라이언이 추궁했다.

스위프트 변호사는 불안하게 기침을 했다. "변호사의 비밀 유지 특권으로 보호된 정보라 밝힐 수 없어."

"뭐라고요?" 선이 말했다. "우리 아버지가 누군지 내가 알 권리가 없다는 겁니까?"

"미안하네, 선. 그렇지만 맥알리스터 씨가 내게 비밀로 하라고 한 것이 있어서 난 그걸 지켜야 해."

"하지만 그는 돌아가셨잖아요."

"맥알리스터 씨가 특권을 해지할 수 있는 유일한 분이고 그 권리는 그분과 함께 묻혔어."

스위프트가 말을 하는 동안 선의 얼굴은 더욱 빨개져서 그 어느 때보다 라이언과 비슷해졌다. 화가 난 모습이 완전 판박이다. 리디는 이제 확신이 들었다. 무슨 일이 있어도 그는 가족이다.

"하지만 일리가 있잖아, 안 그래?" 마고가 물었다.

"뭐가." 라이언이 대답했다. "변호사의 권리 어쩌고 하는 허튼소리가?"

"아니, 선이 우리 형제라는 거 말이야. 그러면 아빠가 그를 데려오고 유언장에도 언급한 것이 다 설명되잖아."

"전부 설명되는 건 아니야." 케이트가 말했다. "내 말은 그가 우리 오빠, 배다른 오빠라면 아무 조건 없이 우리와 같이 상속을 받아야 말이 되지."

"그 부분은 설명하기 힘드네." 마고가 말했다. "왜 그런지 우린 이유를 밝혀내야 해."

"나도 알고 싶어." 리디가 끼어들었다.

"어렵할까." 라이언이 말했다.

"우리 모두가 알고 싶어." 마고가 말했다. "그런데 왜 아빠는 그렇게 오랫동안 숨겼을까?"

"엄마야." 메리가 창가에서 말했다. "엄마 때문이지. 엄마가 아는 걸 원하지 않아서."

리디는 그 말을 생각해보았다. 부모님은 언제부터 사귀었다고 하셨지? 부모님이 들려주던 연애 이야기는 어땠었더라? 호주에 교환 학생으로 있을 때 만났다고 했다. 두 캐나다인이 저 멀리 지구 아래쪽에서 만났다. 하지만 그 해가 언제지? 70년대일 텐데 정확히 언제일까?

"아빠가 엄마를 두고…… 당신 어머니와 바람을 피웠어요?" 케이트가 선에게 물었다. 그렇게 묻는 그녀의 입술이 파르르 떨렸다.

"넌 그 부분이 화가 나는 거니, 케이트?" 리디가 크게 성을 내며 말했다.

"전부 다야, 알겠어? 다라고. 대체 우린 어떻게 생겨 먹은 가족이야?"

아무도 대답하지 않았고 케이트의 취조하는 듯한 질문이 거실 공기를 모조리 빨아 당긴 것 같았다. 그들 모두 서로를 쳐다보며 설명을 해줄 누군가가 나타나길 기다렸다.

"그게." 라이언이 마침내 입을 열었다. "적어도 선에 대한 의구심을 풀 수 있는 한 가지 방법이 있어."

"그게 뭔데?" 마고가 물었다.

"유전자 검사야."

"아⋯⋯!" 리디가 외쳤다가 얼른 손으로 입을 막았다.

"왜 그래, 자기?" 오웬이 물었다.

그녀는 왜 갑자기 용기가 사라졌는지 알 수 없었다. 이번 주에 벌어진 일들이 그녀의 자신감을 갉아먹었다. 리디는 자신이 불안하고 잘 잊고 모두가 잘 지내기를 바라는 케이트로 변한 것 같았다.

"어쩌면 우리는 유전자 검사가 필요하지 않을지도 몰라." 리디가 말했다.

"어째서?" 라이언이 물었다. "너 뭐 아는 거라도 있어?"

그녀는 주머니에 손을 넣어 그 안에 있던 종잇조각을 만졌다. 그 종이가 라이언에게 불리한 증거가 될 거라고 생각했는데 지금 보니 모든 상황에 딱 들어맞았다.

"경우에 따라서는……. 선, 그날 밤 호수 섬에 있었나요?"

선의 눈동자가 곧바로 마고에게 향했다. "응."

"선이 아이들을 구명보트로 태워서 데려다 줬잖아, 기억 안 나?" 케이트가 말했다.

"난 그때를 말하는 것이 아니야. 그 이후 말이야. 다시 섬으로 돌아갔어요?"

그는 다시 마고를 쳐다보았다. "맞아."

"뭐라고?" 라이언이 말했다. "당신이 뭘 어쨌다고?"

"조용히 해, 오빠!" 마고가 소리쳤다. "리디가 말하게 놔둬."

마고는 케이트에게 이 이야기를 하고 싶었던 것일까? 선이 사실 그때 섬에 있었다고? 그녀는 쭉 알고 있었던 걸까? 만일 그렇다면 왜 그를 보호하려는 거지, 게다가 지금 이 시점에서?

"언제 섬에 갔어요?"

"새벽 1시 30분쯤에."

"거기서 라이언 오빠를 봤어요?"

"아니, 그는 이미 떠나고 없었어. 난 라이언이 캠프로 돌아온 걸 봤어. 그 직후에 섬으로 갔어."

"내 말 맞잖아." 라이언이 말했다.

"조용히 해, 오빠. 선, 왜 거기 갔어요?"

"보트에 탄 녀석들의 소리를 들었어. 그 소리에 깼지. 알다시피 밤에는 물을 타고 소리가 퍼지잖아. 난 확인하고 싶었어…… 모두가 잘 있는지 말이야."

"하지만 우리가 있는 쪽에 오지 않았잖아요." 메리가 여전히 등을 돌린 상태로 말했다. "우린 당신을 못 봤어요."

"맞아, 난 뒤쪽 해변에 갔었어."

"왜요? 몰래 훔쳐보려고요?"

"라이언이 그쪽에서 오는 걸 봤어. 난…… 그가 무슨 일을 하고 나왔는지 확인하고 싶었거든."

"그러니까 보트에 탄 남자들 때문이 아니군요."

"그래, 꼭 그 이유만은 아니야."

"거기 갔을 때 무슨 일이 있었어요? 아만다를 봤어요?"

"맞아."

리디는 장면을 상상하려고 애썼다. 아만다가 해변에 앉아 있고 아마도 라이언 때문에 울고 있었을 거다. 그러다 선이 나타나서, …… 어라? 리디의 상상력은 그리 멀리까지 가지 못했다.

"당신은…… 그날 밤 아만다와 잤어요?"

그 질문에 선의 얼굴이 창백해졌다.

"왜 그렇게 생각하는 거야?" 케이트가 물었다.

리디가 아만다 파일에서 챙겨왔던 다른 서류를 주머니에서 꺼내 펼쳤다. "아빠가 이런 걸 가지고 있었어. 아만다의 유전자 검사지인데…… 성폭행 유무를 확인한 것 같아."

"아만다가 성폭행을 당했어?"

"아니." 스위프트 변호사가 말했다. "강제로 한 흔적은 없었어."

"모두 알고 있었어?" 리디가 가족들의 얼굴을 살피며 물었다. "마고 언니?"

"난 몰랐어." 마고가 말했다. "아무도 그런 이야기를 하지 않았으니까."

"아만다 가족의 요청에 따라 언급하지 않은 거야." 스위프트가
말했다.

"하지만 아빠는 검사 결과지를 가지고 있었죠?" 케이트가 물었
다. "어떻게요?"

"경찰 파일을 어떻게 입수했는지 난 모르겠지만…… 아무튼 경
찰은 그녀와 라이언의 샘플이 일치하는지 알아보려고 했던 것 같
아. 자네가 유전자 견본을 넘겨주었지?"

라이언의 눈동자가 커지고 숨이 가빠졌다. 여기서 멈춰야 해, 리
디가 생각했다. 오빠가 진짜 심장 발작을 일으키기 전에. 하지만
그럴 수 없었다.

"그랬어요." 라이언이 말했다. "거절할 수도 있었지만 내 결백을
주장할 수 있는 최선의 방법이라고 스위프트 씨가 말했잖아요."

"내가 그렇게 말했지." 스위프트 변호사가 대답했다. "라이언은
진술에서 그날 밤 섬에 아만다를 보러 갔었고 둘 사이에 의견합의
를 보지 못했다고 인정했고 경찰은 그 말을 듣자마자 다른 용의자
들을 수사 선상에서 모두 제외시켜 버렸어."

"경찰에게 사실만을 말했지만 그들은 날 믿어주지 않았어요. 그
래서 그들에게 견본을 채취하게 해줬어요. 그리고 몇 주 뒤에 경찰
이 사건을 종결했죠. 왜 내 유전자 견본이 필요한지는 전혀 말해주
지 않았어요. 그들이 아만다에게서 혈흔이나 손톱 아래 피부 혹은
뭐 그런 거를 찾아서 요청했을 거라 생각만 했어요. 한 번도 그날
밤 아만다가 다른 누군가와 잤다는 말을 해주지 않았어요. 그런데

당신은 알고 있었군요. 스위프트 씨?"

스위프트 변호사는 아만다의 사적인 부분을 이야기하는 것이 거북한 듯 보였다. "맞아, 내가…… 경찰에 아는 사람이 있으니까. 자네는 단호하게 그녀와 긴밀한 접촉이 없었다고 말했기 때문에 테스트를 받아보라고 한 거야. 유전자 검사는 무죄를 입증할 수 있는 유일한 방법이었어."

"그리고 결과는 내가 아니라고 알려주었고요."

"아, 그게, 사실 유전자 검사 결과는 결론을 내지 못했어." 스위프트가 말했다. "경찰은 아만다의 체모 견본에서 자네 DNA를 발견했지만 그게, 그러니까 정액의 경우에는 DNA가 일부만 일치했어." 스위프트 변호사는 가족들의 혼란스런 얼굴을 쳐다보았다. "그때 당시의 유전자 검사는 지금과는 달랐어. 인터넷으로 검사기를 쉽게 구입할 수도 없었고 기술도 그리 정교하지 않았지. 그리고 너희 아버지가 그날 밤 캠프에 없었던 관계로 당시 너와 비슷한 DNA를 가진 다른 남성이 있을 리 없으니 난 연구실에서 샘플이 오염된 것이 틀림없다고 주장했어. 거기에 라이언이 캠프로 돌아가서 다른 카운슬러인 타이와 이야기를 나누었다는 알리바이가 더해져 경찰이 사건을 종결한 거야."

라이언이 선에게 달려들었다. "당신이 아만다와 잤지?"

"그래."

이번에는 라이언이 선에게 주먹질을 해도 아무도 말리지 않았다.

44 장

빛이 꺼져가는 것에 분노하라

라이언

폭력은 아무것도 해결할 수 없으니 스스로 통제해야 한다는 것을 알지만 세상에, 선의 얼굴을 한 대 쳤을 때 라이언은 기분이 아주 좋았다. 여동생들이 비명을 지르는 소리와 뒤늦게 그의 등을 잡아 싸움을 뜯어말리는 손길을 느끼면서도 주먹을 날리고 또 날렸다.

"라이언! 네 딸들이 겁을 먹고 있잖아." 에이미가 소리쳤다.

그 말에 라이언이 주먹을 내리고 선을 놔주었다. 그는 천천히 몸을 돌렸다. 그의 딸들이 캐리 주변에 모여 웅크리고 있었다. 다시는 여자에게 그런 표정을 짓게 하지 않겠다고 다짐했던, 그 겁먹은 표정 말이다. 이번 주말에 그 약속을 어겼다. 아버지가 자신을 범인으로 몬 부분에 있어서는 결백할지 모르지만 다른 일에 대해서는 죄가 없다고 말할 순 없었다.

"날 좀 도와줘." 라이언이 캐리를 쳐다보며 말했다. "당신이 좀 도와줄래?" 그는 아내를 향해 걸어갔고 그녀가 팔로 그를 감쌌다. 캐리는 포근했고 허니 레몬 샴푸 향이 났다. 캐리에게서 느끼는 이 감정을 고스란히 품는다면 이 난관을 헤쳐나갈 수 있을 것 같았다.

"아빠는 왜 선 삼촌을 때렸어요?" 메이지가 눈물을 뚝뚝 흘리면서 물었다.

그는 캐리와의 포옹을 풀고 딸들을 쳐다보았다. "아빠가 화가 나서 그랬어. 하지만 아빠가 한 행동은 옳지 않아. 다른 사람을 때려서는 안 되는 거야. 그 사람이 자신을 때렸다고 해도."

"우리도 알아요, 아빠." 사샤가 말했다.

"맞아요." 클레어도 대답했다. "엄마가 항상 말했어요. '폭력은 아무것도 해결할 수 없다'고."

라이언은 캐리를 아주 똑같이 흉내 내는 딸을 보고 웃음을 터트렸다. "엄마가 그런 말을 했어?"

"우리가 싸울 때마다 그렇게 말했어요. 거의 매일 그랬어요."

라이언은 하루 전날 관리동에서처럼 다시 가슴이 찢어지는 것을 느꼈지만 이번에는 병원에 가지 않고도 무사할 거다.

자리에서 일어나 아직 해결하지 못한 문제를 풀어야 했지만 잠시만 더 그렇게 있고 싶었다. 이렇게 순수한 딸들의 얼굴을 보면서. 그의 가족이 마침내 자신이 결백하다는 것을 믿게 된 순간이다. 그러나 만일 그가 범인이 아니라면 선이 범인이라는 끔찍한 결론과 맞닥뜨려야 한다.

선. 라이언은 항상 어떤 이유로든 선이 싫었다. 아버지와 그의 유대관계에 대한 질투였다. 라이언은 선과 같은 권한을 얻으려면 어떻게 해야 하는지 항상 궁금했다. 보트를 몰고 캠프 밴을 운전하는 것과 같이 아무리 사소한 일이라도 아버지가 그에게는 쉽게 허락하지 않은 것들을 선에게 허락할 때마다 아버지에게 실망했다.

하지만 그는 잘못 알았다. 사실은 둘 다 잘못 알고 있었다. 라이언은 아버지를 실망시켰고, 그의 아버지는 엉뚱한 사람을 믿었다.

"오빠?" 마고가 불렀다.

"응."

"진정 좀 됐어?"

라이언은 캐리를 쳐다보았다. 아내는 걱정스러운 얼굴로 그를 내려다보았다. "괜찮겠어요? 구급차를 부를까요?"

그는 클레어의 이마에 입을 맞춘 뒤 자리에서 일어났다. "난 괜찮아. 하지만 어쩌면 선이……."

그는 몸을 돌렸다. 선이 무릎 사이에 얼굴을 묻고 바닥에 앉았다. 코에서 피가 흘러 카펫으로 떨어졌다. 다른 사람들 모두 그 자리에 얼어붙은 듯 보였다. 메리는 여전히 창가에 있지만 등지고 서 있던 몸을 돌렸다. 리디와 케이트는 오웬과 함께 소파에 웅크리고 있었다. 마고는 스위프트 변호사 쪽에 섰다. 가족들 모두 그를 쳐다보았다.

"캐리, 아이들을 데리고 관리동에 가 있을래?"

"자기는요?"

"괜찮을 거야. 내가 금방 가서 설명해줄게." 라이언은 몸을 돌려 아내를 쳐다보았다. "아이들이 이 이야기를 들어서는 안 돼."

"그래, 알았어요. 금방 올 거죠?"

"최대한 빨리 갈게. 엄마랑 얌전히 있어, 얘들아."

"션 삼촌이 러그에 피를 흘리고 있어요." 메이지가 말했다. "할머니가 알면 안 좋아할 거예요."

"네 말이 맞아, 꼬맹아. 할머니가 싫어하실 거야. 마고, 션에게 타월을 좀 가져다주겠어?"

마고가 그를 지나쳐 주방으로 갔다. 캐리가 아이들을 데리고 집을 나설 때 라이언은 이상하게 힘이 생기는 것 같았다. 아버지도 이런 기분을 느꼈을까? 책임감이 느껴지는 이 기분? 가족들이 방금 그의 폭력성을 목격한 뒤라 그의 말에 귀를 기울이는 걸까? 그저 그가 무서워서?

마고는 젖은 타월을 가지고 돌아왔다. 그녀는 얼이 빠진 것 같은 션 옆에 몸을 구부리고 앉아서 그의 코를 타월로 눌렀다. 션은 마고의 손길에 놀라서 자리에서 일어나며 그녀를 밀쳤다.

라이언은 그에게 수만 가지 질문이 있었지만(아니면 딱 하나일까?) 지금은 때가 아니라고 느꼈다. 어쩌면 이 상황을 조금 즐기고 있는지도 모른다. 라이언에게 그럴만한 자격이 충분하지 않을까? 이 모든 일을 겪었는데?

"스위프트 씨, 제가 이해가 가지 않는 건 왜 이 모든 것을 알면서도 아버지는 계속 제가 범인이라고 생각했느냐는 거예요."

스위프트는 몇 차례 눈을 깜박이며 자신의 입장을 정리했다. "맥알리스터 씨는 몰랐어."

"어떻게 그럴 수 있어요?"

"난 맥알리스터 씨에게 자세한 건 말하지 않았어. 그저 유전자 증거가 네 알리바이를 뒷받침해주어서 수사가 종결되었다고만 말했지. 나도 내 정보 출처를 보호해야 했거든. 그게 드러나면 입장이 난처해 질 수 있으니까."

라이언은 일말의 안도감을 느꼈다. 그의 아버지가 알면서 유죄인 선을 두고 무고한 라이언을 고른 건 아니었다. "어떻게 경찰이 수사를 종결하도록 만들었어요? 왜 유전자 일부 일치로는 충분하지 않나요?"

"말했듯이 당시 유전자 검사는 지금과 달랐어. O.J. 심슨 사건이 벌어진 지 몇 년밖에 지나지 않았고. 그리고 이곳 경찰 감식 연구소는 불과 몇 달 전에도 성폭행 사건에 잘못된 결과를 냈어. 그래서 결정적 증거가 나오지 않으면 난 이 사건이 미제로 남으리라 예상했어. 경찰은 또다시 오명을 쓰고 싶지 않아 할 테니까. 우리가 성공했고 알다시피 지금까지도 언론에 드러나지 않았잖아."

"어떻게 그렇게 했어요?"

"그게, 내가, 음, 지역 신문사에 우회적인 방법으로 사건을 보도하지 못하도록 조치했어. 캠프 마코는 이 지역에서 촉망받는 시설이었고 지금도 그래. 아무도 그걸 망치고 싶어 하지 않아. 마치 사고인 것처럼 작게 소식이 실렸지. 그래서 몬트리올에 있는 신문사들이 거들떠도 보지 않은 거야."

"아만다의 부모님도 동의했어요?"

"다소 문제는 있었지만 결국에는 그들도 그래야만 할 이유를 알게 되었지."

"당신이 그들을 매수했군요."

"그렇다고 해두지."

"대체 무슨 돈으로요?"

"너희 부모님의 은퇴 자금으로. 꽤 부지런히 저축을 해두셨고 맥 알리스터 씨는 시기가 좋을 때 몇 건의 투자를 잘 해두었어. 덕분에 포트폴리오를 구성하고 아만다를 위한 연금을 들어 그 애가 개인 병실에서 치료를 받고 필요한 경우 추가로 간호사를 배치할 수 있게 된 거야."

"그랬군요." 케이트가 말했다. "그래서 부모님은 캠프를 제게 넘겨주지 못한 거군요."

"그럴지도 모르지. 우린 그 이야기를 한 적은 없지만."

"부모님이 내게 말해줬으면 이해했을 텐데." 케이트가 말했다. "내게 말해줬으면 좋았을 텐데."

라이언은 이 모든 사실을 받아들이기가 너무 힘들었다. 그의 부모님은 사태를 수습하려고 모든 노력을 다 했을 뿐 아니라 누군가에게 돈까지 지불했다. 그리고 아직도 여전히……

"아버지는 왜 마음을 바꾼 거죠?" 라이언이 물었다. "제 말은 그때 그렇게 하셨다는 건 제가 무죄라고 생각했던 것 아닌가요."

"그랬다고 나도 생각해."

"그런데 왜요? 왜 이런 유언장을 작성한 거죠?"

"아빠는 유전자 검사 결과지를 가지고 있었어." 리디가 말했다. "아빠 파일에 들어 있었지."

"무슨 파일?"

"아빠가 우리 모두를 대상으로 만들어 놓은 파일 말이야. 케이트와 내가 집에서 그걸 찾았어. 아빠는 평생 동안 우리 모두를 미행했어. 우리에 대해 조사했다고."

리디의 말로 어느 정도 설명이 되었지만 그래도 너무 아픈 사실이었다. 두 방향을 가리키는 DNA 검사 결과지를 눈앞에 두고 아버지는 라이언이 범인이라고 믿었던 것이다. 라이언이 아만다와 같이 섬에 있었다고 시인했고 스테이시 사건도 있었기 때문에 아버지를 이해할 수 없는 것은 아니었지만 라이언은 여전히 아버지에게 묻고 싶었다. 한 번이라도 션을 의심해본 적이 있는지, 아니면 그럴 가능성을 아주 조금이라도 마음에 담아보지는 않았는지?

라이언은 이제 아버지에게 물을 수 없다. 하지만 션에게는 물을 수 있다. 지금이 그래야 할 때다.

라이언은 넘어진 윙 체어를 일으켜 세웠다. "여기 앉아요, 션."

션은 그에게서 뒷걸음질치며 유리 현관문에 붙었다.

"난 당신을 때리려는 게 아니에요⋯⋯ 다시는 안 그래요. 약속할게요."

"난 네가 왜 날 때렸는지 이해해."

"뭐 그럴 필요까진 없었어요. 여기 앉을래요?"

"그가 서 있고 싶어 하면 놔둬." 마고가 격앙된 목소리로 말했다. "그가 앉는 게 무슨 대수라고."

그렇게 주문이 풀렸다. 라이언은 썰물처럼 자신의 권력이 빠져나가는 것을 느꼈다.

"좋아요. 당신 좋을 대로 해요. 우리한테 어떻게 된 일인지 말해요."

"뭐가 어떻게 된 일인지 말하라는 거야?"

"아만다에게 무슨 짓을 했는지 말하라고요."

"난 아무 짓도 안 했어."

"이러지 말아요."

"진짜야. 난…… 난 그날 밤 그녀와 잤어. 아주 잘못된 행동이었지. 그런 식으로 이용해서는 안 됐는데. 그녀가 그렇게 불안해져 있는 상태에서, 그게 다 누구 때문에……."

"지금 설마 날 원망하는 건 아니죠?"

"난 설명을 하려는 거야."

"설명 한 번 참 엉망이군요."

선이 젖은 타월을 바닥으로 떨어뜨렸다. 코뼈가 부서져 구부러졌고 이미 눈 밑에 멍이 들기 시작했다. 그 모습을 보니 라이언도 손에서 고통이 느껴졌다. 그의 손가락 마디가 다 벗겨져 벌겋게 되었다.

"내가 아만다를 아프게 했어." 선이 말했다. "내가 그랬지. 그렇지만 난 그녀의 머리를 노로 내려치지 않았어. 내가 그러고 나서…… 자리를 뜰 땐 아만다는 아무렇지 않았어. 그 이후에 무슨 일이 벌어졌는지는 나도 몰라."

"우리가 왜 당신 말을 믿어야 하죠?"

"난 의심할 만한 어떤 행동도 하지 않았으니까."

"당신은 누구에게도 그날 거기 있었다는 말을 하지 않았어요…… 둘이서 무슨 짓을 했는지도."

"아만다를 보호하려고 그랬어." 그의 눈동자가 몇 미터 떨어져서 있는 마고를 향했다. "넌 이해하지. 안 그래, 마고?"

그녀는 고개를 저었다. "내가 이해 못 한다고 벌써 말했잖아요."

"벌써? 언제?" 리디가 물었다.

"선이 추도식 전에 나한테 이 일에 대해 말했어. 그래서 내가 케이트와 이야기를 하고 싶었던 거야."

라이언의 몸에서 천천히 화가 빠져나가는 것 같았다. 이제 그는 기진맥진했다. "투표를 하기 전에 모두에게 이 사실을 말해야 할지 상의하고 싶었던 거야?" 그가 마고에게 물었다.

"미안해."

"우리는 투표를 해야 해." 리디가 말했다.

"뭐라고? 넌 아직도 선이 캠프 소유권을 가져야 한다고 생각하는 거야?"

"내 말은 그런 뜻이 아니야. 경찰을 불러야 할지의 여부 말이야."

"경찰이라." 마고가 떨리는 목소리로 말했다. "어째서?"

"스위프트 씨가 하는 말을 들었잖아. DNA 증거와 라이언 오빠의 알리바이 때문에 수사를 종결했다고. 하지만 선은 알리바이가 없어. 안 그래요, 선?"

선의 눈길이 마고와 리디 사이를 재빨리 오갔다. "있어."

"그건 아닌 것 같은데요." 리디가 케이트를 향해 몸을 돌렸다. "우린 그를 봤잖아. 우리가 본 사람은 선이었어, 라이언 오빠가 아니라."

그 말에 케이트는 놀랐다. "선이라고?"

"맞아."

"네가 선을 봤다고, 언제?" 메리가 물었다.

"그날 밤에." 리디가 말했다. "우리는…… 우리는 그날 밤 수영을 하고 있었고 어떤 남자가 아만다가 탄 보트를 끌고 가는 것을 봤어."

"너희는 그게 나라고 생각했구나." 라이언이 말했다.

"우리는 그게 누군지 몰랐어."

라이언은 그 모든 비밀의 무게를 느꼈다. 그가 동생들에게 지워준 무게. 20년 전에 서로 이야기를 나누었다면 모든 일이 한층 수월했을 것이다. 그러나 그들은 어렸다. 아이들이었다. 심지어 그도 그땐 아이였다.

"난 우리가 투표를 해야 한다고 말했어." 리디가 다시 말을 꺼냈다.

"리디, 자기." 오웬이 말했다. "어쩌면 이건 아닐지도…"

"넌 빠져, 오웬." 라이언이 말했다. "대체 넌 여기서 뭘 하는 거야?"

"난 리디를 위해 이 자리에 있는 거야."

"그렇다면 리디를 위해서 입 다물고 있어 줄래? 이건 가족 간의 일이라고."

"오웬도 우리 가족이야." 리디가 말했다.

"투표를 하자는 건 네 생각이었어."

"좋아. 투표는 잊어버려." 리디는 자리에서 일어나 전화기를 향해 걸었다. "내가 직접 경찰에 연락할게."

"이봐!" 라이언이 소리쳤다. "당장 이리 돌아와."

선은 누가 뭐라 하기도 전에 집 밖으로 달려나갔다.

"빌어먹을." 라이언이 말했다. "왜 그를 막지 않았어?" 그는 선이 막 지나쳐간 자리에 서 있던 메리에게 소리쳤다.

"내가 왜 그럴 거라고 생각하는데?"

"내가 가서 데려올게." 마고가 말했다. "경찰한테 전화하는 건 그 때까지 미뤄줄래, 응, 리디?"

"그가 어디로 갈지 알아?"

마고는 체념한 듯 보였다. "그는 호수 섬으로 갈 거야."

45 장

호수 섬: 두 번째 이야기

션

선은 마치 조정선수가 된 것처럼 미친 듯이 노를 저었다. 보트 해변에 도착했을 때 그는 맨 처음 보이는 보트를 집어 들었다. 그건 수년 전에 버렸어야 하는 낡고 물이 새는 보트였지만 선은 구명조끼를 걸칠 생각도 하지 않았다. 모두가 아직은 점심 식사 중이라 자신이 어디를 가는지 설명할 필요가 없어서 다행이라고 생각했다. 그는 신발을 벗고 바지 단을 걷은 다음 차가운 물속으로 보트를 밀었다. 보트에 올라타 노를 고정대에 올리고 젓기 시작하자 주변으로 바람이 불고 파도가 뱃머리에 와서 부딪혔다.

해변에서 30미터정도 나가자 배에 물이 들어오기 시작했다. 그러나 노를 빠르고 세게 저으면 배가 가라앉기 전에 호수 섬에 도착할 수 있을 것이다.

그의 팔 근육이 뜨거워지는 동안 머릿속에서 온갖 말들과 이미지가 마구 떠올랐다. 맥알리스터 씨는 그를 '아들'이라고 불렀다. 한 번도 라이언에게는 그렇게 부른 적이 없었다. 맥알리스터 부인은 마고에게서 떨어지라고 경고했다. 부인은 알고 있었을까? 부인은 대놓고 물어본 적은 없었지만 추측했을 거다. 그의 옷이 작아지면 알아차리고 챙겨주곤 했고 책도 이것저것 권해주었다. '재미있는 항해 이야기야.' 부인은 이렇게 말하고는 그에게 윙크를 했다. 어머니가 돌아가신 그날 밤 처음 이곳에 왔을 때 그는 이미 캠프에 와 본 것처럼 느꼈다. 화장실 전등 스위치가 어디에 있는지 분명하진 않아도 알고 있었고 거실에서 나는 냄새가 익숙하기도 했다.

그가 이곳에 와 본 적이 있을까? 맥알리스터 부인이 없을 때 어머니가 그를 데리고 혹시 이곳에 왔을까? 맥알리스터 씨와 어머니 사이에 무슨 일이 있었던 걸까? 하룻밤의 불장난 같은 것일까? 아니면 맥알리스터 씨는 며칠이고 계속 트와일라잇 밖 주차장에 차를 세워둔 남자들처럼 단골 고객이었을까?

맥알리스터 씨는 임신했다는 사실을 알았을 때 어머니를 멀리 보낸 것이 틀림없다. 그러나 씨앗은 심어졌다. 그래, 그 씨앗이 자라났고 그날 아침 도롯가에서 춥고 겁에 질려 엄마를 부르짖고 있는 그를 발견했을 때 어쩌면 맥알리스터 씨는 회피하고 싶었는지도 모른다. 혹시 그가 자신의 아들일 경우를 대비해 가까이에 두고 싶었을 수도 있다.

캠프 마코에서 서서히 멀어지면서 선은 근육에 통증을 느꼈다. 이런 생각을 해봐야 무슨 소용이 있나? 그는 어떠한 답도 얻을 수 없을 것이다. 답을 얻는다 해도 기분이 더 나아질까? 진실이라 해서 모두 받아들일 만한 것은 아니다. 맥알리스터가 그의 가족이었고 가족들은 그를 싫어한다. 맥알리스터가 그의 가족이고 가족들이 그를 신고하려고 한다. 맥알리스터가 그의 가족이고 거기엔 마고도 속해있다.

마고, 마고, 마고.

선은 계속 노를 저었고 조류를 헤치고 나가던 보트가 갑자기 멈췄다.

◆　　◆　　◆

마고는 얼마 안 가서 그를 찾았다. 선은 뒤 해변에 앉아 손에 돌멩이를 하나 들고 일렁이는 호수 위 낮게 깔린 잿빛 하늘을 바라보고 있었다. 그 옆에는 아만다를 기념하려고 그가 20년 전에 세운 돌무덤이 있다. 자신이 바라던 소녀는 아니지만 결코 잊을 수 없는 소녀를 위해서. 그에게 어떤 기대를 갖지는 않았겠지만 그가 실망시키고 만 그 소녀.

"선."

"저리 가, 마고."

"내가 그럴 수 없다는 거 알잖아요."

그녀는 여전히 추도식을 위해 입은 검은 드레스 차림이고 머리카락이 어깨 주위로 흘러내렸다. 이렇게 흐린 날에도 머리카락이 밝은 황금빛으로 두드러졌다.

선은 지금 이 상황에서도 그녀를 사랑할 수밖에 없었다.

"그녀가 아는 거 같아?" 선이 물었다.

"누구요? 아만다?"

"아니, 너희 어머니 말이야. 내가 누군지 아셨을까?"

마고가 그의 옆에 앉았다. 마고의 피부에서 호수 냄새가 났다. 그녀에 대한 자신의 감정을 어떻게 멈춰야 할지 알 수 없었다. "알았다면 몇 가지가 설명되죠."

"이를테면?"

"엄마가 한번은 나한테 당신을 좋아하는지 물었어요. 당신을 좋아하는지 말이에요. 엄마는 보통 사적인 부분에 대해서는 묻지 않아요."

"그게 경고였을까?"

"모르죠. 난 좋아하지 않는다고 말했고 엄마가 내게 행복을 캠프 밖에서 찾아보라는 뭐 그런 이야기를 했어요. 당시에는 그게 무슨 의미인지 전혀 생각해보지 않았어요."

마고는 선을 좋아하지 않았다. 그와 같은 식으로는 그를 좋아하지 않았다. 선도 그 사실을 알지만 같은 말을 재차 듣는 건 유쾌하지 않았다. 왜 그는 마고에게 충분한 사람이 될 수 없는 걸까? 왜 어느 누구에게 충분한 사람이 되지 못하는 걸까?

"부인은 내게 너한테서 떨어지라고 경고했어." 선이 말했다. "그 당시에는 내가 많이 부족해서 그러신다고 생각했어. 그런데 지금 보니……."

마고는 돌멩이 하나를 집어 들어 파도를 향해 던졌다. "난 너무 화가 나요."

"누구한테 말이야?"

"우리 아빠요. 사실 우리 가족 모두에게 화가 나지만 아빠가 제일 미워요. 아빠가 한 행동은 너무 위험했어요. 이 모든 것을 혼자만 알고 있었잖아요. 그리고 유언장과 라이언 오빠에 관한 것도요. 우리 모두 이번 주 내내 오빠를 닦달했어요. 오빠가 죽을 수도 있었어요."

"마치 내 잘못인 것 같네."

"그런 거에요, 션?"

"모두가 내가 그랬다고 생각하지."

"당신은 나한테 전부 말해줘야 해요."

"이미 그렇게 했어."

그녀는 불편한 샌들을 신고 있는 자기 발을 내려다보았다. 노를 젓다가 발톱이 부서져 피가 배어났다.

"아니, 안 그랬어요. 보트는 어떻게 된 거예요? 케이트와 리디가 당신을 봤어요. 그건 당신이었죠, 안 그래요?"

션은 그 끔찍했던 날 밤을 떠올렸다. 기억 속에 묻어두려 애썼고 생각보다 쉬웠다. 아만다는 사람들에게 기억되었어야 할 사람이다. 그것이 좋은 기억이든 나쁜 기억이든⋯⋯.

"케이트와 리디가 본 건 나였어."

"말해 봐요."

그가 들고 있던 돌멩이를 꽉 쥐었다. 그 일을 밝혀서는 안 된다.

"그런다고 달라지는 것은 없어."

"있을지도 모르잖아요."

바로 그 순간 션은 마고가 미웠다. 자신을 다그치고 처음부터 이

런 상황에 놓이게 한 그녀가 미웠다. 이게 다 마고의 잘못이다. 그
녀는 항상 자기밖에 모른다. 그 역시 마고가 원하는 대로 해줘야
할지도 모른다. 이제 와서 버틴다고 무슨 소용일까?

"우리가 그러고 난 뒤…… 알잖아, 끝나고 난 뒤에 아만다는 내가
그만 가주길 바랐어. 난 그녀를 원망하지 않았지. 우리 둘 다 그게
실수였다는 것을 아니까. 난…… 화가 났었어."

"왜요?"

"나도 잘 모르겠어."

"당신한테요?"

아니다. 그는 마고에게 화가 났다. 그가 나쁜 선택을 한 게 그녀
의 탓인 것처럼. 그렇지만 그 점을 마고에게 말해봐야 아무 소용이
없다.

"맞아. 우리는 별로 좋지 않은 말을 했던 것 같아. 결국 난 카누에
올랐고 노를 저었어. 그때는 달빛이 사라져서 어두컴컴했지. 난
해변에서 100미터 정도 가다가 멈췄어. 몸이 얼어붙은 것 같았어.
어떻게 할지 몰랐거든. 아만다에게 돌아가서 사태를 수습할지 아
니면 그냥 캠프로 가서 잊을지. 얼마나 그러고 있었는지 모르지만
꽤 시간이 흐른 것 같았는데 시계를 보니 새벽 4시였어. 다시 노를
저으려는데 무슨 소리가 났고 사람 목소리가 들리다가 그다음에
비명 소리가 났어. 난 몸을 돌렸고 아만다가 바닥에 쓰러진 것을
봤어. 그래서 최대한 빨리 노를 저었지만 해변에 도착했을 때 아만
다는 이미 의식이 없었어. 머리에 끔찍한 상처를 입고 말이야. 그
녀에게서 맥박을 느끼지 못했어."

선은 그때의 냄새를 잊으려고 애썼다. 그 끔찍한 피비린내. 구조 훈련을 열심히 받지 않은 스스로를 자책하며 정신없이 그녀의 상태를 살필 때 사방에서 피비린내가 진동했다. 그는 흉부 압박을 하다가 아만다의 갈비뼈를 부러뜨릴까 봐 겁이 났다. 그녀의 몸통에 머리를 대어 보았지만 아무 소리가 들리지 않았고 코와 입에서 어떤 호흡도 느껴지지 않았다.

"아만다가 숨을 쉬고 있었어요?"

"그렇지 않다고 생각했어. 난 심폐소생술을 하려고 했어. 시도하고 또 시도했어. 그러다……." 선은 목이 메기 시작했다. "내가 잘못했어. 분명 너무 잘못했지. 하지만 그때는 그녀가 죽었다고 생각했고 머리가 제대로 돌아가지 않았어. 그녀를 섬에서 데리고 나가면 모든 것이 괜찮을 거라고 생각했어. 그래서 카누에 태우고 노를 저어 호수로 나갔지. 비밀 해변에 충분히 가까워졌을 때 난 물속으로 뛰어들어서 카누를 밀어 조류에 휩쓸리게 했어. 그렇게 하면 그녀가 발견될 테니까. 그리고 난 캠프로 헤엄을 쳐서 돌아와서는 관리동으로 몰래 들어갔어. 옷을 갈아입은 다음 내가 입었던 옷은 전부 분실물 함에 넣었어. 한 시간 뒤에 케이트와 리디가 비밀 해변에서 뛰어오며 우리가 구급차를 불러야 한다고 말했어. 나머지는 네가 다 아는 이야기고."

"그 상황을 왜 아무한테도 말하지 않았어요?"

"어떻게 할 수 있겠어?"

마고는 벌떡 일어섰다. "당신이 그 애를 구할 수도 있었잖아요. 바로 캠프로 데리고 와서 119를 불렀다면 아만다는 지금 괜찮을 수도 있어요. 살았을 수도 있어요. 결혼도 하고 자식도 낳고요. 인공호흡장치 따위에 의존하지 않고 말이에요."

"내가 그걸 몰랐을 것 같아? 난 지난 20년 동안 고통받아왔어. 내가 그녀를 구할 수 있었을까? 난 그녀를 구하려고 노력했어. 하지만 그녀가 죽었다고 생각해서 그래서……."

"그래서 어쨌다는 거예요? 당신은 사실대로 말하게 되면 당신이 혐의를 받을 거라는 걸 알고 있었어요. 그래서 스스로를 살리기 위한 행동만 한 거죠. 당신이 그 애를 노로 친 거나 다름없어요."

선이 자리에서 일어났다. 손에 쥐고 있던 돌멩이가 바닥으로 떨어지면서 갈라졌다. 그래, 그날 밤 그는 끔찍한 실수를 저질렀다. 그들 모두가 그랬다. 이건 정말 너무하다.

"난 너를 위해 그랬어."

"그게 무슨 말이에요?" 마고가 그에게서 떨어지면서 바위에 발가락이 긁히자 움찔했다. "집에서도 그 이야기를 했잖아요. 어떻게 이 일이 날 위한 것일 수 있어요?"

선은 믿을 수가 없었다. 그는 그녀를 보호하려고 했고 지금도 여전히 그렇게 하고 있다. 심지어 그녀는 그를 거절해왔고 이렇게 그날 일에 대해서마저 그를 원망하고 있는데도 말이다. 그는 더 이상 참을 수 없었다.

"왜냐면 네가 그녀를 쳤으니까, 마고. 난 널 봤어."

46 장

풍등
마고

마고는 누군가 자신의 머리를 노로 내려친 것 같은 기분이 들었다. 그렇지 않으면 이 쿵 하고 심장이 내려앉는 소리와 혼란스럽고 멍한 상태를 어떻게 설명할 수 있을까? 머리에 상처와 피만 나지 않았을 뿐 그녀는 엄청난 충격을 받았다.

이럴 수는 없다. 그녀는 그렇게 되도록 봐두지 않을 거다.

"방금 뭐라고 했어요?"

"내가 널 봤어, 마고. 네가 바로 아만다를 공격한 사람이잖아."

"무슨 그런 터무니없는 소리를 해요! 난 절대 그러지 않았어요. 당신 입으로 그땐 어두웠다고 했잖아요. 당신은 그게 누구인지 못 봤다고요."

"난 충분히 볼 수 있었어. 난 이걸 봤다고." 그리고 션은 손을 뻗어 그녀의 머리카락을 만졌다. 마고는 흠칫 놀라며 몸을 움찔했다. 션은 살짝 충격을 받은 표정을 지었다. "그리고 나중에 캠프로 네가 돌아왔을 때 네 손에 피가 묻어 있었어. 네 손과 셔츠에 모두."

마고는 해변에서 피묻은 노를 찾아 자신이 씻어 내려고 했던 걸 떠올렸다. 그때 손에 묻은 피도 깨끗이 닦았다고 믿었다. 그다음 그녀가 기억하는 거라고는 구급차를 보았을 때 션의 품에 안긴 것뿐이다. 나중에 엄마가 그녀를 집으로 데려가 샤워를 시켰고 그녀가 입고 있던 옷을 가져갔다.

"내가 그러지 않았어요! 절대로."

"나에게는 아닌 척하지 않아도 돼."

"당신은 정말로 내가 아만다에게 그랬다고 생각하는 거예요?"

"나도 이러고 싶지 않지만…… 걱정 마, 알겠지? 넌 내가 절대 말하지 않을 걸 알 테니까."

마고는 션을 뚫어져라 쳐다보았다. 그는 아주 확신에 차 있었다. 그래서 그녀는 혹시 자신이 미친 것이 아닌가 하는 의구심이 들 정도였다. 수천 년 전에 외계인이 지구에 찾아왔다고 태연하게 설명하는 사람과 이야기를 하고 있는 것 같았다.

"당신은 결코 말하지 않겠죠." 마고는 주문처럼 그 말을 되풀이했다.

"안 해. 그렇지만 네가 그런 일을 저지른 이유가 이해가 안 가. 내가 아만다와 잤다고 해도 넌 신경도 안 쓰잖아."

션은 그녀의 대답을 기다리는 듯했다. 그의 목소리가 배경음처럼 희미하게 들렸다.

"알았다면 신경이 쓰였겠죠."

"거짓말하지 마. 최소한 내 앞에서는 솔직하게 말해줘." 션은 이제 해변을 바라보고 섰다. 마고는 도망치고 싶었지만 어디로 가야할까? "라이언이 궁지에 몰렸는데도 너는 아무 말도 하지 않았지만 난 별일 없을 거라고 스스로를 달랬어. 경찰이 그를 용의자로 몰면 라이언이 범인이 될 테고, 그러면 넌 무사하니까.

"당신은 라이언 오빠 걱정은 안 하는군요."

"그래, 맞아. 걱정 안 해. 하지만 이번 주말 너희가 투표할 때 라이언에게 표를 준 한 명이 바로 너였지, 안 그래?"

"맞아요."

"난 그걸 네가 라이언에게 사과하는 방식이라고 생각했어."

"내가 오빠를 지지한 건 오빠가 하지 않아서예요."

션은 서성거리는 것을 멈췄다. "이제 어떻게 될까?"

"당신은 그만 가요."

"가라고? 어디로?"

"여기가 아닌 다른 곳으로. 난 생각을 좀 해야겠어요."

"넌 계획이 필요해."

마고는 션을 쳐다보았다. 더 이상 무슨 할 말이 있을까? 션은 그가 이 계획의 일부가 되었다고 생각하는 것 같았다. 하지만 그는 아니다. 그럴 수 없다.

"난 계획이 필요해요." 그녀가 동의했다.

"우리 어디서 만날까?"

"만난다뇨?"

"네가 어떻게 할지 결정한 뒤에 말이야. 난 감옥에 갈 수 없어, 마고. 그럴 수 없다고."

"당신은 감옥에 가지 않아요."

"약속할 수 있어?"

"약속할게요."

마고는 억지로 그와 시선을 마주쳤다. 선이 그녀의 말을 믿는 것일까? 마고는 그가 자신을 믿길 바랐다. 혼자 있고 싶었기 때문이다. 생각할 시간이 필요했다.

기억해내야 했다.

◆　　◆　　◆

몇 분 뒤 선이 노를 저어 호수로 나갔다. 마고가 그에게 호수 다른 쪽으로 건너가라고 했고 그날 밤 마곡Magog에서 만나자고 했다. 그녀는 자신이 무슨 말을 하는지도 몰랐다. 그저 그가 가주기를 바랐다.

그가 해변을 벗어나 시야에서 사라지자 마고는 다리가 몸에서 떨어져 나간 사람처럼 바닥에 털썩 주저앉았다. 마치 머리를 몽둥이로 맞은 것처럼 계속 혼란스러웠다. 아니, 몽둥이가 아니라 노다. 그래 노야. 어? 노가 아니었나? 그녀의 머릿속 회로가 엉킨 것 같았다. 더 이상 제대로 생각할 수 없었다. 아무 생각도 들지 않았다. 기억이 나지 않는다.

선이 그녀를 보았다고 했다. 그녀가 아만다를 때리고 그 애가 죽도록 놔두고 가버리는 것을 목격했다고 말했다. 마고는 그런 짓을 한 기억이 없다. 그녀가 기억을 지워버린 걸까? 영화에서는 그런 상황을 봤지만 실제로 일어날 수 있는 일일까? 그래서 그녀가 아만다를 보러 가지 않고, 캠프 근처에도 가지 않으며 어디 정착하거나 가족을 꾸리지 않는 걸까? 마음속 깊은 곳에서 자신이 위험한 사람이라는 것을 알고 있어서?

스스로조차 평생 거짓으로 속이며 살아온 것일까?

마고는 풀러버린 다리로 일어서면서 기억하려고 애썼다. 그녀는 왜 노를 씻었을까? 왜 아무한테도 그 이야기를 하지 않았을까? 모두가 각자 숨기고 있던 정보와 정황을 듣고 나니 경찰의 형식적인 수사에 대한 의문도 비로소 풀리는 것 같았다. 모든 것을 연결해보니 딱 들어맞았다. 그녀는 스무 명의 소녀들과 메리와 밤새 있었다. 아만다는 그녀의 가장 친한 친구고 둘은 싸우지 않았다. 아만다는 캠프에 있던 카누에서 발견되었다. 그녀에게서 정액이 검출되었다. 경찰은 라이언의 것이라고 생각했지만 법정에서 입증할 증거가 없었다. 마고를 주시할 이유는 없었다. 어느 누구도.

심지어 엄마조차 별다른 질문을 하지 않았다. 마고는 자기 몸에 묻어 있던 피에 대해서 바위에서 묻었고 그래서 놀라 아이들을 남겨두고 캠프로 돌아왔다고 둘러댔다. 엄마는 그 말에 고개를 끄덕이면서 그 부분에 대해서는 생각하지 말라고 말했다. 샤워를 하고 잊으라고. 그리고 그녀는 그렇게 했다.

그러나 노로 머리를 내려쳤다는 그 행동만 생각해보면 엄청나게 분노했다는 뜻이다. 그건 그녀답지 않다. 그녀는 아만다를 사랑했다. 아만다와 션이 함께 있는 것을 봤다면 신경이 쓰였을까? 그녀는 아만다에게 화가 나 있었던 걸까? 아만다를 벌주고 싶었을까? 그들이 다퉜을 수도 있다. 어쩌면 그녀가 아만다의 행동에 대해 따지려고 불러냈고 라이언에게 거절당한 그녀는 마고에게 앙갚음을 하려 했는지도 모른다. 선은 그렇게 생각했다. 그리고 라이언도. 심지어 선은 그녀가 한 짓이라고 말했다.

심지어 선조차도.

그의 생각이 옳을까?

그녀는 스스로 기억해내야 한다.

기억을 떠올리거나 아예 지워버리거나.

◆　　◆　　◆

답은 나오지 않고 야속하게 시간만 흘렀다. 해가 지기 시작할 무렵 마고는 마침내 카누에 올라 노를 저었다. 구름이 잔뜩 끼어 해가 지는지 가늠하기 어려웠지만 본능적으로 느낄 수 있었다.

해변이 보일 정도로 캠프에 가까이 왔을 때 그녀는 녹초가 되었다. 족히 100명이 넘는 사람들로 해변이 북적였다. 풍등 날리기 행사를 기다리고 있었다.

메리가 부두에 서서 그녀를 향해 손을 흔들었다.

"마고 언니! 이쪽으로 와."

그녀는 메리 쪽으로 향했다. 메리가 몸을 구부려 뱃머리를 잡아주자 마고가 배에서 내렸다. 그리고 부두에 밧줄로 꼼꼼하게 묶어 배를 고정했다.

"언니를 데리러 갈 참이었어. 모두들 사진을 찍으려고 기다리고 있었어."

"무슨 사진?"

"캠프 사진 말이야." 메리가 말했다. "가족들이랑 평생회원들과 다 같이. 매년 여름마다 하던 거 있잖아?"

그들은 가족사진 대신 늘 이렇게 단체 사진을 찍었다. 아이폰 파노라마기능이 나오기 전이라 사다리에 엄마의 특수카메라를 올려놓고 사용했다. 타이머를 설정해두고 얼른 돌아오면 엄마를 비롯해 모두가 다 나오게 찍을 수 있었다.

메리는 엄마의 카메라를 목에 걸었다. 그녀에게는 아이폰이 없다.

"언니 괜찮아?" 메리가 물었다.

"응? 어. 그런 것 같아."

"션은 어디 있어?"

"그는 떠났어."

"그가 가게 언니는 놔뒀고?"

"날 더러 어쩌라는 거야?"

둘은 서로를 쳐다보았다. 메리는 지친 얼굴이다. 이번 주말이 그들 모두를 힘들게 했다.

"리디가 경찰에 신고했어?"

"아니, 가족들은 언니가 올 때까지 기다리기로 했어."

"넌 우리가 경찰에 신고해야 한다고 생각해?"

"메리! 마고! 모두가 기다리고 있어! 얼른 와."

마고가 메리의 어깨너머로 쳐다보았다. 다른 사람들과 함께 있던 사이먼 보클레어와 마크가 그들에게 빨리 사진을 찍자고 재촉했다.

"우린 가야 해." 메리가 말했다.

마고는 메리를 따라 모두가 사진을 찍으려고 모여 있는 해변으로 갔다.

"어디 갔었어?" 마크가 그녀의 어깨 뒤에 나타나서 물었다.

"처리할 일이 좀 있었어요."

"섬에서?"

"그냥 좀 넘어가요. 마크, 네?"

그는 한 걸음 뒤로 물러났다. 그의 잘못이 아닌데 화를 내서 미안했지만 지금은 그를 감당할 처지가 아니다. 왜 마크는 아직 여기 있는 거지? 둘은 헤어졌다. 확실히 추도식 전에 헤어진 것이 맞다.

마고는 사람들의 호기심 어린 질문 공세를 피하며 사람들 속으로 걸었다. 케이트와 리디가 보였다. 그들을 보니 안심이 되었다. 에이미와 오웬도 뒤쪽에 자리 잡고 있었다.

"션은 어디 있어?" 리디가 물었다.

"가버렸어." 마고가 말했다.

"그럴 줄 알았어." 케이트가 말했다.

"당연히 그랬겠지, 바보야." 리디가 말했다.

"날 그렇게 부르지 마."

"목소리 낮춰." 마고가 말했다. "둘 다."

메리가 사다리 위로 올라갔다. 라이언은 캐리와 딸들과 함께 맨 앞줄에 섰다. 마고와 시선이 마주치자 그가 입 모양으로, '션은 어디 있어?'라고 물었고 마고는 고개를 저었다.

"모두 좀 더 가까이 붙어요! 더 가까이!" 땋은 머리를 바람에 휘날리며 메리는 모두에게 소리쳤다. 메리는 타이머를 설정하고 서둘러 사다리에서 내려와 자리를 잡았다.

"자, 이제 모두 이렇게 외치세요. '캠프 마코!'"

"캠프 마코!" 모두가 한목소리로 외쳤다.

그리고 다시 반복했다. 마코, 코, 코.

◆　　◆　　◆

사진을 찍고 난 뒤 풍등 날리기 행사가 시작되었다. 아직 날이 완전히 어두워지지 않았지만 상관없었다. 메리는 수년 전 부두에서 라이언이 했던 역할을 맡아 라이터를 가지고 대기했고 모두가 자신의 풍등을 들고 줄을 섰다.

"언니한테 주려고 가져왔어." 케이트가 그녀에게 풍등을 건넸다.

"풍등을 만들 시간이 없었어……."

"그럴 것 같았어."

"고마워, 케이트."

케이트가 자기 풍등을 손에 들었을 때 마고는 간략하게 적혀 있는 동생의 소원을 보았다. 에이미. 케이트는 마고의 표정을 보더니 턱을 치켜세웠다. "더 이상 난 아무것도 숨기지 않아."

"잘 됐네."

오웬은 행렬 밖에서 기타 줄을 어깨에 걸치고 연주 준비를 시작했다. 잠시 뒤에 마고는 그가 연주하는 곡이 무엇인지 알았다.

"어메이징 그레이스······." 그녀의 눈에서 눈물이 솟았다. 엄마가 캠프파이어를 할 때 제일 즐겨 부르던 노래다. 리디가 그에게 말해줬을까, 아니면 그가 기억하고 있었던 걸까?

"넌 참 괜찮은 남자를 만났구나." 마고는 부두로 걸어가면서 리디에게 말했다.

"알아." 리디의 눈빛이 진지해졌다. "이제 어쩌지?"

"우선 이 행사부터 먼저 끝내자. 그리고 이야기하자, 괜찮지?"

"알았어."

마고는 두 손으로 풍등을 들어 올렸다. 점점 바람이 강해지면서 풍등이 이리저리 흔들렸다. 열과 물리작용이 합해져 풍등은 항상 그랬듯 결국 날아오르게 된다. 마고는 뒤엉킨 기억을 뒤로하고 풍등을 쳐다보았다. 섬에서 일이 벌어지기 전 캠프에서의 순간을 떠올려 보았다. 아만다와 그녀는 부두에 있었다. 라이언이 손에 라이터를 들었다. 아만다는 그에게서 자신의 소원이 보이지 않도록 숨겼다. 이제야 다 이해가 갔다. 라이언이 바로 아만다의 소원이었다. 당시에는 그가 둘에게 윙크를 했다고 생각했지만 그건 아만다를 위한 거였다.

아, 아만다.

늘어선 줄이 빠르게 움직였다. 메리가 잘하고 있다. 케이트의 풍등에 불을 켜주고 리디의 것으로 넘어갔다. 이제 마고의 차례가 되었다. 그녀는 자신의 풍등을 들어 보였다.

"소원이 안 적혀 있어." 메리가 말했다.

"깜박했어."

"잠시만, 나한테 펜이 있어. 줄에서 일단 나가자."

그녀는 시키는 대로 했다. 메리가 라이터를 리디에게 넘기고 계속 진행하라고 지시했다. 리디는 마지못해 맡는 척했지만 솔직히 그 일을 맡아 기뻐하는 티가 났다. 바보 같기는. 이런 의식에 집착하는 그들 모두가 너무 바보 같다.

메리가 주머니에서 펜을 꺼내 마고에게 건넸다.

"내가 소원을 적을 동안 풍등을 좀 들어줄래?" 마고가 부탁했다.

"알았어."

메리가 풍등을 옆으로 들자 마고가 그 위로 몸을 구부렸다. 그녀의 머리카락이 앞으로 쏠려 시야를 가렸다. 그녀는 머리를 뒤로 넘기면서 자신도 메리처럼 머리를 땋았으면 좋았을 거라고 생각했다.

메리처럼.

"서둘러." 메리가 말했다. "이러다 늦겠어."

소원을 적는 마고의 손이 떨렸다.

'난 기억하고 싶다.'

그녀가 자신이 쓴 문구를 내려다보자 마치 마법의 주문처럼 문이 열렸다. 기억이 꿈틀꿈틀 되살아났다. 화이트보드에 쓴 손 글씨. 그날 밤 션이 호수 섬에 있었다고 썼고 그녀의 이름에 동그라미를 친 사람.

그건 바로 메리다.

마고는 고개를 들었다. 그녀의 소원을 보고 놀란 듯 메리의 입이 동그랗게 벌어졌다. 마고가 무슨 생각을 하는지, 무엇이 혼란스러운지 메리는 알고 있을까?

"불을 붙일까?" 리디가 물었다.

"이리 줘, 내가 할게." 메리가 끼어들며 리디의 손에서 라이터를 가져갔다. 그녀가 라이터를 켰고 마고의 풍등에 불이 붙었다.

"어서 놔, 안 그러면 화상을 입을 거야."

마고는 풍등을 놓았다.

47 장

비밀의 화원
메리

마고가 묘한 표정으로 메리를 쳐다보았다.

그들은 부두를 나와 해변에 서서 하늘로 솟아오르는 풍등을 바라보았다. 오웬은 다양한 곡조를 오가며 기타 연주를 했다. 메리는 공기 중에서 비 냄새를 맡았다. 금방이라도 비가 쏟아질 것이다.

"무슨 일이야, 마고 언니?"

"네가 그랬지?" 그녀가 말했다. "네가 아만다를 공격했어."

메리가 돌아보았다. 그녀는 마고의 말에 전혀 동요하지 않았다. 오히려 살짝 안도감을 느끼는 듯 보였다. "말도 안 돼. 션이 그랬잖아."

"그는 자신이 한 짓이 아니라고 했어. 그리고 난 그의 말을 믿어."

"왜?"

"왜냐하면 그는 내가 그랬다고 생각하니까."

"언니는 아만다를 다치게 하지 않았잖아."

"그래 맞아. 하지만 선이 내가 범인이라고 생각한다는 건 확실히 그가 하지 않았다는 뜻이야. 그러면 남은 사람은 하나야."

메리는 마지막으로 날렸던 자신의 풍등에 시선을 고정했다. 소원 같은 건 믿지 않았지만 매년 그랬던 것처럼 풍등에 이름을 적었다. 그 사람의 이름을.

"갑자기 그렇게 확신하는 이유가 뭐야? 누구든 용의자가 될 수 있어…… 호수 맞은편에 있던 대학생들도 있고."

"그들이 한 짓이 아니야."

오웬이 〈파이어스 버닝〉을 연주하기 시작했다. 평생회원 중 한 명이 노래를 부르기 시작했고 케이트와 리디도 같이 불렀다. 메리는 마고도 함께 부르길 바랐지만 그녀는 계속 비난하는 표정으로 메리를 노려보았다.

라이언이 그들에게 다가왔다. "비가 내릴 것 같아. 모두 관리동으로 데려가는 것이 좋겠어." 라이언은 다른 사람들이 듣지 못하게 가까이 몸을 구부렸다. "그런 다음 우리는 집에 다시 모여 어떻게 할지 결정하자."

이제 메리는 두려움을 느꼈다. "뭘 어떻게 할지 결정하자는 거야?"

"선 말이야."

"진짜로 경찰에 신고할 건 아니지?" 마고가 물었다.

"신고해야 할 것 같아. 리디도 동의했고."

"그러지 마." 메리가 말했다.

"그를 그냥 놔주자는 거야?" 라이언이 물었다. "이대로 도망치도록?"

"그는 오빠의 지분을 가져가지 않을 거야. 그걸로 부족해?"

"아니." 마고가 조용히 말했다.

마고가 울먹거렸다. 메리는 그 눈물이 무슨 의미인지 알았다. 마고는 하고 싶지 않은 일을 해야만 하는 이 상황이 슬펐다. 그러나 그렇다고 멈추지 않을 것이다.

"마고. 이런다고 해결되는 건 없어."

"여기서 이런 이야기 하지 말자. 사람들을 관리동으로 보낸 다음 집에서 만나 결정하자, 알겠지?"

마고의 말에 메리는 고개를 끄덕였지만 그녀는 시키는 대로 할 생각이 없었다.

◆　◆　◆

비가 예상보다 빨리 찾아왔다. 복잡한 틈을 타 사라지기 쉬웠다. 아이들은 아끼는 옷에 비를 맞으면 몸이 녹아내리기라도 하는 것처럼 소리를 지르며 뛰어다녔고 염려 많은 부모들은 소지품을 잃어버릴까 분주했다. 맥알리스터 가족은 양치기처럼 사람들을 몰아 안으로 넣었다. 메리는 어떻게 했냐고? 그녀는 관리동에 있는 분실물 함에서 기다란 비옷을 꺼내 걸치고 서둘러 도로로 나섰다.

머리 위에서 번개가 번쩍였다. 메리는 곧바로 초를 셌다. 1초,

2초, 그리고…… 5초 뒤에 천둥이 쳤으니 1마일 떨어져 있다. 비옷을 걸쳤지만 퍼붓는 비가 두꺼운 천마저도 파고들어 뼛속까지 다 젖는 것 같았다. 따뜻한 여름비가 아니라 몸이 떨리고 서둘러 실내로 들어가게 만드는 차갑고 축축한 가을비였다.

메리는 헛간으로 갔다. 잠깐이 아닌 몇 킬로미터는 달린 것 같았고 입속에는 침이 가득 고이고 근육이 아우성쳤다. 그녀는 튀어나온 못에 비옷을 걸고 불을 켰다. 길게 늘어선 마구간의 칸들은 시나몬이 있는 곳을 빼곤 비어있었다. 지금이라도 당장 떠나면 되고 그런 다음 자신의 집, 고독 속으로 돌아갈 수 있다. 그녀는 눈이 오기 전 가을 내내 말을 타고 그다음엔 겨울을 지낼 따뜻한 곳으로 갈 것이다. 지난 몇 년간 메리는 추운 잿빛 하늘 아래서 힘들었다. 자신의 증상을 검색해보니 계절성 우울증이었다. 날씨로 인해 우울증이 생기는 병이다.

처음에는 계절성 결함증으로 잘못 읽었다. 지금도 여전히 그렇게 생각하고 있다. 가족의 일원으로서 결함이 있는 그녀에게 어울리는 병명이니까.

시나몬이 왜 다가와 코를 비벼주지 않는지 궁금한 표정으로 메리를 쳐다보았다. 말은 자신을 보살펴주는 사람에게 매우 익숙해 일상에서 조금만 변화가 생겨도 눈치를 챈다. 그런 점에서는 사람보다 훨씬 낫다. 메리는 아만다가 발견된 뒤 엄마가 마고에게 얼마나 호들갑스럽게 굴었는지 기억하고 있다. 왜 아무도 그녀는 달래주지 않았을까? 선은 마치 마고가 축제에서 경품으로 받은 선물인 것처럼 그녀를 꼭 안고 행복하고 환한 얼굴을 했다. 하지만 마고를

446

놔주고 난 뒤 메리에게는 그런 식으로 위로해주지 않았다.

선. 그에 대해 너무 많이 생각하지 않는 것이 최선이다. 메리는 그렇게 하려고 아주 많은 연습을 해왔다. 이제 그가 배다른 형제라고 생각하니 속이 메스꺼웠고 더더욱 그를 생각해서는 안 된다.

라이언이 그 소녀와 함께 있었던 날도 마찬가지다. 스테이시 켄싱턴. 가족이 함께 보내는 주말이었고 메리는 다른 평생회원들과 직원 오두막에 있었다. 그곳이 늘 낯설게 느껴졌지만 유독 그날 밤에는 가만히 있을 수가 없었다. 보통은 다른 직원들이 술을 건네도 마시지 않고 담배를 피우지도 않는데 그날은 모두 다 했다. 당시 스물여섯이던 메리는 여전히 부모님과 같이 살았다. 케이트도 마찬가지였지만 그녀는 어렸고 스스로 원해서 머물고 있었다. 메리는 떠나고 싶었다. 자유롭고 싶었다. 단 몇 분이라도 자유를 느끼고 싶었다.

그래서 욕실로 가는 길목에서 사이먼 보클레어에게 키스했다. 그는 메리에게 마고, 캠프에 더 이상 오지 않는 마고를 닮았다고 말했다. 그때 그녀가 키스했다. 그에게서 술맛이 났고 그의 입술은 공격적이었다. 사이먼의 손길이 자신의 청바지 지퍼에 닿자 그녀는 그에게서 달아났다. 메리는 곧바로 헛간으로 가 검은색 말 미란다에 올라 도로를 달렸다. 그리고 불빛과 금속이 밀리는 끔찍한 소리를 들었다. 미란다가 뒷걸음질치다가 도랑으로 떨어졌다. 잠시 뒤 라이언이 다가와서 그녀가 괜찮은지 확인한 다음 숲으로 가서 숨으라고 말했다. 메리는 나중에야 스테이시에 대해 알게 되었고 약간의 죄책감을 느꼈다. 그 사고는 자신의 잘못이다. 그날 밤

술에 취한 채 말을 타지 않았어야 했다.

그렇지만 스테이시 역시 부주의한 건 마찬가지였고 체내에서 코카인도 검출되었다. 그 애는 안전벨트를 매지 않았고 라이언은 검사 결과 음주가 아니어서 무사했다. 라이언은 메리에게 이번 일을 자신만 알고 있겠다고 말했고 그 직후 스위프트 변호사가 나타났다. 캠프에 위협이 되는 일이 생기면 언제나 스위프트 변호사가 나타나 일을 처리했다. 메리는 가끔 스위프트의 충성심을 의심하기도 했지만 그는 40년간 가족 변호사로 일했다. 스위프트 변호사가 남은 일 처리를 마무리했다. 스테이시의 부모님은 고소하겠다고 했지만 딸의 마약검사 결과가 나오자 그걸로 끝이 났다. 캠프 마코의 또 다른 위기가 지나간 것이다.

어쩌면 난 한 번도 라이언 오빠에게 제대로 고맙다고 말하지 않았는지도 몰라. 메리는 시나몬의 콧등을 긁어주며 생각했다. 하지만 아직 괜찮다. 오늘 밤 라이언에게 고맙다고 말하고 션을 경찰에 신고하라고 부추길 거다. 그래도 괜찮겠지. 션은 아마도 감옥에 가지 않을 테니까. 20년이 지난 일이다. 그는 자신이 하지 않은 일을 자백할 사람이 아니다. 이제 와서 마고를 위해서 인생을 망칠 만큼 바보도 아닐 거다.

마치 메리의 생각이 그녀를 불러낸 것처럼 헛간 문이 열리고 마고가 나타났다. 그녀의 머리카락이 비에 젖어 얼굴에 납작하게 붙어 있었다.

"도망칠 준비를 하는 거야?" 마고가 물었다.

메리는 대수롭지 않게 대답하려고 했지만 목소리가 갈라졌다.

"내가 그래야 해?"

"하나도 재미없어."

"난 재미있다고 한 적 없는데."

"넌 네가 한 짓을 인정해야 해. 안 그러면 다른 사람들이 션을 경찰에 신고할 거야."

다시금 찌릿한 죄책감이 느껴졌다. 하지만 메리는 그까짓 것쯤은 감당할 수 있었다. 당연히 그래야 한다.

"무고한 사람은 감옥에 가지 않아." 메리가 말했다.

"그런 터무니없는 소리 하지 마. 죄가 없어도 감옥에 갈 수 있다고."

"아니……."

"스위프트 변호사처럼 도와주는 사람이 있으면 우리 같은 사람은 무슨 짓을 해도 된다고 생각해?" 마고가 메리의 생각을 읽었다. "하지만 션은 우리와 같지 않잖아, 안 그래? 그는 캠프 관리인이고 이십 대 중반에 열일곱 소녀와 성관계를 맺었어. 그리고 다친 그녀를 옮겼고 여태껏 그 두 가지 사실을 숨겼어……. 나한테는 결백한 것처럼 들리지 않는데."

"어쩌면 그가 저지른 일인지도 몰라."

"아니야."

"어떻게 그렇게 확신해?"

"말했잖아. 그는 내가 그랬다고 생각한다고."

"그래서?"

"넌 그 이유가 뭔지 물어야지. 왜 션이 내가 저지른 일이라고 생각하는지."

"알았어, 선이 왜 그렇게 생각하는데?"

"왜냐면 그가 날 봤다고 생각하기 때문이야. 그는 호수에 있었고 누가 아만다를 내리쳤는지 봤어."

"그땐 밤이었어. 선이 잘못 알았겠지. 고작 그거로는 날 지목할 수 없는 거야."

마고가 그녀에게 한 걸음 다가갔다. 그리고 메리의 땋은 머리끝을 잡아당겼다.

"무슨 짓이야?"

"그대로 가만히 있어."

메리는 자신의 머리카락을 풀고 있는 마고의 손길을 느꼈다. 그런 다음 마고가 젖은 자신의 머리카락을 흔들었다. 어깨까지 닿은 메리보다는 짧은 머리카락이었다. 메리는 마고가 무슨 말을 하려는지 알았다. 머리를 풀면 헛간처럼 조명이 있는 곳에서조차 둘은 비슷해 보였다. 그녀가 항상 바라던 쌍둥이만큼은 아니지만 충분히 비슷했다.

"그는 노를 들고 아만다의 머리를 내려친 금발 소녀를 보았어." 마고가 말했다. "그렇다면 나나 너 중 한 사람인데 난 아니야."

메리는 꼼짝없이 걸려들었다는 생각이 들었다. 마고가 이렇게 가까이 서서 그런 말을 하니 숨을 쉬기 힘들었다.

"그는 언닐 봤다고 생각했다면서." 메리는 숨이 턱 막혔다. "그의 말이 맞나 보지."

"아니 그렇지 않아. 난 증명할 수 있어."

"어떻게?"

"넌 화이트보드에 그렇게 적어놓는 실수를 저질렀어. 나와 선을 지목했지. 하지만 아무도 선이 그날 밤 섬에 있었는지 몰랐어."

그들은 서로를 빤히 쳐다보았다. 메리는 땀 냄새를 맡았다. 자신의 땀이다. 그건 멍청하고 또 멍청한 실수였다. 자신이 왜 그런 짓을 했는지 모르겠다. 헛간에서 J.F와 있다가 돌아왔던 그날 아침 일찍 화이트보드를 봤을 때 그녀의 죄를 묻고 있는 것처럼 보였다. 모든 사람들이 마고를 위해 해명하고 있었다. 누군가는 곧 알아차릴 거다. 눈치를 채고 서로 묻기 시작하면 누군가는 진상을 파악할 거다. 그녀는 펜을 들어 선이 섬에 있었다고 쓴 다음 추가로 사건이 벌어진 시간 칸에 마고의 이름을 쓰고 동그라미를 여러 번 쳤다.

그리고 욕실로 가서 손에 묻은 마커 자국을 지웠다.

"내가 썼다는 걸 어떻게 알아?"

"난 네 필체를 알아봤어."

"난 선이 그날 밤 섬에 있던 걸 알았어. 그게 뭐?"

"그 말은 네가 안 자고 있었다는 뜻이지. 그리고 넌 그와 아만다가 같이 있는 것을 본 거야."

메리는 마고 너머로 문을 쳐다보았다. 마고를 다치지 않게 하고 나가기는 어려워 보였다. 그리고 마고는 그녀보다 힘이 셌다.

메리는 한 걸음 물러난 다음 시나몬의 마구간 문을 열고 안으로 들어갔다. 그리고 재빨리 문을 닫았다.

"무슨 짓이야?"

"언니 때문에 시나몬이 겁을 먹었어." 그녀가 부탁하면 마고는 순순히 길을 터줄 거다. 여기서 나가게 해줄 것이다.

"넌 자백해야 해."

"싫어."

"네가 저지른 일 때문에 선이 감옥에 가도록 놔둬서는 안 돼. 게다가 네가 그렇게 한 이유가 그 사람 때문 아니야? 선 때문이 아니냐고."

메리는 움찔했다. 바위 아래 숨어 있다가 들킨 벌레가 된 기분이었다. 들켰다. 그녀는 뒷걸음질쳤고 등으로 거친 목판 감촉이 느껴졌다.

"그만 해." 그녀가 말했다.

"나한테 말해. 네가 왜 그런 짓을 했는지 말하란 말이야. 그가 아만다와 같이 있는 걸 봐서 그랬어? 그게 이유야?"

"그만하라고 했잖아!"

메리는 몸을 구부려 마구간 구석에 놓인 양동이를 집어 들었다. 양동이를 바닥에 뒤집어 놓은 다음 딛고 올라서 문틀을 타고 천장 들보에 다다랐다. 그리고 그녀는 그 위에 걸터앉았다.

"뭐하는 거야? 이리 내려와!"

메리가 몸을 일으켜 벽을 잡고 서자 마고의 목소리가 희미해졌다. 메리는 숨을 가다듬으려고 애썼다. 다음 단계는 까다롭다. 위쪽의 다른 들보로 뛰어올라 붙잡은 다음 몸을 흔들어서 멀리 건초 다락까지 뛰어내려야 한다. 그녀와 마고 둘 다 예전에 해본 적이 있지만 그건 이미 오래전의 일이다. 20년도 더 되었다.

"메리!"

다시 천둥이 쳤다. 이번에는 더 가까이에서 들렸다. 메리는 들보를 쳐다보면서 두려움을 억눌렀다. 할 수 있다. 타이밍만 잘 잡으면 된다.

"메리 그러지 마. 너 죽을 수도 있어."

메리는 귀를 막고 숫자를 셌다. 하나, 둘…… 셋을 세면서 그녀는 공중으로 뛰어올라 손으로 들보를 잡았다. 그녀는 해냈다. 손에 힘을 주고 다리를 앞뒤로 흔들며 두 번째 도약을 위한 가속도를 얻었다. 손이 미끄러웠지만 미끄러지지 않을 것이다, 그래서도 안 되며, 그리고 하나, 그리고 둘, 그리고…… 그녀는 손을 놓고 공중을 날았다. 발이 건초 다락 바닥에 닿았고 몸의 무게 중심이 앞으로 쏠리며 까칠한 건초 더미 위에 무릎으로 착지했다.

메리가 웃었다. 해냈다!

"메리, 그러지 마. 거기서 내려와."

"싫어!"

"평생 거기 있을 순 없어. 결국 내려와야 해. 안 그러면……."

"안 그러면 뭐?"

다시 천둥이 쳤고 이번에는 너무 가까워 귀가 먹을 것처럼 크게 들렸다. 그리고 무언가 쪼개지는 요란한 소리가 났다.

"밖에 있는 나무가 벼락을 맞았나 봐." 마고가 소리를 질렀다.

메리는 건초 다락의 반대편으로 뛰었다. 거기에는 방목장이 내다보이는 조그만 창문이 있다. 100년 동안 그 자리에 서 있던 커다란 단풍나무가 반으로 갈라졌고 그 속에서 연기가 피어올랐다.

갈라진 한쪽이 울타리 위로 넘어졌다. 다른 한쪽은 짐수레를 덮쳤다.

비가 와서 다행이야, 메리가 생각했다, 안 그랬으면 헛간에 불이 붙었을 거야.

"메리? 어딜 간 거야?"

그녀는 마고가 볼 수 있도록 원래 자리로 돌아왔다.

"난 여기 있어."

"내려올 거야?"

"뭐 하러? 그러면 언니가 경찰에 전화를 할 거고 난 평생 감옥에서 썩어야 할 텐데? 그럴 생각은 추호도 없어."

"하지만 너 대신 선을 보내게 돼. 난 네가 그를 사랑하는 줄 알았는데."

메리는 스스로를 감쌌다. 선, 선. 그녀는 선을 사랑했다. 항상 그랬다. 하지만 그건 아주 오래전 일이고 그저 메아리만 남았다. 상처만.

"날 두고 그를 선택하는 거야?" 메리가 물었다.

"난 아무도 선택하지 않아. 네가 선택한 거지. 네가 아만다를 내리친 것도, 그 오랜 세월 동안 네가 거짓말을 한 것도 전부 네가 선택한 거잖아."

메리는 그 말이 옳다는 생각이 들었다. 마고는 항상 허를 찌르는 말을 잘했다. 메리가 선택한 거다. 마고가 잠들었다는 확신이 들자 그녀는 자리에서 일어나 몰래 아만다를 찾으러 갔다. 이 집에서 염탐을 하는 건 리디뿐만이 아니었다. 메리는 항상 아만다가 싫었다. 아만다가 나타나기 전까지 메리는 마고와 둘도 없는 친구였다. 그러다 메리가 캠프에서 보내는 첫 여름에 아만다가 끼어들었고 마고를 가져갔다. 메리는 쉽게 친구를 사귀지 못했다. 그녀는 늘 혼자였다. 그런데 지금 아만다가 누군가를 만나기 위해 한밤에 어디론가 가고 있다. 메리가 그 장면을 잡는다면 아만다는 집으로 돌려보내질 거다. 그러면 예전으로 돌아갈 수 있다. 마고와 메리, 아일랜드 쌍둥이 자매로.

메리는 자신이 왜 노를 들고 갔는지 모르겠다. 바위에 놓여 있는 것을 보고 집어 들었다. 그리고 뒤 해변으로 갔는데 선이 그곳에 있었고 게다가…… 메리는 몸서리를 쳤다. 그 부분은 생각하고 싶지 않다. 아만다에게 그럴 의도는 아니었다.

영원한 건 아무것도 없다.

영원한 상처도 없는 것처럼.

"메리?"

"내가 선택한 거야." 메리가 마고를 내려다보며 말했다. "내 잘못이야."

"어쩌면 스위프트 씨가 잘 해결해 줄 수 있을지도 몰라……."

그 말을 하는 마고조차 그렇게 믿지 않았다. 메리는 자신이 지금 내려가면 어떻게 될지 알고 있다. 수갑이 단단하게 그녀의 손목을 옥죌일 거다. 작은 취조실에서 쓴맛이 나는 커피와 단호한 얼굴들을 마주하겠지. 그녀는 빠르게 정신이 혼미해졌다. 경찰에 어떻게 저항할 수 있을까? 선이 불려 올 테고 모든 시간대별 행적이 명확히 드러날 거다. 메리 아니면 마고였다. 그렇지만 화이트보드에 글을 쓴 사람이 그녀라는 것을 경찰은 금방 알아차릴 것이다. 그 부분도 메리가 선택했다.

갑자기 찾아온 비는 갑자기 멈췄다. 메리는 공기에서 나무 타는 냄새를 맡았다. 문득 비에 휩쓸려 가버렸을 풍등이 생각났다. 그녀의 소원인 그의 이름 선. 여전히 그녀의 주머니에는 라이터가 들어 있다. 그녀가 할 수 있다면, 잠시만 용기를 낸다면 다른 길을 선택할 수 있다.

"마고 언니." 침묵을 깨고 메리가 말했다.

"응?"

"시나몬을 헛간 밖으로 데리고 가줄래?"

"왜?"

"그냥 그렇게 해줘."

마고는 다시금 그녀의 생각을 읽었다. "아니, 안 돼. 그러지 마, 메리."

"부탁이야, 마고 언니."

마고는 눈물을 흘렸고 메리도 마찬가지였다. 그녀는 자신이 그런 일을 벌일 만큼 강한 사람인지 확신이 없었지만 방법은 그것뿐이었다.

"내가 한 짓을 가족들에게 말해줘, 알겠지? 그들에게 미안하다고 전해주고."

"안 돼, 메리, 부탁이야. 그러지 마."

마고는 벽에 세워둔 사다리를 가지러 갔다.

"그만둬!"

메리는 그렇게 말하며 주머니에서 꺼낸 라이터를 엄지로 돌렸다. 불꽃이 나타났다. "나랑 여기 있고 싶지 않을 거야. 시나몬에게 가. 그 애를 챙겨서 나가라고."

"제발, 메리. 그러지 마."

마고는 완강했다. 그녀는 마고의 회유에 걸려들고 말 거다. 그래서 건초 한 줄기를 빼 들었다. 그리고 라이터를 가까이 가져다 댔다. "여기서 나가, 마고 언니."

"싫어, 메리. 싫다고! 난 안 갈 거야. 널 두고 가지 않아."

그 말은 진심일까? 마고는 스스로 그렇게 믿고 있겠지만 메리는 의구심이 들었다. 뭐 알아서 하라지. 지금은 마고가 선택할 차례다.

"시나몬을 구해줘, 언니. 그 애는 아무 잘못 없잖아."

"메리!"

하지만 메리는 더 이상 마고의 말을 듣지 않았다. 그녀는 다시 엄지로 라이터를 켰다. 곧바로 건초에 불이 붙어 그녀의 손가락이 그을렸다. 메리는 발아래 커다란 건초 더미로 불씨를 떨어뜨렸다. 발로 밟고 젖은 스웨터로 덮어 불씨를 꺼트릴 시간은 있다. 하지만 메리는 그러지 않았다. 대신 천둥이 칠 때처럼 숫자를 셌다.

하나, 둘, 그리고…… 셋.

아만다

1998년 7월 23일 오전 4시

떠나는 션의 뒷모습을 보니 기뻤다. 그는 자리를 뜨며 못되게 굴었고 그건 나도 마찬가지였다. 그렇지만 내가 그만 가달라고 하자 그는 순순히 자리에서 일어났다. 이제 난 조금 전 앉아 있던 그 바위에 홀로 남아 노를 저어 떠나는 그를 지켜보면서 아이들과 마고가 있는 캠프로 돌아갈 용기를 내보려고 애썼다. 오늘 밤 벌어진 모든 일을 어떻게 마고에게 말해야 할까? 나 스스로도 정리가 안되는데. 션의 보트가 움직이다 멈췄다. 어쩌면 지금 나처럼 그는 호수 한가운데 갇혔는지도 모른다. 잘못을 후회하기엔 늦었다. 너무 늦었다. 몇 시간 뒤면 아이들이 깰 거고 난 지쳤다. 난 눈을 감았다. 잠시 잠이 들었는지도 모른다. 그러다가.

"넌 다 가져야만 직성이 풀리지, 안 그래?"

난 놀라서 눈을 떴고 심장이 쿵쾅거리는 상태로 뒤돌아보았다.

메리가 한 손에는 손전등을, 다른 손에는 노를 들고 서 있었다.

"메리. 여기서 뭘 하는 거야?"

"난 봤어."

난 속이 메스꺼워졌다. "네가⋯⋯."

"선과 함께 있는 걸 봤어. 넌 역겨워. 그런 짓은 역겨워."

난 자리에서 일어났다. 술을 마신데다 잠을 못 자서 몸이 흔들렸다. 집중하기 힘들었다. "그렇게까지 말할 필욘 없잖아."

"너도 그렇게까지 할 필욘 없잖아."

"네 말이 맞아. 그건 실수였어."

"실수?"

"그래, 실수야."

"우연한 사고 같은 거라 이거지."

매우 단조로운 메리의 목소리가 날 겁에 질리게 했다.

"사고가 아니야, 실수라고."

"실수라⋯⋯." 메리가 그녀의 말을 따라 했다.

"맞아, 메리. 혼자만 알고 있어 줄래?"

"내가 왜 그래야 하는데?"

"지금 부탁하고 있잖아. 난 우리가 친구라고 생각해."

"친구 좋아하네!"

그 애가 한걸음 내게 다가왔다. 난 두려움에 떨렸다. "내가 너한테 무슨 잘못을 했는지 모르겠어."

"모른다고? 그러는 너가 왜 난 놀랍지도 않지?"

메리는 더 가까이 다가왔다.

"왜 이러는 거야? 노는 왜 들고 있어?"

"나를 지키려고." 메리가 그렇게 말하고는 노를 휘둘렀다.

	아만다	마고	라이언	메리	케이트와 리디	션
오후 9시	풍등 날리기	풍등 날리기	풍등 날리기			
오후 10시	호수 섬	호수 섬		호수 섬		구명보트
오후 11시	뒤 해변	뒤 해변	뒤 해변	호수 섬		
자정	뒤 해변		뒤 해변			
오전 1시	뒤 해변		캠프			뒤 해변
오전 2시	뒤 해변		캠프			뒤 해변
오전 3시	뒤 해변					뒤 해변
오전 4시	뒤 해변			뒤 해변	수영	뒤 해변/ 아만다를 옮김
오전 5시	보트 안	아만다를 찾으러 감	캠프/ 보트 해변	호수 섬		
오전 6시	비밀 해변		비밀 해변		비밀 해변	

마고

1년 뒤

마고는 시나몬을 구했다. 메리에게 닿지 못했지만 그래도 노력
했다. 불길이 너무 빨리 번졌다. 그녀는 머리카락이 타고 손에 화
상을 입으면서도 시나몬의 마구간까지 가는 데 성공했고 겁에 질
린 말을 밖으로 끌어냈다. 마고는 사이렌 소리가 들리길 기다리
며 말과 함께 길 맞은편에 서 있었지만 소방차는 너무 늦게 도착
했다.

라이언은 연기 냄새를 맡고 최대한 많은 사람들을 모아 임시 소
방대를 조직했다. 그렇지만 정원용 호스 한두 개와 각 오두막 밖에
비치된 양철통만으로는 불쏘시개처럼 타오르는 건초와 낡은 목조
구조물의 매서운 불길에 대항하기에는 역부족이었다.

그건 사고로 결론이 났다. 마고는 다른 말은 하지 않았다. 천둥
이 치자 메리가 말을 살피러 헛간으로 갔다. 마고는 열린 차 창문

을 닫으러 그 근처에 갔다가 불이 나자마자 헛간으로 들어갔다. 메리가 무언가에 불을 지피려 했고 그건 분명했다. 어쩌면 전기가 나가서 벽에 걸린 기름 램프를 쓰려고 했는지도 모른다.

공식적으로 알려진 이야기는 그랬지만 마고는 마곡에서 선을 데려온 뒤에 가족들에게 모든 사실을 알려주었다. 그들은 이것을 가족만의 비밀로 남기기로 결정하고 메리가 받게 될 몫을 선에게 주기로 합의했다. 스위프트가 모든 것을 준비했다. 그리고 1년이 지난 지금 다시 노동절 휴일이자 부모님의 추도식이 찾아왔다. 여름에 헛간을 새로 지었다. 캠프는 보험을 잘 들어두었다. 화재보험금과 평생회원에게 주식을 49퍼센트 매각한 덕분에 자금도 넉넉하게 모였다. 당장 이번 여름부터 많은 변화가 있긴 힘들겠지만 차근차근 계획을 세우는 중이다. 캠프가 지닌 원래의 매력은 유지하되 테니스코트 바닥을 다시 깔고 크기를 두 배로 넓히기로 했다. 새로운 오두막도 몇 개 더 짓고 관리동도 확장할 것이다. 매 시즌 50명의 아이들을 더 받으면 제대로 수익을 낼 수 있다.

그들은 만장일치로 케이트에게 캠프 일을 위임하기로 했고 마고는 여름 동안 프랑스어 선생님의 오두막에 머물렀다. 라이언과 캐리의 두 딸이 처음으로 마코의 여름 캠프에 참가했고 나이가 안 된 막내는 크게 실망했다. 리디와 오웬은 오웬의 투어 일정이 허락할 때면 간간이 캠프에 들렀다. 그리고 특별한 캠프파이어도 준비했다. 오웬과 마고는 기타로 예전 히트곡을 연주했고 그들의 목소리는 아주 잘 어울렸다.

마고는 1년 동안 휴게실에서라도 마크와 만나지 않으려고 노력하다 결국 학교에 사직서를 냈다. 무엇을 하고 싶은지 아직 마음을 정하지 않았다. 한동안은 케이트를 도와 캠프를 운영할까 생각 중이다. 아니면 음악에 집중해서 묻어두었던 꿈을 펼칠 수도 있을 거다. 오웬도 해냈는데 그녀라고 못할 게 뭐람? 마고는 많은 시간을 엄마가 찍어둔 사진을 보며 보냈다. 그리고 가장 마음에 드는 것들을 골라 액자에 넣어 관리동에 걸어두었다. 일부 사진은 지역 미술관에 전시하기로 했다.

마고는 거의 날마다 아만다를 찾아가 맥알리스터 가족이 저지른 일에 대한 이해와 용서를 구했다. 공격을 한 건 메리지만 그들은 모두 아만다가 그렇게 된 데 각자의 방식으로 책임이 있었다. 이제 와서 보상할 방법은 없겠지만 그래도 여전히 마고는 그녀를 찾아가서 말을 건네며 노력했다.

사건이 벌어진 지 21년째가 되기 몇 주 전, 아만다가 위독해졌다. 의사들은 이유를 알지 못했다. 같은 상태로 그렇게 오래 잘 버티다가 갑자기 왜 이러는 걸까? 가끔 그런 경우가 있다고도 했다. 기계의 힘만으로는 더 이상 버틸 수 없었던 것이다. 아만다가 숨을 거둘 때 마고는 아만다의 부모님과 함께 자리를 지켰다. 그들은 이미 추가 연명 치료를 하지 않기로 결정했다. 아만다는 오래전에 우리 곁을 떠난 것이나 다름없었고 마침내 그녀는 편히 쉴 수 있게 되었다. 마고는 의사가 장비를 끄고 난 뒤에도 한참 동안 그녀 곁에 남아 기억을 더듬으며 아만다가 마지막으로 한번만 '어서 와, 마고' 하고 웃으며 부른다면 얼마나 좋을까 생각했다.

그러나 인생은 그렇게 흘러가지 않는다.

"준비됐어, 마고 언니?" 리디가 일요일 저녁에 물었다. 그들 모두 부두에 섰다. 케이트와 에이미는 손을 잡았다. 라이언과 캐리는 아이들을 껴안았다. 그들의 발치에 작은 풍등 여러 개가 놓였다. 해가 지기 시작하자 풍등에 불을 붙일 준비를 했다.

마고는 메리를 향한 마지막 약속을 적은 풍등을 두 손 높이 들어 올렸다. 메리에게 실제로 벌어진 일에 대해서 가족 모두가 비밀을 지키고 그래서 그녀를 애정어린 모습으로 잘 기억할 수 있도록.

간단한 세 마디였다. 그녀 가족의 '모토' 말이다.

절대 말하지 않아.

유명 캠프장에서 미스터리한 사건이 벌어졌다. 의식을 잃고 머리에서 피를 흘린 채 호숫가 해변 카누에서 발견된 한 십 대 소녀. 사건은 별다른 성과 없이 미제로 종결되고 〈캠프 마코〉를 운영하는 맥알리스터 가족은 20년 전 그날을 가슴 속에 묻은 채 살아간다.

첫째 라이언, 둘째 마고, 셋째 메리, 쌍둥이 막내인 리디와 케이트, 그리고 맥알리스터 부부에게 과잉 충성하는 알 수 없는 인물 선까지. 모두가 끔찍한 그날의 사건에 대한 각자의 비밀을 간직한 채 부모님의 기일을 맞아 다시 캠프에 모이게 되는데…….

여름 캠프에서 벌어지는 끔찍한 살인 사건은 할리우드 공포 영화에서 단골처럼 등장하는 소재라 이 책도 비슷한 부류가 아닐까 섣불리 짐작했다. 딱히 고민할 것 없이 술술 책장을 넘기며 시간을 보내기 좋은 가벼운 소설이라고 말이다. 하지만 그런 예상을 비웃기라도 하듯, 처음부터 분명하게 드러나는 건 아무것도 없었다.

　작가는 여러 인물의 관점에서 과거의 사건과 현재를 오가며 각자의 알리바이와 의혹을 조금씩 풀어 놓았다. 그 속에는 사건의 피해자인 아만다가 직접 들려주는 그날의 기억도 담겨 있어 더욱 흥미진진했다. 아만다 이야기 말미마다 당일 시간대별로 각 인물의 행적을 보여주는 연대표가 등장한다. 이러한 형식이 처음에는 좀 낯설게 느껴졌지만 전개가 진행될수록 빈칸이 서서히 메워지며 사건의 전모가 드러나는 방식이 마음에 들었다. 여기에, 마치 모르고 지나쳐 버리길 바라기라도 한 것처럼 작가는 무심한 듯 모호하게 복선을 던져두어 추리에 더욱 혼란을 주었다.

　'끝까지 누가 범인인지 단정 지을 수 없다'는 평처럼 책을 읽는 내내 궁금했고 갈팡질팡했고 엉뚱한 곳에서 범인이 등장하지 않을까 이런저런 결말을 생각했지만 예상은 보기 좋게 빗나갔다. 게다가 당연한 전제라고 여겼던 사건 자체도 후반부에 이르러서 그 속에 지닌 큰 반전을 드러내며 다시금 허를 찔렀다.

　'절대 말하지 않아'라는 원서의 제목은 이 책의 많은 부분을 대변한다. 맥알리스터는 사후에서야 유언장을 통해 지금껏 숨겨두었던 자식에 대한 자신의 의심과 처벌을 자녀들 스스로의 판단에 맡긴다. 맥알리스터 부인은 평생 무슨 생각을 하며 살았는지 누구에게도 알리지 않은 채 유령처럼 가족 주변에서 표류할 뿐이다. 그들이 데려온 션과 맥알리스터 부부와의 관계는 많은 의구심을 남긴 상태로 영원한 미제가 되었다. 그들은 정말 속 시원하게 말해줄 수 없었던 걸까?

가족의 좌우명이 되어 버린 그 말이 아니었다면, 어쩌면 사건은 쉽게 해결되었거나 혹은 아예 벌어지지도 않았을 것이고 파국의 결말로 끝맺는 일도 없었을 것이다. 그들이 서로에게 솔직했더라면 가족의 우애, 사랑, 배려, 질투와 희생이 아마도 다른 양상으로 전개되지 않았을까?

탄탄한 구성과 작가 특유의 냉정한 문체가 치밀하게 계획된 미로 속에서 탈출구를 찾아 헤매는 여정을 더욱 스릴 넘치게 해주었고 마지막까지 긴장을 놓을 수 없게 만들었다. 독자 여러분도 곳곳에 숨은 단서들을 발판삼아 현명하게 미로를 헤쳐나가길 바란다.

절대 말하지 않을 것

초판 1쇄 2020년 05월 15일
초판 4쇄 2022년 04월 29일

지은이 캐서린 맥켄지
옮긴이 공민희
펴낸이 김운태
기획 · 관리 박정윤
편집 김운태
디자인 심플리 그라픽스

펴낸곳 도서출판 미래지향
출판등록 2011년 11월 18일 제2013-000129호
주소 서울시 마포구 마포대로 53 B동 1603호
전자우편 kimwt@miraejihyang.com
대표전화 02-780-4842
팩스 02-707-2475
홈페이지 www.miraejihyang.com

ISBN 979-11-85851-07-5   03840

이 도서의 국립중앙도서관 출판예정도서목록(CIP)은 서지정보유통지원시스템 홈페이지(http://seoji.nl.go.kr)와 국가자료종합목록 구축시스템(http://kolis-net.nl.go.kr)에서 이용하실 수 있습니다. (CIP제어번호 : CIP2020017163)